U0108178

GOBOOKS & SITAK GROUP©

戲非戲215

九州・海上牧雲記

今何在　著

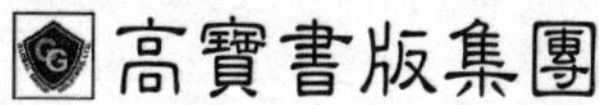

楔子

她，從黑暗中睜開了眼睛。

魅是由天地氣蘊凝結出的生靈，先有了靈魂，再按著自己的期望凝聚出實體，也許是一隻鳥，也許是一棵樹，但更多的時候，它們希望成為一個人，一個完美的人。

她就是這樣的一個魅靈。她沒有經歷過童年與少年，當她一睜開眼睛，破繭而出，就已然是最青春美麗的帶露仙葩。她在水面照著自己無瑕光潔的身體，看著光華閃閃的湖面和濕潤白霧飄過的草地，以為這個世界也和自己一樣美麗。

當她在世間遊歷時，她卻深深地失望了，她沒有想到絕大多數的人都長得這樣平凡無奇，甚至醜陋。那個黑黝黝的農夫，那個肚皮亂晃的店老闆，那個吊眼斜眉的流浪漢，這個世界就是由這樣一群人構成的，為了一點飯食或銅錙，他們臭汗四溢地奔忙著。而大地上也不總是花朵和清風，也常見黃沙、污泥和白骨。她開始有些後悔來到這個世界上，於是想找個沒有人的清靜山谷躲藏起來。

但她在山谷中待了三個月便開始後悔了。雖然這裡有清可見底的湖水，有白鹿與黃鸝，卻總有一種奇怪的感覺糾纏著她。那種感覺是她當初還是一個飄忽的靈魂時所沒有的——她是那麼渴望能對一個人說話，然後聽那個人說話。她終於明白自己已經不可能回到過去孤獨的世界中去，她已經是一個人了，是人就會孤獨。

於是她重新來到了市井間，可是沒想到在人群中她更加孤獨，因為沒有人會認真聽她說什麼，所有人都注視著她的美貌，像欣賞一幅畫或打量一件商品。她開始害怕，她想融入人群又想遠離。她在城市之外的小路上徘徊著，不知該做什麼，這時候，一位金鞍駿馬的男子來到了她面前。

牧雲勤是位好武的皇帝，這是牧雲氏的傳統，祖訓要求大端的每一代皇帝都能親自領兵出征。所以牧雲勤弓馬嫻熟，他出巡從來都是策馬急行，把大隊拋在身後，也不懼怕刺客。還是皇子時他就曾一馬當先地率軍衝入叛軍敵陣，於萬軍之中砍殺，幾個刺客對他來說像是笑話一般。

本來牧雲勤已經衝過了那女子的身邊，卻突然勒住了馬，他自己也說不清那是為什麼。回頭看去時，他突然覺得，原來自己之前坐擁天下，卻不過是個可憐的貧夫而已。

這一次注視，決定了天下的興亡。

目錄

之一　牧雲笙

【01】

當那一個冬日，嬰兒的啼哭響在大雪籠罩的宮廷，宮女內侍、王公大臣、皇妃國戚乃至城中的百姓，都在奔走相傳一個消息：「六皇子出世了。」

那一刻，曾經人人都以為，他註定要成為未來大端朝[1]的皇帝的。

那是因為一樁世間最傳奇的婚典——六皇子牧雲笙的母親，有著天下最美的容顏，也是明帝牧雲勤最眷愛的妃子。

當她在的時候，六宮粉黛與之相比都失去了光芒神采。甚至連皇后也要靠她向明帝進言才能得到一夕恩寵。

但她並不快樂，當她知道自己懷上了嬰孩時，就更加憂愁。

「如果有一天，你終須在我和皇朝之間做出選擇，你會選什麼？」她問牧雲勤。

「妳為何這樣說？現在不是一切很好嗎？」

她幽幽地嘆息一聲，望著窗外星光，不再說話。

自牧雲笙降生的那一天起，災難就開始紛紛降臨到世間來了。

從他出生那一天起，狂雪就開始落下，卻不曾停息，整整三個月。北方瀚州[2]的草原被雪覆蓋了，遊牧部落開始向南遷移，終於化成反叛。

一年後，東南方越州[3]暴雨成災，無數人流離失所。流民得不到糧食，開始搶掠州縣。

又三年後，海邊地震，有一個小島奇怪地升了起來，海嘯衝擊了海邊州縣，海怪上岸食人，瀾州[4]東部兩郡沿海千里漁村變為荒灘。

人們開始傳說，六皇子牧雲笙，是根本就不應該出生的人。

皇極經天派[5]的占星聖哲們發現了原因所在：牧雲笙的母親，並不是真正的人族，而是一個天地氣蘊凝結而成的魅靈。

明帝曾是那樣愛她，為了她不惜打破「平民女子不得為妃」的禮制，把上百位反對的大臣逐出京城，與國親重臣反目，因她而引起的風暴在十年前震動天下。

然而，一切都已經過去了。當年一顧傾國的風光無限，都只是傳說。明帝也老了，不再有與頑固如城牆的禮制對抗的力量。當世人都傳說她其實是一個妖魅、將會誤國誤天下，當這種傳言震響四方，開始要動搖明帝的威信時，明帝下旨把她囚在了高樓中，終生孤獨度過。

小小的牧雲笙有時站在樓下，遠遠看到他的母親斜倚在樓欄上，呆呆地望著遠方的雲彩，手中的扇子偶爾撲動一下，有時會輕輕露出微笑，彷彿回憶起了往日的時光。但時光終是不再了，她的幸福和美麗一樣遠去。

直到她死去，那時她僅僅三十二歲。

臨終前，她對小笙兒說：「不要去迷戀太美的東西，因為它們都太短暫了。」

【02】

小笙兒一天天長大，這位皇子的聰慧與才華令人驚訝，人們擔心諸位皇子在他面前都會失去光彩，尤其是——明帝曾那樣愛過小笙兒的母親。

其他的皇子與他們的母親背後都有龐大的家族勢力，都是支持帝國的巨柱。而牧雲笙，只有一個曾因為太美而被世人指責為魅靈的母親。

或許是反對的力量太強，或許是當真相信牧雲笙是天命所棄之人，明帝鐵了心要讓牧雲笙變成平凡的人。他不給他請太傅，不帶他去巡遊四方，想讓他變成因為不見陽光風露而枯萎的幼苗。小笙兒日漸長大，不會弓馬，不懂韜略，天天只會在紙上亂畫，但即使是這樣，他的畫中，氣蘊鋒芒仍然漸顯，使小小的皇城無可遮蓋。

也許是從來只生活在自己的世界裡，小笙兒任性無羈，不讀詩典，不習禮法，終日只喜歡和女孩子們廝鬧一處。

這位六皇子也許是宮中女孩子們最不怕的人物了，因為少年從來不會用皇子的威勢去命令誰、呵斥誰，他從小和這些女孩子一起嬉鬧長大，玩到興起時，滾打成一團，從來也沒有皇子侍臣之分。他的秦風殿，也是這處處恪謹威嚴的宮中唯一毫無法度的所在。所以雖然宮中所有人都說六皇子是個荒唐少年，將來必做不得皇帝，但女孩兒們反而更親近他，因為反正也不會是將來的皇上，更不必拘束了。

衍華宮中[6]大半女孩兒都親近他，不知何時，好多雙水靈靈的眼睛巴巴地盼著他長大，能真正盡情地待他好——雖然她們還都相信，小孩子是天神在深夜放進女人腹中的。

牧雲笙也樂得天天和女孩們廝鬧在一起，不習弓馬也不讀史籍，而唯一能讓他離開女孩們、獨自安靜專注的，是他的畫卷。這六皇子為君治國之道一竅不通，卻畫得一手好畫，竟是天縱奇賦，畫中才氣縱橫，連宮中國畫名師也自愧不如。

到少年時，牧雲笙的美人圖卷已與其他名家大師的工筆潑墨並稱於世。宮裡的小侍詔──王侯入宮伴讀的女兒們，都以能有一幅他為她們畫的肖像為榮。他畫的時候，總是一群女孩兒在門外張望著，羨慕著那個他案前幸福地坐著的人。他也只有在為她們畫像之時才能安靜專注下來。他不畫花鳥，不畫松竹，只愛畫美人，那筆下女子也一個個飄然若仙，堪謂一絕。

無數眼睛關注著那終日無憂無慮的小笙兒，許多聲音在說著：「這孩子是極聰明的，可惜卻流連於溫柔天地、水墨江山，只怕終非帝王之材呢。」他也從來不會察覺到，那成人的世界裡，笑容背後的陰影。

【03】

陽光在殿中的青石板上布下耀眼的格陣，一個黃紗衣女孩輕盈地跳進殿來，那是伴讀蘭珏兒。她的手背在後面，美麗地笑著，踮腳走向殿中案前那沉思的少年。

那少年正在案前凝視著自己的畫卷。陽光照在絹布上，又映在他的臉上，那眉宇間，一時卻顯出了幾分王者沉篤的風度。

「珏兒，又給我偷什麼好吃的來了？」牧雲笙看見那俏麗的影子移上了他的畫布，就丟了筆，笑著來捉她。

「嘻，你還會缺人給你送好吃的嗎？我帶的可是你最喜歡的東西。」蘭珏兒卻把雙手藏在身後。

「我最喜歡的？我最喜歡的是蘭珏兒的手，來讓我咬一口……」

她笑著跳開了，把手一伸：「看，畫稿，一千年前的啊。」

「誰畫的？」牧雲笙眼睛一亮，伸手去拿，早已知道她下一個動作就是轉身逃跑，腿倒比手快，先邁了出去。他天天和女孩兒們玩蒙眼捉人，步法真是練得靈敏無比，沒幾步蘭珏兒就被他抱住了。

他撓她幾下，她就笑軟倒在地上。牧雲笙拿過畫稿，展開來看，眉頭卻漸皺了起來。

「又是贗品……這印章仿得倒真好，可惜這個題詩露餡了，看這一撇，真跡哪裡會是這樣的……還有這侍女衣上的顏色……」

「啊？」蘭珏兒嘟著嘴跳起來，「又是假的啊？我還以為這次你一定高興呢，你的眼睛要是不那麼利，不是會快樂很多？」

「哈哈，可找到贗品也是我的快樂之一，尤其是那幫宮廷畫師們把它們當寶一樣獻來的時候，我喜歡看他們煞白的臉色……」

「你幹嘛老欺負那些老頭啊。」蘭珏兒嗔笑著拉住他的袖子，眼珠一轉，「我……」

「我知道一個地方，有很多畫，你要不要跟我去看？」

「又有什麼壞主意？」

「走啊走啊。」

蘭珏兒笑眯眯地拉著他出了門，故意多繞幾個彎，好讓御園中女孩兒們看到牧雲笙現在和她在一起。繞來繞去，來到御園偏僻處，走過一道門，眼前是一座幾近荒廢的小型殿閣。

「有鎖……」

「我有鑰匙！」蘭珏兒笑著蹦起來，手中清脆地響著，「那天從老韓常侍那兒偷了一大把，配好了一處一處地試，結果就發現這麼個地方。」

他們推門走了進去，塵灰味撲面而來。

【04】

「原來是倉庫啊。」牧雲笙揮手搧著風。

「是啊，好多好玩的東西啊。」

「嗯，有……老鼠！蜘蛛！」牧雲笙故意四下亂指。

「哇！」蘭玨兒一把抱住牧雲笙，眼也不敢睜，也不知她當初是怎麼一個人跑進來亂翻的。

「好了好了，都被妳嚇跑了。」牧雲笙笑著拍著她的頭。

蘭玨兒還是緊緊地拉著他，兩個人在箱櫃雜物間尋著寶。

「咦，有戲服？」

「這邊有好多瓷器啊。」

「哦，一大箱子手爐啊。」

「我上樓去瞧瞧……妳去過嗎？」

蘭玨兒點點頭，又搖搖頭。

牧雲笙走上樓梯，二樓更是一股腐味，不過還算乾淨，似乎新被人打掃過。

牧雲笙四處亂翻著，蘭玨兒忽然拉拉他的袖子。他轉回頭看她，她的臉有些紅，眼睛忽閃著。

「那邊有很多畫。」

她拉著牧雲笙走過幾重大櫃，另一側窗邊擺著幾張木案，上面堆著許多畫卷。

牧雲笙拿過幾卷展開，果然都是臨摹本，有些還是當年宮女侍詔伴讀們的習作。他又從另一堆卷稿中拿過一幀展開，背後的蘭玨兒卻尖叫了一聲。

那是張春宮圖。牧雲笙卻彷彿饒有興趣似的，一張張翻看過去。蘭玨兒滿頭是汗，紅著臉緊緊抓住牧雲笙的衣角，從牧雲笙的肩後望過去。

牧雲笙皺起眉頭，終於開口：「原來還有這樣畫的……可畫得卻不好，人形走樣，筆也用得太滑，遠近也無主次……」

「是……是嗎？原來你……你在研究畫工？」蘭玨兒抬頭望著他。

「嗯，我要畫能畫得比他們好得多……咦，妳怎麼了？生病了嗎？妳的臉好紅，滿頭大汗的……」

「你千萬不要對人說我帶你看過這些啊，我會被我父親打死的。」

「哎呀，蘭玨兒，」牧雲笙忽然想到什麼似的，「不如我幫妳畫一張吧……」

「才不要啊！啊哈……」看牧雲笙作勢伸手來嚇，蘭玨兒像小兔兒一樣躥了出去。

他們在充滿塵灰的閣樓上打鬧，用畫卷互相丟擲，騰起煙塵一片。

忽然間牧雲笙看到了什麼，他站住了，定在那裡。

在剛才，轉身之間，好像有人在一旁注視著他，他甚至能感覺到那眼神。

牧雲笙回過頭去，背後當然沒有人。

他正要轉回頭，忽然間，他看見了她。

蘭玨兒見牧雲笙看著牆邊，臉色蒼白，像是傻了一樣，上來好奇地問：「你到底怎麼了啊？」

牧雲笙不答話，只怔怔向前走去，一直來到牆邊。

那裡，案下，散開著一幅畫。

畫上是一位女子，立於風雪之中，背景是蒼茫的江河遠山，而她那姿態，像是正遠望茫茫，不知去路間，猛聽到一聲召喚，驚回頭時，望見那喚她之人，眼中半是悲涼，半是欣喜，竟是輕輕點睛處，凝落著百感交集。

牧雲笙身心俱憾，呆立在那裡，癡癡望著，口中只喃喃道：「這畫……」

他大叫一聲，倒退出去，跌撞奔下樓宇，人事不省。

【05】

等他醒來，女孩們圍在他身邊，關切無比。

「你沒事吧……怎麼了？玩得太累了？蘭珏兒嚇死了，還在哭呢。問她出什麼事她也不說……光哭。」

牧雲笙靜靜地站了起來，不顧旁邊驚異的目光，走向殿外。

外面月已初升，晚風習習。他的腦海一片空白，他剛才究竟看見了什麼？她是活著的……就活在那幅畫裡。這樣的一位美麗女子，為何會孤立寒江之畔？又是誰有這樣神俊之筆，將她的靈魂映入畫中？

那一瞬間，他分明看見她眼神的轉動，她正有太多的話想要訴說。

這絕不是一幅普通的畫。可自己習畫多年，鑒品無數，卻為何會有這樣一幅自己從未聽說過的絕世珍品留在這裡？

牧雲笙想再回去看那幅畫，可來到那堆存陳物的樓閣前，卻發現這裡早被皇后下令清掃一空，所有舊畫已被堆在門前，點火燒毀。牧雲笙怔怔地看著那火焰，呆立良久。

【06】

從那之後，牧雲笙彷佛突然魔怔了，天天把自己關在殿中，也再不去找女孩子們戲耍，只把畫紙鋪來，然後提筆望著白紙，愣上好幾個時辰。有時偶爾落上幾筆，又立刻揉捲了紙，丟在一旁。

他想重畫出當日所見那女子的神韻，卻是再怎麼也無法重現。從此更是終日癡癡迷迷，走路時、進食時，會突然衝回殿中作畫，或是折下樹枝，即時就在地上開始勾畫。

他這一癡迷於畫稿，所有其他皇子的宗黨不由得高興了。傳言立刻四起，說六皇子得了癡症，如此瘋癲，將來必然不可能再與其他皇子相爭帝位。

親近小笙兒的臣工包括宮中伴讀女孩兒們都在為小笙兒犯愁。可是他天性心中沒有江山，誰又能改變得了他呢。

【07】

那一天，牧雲笙記不清是哪一日了，只記得陽光明燦燦的，風徐徐吹起城邊的柳葉。在他的記憶裡彷佛所有的人都在笑著，彷佛一切都那麼美好。

這天是他命運改變之日嗎？直到遲暮之時他也無法確信。

牧雲笙看到了那人，白髮高冠，蒼老乾瘦。

「這是世上極致的寶物，我要把它給予能看清它的真實的人。而他要用他最珍視的東西來交換。」

「這珠子究竟有何妙處？」他的父皇，明帝牧雲勤好奇地問道。

「要展示此寶，首先請陛下在太華殿外搭起十丈高臺，一分不能多，一分不能少。在高臺中用柔絲繫一橫桿，中開一小孔，與此珠徑相同，也一分不能多，一分不能少。然後等到三日後越宛之交時分[7]，一分不能多，一分不能少，那時我方能展示此寶。」

明帝打量著這個人，然後點點頭：「好，依你而言。但屆時沒人願意與你換此寶物，你就要被以欺君之罪處斬。」

三日之後，高臺搭起，明帝與好奇的嬪妃皇子、官員們站在太華殿臺階上，看獻寶老人登上高臺，用一個形狀古怪的記滿刻度的工具不停地計算著什麼，極小心地調整那繫著橫桿的絲線的長度，使橫桿保持在某一高度，並使橫桿的孔眼所對的角度與陽光的角度一致，然後將明珠慢慢填入橫桿中的小孔。

人們看見，陽光從明珠中射過，地上現出一個小亮斑。

「這珠子看來能彙聚光線，從十丈之高射下的光，仍能匯成小點，倒也是稀罕物。」明帝點點頭。嬪妃和眾臣開始恭喜陛下得了個寶物，人們喧嘩一團，沒有人再注意那地面。

牧雲笙那時正站在明帝的身邊，清亮的眼睛緊盯著那個光斑。突然他看見了什麼，緊緊拉著明帝的衣袖：「父皇，父皇，你看！」

明帝看去，地上卻仍只是那個光斑。他拍拍小笙兒的頭：「呵呵，很有趣是不是？」一會兒把它送給小笙兒玩，好不好？」

「父皇，父皇，它在變大！」

明帝再次瞧去，果然，那光斑似乎大了一些。再看一會兒，那光斑變大的速度正愈來愈快。

明帝一揮手，止住旁邊聊天的眾人。大家全都安靜了下來，屏息望著那光斑正變成一團方圓十數丈的光暈。

「那光裡面好像有什麼……」小牧雲笙的眼睛裡彷彿也映出了光亮。

眾人只看見模糊的一團。但這光暈中的確是有明暗相混之處的，可見那珠中並非是純無一物，似乎有著什麼雜質。隨著時間推移，那光與暗在交混著，似乎被攪動的含沙之水，又似乎混沌初開時的爭鬥。

日晷之影移動，越時和宛時交替的那一刻來臨了。

那些光影突然清晰了起來，那一剎，在大殿高階上觀看的眾人全部驚叫了！

那地上金線勾勒，分明是層層樓臺，煙雲縹緲，恍若仙宮突降人間，還能清晰看到樓閣之上，人們歡舞暢飲，衣帶欲飛。那是一幅由光線畫成的巨畫！

所有人不約而同地退後一步，以為望見了海市蜃樓。

然後，更讓人驚訝的事發生了……隨著陽光角度的推移，那樓閣竟如立體一般轉了角度，那之前只能見到側面的畫中人，竟漸漸可見面容。那閣間雲氣也像正緩緩飄移一般，觀者彷彿在雲上飄浮，看著下方的縹緲殿宇。而雲氣中，一重樓閣之後，竟又顯出一重，隱隱約約，竟連綿錯落，不知有多深遠。

人們方見此景，譁然尖叫之聲不絕，到了後來，竟然變得寂靜無聲，所有人都已呆在那裡。

「這是什麼？這是什麼！」明帝驚喊著，忘記了皇帝的莊重。

「此珠流傳在世間，已不知多少年了。珠中，是不知何人所刻下的一幅《海上牧雲圖》。」獻寶老人走下高臺，躬身說道，「據前人的記載，在不同的時辰、不同的星辰之光映照下，所看到的景物是不同的，而且光線的遠近、握珠的角度，都會改變所映出的景色，甚至可以說任何一次所觀到的畫都是不相同的。數百年來，有人說看到了十九座樓閣，有人卻說是三十一座；有人說樓中歡宴者有二十五人，卻有人說是二十七人；有人拓出了畫中題的詩詞和樓閣上的匾聯，共計一千一百一十三字；更有人說在一年明月[8]最盛之時，看到一位美麗女子挾弓而立，身後緩緩展開一雙羽翼。沒有人知道這珠中，還藏著多少奇景。」

小牧雲笙卻突然問道：「這樣的奇物，怎可能由人力所制出？」

獻寶人笑道：「傳說是當年有人為了賭約，先是用至純剔透之玉雕出了實物大小的宮闕，然後又集中全天下的術師之力將其縮小至萬分之一，置於深海取得的鮫淚珠中。但又有人說這本是一神鳥的眼珠，因為在海上看到了這一奇景，所以映在眼中，死後此眼珠也長存不朽。更有人說那珠中本有一奇微之國，那些人物本是活的，只是珠中日月比人世要慢得多，所以他們千年長在。」

「果然是奇物。」牧雲勤道，「你要什麼賞賜？」

老者搖搖頭：「我說過了，想擁有此物的人，要用他生命中最珍視的一樣東西來交換。比如您，陛下，您想得到這顆珠子，就請用您的皇位來交換吧。」

「放肆！」明帝大怒，「你是瘋子嗎？」

「陛下不願換就算了。那麼，我將再去宛州[9]、瀚州、寧州、瀾州、越州……尋訪天下的主人。」

「天下的主人？」

「是的，我說過了，用你最珍視的東西來交換它，因為它能給你天下。」

「你在說什麼？」明帝冷笑著，「你要我放棄了皇位來換這東西，卻反可以得到天下？」

「是的。」

「趕出去！」明帝揮手。

老者笑著一揮手，高臺在瞬間崩塌了，那明珠直墜下來，所有人都以為它將掉在地上粉碎了。少年牧雲笙驚呼了一聲，衝上前去要接那顆珠兒。巨大的木樑向他倒來，在人們的尖叫聲中，牧雲笙的身影消失了。

塵埃散去，人們看見六皇子還站在那裡，手中捧著那顆明珠，正驚喜地打量。

老者向他走來：「這孩兒，你為何命也不顧了，要來拿這顆珠子？」

「我……當時我什麼也沒想，只覺得這樣的奇物，若是就這樣毀去了，是再用多少邦國也換不回來的。」

老者嘆息一聲：「沒想到明白它的價值的人，卻是這樣的一個孩子。你可願做此物的主人？」

牧雲笙點點頭，也不在乎背後明帝怒視的目光。

「哪怕要用你生命中最珍視的東西來換？」

少年不知此話有何深意，心想那些宮中古玩珠寶，怎比此物的靈奇，不論什麼樣的寶貝，也是值得換的。於是他點點頭：「願意。」

老者大笑：「好，這顆珠兒便是你的了。你既姓牧雲，那麼此物以後也就改名叫『牧雲珠』了。而你生命中最珍視的東西，將來上天自然會來取走。」

他轉身而去，士兵們想上前阻止他，卻不知怎地，連他袍袖也挨不到，眼看著他消失在門外。

明帝怒哼一聲，拂袖而回，眾人忙跟了回去。轟隆隆人潮退去後，偌大的廣場上，只有少年牧雲笙仍在專心致志地把玩那顆珠兒，想明白它的奇妙，而忘了世間一切。

【08】

之後的日子裡，不論牧雲笙如何將那珠子用光線照著，它卻再也無法現出那一日的奇景了。看向珠子內部，也只能隱約看見些如雲氣變化般的朦朧，不知那些瓊閣仙宮藏在何處。

而明帝卻因為此事，更加不喜歡這個性格古怪、無視世間規矩的少年，不論他多麼有天資，卻只是使他同常人相比顯得更怪異，更使人們猜忌害怕。

而未來的皇帝人選，人們也都逐漸鎖定在勇武豪爽的皇長子牧雲寒與熟讀韜略的二皇子牧雲陸身上。連那些平常喜歡和六皇子一起玩耍的侍讀女孩，也都被身為重臣的父母暗中教訓要少和六皇子待在一處，多去討皇長子和二皇子的歡心。

少年的宮殿，也就愈發冷清了。而他也不在乎，更樂得一人靜心地畫自己的畫。

那一天，牧雲笙作畫甚久，廢稿無數，他煩躁起來，一人走出大殿，在宮中亂走。突然覺得四界狹小，放眼望去，處處只見宮牆，奇怪著自己以前怎麼從未有此感覺，想起小時候，可是覺得那些宮殿、廣場、御園……全是巨大無比的。

他於是吩咐備了車馬，要去城外鹿鳴苑遊玩。

車隊穿過市井，人人退避跪拜。牧雲笙向窗外看去，只能看見一排排低伏的人頭，他從來也沒有看過真正的繁鬧帝都[10]的景象。有心就這麼獨自去玩了，可內侍們定然是不許的。這許多的規矩，就算是做皇帝之人，也不能自在吧。

他少年天性，把那牧雲珠放在眼前，透過它向世間看去。突然他的神情變了，猛地大叫：「停下！」

侍衛不知何事，待停了車駕時，牧雲笙一下衝出車去，奔向街邊。早有侍衛們追上來喊：「殿下，危險！勿近草民！」可牧雲笙猛甩開他們，穿過街巷，直奔到城門邊的草地上，然後呆呆地站在那裡。

他癡站著，聽不見周圍一點兒聲音。剛才透過牧雲珠，他分明看到了一個與平常肉眼所見完全不同的世界，每個人都變成了另外一副樣子，像是軀殼變得透明而直接照見了魂靈。房屋柱石也都變得透明了，你能清楚地看到它們內部奇怪的紋理流動。

而那一瞬間，透過變得透明的一切，他分明看見遠處站著一個女孩，彩色的衣帶像是雲霧組成，變幻飄動。她向這邊望來，那一張絕美的面容，那眼眸神情，與那天丟失的那幅畫中的人一般無二。

少年再將牧雲珠放在眼前觀看，珠中卻又變成了朦朧一片，什麼也看不見了。

剛才的一切，難道是珠中的幻景？可不對，那分明是珠子折射出的世界的另一種面貌。

【09】

那夜在寢殿之中，他取出那珠子，放在眼前看著，漸有睡意。朦朧中卻看到了許多奇異的景色，有城郭，有群山，有森林，都是他全然沒有見過的，壯美而又彷彿就在面前。

在幻境中，他大步走去，卻彷彿身子毫無重量，可以隨意飄飛；而這世界也彷彿是無窮大的，不論他飛多快，前面總有無盡的天地與奇景。

他甚至可以看到許多地方，或是城鎮，或是山野，有人在行走忙碌著，但是他靠近他們，卻無法與他們說話，他們也彷彿根本不知道他的存在。

他在珠中遊歷，卻如同孤身一人在這世界上，不由得心中蒼涼。望見遠處海上雲中隱約顯出重重高大的殿宇，他飄飛而去。

不知飛了多久，才來到那雲霧中的海上樓臺之上。這裡玉砌雕欄，宛如一塵不染的仙國。一女子正倚欄而立，袍帶淩風飄舞，怔怔地望著海面。

「妳在看什麼？」他方出口，卻又自己笑了，因為那珠中的人，都是聽不到他說話的幻影。

可那女子卻回過頭來，驚異地望著他：「你？」

牧雲笙驚得倒退幾步，卻隨即無法再說出一句話——眼前女子，竟然和他在那幅古畫中看到的一模一樣！

「妳……妳……妳竟然在這裡？」

女子一愣：「你認得我？」

「我在畫中見過妳。」

女子露出了驚喜的神色：「那你告訴我，我是誰？」

牧雲笙愣了一愣：「我……我不知道……」

女子低下頭去，寂寞與憂鬱回到了她的臉上：「我在這裡許多年了，我不知道自己從何而來，也不知道自己為何會存在著，沒有人和我說話。」

「那……這裡是何處？妳……莫不是位仙子？」

女子幽然笑著搖頭：「這世上哪有神仙？全是人們想像出來的。我若是神仙，又怎麼會孤獨地待在這裡。」

「這兒……是哪裡？」

「這是珠中的幻境，裡面蘊藏著人心中最不願被拋去的記憶。那些曾經在這世界上發生過的往事和存在過的靈魂，總有一些因為刻骨銘心，變為了不散的精神印跡，它們被映射在這顆珠中，珠中折射世界一切光，你凝望著它，卻也被它所凝望。你的心思與記憶，也會被映在此珠中。」

「我不太明白……」少年搖搖頭。

「我並不是真實的生命，只不過是前人的一段記憶，一個虛幻的影子。」

「妳是說……曾有一個像妳一樣的人，生活在這個世界上？而妳，只不過是人們對她的記憶，是她映在這珠中的一個倒影？」

「是啊。」女子看著天空幽幽嘆息，「也許是數天前，也許是數百年前，這些我卻無從知曉了。」

「但妳即使是一個影子，卻應該也有著她的記憶，記得妳的從前。」

「我只有一些很模糊的記憶，記得我站在一座高山之巔，望著大海，海邊停泊著巨大的船隊。可是，我卻想不起我的名字、我的身分，也不記得我有任何的親人或朋友。」

「妳沒有名字嗎？」牧雲笙嘆息了一聲，覺得女孩有些可憐。

他坐在殿前的臺階上陪著她看雲，兩人看了許久許久，但雲海起起落落，天色卻從來沒有變化過。

「我好想再看一次日升和日落時的霞光啊。」女孩嘆息了一聲，「可惜……這裡的時間是永遠不會過去的，你不會變老，但一切也不會有變化，我再也看不到星辰，看不到風雨雷電，看不到四季的流轉。」

她望著牧雲笙：「我在這裡待了不知多少歲月，從來沒有人能陪我說話……你能常來看看我嗎？」

牧雲笙點點頭。

【10】

牧雲笙每夜在珠中漫步，和女孩共同遊歷那珠中的奇景。不知過了多久，彷彿過去了數月數年，醒來時眼前殘燭尚且未熄，窗外正報更鼓，現實中才過去一個時辰。

每夜珠境之中，少年都把他白天見過、聽過的事情講給女孩聽，女孩也會給他講她所記得的事情，那些事都是牧雲笙聞所未聞的。

她說在海之東幾萬里的地方，有一個空顏國，那裡的人沒有臉面，沒有五官，也就沒有表情。

又向南幾千里，有一個萬象國，那裡的人可以任意變換面孔，於是無所謂美也無所謂醜。

再向南幾千里，是不動國，那裡的一切動作極慢，有如靜止，一百年對他們來說不過是一瞬間。

而西方幾萬里處，有一個倏忽國，那裡的人壽命極短，黑夜生的不知有天明，天明生的不知有黑夜。愛與蒼老只在一瞬間。在這裡，旅人也會快速地生長衰老，包括歡喜與厭倦。

再向北幾千里，是相對國，一面的大地是另一面的天空，相對國的人仰望可以看到頭頂的對方，但他們被牢牢吸在自己的大地上。

又向東幾千里，是逆轉國，那裡的人由土中而生，生來便蒼老，漸年輕，變為孩童，身子縮小，尋一女子作為母親，鑽入其臍中，重歸虛無。

在南方萬里之外，有冰人國，人由冰中生，寒冷時為冰的身體，春季陽光一出即化了。之西幾千里處，是影子國，那裡人和影子伴生，光消逝時影子死去了，人也就孤獨而死。又之南幾千里，是輕鴻國，那裡的一切沒有重量，飄在天空中。

又之東幾千里，是雙生國，男和女相愛後，就並生在一起，無法離棄。一旦分開，也就死去了。

牧雲笙聽得目瞪口呆：「這些是妳胡思亂想出來的，還是妳真的去過？」

女孩嘆道：「我也不知道這些記憶是真是假。它們是那麼真切，彷彿我曾經親眼看到過，可我又完全記不得，我是如何去的那些國度。」

「現在人們所造之船，要到離岸數百里處的深海打魚尚艱險，又怎麼可能載妳去萬里之外，遊歷無數奇境異國呢？」

「我想，也許，那個曾經的我，是生活在遙遠的海外，而這珠子，也許正是從大海上被人帶來此處的吧。」

「我能幫妳離開這顆珠子嗎？帶妳到外面真實的世界中去。」

女孩搖搖頭：「我沒有實體，只是一個虛影，離開了這珠子，我也就不存在了。除非……」

「除非什麼？」

「除非有偉大的術師可以凝聚出一個身體，來容納我的靈魂。」

「這需要高超的法術嗎？那我去幫妳尋訪一個這樣的術師好不好？」

這時，牧雲笙突然被心中的一個念頭擊中，高興地說：「等妳有了身體，我們造一艘大船，我帶妳去尋找妳的家鄉吧。」

少年被這個想法所激動著，彷彿心中一下透亮了，明白了自己一生應該去真正追求的事情。

女子凝望著這少年：「你真的願意這樣做嗎？可是……這希望太渺茫了，大海這麼大，這和從無際的森林中尋找一片葉子有什麼區別呢？」

「但那一定是最美麗的一片葉子！」少年說，「若是人一生可以去做這樣一次尋找，不是比老死在出生的地方要有價值得多嗎？更何況……有妳的相伴呢……」

女子微微一笑，低下了頭。她那一瞬的神情，使少年的心已經淩風高高揚起在天空之中。

【11】

巨大的渾天儀在深暗的天幕下緩緩移動，彷彿模擬著天地的演化，人們仰望著，心生敬畏。觀星台名喚瀛鹿，台基方圓一百四十九丈，有二十七丈高，是天下第一高臺，如同一座山峰，當年無數人力花了近五十年時間才完成。臺上有十二組聯動渾天儀，最大的直徑十一丈，人在它的腳下，顯得分外渺小。

多少年來，無數人的命運在這裡被決定，罪臣的生死、戰爭的日期、臣將的任命，歷代皇帝感到困惑時，都會來占星尋求答案。那渾天儀巨輪的毫釐之差，也許就能使一個家族、一個國家走向截然不同的命運。

今天，明帝將問詢天意，作為選立太子的參考。

皇子們跪拜在渾天儀下，此時所有人都必須心誠敬禱，不得出聲談笑，更絕不可抬頭觀望渾天儀，因為皇極經天派大師們說，人觀望正在運算中的渾天儀，會使未來產生微妙的改變。

可是六皇子牧雲笙並不相信這一點，聽著頭頂的巨輪咯咯咯的響聲，想著這巨輪就要決定他和那珠中女孩是不是能在一起，他忍不住偷偷抬頭向那渾天儀看去。

漫天的星輝燦爛如銀色大海，而青銅色的渾天儀軌緩緩劃過天空，那銅輪上刻著古圖騰與聖哲的徽飾，彷彿皇皇幾千年正從天空淌過。當星光穿過刻度的縫隙時，一切就閃耀起來，那是古代的魂靈舞動在天穹。

此刻只有少年一人看到了這景象，因為其他人都不敢抬頭去望，包括經天派的星哲大師們，他們驅動起渾天儀後，就低頭退到遠處，再也不敢抬頭觀看。

星輪終於緩緩地停止了。

八十幾歲的經天派聖師苓鶴清親自上前察看刻度，然後進行最後的推演。每推斷出一位皇子的命運，答案就被寫在一張錦卷上，送到大端朝皇帝的手中。

明帝牧雲勤一張張觀看著那些錦卷，牧雲笙的心也快緊張得無法跳動了。然而，最後那張關於他的錦卷卻遲遲沒有送來。

經天派聖師親自走下臺階，來到明帝身邊，與他耳語著什麼。似乎出了什麼事情，人們都開始不安地張望，小心地交頭接耳。

終於，明帝站起身來面向眾人，面色有些沉重，他揮揮手：「典儀已畢，都退下吧。」自己先大步走下了瀛鹿台。

大雅禮樂聲中，眾人紛紛議論著離去。只有牧雲笙愣愣地站在原處。內侍來請他離開，他卻揮揮手讓他們先去車馬處等候。

待人們散盡，牧雲笙奔到經天派聖師的面前：「老聖師，關於我的未來，究竟是怎樣的？」

苓鶴清向他深施一禮：「六殿下，你的前程與星河同輝，你將來會開創前人所無法開創的偉業，真正成為天下的主人。」

少年一愣，沒想到是這樣的星命。

「只是……」苓鶴清長嘆了一聲，「假如你站到世間權力的頂峰，便會把災難帶給世間，你會成為世人所痛恨的人，眾叛親離，流離失所，孤獨終生。所以天象所示，你登上帝位之時，也就是天下大亂之日。我對陛下，也是這樣如實說的。」

牧雲笙愣了一愣，卻突然覺得荒謬無比。他放聲大笑：「那我只要不當什麼皇帝，世間就自然太平無事了吧。原來天下安危，竟然都繫於我手。哈哈哈哈，當真是有趣至極！」

少年舉袖旋舞，對天吟唱，醉酒一般踉蹌向觀星台下走去。那層層疊疊巨大彷彿無窮盡的臺階上，只有他肆意縱歌的小小身影。

【12】

那天晚上，少年久久不能入睡。一閉目，就看見巨大的渾天儀在他面前旋轉，彷彿從天至地，無處不是精確咬合的齒輪與機關。

他又握著珠兒入夢，進入那幻境，來到女孩身旁。

女孩見了他，欣喜地迎來：「你每次離開，都要許久才能回來。沒有人陪我一起看雲說話，我可要愁死了。」

「可我分明才離開不到一天。」

「可這珠境之中，卻已過了不知多少時日了。」女孩嘆了一聲，「以前沒有人可以與我說話的時候，我天天獨自一人，也不知不覺就過了那麼多年。可現在知道有個人會來到我身旁，那等待的時光，竟是每一刻都漫長無比呢。」

她抬眼笑著望向牧雲笙，少年頓時慌亂了，低了頭不知往哪裡看好。生怕一注視少女的眼睛，就會沉醉過去。

「妳……還是記不起妳的名字嗎？」少年說。

少女愣住了，卻低下頭去，有些憂傷。

少年慌了：「我是想說……那……那我幫妳起一個吧？」

女孩揚起頭，眼中晶亮地望著他：「真的嗎？」

少年望著女孩的眼眸，心中像是有波紋一層層地蕩漾開來。

「妳……妳就叫作『盼兮』吧。」

「盼兮？」女孩子凝神想了想，突然笑了，「我喜歡這個名字呢。」

「是啊，這個典故是來自於……」

「我不需要知道這個典故，我喜歡就行了。我終於有了名字了，我終於是我了！不論世上是否還有人叫過這個名字，但我是世上獨一無二的，不是嗎？」少女展開雙手，袍紗輕揚，像是要在空中舞蹈。

「是……妳是獨一無二的。」少年癡癡地說。

他忍不住伸手去拂少女的髮際，手卻陷入虛無之中。

「你又忘了我只是一個影子。」女孩笑著說，「不過以後，我一定要成為一個真正的人，讓你可以摸到我，好嗎？」

「可是，做一個真正的人有什麼好呢？」皇子問，「那樣就有了血肉滯掛，不能再淩空飛舞，只能足踩在大地上，沾塵染淖。」

「你不知道……」少女轉身望向天際，眼神熱切，「我多希望能知道足踩在實地的感覺，多麼希望感受到自己的重量，希望能明白冷暖、聞到花香，希望能品嘗百味，不論是甜是苦，希望……」她低下頭，略帶羞澀，「……希望能被一個所愛的人真實地擁抱，那一瞬的幸福，是我願意用一生來換的。」

「所愛的人……」少年喃喃唸著，「若能用一生去換到一瞬的熱愛，那是多麼好……但這世上許多人，都沒有這種幸福……」

「你覺得你也找不到這種幸福嗎？」

「我……我去哪裡找呢？」

女孩的笑聲像風鈴搖曳：「可是世人最想要的東西，不正在你身邊嗎？你得到了它，整個天下都是你的了，就不用再去尋找了。」

「妳是說……皇位？」少年笑了，「我從沒覺得做皇帝是一種幸福，也沒有想過要去爭那個位子。我只想和妳一樣，能有時間去尋找自己真正想要的。」

「不……」少女的神情忽然變得憂鬱，「等你長大了，也許就不這樣想了。」

「為什麼？為什麼你們都覺得可以預言我的未來？」少年有些不平，「對了，妳說……通過星相，真的可以預言人和世間的未來嗎？」

「星相……」盼兮突然笑了，「你一說星相，我心中就泛出許多事來了，都是關於星相的。」

「妳也懂得這些嗎？也許當年那個真正的妳，也是個占星師呢？」

「或許吧……如果要觀天來推算命運，說來可就話長了……」盼兮說，「你知道渾天儀嗎？」

「知道……皇極經天派的大師們就是用它來推斷未來的星命的。」

盼兮一揮手，一具比瀛鹿台的還大上數十倍的測天之儀就出現在他們上空，幾乎整個天穹都是那些齒輪機栝半透明的虛影。

「渾天儀也有許多種，不過一般來說，測天之儀愈大，就愈精確。在許多年前，星相學家們用它們來推算天地的過去，比如計算天上星辰一萬年前所在的位置，知道了星辰的位置，也就能推算出一萬年前的大地的氣候。而關於人的命運，有一種理論，說世間的任一點微小際遇變化，都會影響整個天地的運轉與走勢，從而在星圖中表現出來，所以計算出未來的星圖，也就能反推眾生的命運。」

「聽起來太玄奇了。如果這些都要靠觀測和運算，那怎麼可能有這樣的人能做這樣宏大的計算而不出錯呢？」

「所以演化出許多不同流派和算譜。有的流派認為一切都是註定的，未來不可更改；有的大師卻認為人可以通過演算來改變一切事。」

「演算？」

「是的，其實所謂法術，並不是什麼神的力量，這世界上也未必有神。所謂祕術家，只不過是他對這世界的祕密的瞭解比其他人多一些而已。」

「這世界的祕密？」

「對，但它其實不像你想像的那麼神祕。法術的原理極為簡單，有悟性的話，人人都能明白的。」一盼兮笑著說。

「如何個簡單法？」

「我來問你，如果發現天黑了你看不清東西，你會如何做？」

「點燈。」

「可你如何能做到從沒有光到產生出光？」

「這……蠟燭、紙、木柴，點著都會起火啊。」

「如果沒有火種呢？」

「火石……甚至鑽木都可以取火的……雖然我沒試過。」

「那，是誰最先知道鑽木可以取火？」

「這……是個人都知道吧。」

「不，萬事萬物都有個開始，必然會有第一個。你想像在遠古蠻荒之時，當那第一個人把一根木頭憑空生出火來時，其他人會如何看他？」

「以為他在變戲法？」

「哈哈，正是了。所以所謂法術，也只是多數人還不知道其原理的方法。」

「妳是說，只要人們知道這方法，所有人都可以成為術法家？」

「嗯，可以這麼說……但是，法術就像作詩和習武一樣，每一個人都能學，但能不能學會學好則是另外一回事。星辰力術這種東西尤其深奧，所以很多人不得其道。」

「星辰力術？」

「也就是世人所說的法術，但懂行的人都知道，這些法術的力量來源不是什麼莫須有的神仙，也不是憑空產生的，而是借用了自然與星辰的力量。」

「這些力量在哪裡？」

女孩望向遠方，緩緩道來：「最初的時候……沒有天也沒有地，只有混沌的一團，但在混沌之中，開始孕育墟荒[11]二力，也就是分散與聚合的力量。這兩種力爭奪混沌中的所有微塵，於是那無窮的微塵有的互相靠近，有的散開，一切從靜止開始運動，從此就再也無法停下。它們動得愈來愈快，靠攏的愈聚愈緊，愈聚愈多，於是產生了星辰；分散的愈散愈遠，愈散愈疏，於是產生了星辰間的空曠領域。」

「可是，不是說是盤古開的天地嗎？」

「呵呵，混沌中也許是產生了強大的力量，人們願意把這力量想像成一個巨人，給了他一個名字，稱為盤古。」

「所以其實不存在創造了世間的神靈？那麼，也不存在什麼註定的命運嗎？」

「是啊，我們的世界，每一個人、每一樣事物，都是由無數最微小的塵粒組成的。能使這些微粒分散組合的力量，也就是產生與改變這世界的本源之力。」

「妳是說，這些微粒，可以聚合變成一個人，也可以分散開，聚合變成其他的任何什麼東西，它們是千變萬化的？」

「正是。」

「可是如果同樣是微粒構成，為何我們是活的，而有些東西是死的？」

「這……我也說不太清楚，也許……就像作畫，墨汁和筆本身都是死物，但一旦到了畫紙上，它們就能展現大千世界。這世界上有那麼多不同的東西，有山水雲霧，有樹石花鳥，有你和我，就像同樣的墨可以畫出不同的畫一樣。明白了這些，你才可以知道如何將萬物變化。」

「原來是這樣……看來法術的原理果然是簡單，就像如何把沙子捏成不同的物品，並給它們以靈氣。還真與作畫有共通之處呢。」

盼兮一笑：「說起來當然簡單，懂得運用卻是極漫長的過程。就像人人都會握筆，又有幾人能成為名畫大家呢？這世間的大部分修行者都迷失了，他們執著於得到一本本法術的祕笈並死背那些符咒法門，按前人的經驗行事，卻根本不去想這些力量是從何而來、這些符咒是如何能起作用的，就像你點燈時也不會想為什麼燈芯能燃燒一樣。」

「所以他們都不是什麼真正的術法家，因為他們根本只會臨摹？死背咒語，其實並不知道這一切是為什麼？」

「是啊。」

「那妳能告訴我更多嗎？我想知道人如何能改變世界。」少年眼中放著光芒。

女子欲言又止，停了半晌才說：「可是……知道了一切力的本源，並不代表你能無所不能。相反，一切新的創造，都需要不斷地嘗試，一點計算上的小小失誤，都可能毀掉你自己，甚至毀掉世界。」

「那麼，妳能相信我嗎？」

女子望著少年的眼睛，許久，忽然笑了：「我不告訴你還能告訴誰呢？難道要我帶著這些記憶，再一千年一萬年地孤獨沉默下去嗎？」

【13】

少年在珠中幻境裡停留了不知多少日子，聽女子講述世界的奧祕。

「這世上不同的法術流派都有其不同的算譜，用來計算力的平衡與能量的方向。比如羽族[12]的元極笏算，以十二為進制；河絡族的五炎珠笏算，以五為進制；皇極經天派的徹明笏算，以七為進制；玄天步象派的溯本笏算，以二為進制。而我所教你的，與他們都不同，這種演算法叫九闕笏算，是以九為進制，原理說來不難，要用起來卻是千變萬化，不是心思專注之人，是很難貫通的。所以你一定要全心投入，把一切俗事雜念拋在腦後。許多偉大的術法家，都是古怪孤僻的癡人，就是這個原因。記住，如果你不能將你的一生與靈魂投入其中，就寧願不要運用它，否則一點些微的計算失誤，都會帶來極可怕的後果。」

「我明白了。」少年心中此刻充滿了各種古怪的符號與算式，急於去試驗，「我在這珠境中已經不知多久了，外面也不知怎樣，我該出去看看了。」

「外面……」女子也神往地看著天際，像是要看穿那看不見的珠壁，「我也多麼想能到外面的世界去，過真正的生活。」

「那妳告訴我，如何能幫妳凝聚一個身體？」

「這太難了，不是你現在可以做到的。」女子搖搖頭，「不過我只需要借你一點靈魂之力的導引，就可化出一個虛影，藉你的五官去感受這世界了。但是……這樣的話，會耗費你的心神……可能會影響到你的身體甚至壽命……」

「完全沒有關係！」牧雲笙笑著說，「我這一生，能遇到妳，已經是太幸運了。」

「幸運……遇見嗎……」女子喃喃唸著，低下頭去，「我也希望……這相遇是一種幸運……」

【14】

牧雲笙從夢中醒來，看見宮女們正圍在他身邊。

「六殿下，你這一覺睡得好久。」

「啊？」少年一驚，「過去多久了？」

「你足足睡了六個時辰呢……叫也叫不醒你，我們差點就要叫太醫來了……」

少年愣了愣，自己在那珠中參悟天地的法則，只怕過去六年也不止呢。

待人都散去，少年呆望著手中珠兒：「盼兮，妳什麼時候才能出來，真正站在我身旁呢？」

「小傻子，我不就在你身邊嗎？」一聲輕笑。少年驚得站起來，轉身一看，少女果然已經站在他的面前。

「妳……妳……妳有了真身了嗎？」牧雲笙上去挽她，手卻伸入虛影之中。

「唉，笨啊，我說了我還只是一個幻影嘛。而且也只有你能看得見我，因為我只依附於你的心神之中，用你的眼耳去感知世界。」

「妳是說，其實妳並不在我眼前，而只是在我的心中？」

「對啊。」少女笑著。

「那麼……我想什麼……妳不是也都知道……」少年突然有些臉紅。

「嘻嘻，那是自然。不過你又能想什麼呢？人心說來複雜，但其實也簡單。無非是『愛欲癡恨』四字了，有什麼是看不穿的呢。」

少年緩緩點頭，嘆道：「是啊，這麼一想也就釋然了，有什麼是別人看不穿的，又有什麼是自己解不開的呢？」

女孩輕喊：「哎呀小笙兒，只怕我要把你帶壞了。你可別胡思亂想了，畢竟你是皇子，占星大典不是還推算你會成為未來皇帝的嗎？」

「妳這莫不是笑我？妳明明說並沒有註定的命運。」

女孩走到窗邊，伸手去接那陽光，光卻穿透她的身體：「其實世事就像流水一樣，如果你是一片樹葉，自然是隨波逐流，高處的飛鳥就可以看清你的未來去向。但如果你是一艘船，誰又能知你是否會逆流而上？」

「正是。世人都以為看穿了我的命運，我卻偏要逆流而上。」少年注視著天際，陽光映在他的眼中。

「可是做皇帝有什麼不好？既然大勢會把你帶向遠大前程，你又何必抗拒它？」

「妳不明白……不是自己想去做的，就算成了皇帝，也不會快樂。」

「那你想做什麼？一個癡癡迷迷不被世人所理解的術法家？」

「我要成為一個偉大的畫師。」少年也來到窗前，猛地推開窗扇，光與風撲面而來。

「畫師？」

「對，我要按我的想法繪出一個最奇麗的世間。」

女子凝視著這少年，他正望向宮牆之外，碧藍無垠如長卷的天穹上，雲捲雲舒，彷彿胸中已有萬千宏景。可她眉頭卻凝起憂愁。

「你可記得你曾與我說過，在皇極經天派的占星大典上，那聖師與你說的古怪的話……」

「是的……他說，假如我站到世界之巔，就會把災難帶給世間。」

盼兮輕嘆了一聲：「你不明白他的意思嗎？如果你想成為一個偉大帝王，那麼就請收起你對畫的癡迷，還有……遠離一切可能使你迷失的東西。」

「使人迷失的東西？」少年皺起眉頭。

「比如……這世間分明存在而人們卻看不見的一切。」

「就像妳嗎？」

「其實，這世上有很多事，我能看見，卻不知是不是該讓你也看到。如果你一旦知道了這世界的真相，也許只會害了你。」

「不，我要看到妳所能看到的一切。」少年上前一步，注視著少女的目光，彷彿也想看穿她似的。

盼兮嘆了一聲：「我只知道，天地中瀰漫著力量，但這是普通人所看不見的，卻又無處不在，大地，星辰，都會散發出這種力量。我作為沒有實體的靈魅，可以輕易地感應這種力量，我們也能很容易看穿每一樣東西的內在，但你們卻不行。其實一棵草、一隻螞蟻，它們所感到的世界，和你所感到的，也是截然不同的。你通過眼睛看到的東西，就像是錦盒外的圖案，你以為這盒蓋上的花鳥山水就是世界，其實你根本沒有看到盒內裝的東西。」

「可我要如何才能看到呢？」

「你閉上眼睛，什麼也不要想。」

牧雲笙依言閉目，盼兮輕輕地靠近他，她的虛緲身影融入了少年的身體中。

少年閉著眼睛，初時只見一片黑暗，但漸漸地，光與影在他眼前開始遊動變化。

「你能辨別光的所在嗎？」女孩的聲音在他心中輕輕地問著。

「是的，我看見了……我能感到燭光的所在，它開始是朦朧的一團，後來愈縮愈小，也愈明晰。」

「現在我的靈識和你的融為一體，我會幫你看到我所能看見的東西，只要你相信我……」

「我相信。」少年說。

「你不怕……被我用魅惑術佔據了心神，從此丟失了你自己嗎？」

「我不怕。」

「為什麼？為什麼這樣輕易地相信別人呢？」

「不為什麼，僅僅因為相信，就這麼簡單。」

女孩許久無言，緩緩沉入他的身心深處。少年看見面前的光影變化愈來愈快了。

「那是什麼？我看見，好大一團光，在地面上升起……」

「那是大地，傳說大地是天上巨大星辰墜入大海後凝結而成的，所以它和天上星辰一樣，內部熾熱無比，充滿力量，這力量無處不在，像流水一樣貫穿在每樣事物中，你明白了它的運行，就自然會懂得天地萬物是如何造化而成的。」

少年抬起頭，看見天上星辰撲面而來，彷彿距離瞬間不復存在，也感覺不到自己的軀體，彷彿它已化為無窮大與無窮小，溶在星河之中。他這才明白靈魂所看到的世界是什麼樣子，那和肉眼所見的完全不同，無數微塵組成的光流在寰宇間流動，凝成萬物，並在其中流轉不息。

少年覺得看到了星河千萬年的流轉，可睜開眼時，只是一瞬。但世界對他來說已然不同，他似乎已明白日為何而出，葉為何而落，原來世間萬物千奇百怪，卻都不過就像一盤棋，黑、白二色就引發無窮的變化。

「我明白了。」少年望著東方瑰麗的霞光。

「你明白什麼了？」少女輕輕站在了他的身旁。

「原來這世間不過也是一幅巨畫，只是我們身處畫中，不知它的宏偉而已。」

「你會成為一個偉大的畫師的。」少女凝望著他，輕輕說。

「為什麼？」

「不為什麼，僅僅因為相信，就這麼簡單。」少女低頭微笑，「我在你的身體中時，也明白了作為人族所感受到的世界是多麼妙不可言，我竟然能感覺到光的冷暖，能用手指分辨出木頭、石塊與花草，能聽到萬物發出的聲音……你知道，這一切對一個魅來說是多麼不可思議。如果不是因為你毫無保留地容納我的心神，我也不可能感覺到這些。」

「盼兮……」少年輕輕地說。

「為什麼……聽到你叫我的名字，我會感到心中有什麼在顫動呢……」少女微微笑了，「我明明本沒有心的。」

少年默然，二人突然都不再說話了。她能參悟星辰的運轉，卻對人心是一片懵懂。他筆下有萬里山河，卻會因為輕輕一言而心亂。

【15】

「知道了萬物生成的原理，你就明白世上法術是如何產生的了，比如說現在要讓你把一塊石頭變得輕如鴻毛，你如何做呢？」這一天，盼兮繼續教授著少年。

「這……萬物的重量，只是來自於星辰與大地的吸引，只要使天空星辰的引力和大地的引力相平衡，那物自然就輕了。」

「說得簡單，天上星辰遙遠，如何使它們的力量被放大呢？」

「我知道這世上有羽族，可以以光凝翼而飛，想必也是這樣的道理。他們的光翼，並非是像鳥那樣用來御風而行，而是用來召引星辰的力量，使他們變得更輕。」

「是了，你明白了這中間的道理，剩下的就只是想出辦法去實現了。」

「用什麼東西可以導引天地間的力量，使之變化與平衡呢？」

「這些力量其實就流過你的體內，你的身體就是這天地相生中的一環，雖然微小，但只要你知道改變哪一點可以引發什麼樣的變化，自然就可以施用法術了。」

少年陷入沉思之中。

那幾天，牧雲笙一直不出宮殿，也好幾天沒睡了，只看著眼前桌上的一切。

那兩團光在琉璃中凝聚，漸漸變成兩根銀色的羽毛。

他將那一對銀羽握在雙手中，突然一陣風吹來，竟將他捲了起來，嚇得他丟開一根羽毛，才緩緩落在地上。

「我成功了！」少年欣喜地喊，「我做出可以平衡星辰與大地之力的東西了！它能使它附著之物變得輕盈，也許羽族就是這樣飛行的吧。」

盼兮接過那羽毛，也歡喜說：「小笙兒，你果然做到了。可是羽人只要在月臨大地之時，就能凝羽，你花上了數日，才制出兩根，這可飛不起來，最多是讓你重量變輕。」

「但我證明了原來妳說的都是真的，這萬事萬物果真都是由最微小的塵和最簡單的力演化生成。知道了這本初造物的祕密，我就可以改變我身邊的一切。我也終會改變整個天下。」

女孩眼中卻閃過一絲憂鬱：「小笙兒，你要小心，也許人們並不會希望他們身邊的一切被改變，也可能你所做的一切反會被人所痛恨。」

「我顧不得這許多了。」少年還沉浸在狂喜之中，「我知道我可以做到更多，我終會讓天下人都像鳥一樣在空中飛翔。我還會找到方法，讓他們有吃不完的穀物和用不完的黃金，那麼這世上豈不是就沒有戰亂和窮苦了嗎？」

盼兮低頭嘆息了一聲：「小笙兒，你太天真了。」

【16】

六皇子犯了癡症，所有人都這麼說。這少年好像突然變得不愛和人說話了，整天像是在琢磨事情，一坐就是一整天，誰和他說話他就和誰急，哪怕是女孩子們。有時忽然想到什麼，就衝進屋中拿起筆來亂畫，可是畫的也不是花鳥美人，而是不知什麼亂七八糟的線條，像是什麼圖紙，還拿尺子去量，寫上一長串誰也看不懂的符號，口中念念有詞地掐指算著什麼。大喊：「我的時間太少了，你讓我先做點有用的行不行？」

內侍宮女們都去稟報南枯皇后道：「之前六皇子和宮女伴讀們都嬉笑如常，現在六皇子癡症發作，別人都不理了，卻有人看見，每天深夜，有一個女子的影子在六皇子宮中出現，與他嬉笑，清晨卻又不見。人們都傳說……傳說……六皇子是被魅靈給迷惑了。」

皇后南枯明儀冷笑一聲：「母親死在冷宮，兒子看來也遲早要弄出點異端來。請法術大師去看看，若真有魅靈，立時除了。我去稟告皇上，讓六皇子早早完婚，封個邊遠小城送出去算了。」

【17】

牧雲笙這日走出殿來，卻看見女孩兒們在廊中竊竊私語，看到他，不像往日雀躍著迎上來，竟都拉著手跑散了去。

牧雲笙喚她們也不應，望著這些女孩兒跑開的身影，他不知道是什麼使這一切改變了。這少年忽然有種預感，以前那種群嬉笑鬧、親密無間的日子，是再也不會有了。

他追出一重院去，見蘭玨兒站在竹林下，望著他眼中盡是怨色，不忍跑開也不肯上前。

「妳們怎麼了？跑什麼啊？」

「恭喜六皇子，你大喜的日子就要來了！再過些日子，皇后就要給你賜婚了。」蘭玨兒說完一扭身飛奔去了。

牧雲笙呆呆地站在那裡：「賜婚……」

他忽然意識到，身為皇子，這終生做伴之人，也是由不得自己做主的。

那心中之女子，或許只有離開了帝王家時，才能自由去找尋吧。

那夜，牧雲笙無法入眠。他向著黑夜喚道：「盼兮……妳在不在？」

過了半天，黑暗中傳來鬱悶的輕小聲音：「憑什麼你一喚我就要在呢？我偏不在。」

「可是妳就在我心裡，能跑到哪兒去呢？」

「哼，你是吃定我了嗎？本姑娘也不一定要依附在你靈識中的，隨便挑個上進的公子哥兒附了，不比待在一個攢著勁琢磨自己如何能不當皇帝的傻子心裡面強？」

「我要選妃了。」

女孩子突然沉默了。

許久，她才用那虛無的纖指撥弄帳簾，輕輕說：「知道了啊。這不是很好嗎，帝王家的必走之路。」

「我這一生，再不可能有別的選擇了嗎？」

「沒有了。別想了，安心做你的皇帝吧。」

「妳也說這話？妳怎知我一定能做皇帝？」

「你做皇帝，也許比別人做了皇帝會好些吧。」女孩子望望殿頂，那裡看不到星辰。

「為什麼？」

「因為你不是個壞人啊。」

「可是當皇帝光有好心是沒用的啊。其實我覺得那皇極經天派的聖師也說得沒錯，假如我當了皇帝，也許真要天下大亂了，因為我想的，是世人所無法理解的，而世人所想的，我也並不在乎。」

「如果有一天你非做不可呢？」

「如果有那樣一天……妳還會在我身邊嗎？」少年低下頭，輕輕問。

【18】

這日，二皇子牧雲陸來到秦風殿看望牧雲笙。二皇子是最有可能被立為太子的人選之一，重臣們都與他親近。但牧雲陸優雅謙和，天生有一種書卷氣質，不像三皇子牧雲武、四皇子牧雲合那樣有狼似的眼神，所以牧雲笙倒覺得和他親近。

談了一會兒飲食書畫，牧雲笙忽然問：「二哥可有心愛的女子？」

牧雲陸笑起來：「終年在外，哪像六弟可以天天在女孩堆中游嬉，二哥無此福分啊。」

牧雲笙卻看出他的眼神閃爍，笑道：「必是有的，只是不敢說與人知？」

牧雲陸的笑容漸消，神情中有了一絲憂鬱：「人生歡愛愉情，不過是過眼雲煙，男兒當縱馬天下，其他容不得多戀了。」

牧雲笙追問著：「難道二哥不能與她成婚？」

「婚姻大事，有時可由不得自己的性子。」

「難道將來做了皇帝，還由不得自己性子嗎？」

牧雲陸有些吃驚，抬起頭來望著牧雲笙。

「做皇帝，可不是為了為所欲為啊。」

「那得到自己心愛的女子總是行的。」

「你也知，有時愈是帝王，愈是容不得『性情』二字的。」

二人忽都陷入沉默。

只覺得殿中空氣愈來愈晦重，牧雲笙站起身來，想去找女孩們玩耍。

牧雲陸問道：「六弟哪裡去？」

「二哥，既然來了，閒聊無趣，我們去園中飲酒取樂。」

牧雲陸笑起來：「六弟果然好情致。」

那夜他們喝了不少酒，可是牧雲陸始終儀態端莊，言笑甚少，也不與宮女們嬉笑。牧雲笙覺得好生無趣，難道這就是未來要做皇帝的人，一舉一動都要顧及體統嗎？忽然見牧雲陸腰中長劍，醉中伸手去拔。牧雲陸大驚，一把緊緊抓住他的手：「六弟你要做什麼？」

他神情如此之慌張，更引得牧雲笙放聲大笑：「二哥到這後宮之中，滿園暖玉溫香，為何還帶著那寶劍，不怕寒光煞氣沖了這美景柔歌嗎？就借六弟一觀又如何？」

牧雲陸卻死死不肯放手：「六弟你從未使過劍，可切莫傷了自己。」

牧雲笙哼了一聲不快而起，於樂女手中取過一支長笛，代劍而舞，口中胡亂吟唱：

紫庭雪牖銀樓殿，明燭照天夜未眠。
琴簫婉澈瓊璣閣，羅綺芬芳玳瑁筵。
晶壺寶瑟歌九奏，彩檻雕欄賦百篇。
歌催璧月澄輕素，九闕橫斜天欲暮。
宮鏡新開掃妝初，閒將往事輕回顧。
君不見貴帝揮鞭向九州，九州未定已白頭；
君不見虞妃百計求紫綬，空遺媚骨委渠溝？
雄心未息墓樹老，花顏已槁舞榭留。
長詩信史真疑夢，臨風向月舞不休！

唱畢舞止，牧雲笙摔倒在草地之上，醉臥大笑不止，聽不清二哥說了些什麼，只望見天上明月如落水中，流轉朦朧。

牧雲陸見牧雲笙睡去，口中回唸：「長詩信史真疑夢，臨風向月舞不休……」忽然長嘆一聲，「小笙兒，你果然做不得帝王。」

之後幾天牧雲笙都沉睡夢中，大醉淋漓，不知說了多少胡話。連明帝都不再發作，只是嘆一聲：「小笙兒若是能醉此一生，倒也是幸事。」

【19】

苓鶴清從夢中醒來，聽見天空中傳來沉沉的聲音，像是雷神的車輪。這老人突然有了一種不祥的預感。他奔出瀛鹿台下的宮殿，向高臺攀去。

踏過無數石階，他來到了渾天儀下。那巨人般的星儀正在緩緩轉動著，無數的銅軸、齒輪、鐵尺、金刻發出咯咯噹噹的相擊聲，這些聲音融入那巨大的悶雷滾動聲中，十幾個數千斤的巨輪一齊轉動，近千個小輪飛旋，正把那個尺規推向某個終點。

而驅動著這龐然大物的，卻只是那小小的少年。他彷彿是這星儀的一部分，一手輕推盤上的銅球滾動，來控制金質儀盤的細微傾斜，從而調整這巨大怪物的運轉，另一手還在飛快地做出古怪的手勢，像是每個手勢都代表一個數。

「住手！六殿下，你在做什麼？」苓鶴清撲了上去，「渾天儀是不能隨便轉動的，刻度亂了，一切就再也算不準了。」

少年卻一把推開他：「你不煩我，就不會亂。」

「它……它轉得太快了，會失控的！」

「五、四、三、二、一。」少年倒數著，突然一彈指，「到了。」

噹的一聲清亮巨響，彷彿連雲幕都被震得波動起來。那無數的輪盤，突然全部像彈脫了崩簧一般，戛然而止。沒有衝撞，沒有急剎剎，沒有摩擦，沒有慣性，所有的力都平衡在了一點。一切因為力的消無而靜止，這是一次完美的運算。

苓鶴清呆立在那裡：「這……這是什麼演算法？」

「我只是想來驗證一下，我的算式真的是對的。看來，這渾天儀還算準確。」

「你在算什麼？」

「算十年之後……」少年抬頭看向那最終的刻度，「……的某一天，我會不會和她在一起！」

「不！」苓鶴清絕望地喊，「你不能用渾天儀來算自己的命運，任何人都不可以！因為自算會產生永不可確定的變數，那會毀掉全域，所有人的命運，整個王朝的命運，就再也沒有人能算清了！」

「皇極經天派的演算法不能，我卻能。」少年看著那刻度，沒有人知道那個符號對他來說意味著什麼，「十年之後，就見分曉。」

【20】

這一天，鄴王世子牧雲德來中都天啟城覲見。他是牧雲笙的九叔牧雲欒的兒子，也就是牧雲笙的堂兄。

分封宛州的鄴王牧雲欒是明帝牧雲勤的九弟，當年大家還是皇子時，曾為太子位有一番惡鬥。牧雲欒精明強幹本更勝過牧雲勤，但他為人個性決絕，對人好時可以割肉贈食，恨一個人時便手段殘忍，毫不留情，死忠與仇敵一樣多。眼見穆如世家與多數重臣更傾向溫和的三皇子牧雲勤，牧雲欒便以退為進，放棄太子之位，主動請封賜宛州為王。那時三皇子一黨也樂於以宛州一地換取皇位之爭上少一個敵人，於是順水推舟。

牧雲勤稱帝後，深以牧雲欒為患，一面熱誠安撫，所求無不應，一面對朝中及宛州各郡軍政官員的任用著意爭奪。但牧雲欒精於統御，這些年宛州之富庶，早超過中州[13]，各郡之中，也遍佈鄴王黨羽。

而鄴王世子牧雲德卻好似完全沒有繼承其父之才幹精神，長得身形肥胖，其貌不揚，身上穿著華貴，卻仍沒有皇家的氣質。眾臣暗自搖頭，明帝也心中暗笑，因為他與自己九弟素來不和，現在看到其子這樣形狀，完全不如自己的幾位皇子，不由得頗為得意。

大殿會見後，明帝傳旨在御園擺宴賞花。園中行走之時，盼兮偷偷對牧雲笙說：「這鄴王世子周身華貴，卻一派俗氣，我很是討厭他的眼神。」

那邊牧雲德的臉上，卻露出了一絲冷笑。盼兮有些吃驚：「難道他也看得見我，聽得見我說話？」

這時明帝轉頭問牧雲德：「皇侄讀了些什麼書？可習得弓馬？」

牧雲德躬身道：「臣兒也沒有什麼本事，詩書琴棋、刀槍騎射，樣樣都學了，樣樣也稀鬆，現在只能略背得下《行略》《武韜》等數本。」

明帝驚訝道：「這幾本書洋洋萬言，你也能背得下來？」

牧雲德笑道：「請陛下任意出題。」

明帝命人取過書來，隨意翻了幾處，說出上句，牧雲德立刻滔滔不絕接背下去，眾人不由得驚嘆。

明帝心惱，不想牧雲欒之子竟然有如此本事。宴畢，眾人又看牧雲德與四皇子牧雲合比較棋藝。結果不過數十手，剛近中盤，四皇子就已完敗。明帝面有慍色。

一旁有棋藝高超的翰林老臣看出明帝不悅，笑道：「世子棋藝高超，微臣也想請教。」他本想贏下牧雲德為皇上爭回一點顏面，不料牧雲德行棋更加淩厲，又是中盤即敗。

眾人譁然，那老臣的棋藝已是國手的地位，居然被牧雲德這樣輕易擊敗，這世上不知還有誰能下得過他。

「那不是他下的。」盼兮偷偷地對牧雲笙說。

「為什麼？」牧雲笙在心中問。

「看到他旁邊那個玄袍老者侍從了嗎？下棋時他一直沉思，牧雲德卻東張西望，一點思考的樣子也沒有。和當世名家下棋還能這樣，絕不可能，只會是他身後那老者想好了棋著，不知用何方法告訴了他。」

「我聽人說鄴王給他的兒子請了個精通術法的世外高人做師父，莫非就是他？」牧雲笙想著。

「果然是這樣……方才背書，三韜七略之中，任一本書任一句話都記在心中，這也絕不是只靠心力可以做到的。我賭這牧雲德能死背下字句，卻一定不知道解讀。」盼兮笑著說，「你若是去考他釋義，他一定就傻眼了。」

牧雲笙心中笑道：「我自己也不愛讀書呢，還考別人。」

那邊三皇子牧雲武不服，離座起身道：「願與世子切磋箭技。」

牧雲德冷笑道：「我的箭法粗疏，就請三皇兄指教了。」

眾人來到草地，十丈外立起箭靶，三皇子連發三箭，俱中靶心。眾人一片喝好之聲。

輪到牧雲德時，他卻舉起弓來，一箭射向高空，眾人正不解時，竟有一隻飛鳥被射落了下來。

牧雲笙看見，那箭在空中時，居然像被風吹動一樣變了方向。盼兮冷笑著：「這哪是箭法，分明是祕術。」

一邊眾臣紛紛嘆息。鄴王牧雲欒竟然囂張到派其子來帝都炫技，明顯要向天下昭示眾皇子還不如他的兒子。看來是宛州勢力成熟，已然有恃無恐，開始打壓皇帝的氣勢了。

明帝心中如塞上一塊大石，再也強笑不出來，只暗嘆皇長子牧雲寒和二皇子牧雲陸不在。以牧雲寒的超群武藝，牧雲陸的才氣文韜，絕不會讓這宛州鄴王的世子如此輕易比下去，以致現在天啟皇族顏面無光。

牧雲德卻借勢進逼道：「今時豔陽當空，桃花開放，暖意融融，我願借景獻畫一幅，以謝今日之皇恩。」

所有的人都將眼睛望向牧雲笙去，六皇子畫工上的天才舉世皆知，如今牧雲德竟要在牧雲笙面前作畫，豈不是明擺著要以一人打敗明帝的所有皇子？

明帝知道牧雲德必有高人傳授，心已氣餒，但別人已逼到面前，不能不戰而認輸，也只得說：「正好小笙兒平日也愛胡亂塗抹，那就一同來畫畫這今日的桃花美景吧。」

於是大家展開筆墨，都畫面前的一樹桃花。

牧雲德畫筆如風，連眼睛都不望著筆尖，轉眼間桃花朵朵怒放。牧雲笙看他手臂揮動，眼神卻散漫，還偷瞧四周，知道這必是又有人控制著他的手在作畫。他望著牧雲德身後那玄袍之人，他果然正凝神看著紙面，手指暗暗揮動。牧雲笙心想，這哪裡是比畫，不如直接改成鬥法好了。心中一氣，一點作畫的興趣也無，只看著白紙出神。

轉眼牧雲德畫卷完成，片片花瓣分明可辨，遠看彷彿真的是花落紙上，眾人皆驚嘆好畫。再看牧雲笙紙上時，卻仍是空白一片。眾臣們開始搖頭嘆息，六皇子雖然才氣天縱，可是要想在片刻之內做成一畫壓過這幅桃花圖，卻是連國手大師也難做到的。

牧雲德得意道：「諸位請數，那桃枝上是多少花瓣，這畫上也是多少，若差了一片，我便認輸。」

殿中又是一片驚嘆聲，沒有人敢不相信他的話。

明帝嘆一聲道：「小笙兒，認輸了吧。你連筆都沒有來得及動呢。」

牧雲笙看一看牧雲德的畫，心中卻豁然開朗了。他微微一笑，不緊不慢，來到牧雲德桌邊打量起他的那幅畫，冷笑道：「這是畫嗎？」

「不是畫是什麼？」牧雲德沉不住氣怒道。

「簡直就像是把桃枝放在紙上嘛。連一片花瓣都不差，工筆能畫成這樣，只怕無人能比了。」少年道。

牧雲德聽此美譽，露出得意笑容。眾臣一看牧雲笙都如此說了，也都只有隨聲附和，一片誇讚之聲，明帝臉上，卻是再也笑不出來。

「可是少了一點。」牧雲笙說。

「什麼少了一點？」牧雲德驚問。

牧雲笙舉起筆像是要指，卻把一滴墨滴甩在了那幅畫上。

牧雲德大驚：「你……你這是故意壞我的畫！」

「不，」牧雲笙穩如靜水，「是你的畫就少了這一點。」

牧雲德氣得發笑：「六殿下，你……你太調皮了。」

牧雲笙忽然手腕一揮，筆尖在那墨點上輕觸幾下：「畫得再像，卻是僵死之物，只少這一點靈氣。」

眾人圍攏看去，那個墨點已然變成一隻蝴蝶，似乎正在桃花之上將落未落的那一瞬，那翅膀將開未開之一剎，脫紙欲飛，而那花枝被這一點，便彷彿正在微微地顫動，頓時滿畫俱活。

眾人靜默了許久，突然爆發出喝彩之聲。殿中歡呼雷動，像是贏得了一場戰爭似的。盼兮更是高興得不行，在小笙兒身邊跳著歡笑。

明帝也終於微露笑意。

牧雲德驚道：「這算什麼？他只畫了這一隻小蟲，怎就壓得過我滿樹桃花？」

他背後那玄袍者嘆了一聲，扳住牧雲德肩頭：「世子，服輸吧。真論畫境，我們與人家是溪流與大海的分別。」

【21】

宛州少主回到驛館，氣得踢翻案几，對那玄袍老者大喊：「我與你學了這麼多年法術，結果居然被人一個墨點就打敗了。這樣回去，有什麼臉面見我父王？」

玄袍者卻面如靜水，不喜不怒：「法術是可以靠苦練出來的，但意境就完全不同了。你是被六皇子的才華打敗的，可你將來要做的是成為天下帝王，這一點才華卻是無用的。」

「對了，」牧雲德突然想起別事，「你有沒有看見那六皇子身邊的小魅靈？當真是美麗！我這麼多年自以為收藏美女無數，可與她相比，竟然……你說這是不是……也是意境的分別？」

玄袍者這時卻笑了：「如果我沒看錯，那個小魅靈不是普通的遊魅，而是珠魂所化，所以才能那樣脫俗。她還沒有能凝聚出實體，等她凝成血肉之軀之後，天下之亂才將真正開始呢。」

「我不明白，這美人和天下之亂有什麼關係？」

「據說有古人製成奇珍寶珠，可以將前人的記憶心思吸入珠中。久而久之，這珠中就藏有了許多久遠的祕密。而那珠魂其實是曾活在這世間的一奇女子的珠中倒影，初時她只是一個不知自己是誰的虛靈，但是漸漸地，她會吸收天地間的微塵，將自己凝為真正的人。所以當這靈魅凝為真人之時，就可能影響天下人的命運。」

「墨先生，你怎麼會知道這些？」

「也是前輩所述。沒想到今天居然在那六皇子身邊看見她。所以世子殿下，趁著這魅靈還沒有真正凝成，快些控制她的心神是為上策。你得到了她的幫助，就得到了天下。」

「但她現在在那六皇子的身邊，那六皇子不是就成了我們最大的威脅？我們要快些動作。」

老者嘆了一聲：「從我得到的密報，上次占星大典所測，六皇子的確是帝王之選。只可惜他天生狂放，自己不信天命，也絕不肯按星相所示一步不差地過自己的一生，所以一切仍是變數。」

【22】

這天，明帝把牧雲笙喚到面前，陰沉著臉。

「聽說你衍華宮也不去，也不習文練字，終日擺弄一些粉末藥水，畫一些古怪符號，你是堂堂皇子，這樣荒唐嬉鬧，將來還能成大器嗎？」

一邊南枯皇后搖頭冷笑：「果然有什麼樣古怪的母親，就有什麼樣古怪的兒子。你母親就是常弄一些妖異之術來迷惑你父皇，最後中了那些古怪的煉金之毒死了，到了你竟然也是不學好……」

牧雲笙咬住嘴唇，緊掩憤怒。

明帝卻任由皇后說著那些侮辱牧雲笙母親的話，彷彿與他無關似的，他再也不會想到要去維護那曾經愛過他的女子，只顧著教訓：「那天占星大典，聖師說你天命有成大業之象，但切記不可沉迷於異端，被妖魅所惑，否則反而會成為這世間的禍害，你怎的就不醒悟呢？」

牧雲笙心想：我母親也是你眼中的異端妖魅嗎？原來你終是顧了你的江山大業，她才會那樣年輕就離開人世。

他按壓不住心中怨怒，冷笑道：「什麼天命？這世上哪有神靈？誰又配預言我的未來人生？」

「混帳！」明帝怒立而起，把手中鑲玉茶杯摔在地上。

少年冷笑，轉身大步出殿。

「誰教了他這些話？又是誰調唆著他這樣的膽子？」明帝看著少年離去的背影，氣得渾身發抖。

南枯皇后上來扶住他：「陛下息怒。我看六皇子身上確有一股邪氣，沒準真有妖靈魅惑，是得請聖師們來驅打驅打了。」

【23】

「小笙兒，如果有一天，我不在你身邊，你會不會覺得寂寞？」

「妳？妳要去哪兒？妳為什麼要走？」少年吃驚地望著盼兮，不知她為何這樣說。

女孩正望著窗外，天光流轉，在她的臉上輕輕拂過。

「我終是要走的。謝謝你把我帶出珠中的世界。但我不想再作為一個幻影在世間遊蕩，我要尋找一個地方，去凝出自己真正的身體。」

「可是，為什麼一定要有真身呢？」少年問，「我聽說，虛無的魅靈可以活五百年，若是凝為人，卻只能活幾十年。如果凝聚失敗，還會變得醜陋殘缺，不知要冒多少艱險，才能像普通人一樣活著，這是為什麼呢？」

女孩像被觸動了心事，低下頭去，喃喃地說：

「你還不明白嗎？就為了……可以真實地看到自己，真實地觸摸到這個世界。我心中洞悉這世間的奧祕，卻終是個沒有五感的虛靈，不能聽不能看不能聞不能觸，只能去感應別的心靈中的震顫。你是我最熟悉的人，我迷戀於感受你的喜怒哀樂，為你歡喜而歡喜，為你悲傷而悲傷。

但我其實根本看不到你是什麼樣，也不知道你為什麼這樣心緒變換著，所以我一定要成為一個真正的人，作為一個真正的人來活一次……哪怕……只有短暫的幾年生命，就要消散於天地間。」

「哪怕……只有幾年的生命？」

「魅吸收天地間的微塵凝成人，不可能像在母體中孕育的人一樣從嬰兒開始生長。愈追求完美，身體就愈虛弱……壽命短暫是很正常的。」

「因為要變成最美的人，所以不惜一生短暫嗎？」

「這樣也好啊，對於我這樣愛美如命的人兒來說，我不用看到自己老去時的樣子，這是多麼幸福啊。你也只會永遠記住我最美麗的時候啊。」

牧雲笙望著她，女孩的眼睛如深藍的星空。他知道這女孩在還是初生的朦朧靈識時就受了自己太深的影響，若不能追求絕美的境界，便不知一生有何意義。可是她這樣決絕地放棄了本來可以漫長的生命，只為換來可以真實感受這個世界。

「沒有法術可以讓妳永遠美麗不老嗎？」

盼兮搖搖頭：「這世上不會有什麼永遠的東西，最終一切都是要失去的。天下沒有不老的美人，也不會有不衰的王朝，這是天地的規律，人強求又有何用呢？」

「沒有……永遠的嗎？」少年沉吟著。

「我不是怕……怕他們，而是……怕你……」盼兮喃喃著，「你遇到任何的痛苦，我想我心中都只會更十倍、百倍地難過。」

少年凝望著眼前的女孩。少女的雙頰不知何時變得緋紅了，低頭絞著自己的手指，不敢看少年的眼睛。

她來到這個世間，孤獨一人，只有這少年能看見她，與她說話，聽她的心聲。他傾心地喜歡她，她也就一心地只為了他好，願付了自己去驅趕他一生中的苦痛與淒悲。她也不知自己是怎麼了，但她心中歡喜，原來對另一個人好可以讓自己這麼歡樂，哪怕是為了他受多少苦竟也是情願的。

而少年呆在那裡，他以前從來沒有聽過這樣的話。他身邊美麗女孩兒無數，天天如小鳥群一樣環繞在他的身旁，但他沒有聽過這樣的一句話，她們都喜歡與他在一起，但她們都不是她。她獨一無二，她會為他的歡喜而歡喜，為他的憂愁而憂愁，會整天整天地心中只想著他一個影子。而少年也一樣，自她來到他的身邊，他已經不自覺間改變了，以前他不知道自己應該去做什麼，只想放蕩不羈地度過每日，但是現在，他心中分明地知道，自己要去想明白一個將來，一個屬於他和她的將來。

「也許有什麼事要發生了，」女孩低下頭，「也許，能預感到危險並不是一件幸福的事。」她抬頭望著少年：「我害怕……你能不能……抱緊我……」

少年點點手，伸出手去，女孩靠在他的肩頭，他卻無法感到半分溫度與重量。女孩輕輕地嘆息：「如果我有真實的身體……這一刻會是多麼溫暖和幸福啊……」

少年輕輕靠近女孩，卻沒有力量使她感到安寧。他想抱緊她，卻無能為力。

門外傳來了腳步聲，士兵們擁來，把秦風殿圍住了。

【24】

術法大師來到了殿外，大聲道：「術師文祥，求見六殿下。」

盼兮驚慌地離開少年的懷抱，向殿後奔去。少年趕上去，想抓住她的手，卻什麼也握不到。

「害怕的事終於來了……小笙兒……我先去躲一躲，很快回來找你。」女孩說著，隱入夜色中。

術師文祥帶著弟子們走入殿中，只輕輕躬身，便傲慢地四下張望。他在朝中地位甚高，極得明帝的信任，加之人們都知道明帝不喜歡六皇子，所以也就毫無忌憚。

「那東西去後面了，你們去找。」文祥向他的弟子們指著，那些穿著繡畫符文長袍的術師便向殿后奔去。

「你們放肆！」牧雲笙喊著，「誰允許你們在這兒胡鬧？」

「在下有陛下的旨意。」文祥徑直從少年身邊走過，對他的弟子們喊著，「就在西南方不遠，去，把符沙撒過去！」

「在那裡！」有術師喊著，「用火符！燒死她！」他們喊叫著向一個方向奔去。

「不！」少年驚恐地喊著，「不要傷害她！」他衝向殿外，卻被幾個內侍拉住。少年憤怒地回身一掌抽在一位內侍的臉上，掙脫開來，向混亂處奔去。

園中，瀰漫著一股古怪的符法使用後的焦味。少年的心也像被放在火上灼烤一般。

為什麼、為什麼？他們為什麼要這樣做？我們做錯了什麼事？盼兮在哪裡？她死了嗎？

那些術師四下搜尋著，還不時向暗中發出術法的光焰。少年瘋狂地喊著，去推開他們：「夠了！夠了！你們都停下！」

但沒有人理會他，似乎他並不存在。

少年在黑暗中衝撞著，大喊著，漸漸地，他自己都聽不清自己的聲音了，只覺得眼前漆黑一片，在園中磕磕絆絆地走著，漸漸遠離了人群。

周圍變得安靜下來，少年覺得自己的心也包裹在黑暗中，什麼也聽不見、什麼也看不見、什麼也不敢想，只有一陣陣揪心的痛。這一切是為了什麼？他們做錯了什麼，盼兮只是想接近人的世界，瞭解人的心，她又做錯了什麼？她還會再相信世人嗎？自己活下去又還有什麼意思？

【25】

突然，他聽見輕聲的呼喚。少年身子一震，疾奔了過去。

女孩正虛弱地隱在石邊，她看到少年，仍然向他輕輕地微笑。

「也許……我們要說告別了……」她的笑那樣美，卻像刀一樣扎進少年的心。

「盼兮，不要離開我……」少年覺得無法再呼吸，他再也不會有這樣一個朋友了，他不想一個人留在這裡。

「他們弄傷了我，我已經快沒有力量再融入你的心神了，你很快就會再也看不見我……但小笙兒，記住……有太多人想看到你死去或沉淪，你千萬要小心謹慎，不要讓他們抓到你的過失。只要你能扛過去，將來……整個天下都是你的……」

「我不要什麼天下，我連妳都無法留住！要天下又有何用呢？」少年狂喊著。

「小笙兒……別傻了……我並不會死……我只是暫時離開……」

「是真的嗎？」少年擦著眼淚，生怕一時朦朧丟失了她。

「我要走了……去找一個地方，凝聚出我真實的形體，那時……我再回來找你……」

「可盼兮……那……妳什麼時候能回來？」

「也許是很短，也許……」

少年覺得心像被土埋住了，看不到一絲光：「盼兮，妳答應我一定要回來。」

「我會的。我會結一個蛹把自己藏起來，直到血肉孕育，我成為一個真正的人，我再回來……我希望，你能真實地觸摸到我，感受到我……」

「可是，妳會去哪裡？」

「我也不知道。想要凝出最美麗的身體，就要去尋找世上最美麗的地方孕育自己。可惜……我不知道我還能不能支撐到尋找到它……」

「盼兮……我帶妳去……」

「別傻了……你是皇子……別為了我做傻事。你好好地過下去，十年之後，你去世上最美的地方找我，好嗎？」

少年深深點頭。

女孩凝望著少年，輕輕地微笑，伸出手拂向少年的面頰，手指的虛影卻陷入少年的額中。

「我多麼希望，有一天，能真實地觸碰到你……那種感覺，將是多麼……好……」

她的笑容淡去了。少年看著女孩完全消隱在自己的懷中，「盼兮！」他高聲喊著，卻不再有回答。

小笙兒不敢收攏手臂，他怕一改變姿勢，就真的什麼也沒有了，連一個她曾存在的證據也沒留下。但是他又能挽回什麼？他什麼也做不了。

「盼兮……」

少年呆呆地伸出手，他的手仍做著環抱的姿勢，卻只有虛空。

【26】

這些日子，皇城中漸少了歡聲笑語，那些伴讀們進宮的次數也少了。這個王朝正面臨著戰爭與饑荒。但牧雲笙專心作畫，未察覺外面時局漸變，只一心沉迷在自己筆下的畫境中。

牧雲笙的世界只在這宮闈中，軟帳溫紗，彷彿還迴蕩著盼兮的笑聲，他以為這將是他的所有記憶。他不會去想外面的世界什麼樣，也毫無興趣。他可以待在畫室中，在午後的陽光下，靜靜地畫山水美人圖，一筆筆地細描，也許一天的光陰，只用來繪一雙眼睛、一絲衣皺，唯恐落筆不穩，不肯有一點的偏失……忽然覺得眼前恍惚，畫上山景人影晃動時，才發現早已夜闌，周圍點起了無數火燭。他雙眼流淚，看著明晃晃一個大殿，卻無一個人影，想這一切都不是真的，他早沉入畫境之中。

他的畫稿是從不與人看的，但也從不收藏，一幅畫畫完了，落下最後一筆的時刻，他便覺得它失去了意義，拂落於地再不會記起。他不記得自己畫過多少畫，也不記得那些畫都到哪兒去了，直到許多年後，牧雲笙看見自己少年時的畫稿在民間流傳，有人萬金以購，才想到原來的確是有人把自己畫過的每一幅畫都收起藏好，只是因為家國變亂，才流落民間。可是誰呢？是那些他記得名字卻怎麼也不記得面目的內侍們？還是某個女孩兒呢？

但有一幅畫，牧雲笙想留存，它卻不見了。在一個春季的晚上，他終於畫成了，掛起呆呆地看著，便那樣睡去了。

再醒來時，牆上空空如也，彷彿什麼也沒有過。他呆了很久，沒有大叫，沒有找人翻遍宮殿去找尋。因為牧雲笙想：太美的東西也許就會消失。他在癡狂中完成了這幅畫卷，望著她的那一刻忽然所有的幸福和憂傷都湧上心頭，這種心境他無法再體驗第二次。所以畫消失了，那似乎倒是本該如此。

一切，都真的是註定嗎？從母親的命運，到盼兮的命運，她們有什麼錯，為什麼為世間所不容？只因為那傳說中的天意不祥？

他在殿中如木人般倚牆獨坐，牆外的斜陽照在他的身上，漸漸地移走，暗淡，換成了清冷的星光。

少年的眼中沒有神采，就這樣一個時辰、兩個時辰……忽然他的眼睛眨動了一下，有什麼正在少年的心中激蕩開來。他猛地站起，推開了殿門。

門外的天空，星河滿天，銀輝傾瀉，正像那天占星大典時一般。

「祢錯了……」少年緩緩抬手舉向天空，「祢別想阻止我，我會向世間證明……」他用盡全身力氣大吼了起來，「沒有什麼上天的意旨，祢——根本就不存在！」

他像一頭憤怒的幼獅，對天穹發出了第一聲咆哮。雖然聲音弱小，但仍然是吼聲。

【27】

少年大步走向巨大的瀛鹿台，他的身影在無數臺階前顯得那麼渺小，但沒有什麼能阻擋他把它們一級級踩在腳下。

聖師岑鶴清在星台頂上等候著他，他的身後，是流光飛舞的星海。

「殿下，你終於來了。」

「你在等我？」

「星辰會向我指示這個國度的未來。殿下，我仍要再重複一遍上天對你所昭示出的預言，一定要記住，不要因為一時任性而去做星命不允許的事情，否則你會把災難帶給世間，你會成為世人所痛恨的人。」

少年輕輕地笑了：「皇極經天派能通過渾天儀預測世上一切，那你能不能預測出，我下面要做什麼？」

苓鶴清嘆了一口氣：「不能。」

「為什麼？」

「因為有些人，他們是牽動星辰的人，而不能被星辰所左右。殿下，我不能在你還沒有做那些事情之前就阻止你，但是請你明白，你一旦做了，就再也無法回頭。你再也不可能成為偉大的帝王了。」

「偉大帝王？秉承天意？」少年仰天大笑，卻突然止住，冷笑著說出那幾個字，「那就讓上天去死吧。」

他大步走向一旁終年燃燒著熊熊烈焰的銅鼎，抽出一根火把，然後走向渾天儀旁那十丈高的旗幡，伸手將它點燃。

十二面畫著星辰軌跡的長幅巨旗變成了火焰的巨樹，抬頭仰望，就像是赤龍直怒沖進星空。

人們在遠處觀望神聖的瀛鹿星台，發現它的頂端光焰四射，如星辰降落人間，映紅天際，全都跪倒膜拜。

少年丟下火把：「上天如果要證明祂的存在，就儘管把責罰降下來吧！但是我一天不死，便要嘲笑祂一天，我想做的事，祂攔不了我。」

十二面巨大的火旗在他身後緩緩墜落下來，像是神使折翼，把火光投向大地。

【28】

瀛鹿台被焚，聖顏震怒。牧雲笙很快被囚禁了起來。人們說，六皇子很可能再也不能走出那個園子了。

那皇城深處幽僻冷寂的園子，被緊鎖起來，那個曾才華天縱的少年像是就此消失在了這個世界上。

但就像是深埋在這繁華榮耀的帝都最深處的一個蛹，沒有人知道什麼在裡面孕育。

「盼兮，我會去找到妳的。」那個聲音在暗暗地說。

註1：端朝，皇室姓氏為「牧雲」，自開國即與牧雲氏結為兄弟的穆如氏世代掌握兵權。

註2：九州之一，位在北陸，東西分別與寧州和殤州相鄰。

註3：九州之一，在東陸的東南。與都城天啟所在的中州距離遙遠交通不便。

註4：九州之一，西接中州，南鄰越州，北與羽族聚居的寧州隔海相望。

註5：九州世界著名的星相學流派，與玄天步象派齊名。

註6：端朝牧雲，穆如兩家的近支子嗣讀書的場所。

註7：九州世界曆法，劃分一天為十二個時辰，自午夜起依次為殤時、瀚時、灘時、瀾時、越時、宛時、滁時、雷時、雲時、渙時、中時，越宛之交在正午。

註8：九州世界有兩個月亮，銀白色的稱之為「明月」，灰黑色的稱之為「暗月」。

註9：皆為九州之一，宛州在中洲以南岳洲以西。寧州則在北陸東端。

註10：九州最大的城市天啟，東陸的政治中心。

註11：九州世界的創世理論，其中墟主精神，而荒則是一切物質的起源。

註12：羽族與河絡族皆為九州六大智慧種族之一。羽族能飛翔，河絡族身高僅為人族的三分之二，常居地底，擅長工藝。

註13：九州之一，在東陸西北，帝都天啟便位在此。

之二　蘇語凝

【01】

大端朝一統三陸九州氣吞萬里，到了明帝牧雲勤這一代，已是三百餘年。

牧雲勤有十位皇子。皇長子牧雲寒，癡迷於兵法武學，從小與當世名將們一起在校場習武演陣，到十六歲時，弓馬槍法都難有敵手，卻能與士卒同甘共苦，一起飲酒行軍，且在軍中也頗有威信。將帥們也都親近這位性格爽朗、英氣四射的皇子。每每校場點兵，看「寒」字大旗，山呼海嘯，萬人應和。

而二皇子牧雲陸也是一位奇才，他不愛武藝，卻精於文略，即興成詩，也下得一手好棋，能與國手抗衡。最令人讚嘆的是二皇子胸中的韜略，他熟讀史書，對古人舊事常能有一番不同評說。於廟堂之上與群臣辯論，語鋒銳利，雄視四方，已顯王者風範。

人們都暗中評論說，若皇長子得繼帝位，大端朝必能武力昌盛，再拓疆土，四方來朝，創曠古偉業。而二皇子繼了帝位，則可政事清和，倉廩豐實，造繁華盛世。

卻可惜，皇長子和二皇子都是這樣的少年奇俊，卻只有一個人能成為皇帝。

【02】

衍華宮中陽光煦暖，少女蘇語凝坐在殿中，聽不進太傅講的書史，只偷望二皇子牧雲陸。少年皇子玉冠繡帶，一支青竹筆握在手中，仰望屏風上的陽光，正若有所思。一舉一動間，無不是少年清雅的風度。

皇長子牧雲寒的位子卻是空著的，他一早又習武去了。三皇子、四皇子、五皇子在二皇子的身邊，同樣的錦袍卻像幾個隨從，完全被牧雲陸的氣質所壓過。

蘇語凝知道，偷偷望著二皇子的人並非自己一個。女孩們都清楚，皇長子太迷戀兵法武藝，能打天下卻難以治天下。二皇子通讀史籍，胸懷韜略，才是最可能成為太子的人。

但現在，人們望向二皇子之後，卻很難不再望望她。因為那天占星大典，天象所示，她正是與二皇子姻緣相配之人。

蘇語凝心中如鹿撞，從此再也不敢看二皇子的眼睛，怕他微微一笑時，自己就手足無措了。

她是瀾州小官宦家的女兒，只是因為有幸在紅霞貫穿微垣星宮的天象那一時辰出生，才被認為有皇后之兆，同其他幾位同是那時辰出生的女孩一起被選入宮來。相比宮中出自貴族重臣之家的伴讀女孩們，她的身世低微，所以一直低頭做人，從來不敢奢望什麼。

然而如今皇極經天派的占星大典之上，上天再次證實了她是天命所指，把她的命運和二皇子牽在了一起。只要二皇子不犯下什麼大錯，他就會是未來的太子，直至皇帝。而只要她不犯下什麼大錯，皇上也不會違背天意將她遣離二皇子身邊。那麼，將來……自己也許就是……

蘇語凝不敢再想下去，她小小的心承受不了這樣的重量。她一遍遍地對自己說：一切都還太早，不要太高興，不要讓別人看出妳正高興。她知道有多少嫉妒的眼睛正看著她，尤其是那些王公重臣的女兒們。

能入宮伴讀的女孩，大的已十四五歲，小的不過五六歲，大多來自顯貴之家，只有六個是蘇語凝這樣因為出生時有奇異天象而從小吏平民家選來的。每個女孩子都明白，自己能入宮伴讀，就意味著自己會是未來皇后、妃嬪的候選者，她們的一舉一動、一顰一笑，都在皇族的打量之下。所以這些女孩兒無不是處處小心，儀容精細，常對著鏡子練神態微笑，生怕在皇族面前一個行禮、一句對答做得不到位，就毀了自己的未來。而錯失更是絕不能有，不然就可能連家族命運也要一起搭上。

她們終日在人前燦爛而嫻靜地微笑，其實內在早已心事重重。蘇語凝初入宮時，對伴讀女孩兒的心機之深，表面和睦無間、私下滿腹計較驚訝不已。但日子一長，她自己也變得緘默謹慎起來。

【03】

課畢，少女伴讀們私下聊天，議論眾皇子的好處，不想又引發出一場論戰。

「皇長子武藝出眾，所有武將都稱讚，將來必然三軍擁戴，他不是太子誰是太子？」有個女孩說道。

「可是當皇帝需要的是治國政略，不是東征西討。論史談策，連眾謀臣都說二皇子見識卓越，將來必是治國之才。」皇后的侄女南枯月漓撇嘴笑著。

「我聽武將們說，如果將來皇長子為帝，大端朝一定武功赫赫，從此天下再沒有異族敵國可抗衡。」又有女孩兒不服。

「可我也聽文臣們說，如果二皇子治國，我朝民生必然比現在更加富庶，再無哀苦之聲。」南枯月漓總是一副高傲淩人的氣勢。

蘇語凝聽眾女孩說得熱鬧，不由得插嘴道：「若論當皇帝，自然立嫡長居多。但皇帝只有一個，不做皇帝，也不見得就是輸人一等。若只論人，我倒更喜歡二皇子些。」

忽然，她見眾女孩子都轉頭驚訝地看著她，把自己方才說的話默默一轉，心中直叫糟了：自己竟脫口直接把「喜歡」二字說了出來。其實她不過是孩子心性，所謂喜歡不過是覺得二皇子容易親近，與男女之情無關。可在宮廷這樣敏感的地方，是一個詞也不能說錯的。想到這兒，她渾身發冷，可再怎樣也晚了。

果然南枯月漓怪聲譏諷道：「妳才多大點年紀，奶氣還沒有脫呢！如此急於表白，學會討好二皇子了？就算占星聖師說妳與二皇子相配，那又如何？妳只不過是那六個人裡最與二皇子相配的人罷了，將來我們中間肯定還有更相配的！妳不過是出生時天光有點發紅，我們讓妳進宮來討個吉祥，妳還真以為自己就是天命的皇后了？」

眾女都哄笑起來。蘇語凝面紅過耳，不由得羞憤道：「那妳……妳不也說了二皇子無數好話。」

南枯月漓冷笑：「我就算想當皇子妃，那又如何？只要皇后娘娘——我的親姑母和皇上一說，這事立刻就成了。妳不過是一個小小縣令的女兒，再挖空了心思要貼近二皇子，只要皇后一句話，妳也不過白費心機。」

「妳……妳……怎麼平白誣人……我何時說要做皇子妃？」

「哈？虛偽！妳們這些小官家的女孩，明明一心想著被皇子看中登上金枝，卻又不敢承認，我還真是看不起。」南枯月漓招呼眾女孩，「走走，我們那邊玩去，不要理這個小小年紀就滿嘴虛言的賊丫頭。」

眾伴讀女孩中，南枯月漓家族最炙手可熱，哪有人敢不聽她的，立時就把蘇語凝一人甩下。

蘇語凝不想只是因為和她爭了一句，就遭到如此惡言冷遇，氣得轉身就走，邊走邊抹眼淚。

那邊南枯月漓回到殿中，卻也氣得亂轉：「我就知道這丫頭人小鬼精，才多大歲數就一心謀劃她的皇后之路了，果然就直奔著二皇子去了！這寶押得還真是不猶豫！那占星聖師說什麼她的姻緣和二皇子最配，沒準也是收了賄賂。」

「小姐不要生氣啦，全是那個什麼紅霞貫星的破天象，宮裡人全都被迷糊住了。那些小女孩子也都以為自己真的將來都是皇后、貴妃呢。」

「什麼命定是皇后？我今天這樣罵她，將來她要真能當了皇后，還不想法子整死我？我定要想法子把這些什麼天命小丫頭全趕出去！要到擇太子妃至少還得四五年吧，她們這四五年一點錯失都不會犯？我還有的是時間整治這些小妮子呢。」

【04】

對蘇語凝來說，深宮中的冬天一下就到來了。忽然幾乎身邊所有的伴讀都疏遠了她，侍奉的宮女也換了人，新來的宮女整天沒有好聲氣，洗臉水、飯菜端來的都是半涼的。蘇語凝太小了，根本意識不到這後面潛藏的敵意，只覺得自己在宮中實在是太卑微了，她不明白父母為什麼要歡天喜地地把自己送來這裡。蘇語凝連個說話的人也沒有，愈是孤單就愈想家，夜夜在被窩裡偷偷哭泣。

這天，有內侍來傳消息，說眾位皇妃與皇子請伴讀們次日去三皇子住的妙怡園一同觀魚遊樂。伴讀女孩們都興奮起來，討論著要穿什麼樣的衣服，皇長子、二皇子會不會去，席前會不會行令對詩考查修養……幾位與蘇語凝一同進宮的女孩都說：「要論詩才，蘇語凝最好啦，二皇子都稱讚呢。」南枯月漓聽在耳中，笑一聲道：「蘇語凝，那妳要好好準備哦。一定要穿得漂亮一點。」

這天晚上，蘇語凝從箱中找出她最喜歡也最捨不得穿的那件淡黃色紗籠煙袖的衣服，這衣服是她被召入宮前，父母特意花了相當於父親半年薪俸的重金去欣然堂裁製的，只為了在皇宮中不失身分，有大典朝覲時能得體漂亮。母親看著穿著這衣服的蘇語凝笑得合不攏嘴，說：「我家凝兒只要穿上這衣服往人中一站，周圍有多少女孩兒也立時全要被比下去了。」父親卻說：「凝兒進宮之後要矜持自重，別的事情不落人後，衣食上卻不可和人攀比。這件衣服妳要愛惜，妳也知道咱家可添不起第二件了。」

第二天蘇語凝早早起床，小心穿好衣袍，生怕弄皺了。來到門口與眾伴讀會合準備一起去妙怡園，卻突然有人指著她的衣裳尖叫起來。眾人一望，全圍著她大笑。蘇語凝一低頭，卻發現昨夜放在床邊的新衣後腰上不知何時竟出了一個大洞，她立時嚇呆在那裡，覺得渾身都涼了。南枯月漓笑道：「這就是題兒了，不如我們現在就此情此景，每人作詩一首如何？」

蘇語凝耳邊只有一片轟轟的笑聲，她又羞又氣，只覺天旋地轉，強持著最後的力氣，逃回屋中。心中想著：怎麼辦怎麼辦？家中費了那麼多錢置的新衣，竟就這樣破了……可皇妃、皇子們的宴請是不能不去的。她來不及多傷心，只能去尋衣裳換，打開箱子，她驚得掩住了口，卻叫不出來。

箱中最上面那件外衣竟也是破的。她一件一件取出衣服，不知何時竟都被剪破了，有些是前幾天穿著還好好的。開口想喚宮女來，突然想到這定是別人背後指使的，那宮女早就有恃無恐，自己出身寒微末吏之門，能入宮已是天大的幸運，哪裡還敢與人相爭？而且追問又能如何？不過是被人再嘲笑一次。

她呆坐在地上，心中涼到了底。父母送女兒進宮時又是期望，又是不捨，花了一半家財準備錦衣玉簪，母親又將所有體己錢都給了她，生怕她在宮中穿得寒酸被人笑話，或是沒錢打點下人被人欺負。可入了宮才知道，她和那些望族重臣的女兒們永遠沒法比。本來就已經因為出身低微而被輕視，現在又不知為何處處被孤立刁難。沒有人想讓她待在這兒，自己又為什麼偏要到這宮裡來？

她靜靜坐著流淚，心中空空一片，只有一個聲音：「我要回家，我要回家……」外面有人來喚，急急敲門，蘇語凝也只是呆呆不應。那人哼一聲走了，喚著其他伴讀女孩兒離去。

喧鬧歡聲漸漸遠去，四周死一般寂靜。蘇語凝覺得這樣才好。她把破衣服盡數包了，那全是父母賣了田地置的，不能丟棄。她只穿了一件素白內袍，就這麼茫然走出門去，一心只想著回家，卻又不知往哪裡走，只沿著路茫然前行。沿著太漪池走了大半圈，平時走熟了的路，此時竟連方向也迷了。她無力地坐倒在地，心想這天地究竟有多大，自己究竟有多小，哪裡走得回去？她再也止不住聲，只埋了頭嚶嚶哭泣。

忽然一個人站到了她的面前，關切地問：「妳怎麼了？」

【05】

蘇語凝抬起頭，看見了一位少年。他雙眼明亮，有著如重墨繪出的眉毛和薄薄的嘴唇，但是卻穿著樸素的布衣，有些地方還沾著泥。

蘇語凝一時懷疑自己已經走出皇城幾百里了，不然宮中怎麼會有這樣打扮的人呢？莫不是宮中的園丁小廝？

「定是那些女官內侍們罵妳了吧？那些人滿身都是規矩，的確討厭。」

她偏過頭，不想理會他。她這些心事，又哪裡是能向人說得清楚的呢？

蘇語凝無心和這少年辯解，只站起來慢慢向前走去，說道：「我想回家……」

「妳家在哪兒啊？」

「硯梓。」

「硯梓郡？在瀾州，離這兒近千里路呢。」

蘇語凝心中突然想到，自己是不可能說離開就離開這皇宮的，那算是私逃，會株連全族。自己方才氣急迷了心，抱了包袱跑出來，若是被人看見去告發，可是大罪。

想到自己竟然無處可去，只怕要被她們任意欺淩至死，她的眼淚又噗簌簌落了下來。

「我沒有地方去了。」

那少年急了：「別哭啊，我最怕看人哭了。」他也手足無措，突然拉住蘇語凝，「不就是硯梓嗎？我送妳回去便是。」

他拉了蘇語凝便跑，來到柱上拴著的一匹駿馬前，要扶她上去。

蘇語凝卻驚得退後說：「你瘋了？帶我出宮，你我全家都是死罪。」

那少年愣了一愣，突然大笑起來：「牧雲家還能小氣成這樣？我帶他們一個小丫頭走，他們還敢捨不得？妳放心吧，我說帶妳回家，妳就一定能回家。」

聽到他直呼皇族的姓氏，蘇語凝更是嚇得不輕：「你當真瘋了！『牧雲』兩個字也是你能喊的？」

「妳不是也喊了？」少年大笑起來，蘇語凝發覺失言，臉色都白了。少年笑著自己先翻身上馬道，「反正留在宮裡也是死罪了，我現在要出宮了，妳跟不跟我走？」

蘇語凝呆呆地望著他，她很清楚哪怕死在宮中也是不能私逃的，但是突然有一個奇跡般的機會彷彿就在眼前，她一時也心亂了。那少年的笑容，彷彿給她無限的勇氣，就是要衝一衝這巨大的囚籠。

那少年向她一伸手，蘇語凝也不知自己怎麼了，就借力坐上了馬背。少年喊：「抱緊我。」猛一催馬，那馬直向前朝未央門衝去。

蘇語凝不曾乘過馬，嚇得緊緊抱住少年的腰，只覺得那馬奔跑如電，自己稍一鬆手，就可能被甩下馬去，頓時嚇得什麼也不敢想，緊閉了眼睛。也不知過了多久，馬速才緩了下來。少年回頭道：「我要被妳勒得喘不過氣來了，妳還是只抓著我腰帶就好了。」

蘇語凝發覺自己緊靠在少年溫暖的背上，面色緋紅，直坐起來，看四周竟然已是在宮外了。她驚道：「你就這樣直衝出宮來了？沒有人攔你？」

「攔我？那些衛士就算想追，也得追得上我的青霜馬啊。」

正說著只聽後方馬嘶，奔來的竟是一支虎賁騎兵。

「不好了。再抱緊我！」少年縱馬直向城門奔去。那城門守軍也還不知出了什麼事，青霜馬便已經衝出城去。

那支騎兵也緊隨著追出城外，只有十幾騎，但冠插金纓馬配紅翎，全是駿馬健兒，出了城，一聲呼哨，散開一線，馬蹄翻飛如電，直向他們包抄而來。

少年卻騎術極妙，每每後方追近，他輕輕一抖韁，那青霜馬一個急折，便從追兵兩馬間的縫隙突圍出去，兩匹戰馬挾著風，只差毫釐就要撞在一起，蘇語凝都能感受到追馬的鼻息噴來，嚇得驚叫不止。

奔了近一刻鐘，離城漸遠。追兵始終追不上少年，卻也無法被擺脫。正在這時，前方突然傳來了震人心膽的巨大號角聲。

那是大軍列陣時才會吹奏的長角，以風袋鼓鳴，十幾里外都能聽聞。少年抬眼望去，前方地平線上，一支龐大的騎兵大軍正緩緩列開陣勢。

「不會吧。」少年嘀咕一聲，撥馬向一邊衝去，那大軍緩緩向前推進，少年與追兵就從這無邊軍陣的面前掠過，眼見那萬馬踩踏大地的震動蓋過了世上一切聲響，大軍第一列騎兵的面目都可分辨了。

「我們逃不了的……」蘇語凝哭道。她沒有想到宮廷律法如此嚴厲，自己出逃，居然會調動大軍前來追趕。

「妳胡說什麼呢？」少年道，「關妳什麼事啊，是我逃不了才對。」

「他們是來抓你的？」

少年點點頭。正在這時，大軍陣中一匹紅色烈馬離群而出，直追他們而來。那馬速之快，騎手身形之矯健，令大軍中齊爆出一聲歡呼。戰馬之上一位銀甲少年，肩鑲翠玉冠帶紫金，背後明黃色披風如旗招展，轉身就追近了少年。

可少年偏是不服，憑著騎術縱躍轉折。二騎如猛虎撲鹿，眼見追近，忽又拉開，大軍之中驚嘆喝彩聲一聲響過一聲。

少年氣惱道：「不過就是憑著你的彤雲馬快！」從馬背上摘下弓箭，回身就射。

蘇語凝回頭望那追趕的銀甲少年，看著他的明黃龍紋披風，突然驚呼：「那是皇長子啊！」伸手就去推少年手中的弓，自己卻失了平衡，直向馬下摔去。眼見黃沙撲面而來，以為死定了，少年卻探身一提，把她拉回了馬背。大軍陣中又齊聲喝彩。

可藉這機會，銀甲少年已經追近了他們。他沒有拔劍提槍，卻大聲笑道：「寒江賢弟，你這一箭可射得臭到家了，我想伸手去撈都沒搆著。」

那少年苦笑道：「這裡有一位小宮女，一看是你，連命都不要了去奪我的弓。這可不算，他日獵場上比過。」

這時後面的虎賁騎兵也奔了上來，為首騎將氣喘吁吁地罵道：「三弟，我喊了多少聲『今天西門外父親要演兵』，你還偏往西門跑。你還是不要這樣整天閒蕩了，快些跟我們一樣拜將入伍吧，那時，你再胡鬧，我便好請了令箭打你的軍棍。」

少年一梗脖子：「我今日要去硯梓，不走西門走哪裡？你們演兵不會走遠些？有本事直接開去平了宛州、瀚州的叛賊，天天在這兒演兵我都看膩了。」

蘇語凝驚訝地聽著他們的對話，突然明白了眼前的這位少年是誰。

這世上，也許只有一種人敢穿著家常的衣裳大搖大擺地在皇城中騎馬，和皇子們稱兄道弟、嬉笑怒罵，那就是穆如世家。

【06】

穆如世家，是這個泱泱帝國中，除了皇族牧雲氏之外最強勢的家族。他們和牧雲皇族一起打下這片天下，與皇帝兄弟相稱。

早在三百年前的北陸，穆如氏就是威懾瀚州的強悍部族，穆如一門東征西討，屠滅部落無數。後來，西部霸主的穆如部與東部強盛起來的牧雲部在雪熾原上大戰一場，各死了無數勇士，雙方族長都覺得若戰勝對方，也必將流盡自己最後一滴血，於是結盟，約定共分草原。

後來草原一統，穆如氏又隨牧雲氏南渡天拓海峽，橫掃東陸。得到天下後，太祖牧雲雄疆要將瀚州一半分封給穆如氏，那時手握重兵的穆如氏族長穆如天彤大笑著說：「少些。」太祖於是加封穆如氏為北陸王，穆如天彤仍笑說：「少些。」太祖不得已走下寶座攬著穆如天彤的肩道：「穆如兄弟，你喜歡這皇位，直說便是，我這就回草原去放馬。」

穆如天彤跪地道：「陛下，你的江山土地我不要，只要你別忘了這『天下』二字裡有多少穆如家男兒的血。」雙手捧上佩劍，要交出兵權。太祖感嘆，接過佩劍，卻將自己的佩劍「辟天」解下交到穆如天彤手中道：「沒有穆如氏，我們連草原也出不了，何談天下。這江山，再不分你我。」於是取消封王，卻賜穆如天彤麒麟族徽，授天子佩劍，封「大將軍」，隨時可號令全軍，並道，「若有牧雲後人不敬穆如氏，可持劍斬之，自立為帝。」

最功高威重的穆如氏拒絕受封，其他各將領也就只得拒絕王印封地，大端朝得以免去諸異姓王之患。但穆如一族，三百年來雖然代代執掌重兵，卻忠心耿耿，從來沒有出過挾兵自重之事，也幾乎沒有輸過戰事。

所以穆如世家世代執掌大軍，持太祖佩劍對百官先斬後奏，這代表著江山也有穆如氏的一半。

而蘇語凝眼前這個少年，看年紀想必就是大將軍穆如槊的第三子──穆如寒江。

皇長子牧雲寒看了看蘇語凝，笑問：「賢弟好有興致，這小姑娘是誰啊？」

蘇語凝嚇得心都要不跳了，直想跳下馬去跪地求饒，穆如寒江卻一把攥住了她的手。

「是我老婆，怎麼的？」他衝著皇長子沒好氣地說。

蘇語凝身子一顫，不知是因為他的這句話粗俚，還是因為他手掌的熱度。少女突然有了一種從未有過的感覺：這一次，她不再是孤獨一人，有個人和她在一起。

牧雲寒轉頭大笑：「好好好，那我就不打擾你們了，告辭告辭。別玩到關城門才回來哦。」

「這可是你讓我們走的哦，一會兒出了什麼事，全在你的身上。」穆如寒江笑道。

牧雲寒一時不知何意，只笑道：「當然……快走吧，別擋著大軍演武了。」

【07】

夕陽西沉，樹梢挑掛半金半墨的影子。兩個少年行了許久，累了坐在河堤上休息。天啟城已遠，他們卻不知能去何方。

「瀾州離這兒還有多遠啊？也許還要走半個月呢。妳回去後就立刻舉家搬遷吧。」穆如寒江說，「妳出來了，再想回去可就難了。」

蘇語凝咬緊嘴唇，搖著頭，手指把穆如寒江的衣服絞緊。她心裡明白，父親是不會帶她逃走的，她也不能讓全家為此流亡。她突然開始後悔，後悔得心中發涼，恨不得立刻死了。哪怕當時投下湖去，也不該連累這許多人。

「妳不要怕，」穆如寒江說，「我既然帶妳出來了，就不會讓他們再捉到妳。妳看，連皇長子不是都開口讓妳走了嗎？」

蘇語凝頭倚在他背上緩緩地搖著，不能了，不能再連累更多人了。好半天，她緩緩說：「你送我回宮去吧。」

穆如寒江轉過身來看著她淚水泫然的眼睛，很想說什麼，卻又什麼也沒說出來。

他們坐在河堤邊，看著今日最後的霞光。蘇語凝很害怕一旦站起來往回走，這樣的美麗就再也看不見了。宮牆之內，不能這樣無遮無擋地眺望天際。

終於穆如寒江嘆了一聲：「妳真的決定要回宮去？回去了，可就不知道什麼時候再能出來了。」

「走吧。」蘇語凝低頭輕輕地說。

【08】

蘇語凝回到了宮中。奇怪的是，竟然沒有任何人來向她追問這件事，連南枯月漓也沒有來藉機責罵她。女孩子都遠遠地躲著她，好像怕著什麼。

可安寧的時間是那樣短暫。那一天，蘇語凝遠遠望見南枯月漓和女孩們在亭中玩耍，想繞開，突然聽到南枯月漓喊她，讓她和一個宮女來玩拈花籽，卻叫誰贏了便可打對方一掌。蘇語凝十分不願，南枯月漓卻將眼一瞪：「就妳最嬌貴？不要掃了大家的興致。」

蘇語凝不願引起紛爭，只好勉強抓起花籽，心中恨不得早些走掉。第一局她贏了，只伸出手去在那宮女臉上輕輕掃了一下。第二局那宮女贏了，慢慢伸出手來，忽然偷眼瞧瞧一旁的南枯月漓，揚手重重打在蘇語凝臉上。

蘇語凝被打得差點摔倒，臉火辣辣的，眼淚當時就淌了下來：「妳……妳……」

「怎麼啦？輸不起？」南枯月漓跳上前來，「妳可以再跑一次啊！居然皇長子、二皇子一齊幫妳說情，還有穆如家的公子哥兒硬說是他拐的妳——妳面子真大，世上最尊貴的皇族公子們都喜歡妳，是不是？今天不妨再跑一次啊，反正也沒有人敢管妳的。」

蘇語凝看著那張挑釁的臉，突然心裡對自己說：要忍耐，一定要忍住啊。為了父母的性命，為了不再讓他人覺得自己是個要憐惜的苦命人，一定要忍住。有什麼大不了的呢，挨幾巴掌而已，不會死人的。

她突然微笑了起來：「那麼，我們倆來玩吧。」

南枯月漓驚退了一步：「什麼？妳……好，我，我會怕妳嗎？」她挽起袖子。

第一局，南枯月漓輸了。她漲紅著臉，瞪著蘇語凝。可蘇語凝只是微笑著，雖然腮邊還帶著眼淚，卻只是伸手在她的臉上輕拂了過去。

第二局、第三局……第七局，南枯月漓還是輸。她的臉色愈來愈難看，周圍的女孩子中傳來竊語聲，但蘇語凝仍然只是輕輕地拍拍她的臉。

第八局，南枯月漓終於贏了。她像是等待了太久似的，揚起手臂，橫掃在蘇語凝的臉上，把女孩打得翻倒出去。這一下之重，周圍女孩都驚叫起來。南枯月漓也不禁有點擔心自己是不是下手太狠了。

但蘇語凝慢慢從地上爬起，臉雖然紅腫起來，卻仍艱難地微笑著，伸過手去：「還玩嗎？」

南枯月漓被這笑容弄得不安，但她也是任性之人：「再玩啊！誰也別跑！」

第二次、第三次、第四次……南枯月漓的巴掌重重地打在蘇語凝的臉上，周圍女孩子都靠在一起，覺得看不下去了。人群中有人帶哭腔喊著：「蘇語凝，別玩了，走吧，走吧。」可蘇語凝仍然微笑著，若是贏了，只是一次次伸出手去，輕拂對手的面頰。

在南枯月漓也覺得這女孩瘋了、不想再玩下去的時候，蘇語凝又贏了一局。

她仍然緩緩地伸出手去，但南枯月漓望著這女孩的眼睛，突然有了一絲不好的預感。

蘇語凝的微笑變成了冷笑，她的手顫抖著，緩緩舉高：「請把臉伸近一點，好嗎？」

周圍的女孩子都驚望著蘇語凝的手，卻沒有人阻止。

彷彿看見當初所打出去的力量全部在這一掌中被還了回來，南枯月漓已經感覺到了臉上的辣痛！她驚叫一聲捂住臉，向後逃去，卻絆到了石椅，幾乎摔倒在地。

蘇語凝的手還是揚在半空，好半天，人群都散去了，她的手才緩緩放下。

「有本事就殺了我吧，可妳沒本事……我不會走的！」她的臉上，仍然是與她的年紀極不相稱的冷漠微笑。

【09】

帝都天啟，天下的中心。它巨大的城郭在殘陽下泛著古銅色的光澤，九座城門像巨獸一樣吞吐著天下彙聚而來的人力與物資，也彙聚著野心與夢想。許多人看到城牆上的「天啟」巨匾便已經滿足，而卻又有人希望能俯視那重重樓闕。

穆如將軍府，便是這天啟城中除皇城之外最龐大雄偉的府第。

少年穆如寒江坐在它的高簷屋頂上，一邊看著城中的繁華盛景，一邊想像著幾千里外的江山長卷。

穆如世家與皇族稱兄道弟的無上榮光，對於穆如寒江來說，就變成一種空虛。未來的路似乎早已註定，長大，拜將，領軍，出入朝廷。這府第對他來說太小了，他望著牆外的天空想像著戰爭，紅色雲氣的天空下，他執旗縱馬狂奔，萬軍中殺出一條血路，遠處的美麗姑娘，目光凝固在他的身上。

那股悍野之氣在他胸中衝撞，練武讀書對他來說太枯燥，他每每半夜從夢中醒來，發出狼的嚎叫，翻出院牆，天亮了很久後家人才能找到他。這少年往往正裸著身體，渾身是泥和傷口，在激流裡游泳或是和比他大四五歲的少年毆鬥。問他為什麼逃掉，穆如寒江說，我做噩夢自己被關在籠子裡，我要咬破籠子跑掉。

母親覺得這是種狂症，請了名醫來為自己的三兒子診治。那名醫道：「這是出生時魂魄被獸靈狂魅所侵，必是武將之家在戰場上殺人太多所致，可在府中多植青木。至於三公子，請用鐵鍊縛在屋中，日日食素粥與苦蓮，磨去狂性，十三歲後方可允其出屋，不然狂靈生長，必然禍至全族。」

大將軍穆如槊一聽，冷笑一聲：「虎獅縱會食人，也該放歸山林為王，豈有拴上鐵鍊作狗來養的道理！」命把那名醫打出門去。然後他將穆如寒江喚至面前道，「你覺得這家是籠子，你可以不回家。但是你要記住，你不論是被人打了還是打死了別人，都不要指望搬出『穆如』的姓氏來救你；你痛得餓得快要死了，也不可以向人下跪乞求。是個男人就要為自己做的事擔當，我不怕你混跡群氓或是流落街頭，我只是不要你成為只會藉著長輩的權勢錢財作威作福的公子惡少。你想在外活下去，全靠你自己。等你長到十二歲，我就送你去從軍，沒有人會知道你是哪家的孩子，吃最差的飯、受最苦的訓，沒有鋼筋鐵骨，在穆如軍中就混不下去。那時候我才會決定，你配不配做我穆如槊的兒子。」

穆如寒江從此難得回家，天天在外撒野。像是有著天生的統御力，他的身邊很快聚起了一幫孩子，沒有人知道他是名將之後，只知道他是不怕打、夠兄弟的野孩子。

穆如寒江給這些孩子按比試出來的名次封了品級，編出軍陣，天天操練打仗。有時急匆匆趕回府來，母親心痛地忙端出新衣美食，穆如寒江卻看也不看，只去翻父親的兵書，看不懂的字就去抓人來問。其母埋怨穆如槊道：「哪有你這樣教孩子的？你恨不得把他養成虎狼，好上陣去拚命，就不心疼他是你的孩子？」

穆如槊笑道：「如今人人只想做太平犬，我卻要我兒子做亂世狼。」

【10】

那時各世傳勳爵重臣家的適齡少兒均有入宮伴讀的機會，為的是讓皇子們和這些重臣之後、未來的繼勳者們早些熟絡。穆如寒江也應入宮讀書，不得不穿上新衣，梳洗乾淨。這皇宮他覺得比自己家府第大得多，也好玩得多。那蒼松翠柏，那巨大殿宇，那可容五十匹馬並行的雪亮石道，那兩人高的雲州[2]玉吉獸像……真恨不得搬回家去。

來到課堂之上，穆如寒江不在乎自己身分可以與皇子同列，只顧找了後排去坐。宮中太傅內侍哪裡敢管他，皇子們犯渾可以正言相諫，那是背後有皇上的旨意，可若是惹惱了穆如世家的公子，只怕皇上要加倍責罰自己的。所以穆如家的公子在皇城中，倒是比皇子們還自由些。穆如寒江看見前面一女孩，像是蘇語凝，正要打招呼，只聽一聲清亮擊竹聲，眾人全部立起。一位十來歲的少年從殿外邁步進來，潔白袍邊繡銀絲雲龍，束髮冠上一顆金色明珠顫動，相貌俊朗，略顯清瘦，微笑著向殿中諸少年環顧，許多少女立刻就紅了臉低下頭去。

穆如寒江知道這就是二皇子牧雲陸，也聽說過他的文采氣質都比一心習武的皇長子要強，他卻不服，只因為皇長子熱愛武藝軍法，和他頗是脾氣相通，經常在校場較量騎射，每次牧雲寒總能讓穆如寒江輸得心服口服。今日見到二皇子，倒也覺得神形灑脫、氣質不凡，比自己兩個哥哥可俊雅得多。但一想他是要和皇長子爭奪將來帝位的人，且二皇子母親早已去世，是由皇后撫養長大，再想到那皇后叔父南枯箕揚威街頭的模樣，頓時心裡就少了些好感。

清咳一聲，太傅從屏後轉出，眾人見禮後各歸其座。太傅開始慢條斯理地講禮經德統，穆如寒江哪裡聽得進去，看蘇語凝，卻似乎不知他的到來似的，只看著二皇子若有所思，心中更是氣悶。再看前座兩個大臣家來伴讀的女孩子，也只望著二皇子的背影竊竊私語，他再也坐不下去，偷偷把紙團彈入前面女孩的衣領，喊聲：「有毛蟲！」待兩個女孩尖叫跳嚷起來，他早趁機貓腰溜出門外去了。

來到外面，穆如寒江頓覺神清氣爽，一頭便扎向一旁園林去了，一個人爬樹跳坡，折騰了一會兒，覺得有些無趣，便想尋伴玩耍。沿著太液池一路走去，恐內侍們來參見煩擾，只揀那僻靜無人處走。這皇家御園卻是如此之大，穆如寒江走了許久，看見一面白牆擋住了去路，而那牆上的木門卻緊鎖著。

穆如寒江來到牆上窗孔前向裡張望，卻嚇了一跳：裡面的樹木形狀古怪，葉色繁雜，紫、紅、墨、赭、金……密密層層，不見道路，倒像是被染了七彩的原始密林。

「皇宮中怎麼會有這樣的地方？那些樹是怎麼長成這樣的？」穆如寒江好奇心大盛，他才不管什麼規矩禁地，一縱身攀上牆頭，就跳進這內園中。

園中傳來花葉濕潤濃馥的氣息，許多奇異的果實懸在他的身邊，卻無人採摘。而那些怪樹，穆如寒江總覺得它們會隨時舞動起來一般。道路早被樹木掩蓋，他撥扯著枝葉一路向裡鑽去，沒多久便發現自己迷路了。

這內園本應不大，可是穆如寒江在樹間轉了近一個時辰，還是辨不清方向。他索性把頭一低，看準一處疾步衝去。奔了數十步，突然眼前一亮，一座小屋出現在他面前。

這屋像是園丁住的，白牆灰瓦，全不似皇宮中其他亭台殿宇的張揚氣派。屋前擺著案几，一位少年正握著狼毫，面對著空白的畫紙沉思。

穆如寒江輕輕走過去：「你是誰？怎麼會住在這？」

少年慢慢抬頭，穆如寒江這才發現，他的容貌、氣質分明不可能是普通人。那雙眼睛中的神采，他似曾在哪兒見過。穆如寒江想起了皇長子牧雲寒和二皇子牧雲陸，他們都是被文臣武將稱讚的少年奇英、將來能開創偉大朝代的人。他們的氣質光芒，的確不是其他的皇子可以相比。但沒有想到，在這荒僻的園中，竟還有一個這樣的人，有著這樣的眼神。

看見陌生人，那少年並沒有驚訝，只是緩緩說：「我不在這裡，又有誰能在這裡呢？」

「聽你的口氣，好像你是這地方的主人似的。這可是在皇城裡。」

少年一笑：「你放心，絕沒有人敢踏入我的土地半步，這裡是絕對屬於我的。不過……」他望了望穆如寒江，「你的膽子卻是不小。」

「莫非進了這地方，便要殺頭？」穆如寒江冷笑。

「你猜對了。」那少年淡淡地說。

穆如寒江抓抓腦袋，他從小野慣了，對世上種種規矩總是嗤之以鼻，更是厭惡動不動就要殺人的法度。「誰要殺我？我有手有腳，才不會跪著讓他們殺。我偏要進來再走，你能把我怎樣？」

「你以為你還能出去？」少年問。

「你什麼意思？難道你要殺我？」

少年只是一笑：「你回頭看。」

穆如寒江一回頭，卻見遠處聳著一面高牆，竟然彷彿一直接到天際，黑壓壓的，讓人無法透氣。

「這牆……怎麼我進來時不是這樣高的……」

「是皇極經天派的法術。我燒了他們的占星台，他們也自然再不肯讓我出現在世上。」

「瀛鹿台……瀛鹿台是你燒的？」穆如寒江睜大眼，「不是說因為星辰墜下，神體降臨，才有神火出現的嗎？」

「若是我死了，世上的人也自然都會相信他們所說的了。」

「你……你難道就是……六皇子牧雲笙？」

【11】

穆如寒江在宮中晃悠，蘇語凝遠遠看見他，高興得想衝過去說話，卻又不知為什麼只是不敢看他，低下頭，盼著他走近一些。

在宮中所見俱如灰色，蘇語凝在人前一定微笑，心中卻冷淡如冰。不知為何，只有見到這個人出現，蘇語凝才會覺得真正寬心。

穆如寒江走過，還假裝沒有看見眼前的大活人，轉身要往旁邊走。蘇語凝急了，喊道：

「穆如殿下。」

「妳是誰？」穆如寒江呆望著她。

「你……你……」蘇語凝立時眼淚就要落下來，要跪下道，「臣女冒犯了，罪該萬死。」

「好啦好啦！」穆如寒江拉住她大笑起來，「和妳開玩笑的。誰要妳剛才假裝沒看見我？要當皇后也不能不理人啊。」

「你，你再胡說……我才不要當皇后。」

「不當皇后？妳和我說做什麼？妳去告訴陛下，讓他送妳出宮嘛。」

「我當然想回家，想遠遠離開這個地方……可這個地方，哪裡是我不想待就不待的？」

穆如寒江放低聲音湊近她：「別說這些了。知道嗎？我今天找到一個地方，那兒有一個妳做夢也想不到的人。」

「什麼地方？在宮城中嗎？」

「當然，妳敢跟我去嗎？」

「這……」女孩子的眼睛眨著，泛起好奇光芒。

他們偷來到那園外，穆如寒江指向白牆：「妳知道那裡面住著什麼人？」

蘇語凝搖搖頭。

「六皇子。」

蘇語凝聽到了這三個字，突然呆在那裡。

是他？

皇宮中，女孩子們常私下評論諸位皇子，皇長子威武、二皇子睿智、三皇子暴躁、四皇子陰狠、五皇子任性……卻很少有人敢提及六皇子牧雲笙。

這位皇子似乎一生下來就不受上天的喜歡，一連串的凶兆出現在世間，全是災難與異象。更有當時極具威望的占星聖師預言道：「六皇子此生不能握劍，握劍必亂天下。」所以明帝待其他的皇子極嚴厲，從小由名師教導，唯有對六皇子放任自流，外人以為是溺愛，宮中人卻明白那真正的原因：六皇子早已被排除出了帝位繼承人的行列。

她不曾在授課的殿堂中看到過牧雲笙，這位少年幾乎很少出他的宮殿，只是一直躲在殿中作畫，畫卷一張張飄下書案，鋪滿了整個地面，他不理會，也不准人收拾。因為他討厭東西整整齊齊擺成一堆，說什麼事物只要被排列起來，它就死了，就變成整塊中的一個，再也沒有自己的靈性了。就像人，每個人都是不同的，可是當他們穿上一樣的衣服，說著一樣的話，就像那些內侍們，他們就已經是死物了。

六皇子還曾說：人總為了衣裝活，著錦衣者為美為貴，而真實的反被遮起。只有像鹿群那樣，無拘無束，在山野中自在跑起來時，才能分辨美醜。

這皇子的瘋話怪行，早就成了世間談論的話題。

但這「牧雲笙」三個字終於變成禁語，是在那次占星台大火之後。傳說那天天降流星，燒毀了觀星臺上的巨大渾天星儀，卻是因為上天降怒於六皇子，他不敬上天，乃是異端。六皇子自那之後一病不起，被送走尋醫，從此消失在人們面前。有人私下傳說，六皇子早已死了，他是天上異芒之星，如果繼續活在世上，是會帶來戰亂離苦的。

蘇語凝心中猛跳，壓低聲音：「六皇子不是病死了嗎？」

穆如寒江也張望四周：「這祕密妳可不要再告訴別人了，我也不能帶妳進去，因為裡面布了法術，要出來可不容易。」

【12】

他們又摸進了那園子，在重重色彩間轉了許久，才重新來到園中心。

但穆如寒江卻發現先前所見的事物變化了，以前的小舊木屋，變成了玉塑瓊雕的宮殿。

「這裡竟這麼漂亮？好似仙宮啊。」蘇語凝驚嘆著。

「一個瘋子，說自己能通過星辰看見大地的移動，還喜歡放火……妳要小心他的。」

正在這時，牧雲笙從殿宇中走了出來。

蘇語凝呆在那裡半天說不出話，這樣的一位少年，那目中光芒似曾相識，卻偏偏喚不出他的名字。

「這裡怎麼又變成這樣了？」穆如寒江問。

「幻術而已。」少年伸手向空中一撕，手中多了一幅紙卷，而那殿宇像畫幅一般被撕去，又露出後面的木屋。

蘇語凝只呆呆望著牧雲笙，一句話也不會說了。

還是牧雲笙先開了口：「我們見過嗎？妳叫什麼名字？」

「蘇……蘇語凝。」

「原來是妳。」少年笑了，「妳不就是因為出生時有紅霞貫過微垣的天象，被皇極經天派的聖哲們認為是未來有皇后之命的人嗎？將來若把妳許配給哪位皇子，自然便說明父皇有心扶他為皇儲了。」

他這一說話，蘇語凝心中鬆弛了許多。這六皇子看起來也並不像想像中那麼怪異。她低下頭：「可我現在卻害怕這天命了，它也許並不是什麼福音……為什麼人的未來，人卻不能自己選擇呢？」

「可以的。」牧雲笙說，「但是，妳必須比它更強。」

「它？」

少年緩緩將手指向天空。

「你說的不會是老天吧？」穆如寒江問。

「是那主宰一切的力量，連星辰都要按它的意志運轉，不能偏差分毫。但是，就因為它太精確了，所以一旦有一點變得超出規則，就沒人能再預計未來。」

「你總是說些我們聽不懂的瘋話嗎？」穆如寒江道。

牧雲笙一笑：「你抓一把沙土，撒在地上。」

穆如寒江好奇地照做了：「然後呢？」

「那把沙在地上散佈成的樣子，就是你的命運。」

「用沙子占卜嗎？」

「你如果能控制每一粒沙落在什麼地方，你也就能控制你的命運了。」

「不能……好像你能似的……」

少年皇子沒有說話，握了一把沙土猛地向空中一揚。那些沙紛亂飄落在地，地上卻出現了一個似乎完美的圓圈。

穆如寒江和蘇語凝張大嘴看著那個沙圈。

少年卻嘆了一口氣：「總是差一點點，不能圓滿。你們以後不要來了。我做的一切，也許會毀了我自己，我想改變我的命運，但稍微一點運算的錯誤，就會發生意想不到的事情。如果那些人知道我在這麼做，他們一定會除去我。離我太近，對你們沒有任何好處。」

「你這是對朋友說的話嗎？」穆如寒江氣沖沖地說，「如果有人想殺你，先讓他問問我的寶劍。」

「朋友……」少年低下頭去，「不，我不需要朋友。因為將來，你們都會恨我，都會想殺死我。」

「你為什麼這樣說？」

「因為當我扭轉我的命運時，也就會連帶影響天下所有人的命運，會毀掉你們本來擁有的一切。」

穆如寒江不知他所言何意，只覺得這少年的確是獨處太久，有些魔怔了。嘆息之間，抬頭望見那連天巨牆：「這裡太安靜了，人待久了只怕會瘋掉，真不知你是怎麼在這兒待了數年的？沒有人給你送飯嗎？」

少年搖搖頭：「飯食會放在園門口，但我從來沒有拿過。他們以為我死了，入園來找，卻找不到我，又覺得這園子詭異，就封住它再也不敢進入了。」

「那……那你是怎麼活下來的？」

少年卻不答話，又愣愣對著畫紙出神了。

穆如寒江湊過去看：「你那筆上的顏色，竟然是用花瓣果實磨成的嗎？」

少年方舉筆，被他一擾，紙上只輕輕畫了一道緋紅色。他嘆息了一聲，把那紙輕輕一拋，畫紙飄落在樹下，忽然漸漸退去，只剩下那一抹紅色，漸漸像水流一般，注入樹身，片刻，那樹上的綠葉又紅了一簇。

「這些樹上的顏色，竟是這麼來的！」穆如寒江瞪大眼睛，「你怎麼會這些法術？」

「學法術，其實簡單得就像睜開雙眼。這世上有些事你看不見，但它們卻在每時每刻地發生，就像星辰的燃燒、大地的沉浮、風雲的流轉。當你能看清它們的軌跡時，那些世人以為神奇的一切，就會像彈指一揮那麼簡單。」

「有那麼容易？我怎麼看不見你說的那些？」

少年一笑：「你靜不下心來，自然看不見。」

「靜？要多靜？」

「靜到……世界上所有的人都忘記了你的存在，你也覺得這世界和你再無關係，你一個人待在這裡，它是這樣安靜，沒有任何的人聲。第一個月，你會覺得這世上只剩下你一個人了；第二個月，你會懷疑你眼光所不能觸及的地方，一切是否還存在；第三個月，你開始能聽到很多你從前聽不到的聲音，比如雪飄落在地上；第四個月，你開始看見你從前所不曾看見的事……」

「那是什麼？」

「比如，當你許多個夜晚長久注視夜空，不知什麼時候，你能看到它們的遊動，發現它們更像活著的生命，它們在變化，生長。這些會讓你感到瘋狂與驚恐，她曾告訴我的一切被印證著，我開始知道原來我們一直生活在自己的幻想之中。如果星辰真的會注視大地，那麼我們看起來不過是在一棵樹的某片葉子頂端的螻蟻，其實半尺之外就是全新的世界，但我們卻以為我們所站的地方就是天地的全部。」

「我真是沒法理解你說的……你的確是一個人待得太久了，我想我需要救你出去。」

「不，別阻止我。」

「阻止你？阻止你做什麼？」

少年一揮手，突然身周的景物又化成漫天白紙飄落下來，每一張紙的背面，都寫著無數密密麻麻古怪的符號。

「你可知道世上萬物，其實都是由同一種東西組成？」穆如寒江看著畫紙背後那些字符，它們似乎正像無數螞蟻一樣擠擁著，讓他目眩與驚懼。

「萬物都是這些字符組成的……」

「不……這些字符，是用來指揮組成萬物的微塵如何排列的。」牧雲笙舉筆在一張空白的紙上飛快地寫畫著，「大多的術士只知道運用所謂的法器和符石，但卻不知道萬物變化的真正道理。」他舉起紙，穆如寒江看見，那本只有墨蹟的紙上卻憑空泛出了顏色，鮮紅、橙黃、草綠……開始在紙面遊動起來，變成圖案。

「這些顏色並不是憑空誕生的，只是我改變了光，人們以為畫上的色彩是顏料帶來的，就像大部分術師以為力量是符石或法器帶來的，他們都錯了，他們根本不知道力量的本源在哪裡。」

「那你是從哪裡知道的呢？」

少年突然凝住了，雙眼望向天際，彷彿視線早已穿過了巨牆，到達雲海之外。許久，他才嘆息一聲，緩緩說：「是她告訴我的……」

「她？她是誰？」

「你們看不見她，她在虛空中遊歷，看到了許多我們所看不見的事情。而我們的愚昧，就是以為我們所不能看到、不能理解的事，就不應該存在。」

「她現在在哪兒啊？」

「當我參透世間的祕密，我就能有力量保護她了。那時，我會去那兒見她。」

「可你現在在這兒……哪兒也去不了……」

「我終有一天會離開這裡。當我起身前行時，再沒有人可以阻擋我。」

「包括皇宮的守將和術師們嗎？」

「任何人……」少年眼神如電，「包括你，所有的帝王，所有的神靈，都不能阻擋。」

穆如寒江從夢中醒來，想起白天發生的一切，恍如幻夢。真的有那樣一位少年，告訴過他一些那樣古怪的話嗎？

他再偷入那座園子時，卻怎麼也找不到六皇子牧雲笙了。

穆如寒江不知道，是否當有人在命運的洪流中投下一枚石子，這巨流的方向就真的在不知不覺中改變了，而每個人，都將為這改變，而付出什麼。

【13】

禁園中，少年牧雲笙仍在望著自己面前的畫紙。

又是無數天過去了，面前的畫紙仍然空白一片，但他就這麼凝望著。他能從雪白的紙上看到盼兮的影子，可是一欲落筆時，就已然錯了。他明白，自己再也畫不出那樣一幅畫，就像再也不可能遇上一個和盼兮一樣的人。

當年的情景卻猶如在眼前。

「妳……妳就叫作『盼兮』吧。」少年望著女孩的眼眸，心中像是有波紋一層層地蕩漾開來。

「盼兮？」女孩子凝神想了想，突然笑了，「我喜歡這個名字呢。」

「是啊，這個典故是來自於……」

「我不需要知道這個典故，我喜歡就行了。我終於有了名字了，我終於是我了！不論世上是否還有人叫過這個名字，但我是世上獨一無二的，不是嗎？」月光下少女展開雙手，袍紗輕揚，像是要在空中舞蹈。

「是……妳是獨一無二的。」少年癡癡地說。

註1：虎賁衛，羽林八衛之一，皇帝直屬親軍。
註2：九州之一，在西陸，雷州以北。

之三　穆如寒江

【01】

這天，穆如寒江和他的小「部將」們正在樹梢閒聊，忽聞呼嘯之聲，一隊車馬向街口馳來，金鞍玉帶，朱纓錦帷，威風一派，前方騎兵揮鞭驅趕著行人，引發一片驚嘩。

「好大的威風。」眾少年都嘆著，「不知是哪家大官。」

穆如寒江心想，我父親執掌天下兵權，腰佩太祖賜劍，上可斬昏君，下可除佞臣，出門時也只帶幾個隨從，是誰竟敢如此街頭耀武揚威？冷笑道：「憑他是誰，你看我打瞎那拉車馬的眼睛。」

「來下注下注。」孩子們都哄然喊好。

穆如寒江閉一隻眼，繃緊皮繩，看準了一彈打去，正打在馬的額頭上。那馬一下就驚了，帶著馬車直衝出去，只聽得車內人和隨從一片驚呼，亂成一團。眾孩子在樹上哈哈大笑。

「沒打著馬眼睛，你輸了！」孤松拔喊。

那車前一位騎兵家將聽見，急衝至樹下：「好大膽子，全給我滾下來！」

穆如寒江最恨有人對他呼喝，又一彈打去，那人一偏頭，打在他頭盔上。那家將大怒，竟摘下弓箭，作狀要射。孩子們一哄跳下樹逃開。

那家將縱馬追趕。穆如寒江跑出幾步，眼看見有跑得慢的夥伴要被馬追上，那家將馬上揚鞭就要抽下，他忙又發一彈。那馬吃痛一縱，險些把家將摔下去。不過那是戰馬，並不像拉車的馬那樣容易受驚。那家將很快坐穩身子，一副怒容催馬直向穆如寒江衝來。穆如寒江發足狂奔，在街頭攤點邊鑽來閃去，那戰馬在後面撞翻攤位無數，引起一片驚亂。

少年見前方一堵矮牆，縱上去正要翻過，那家將追到後面，一鞭抽下，鞭梢劃過少年的脊背，像刀割般痛。穆如寒江怒從心起，反而從牆上跳回來，直瞪著那家將：「你敢打我？」

「小賊坯，你驚了皇親尊駕，你們一家要滿門抄斬！今日老子把你這有人養沒人教的小雜種打死在這兒！」

穆如寒江看他驕橫，冷笑道：「我倒要看你如何打死我！」

那家將又一鞭抽來，穆如寒江卻俯身向前一衝，鑽到馬肚子下，拔出腰間短劍一揮，割斷鐙繩，抓住那家將的左足一拉，那家將哎呀一聲摔栽下來。穆如寒江卻一個翻身從另一邊跳上馬背，縱馬而行。那家將一隻腳卻還在鐙內，在地上被拖行，急得大聲叫罵。

「你叫爺爺，我便饒了你！」穆如寒江在馬上大笑道。

「出人命了，小賊要殺人了！」那家將只不停喊罵。其他家將策馬圍追穆如寒江，街頭一片大亂。

穆如寒江從自家府門前行過，那裡是兩街間的一條直道，寬闊無人。整個天啟城中除了皇宮，只有穆如家門前有這樣寬的雲州白玉石鋪就的道路。他並不回府，只從府前直衝而過。門口家將看見，嘆一口氣道：「三公子這又是和誰打起來了？」

正說著，那後面所追之人趕來，一看是大將軍府前，全嚇得跳下馬來。原來此門前，除了皇族和穆如世家，誰也不能乘轎騎馬。他們繞路追去，至一路口，只看見那馬，不見了穆如寒江。四下找不見，猛一回頭，發現少年正在街邊攤前和人聊天呢。家將們大罵著上前，又要追打。

穆如寒江抓起攤上麵糊擲在幾人臉上，正要飛跑，忽聽背後有人喊道：「寒江賢弟。」

穆如寒江一回頭，看見一匹赤紅如霞的駿馬，馬上坐一十五六歲的少年，頭戴玉冠，兩根外白內赤的翎羽飛揚，身披細銀鏈甲，揹著鑲金鐵胎弓，像是剛從城外習射回來。穆如寒江一見笑道：「原來是你？」

那幾個家將抹去眼上麵糊，轉了好幾圈，才摸到穆如寒江身邊，大罵著抽出刀來。突然聽見有人大喝：「大膽狂徒，皇長子在此，竟敢放肆！」呼啦啦身邊突然寒光四射，圍滿了舉刀的侍衛，那全是真正的重甲羽林衛。

幾人嚇得連忙跪了下去，也沒看清皇長子在哪裡，向四面胡亂磕頭。

那馬上所乘少年，正是皇長子牧雲寒。他皺眉道：「你們是哪家的家奴？連穆如家的三殿下也敢追打？」

那幾個家將一聽，嚇得更是直接趴在了地上。哪想到那個衣裳破舊、滿頭亂髮的小子，竟是穆如世家的少殿下！怪不得他從穆如府前縱馬衝過去時，府門的守軍只當沒有看見。

「小人們是……是南枯大人的侍衛。」

「此事因何而起？」

「這……只因穆如小殿下……他……他驚了南枯大人的車駕……」

穆如寒江冷笑道：「那你們揮著鞭子，一路上又驚了多少人？」

「只怕是誤會了，南枯大人現在何處？」牧雲寒笑問。

半刻後，右僕射[1]南枯箕氣喘吁吁趕來，遠遠就跳下馬，步行到牧雲寒面前跪倒：「微臣參見皇子殿下，參見穆如三殿下。」

「南枯大人請起。」牧雲寒揮手道，「今日之事，我想……」

南枯箕忙道：「是微臣錯了。微臣不該街頭直行，衝撞了穆如殿下，罪該萬死。這幾個有眼無珠的家奴，就交給穆如殿下處置，或由微臣親自鞭打至死。」

他汗如雨下，伏地大說自責之語。穆如寒江卻最不願藉自己家勢撐腰，見這人這樣，頓覺無趣，說道：「殺他們做什麼？都是替你當差。我用彈弓驚了你的馬，你們的人也打了我的兄弟，追了我好一路，這事就算扯平啦！」說罷掉頭便走。

這事對他來說便已然過去，卻不知在南枯箕心中，是多麼大的一宗仇怨。

【02】

「穆如世家的氣焰愈來愈不得了，簡直不把我們南枯家放在眼中。穆如槊見僕射大人您就從來沒有笑臉，現在還縱容他家幼子行兇——若是這孩子長大了，還不把僕射大人您、把皇后娘娘都踩在腳下了？」僕射府中，一個黑影正在南枯箕身邊竊語。

南枯箕冷笑著：「把我、把皇后不放在眼裡，這是應該的，他們穆如世家有這個資格，但是……把陛下不放在眼裡……那就太不應該了。」

「可是……穆如家對牧雲皇族似乎還是忠心耿耿啊……」

「你懂個什麼！任他多忠心，手握兵權就已經是大錯了。雖然當年太祖立誓願與穆如家永世兄弟相稱，共用天下，但並不代表當今皇帝也想這麼做。陛下有時只是缺一個理由。」

「……明白了，小人全然明白。」

「此外，那皇長子牧雲寒，一向對我沒有好臉色，覺得我藉了侄女是皇后娘娘的光才身居高位，卻對穆如世家親近得很。若是這位將來立為太子繼了帝位，我們這些人也許全都要被掃出天啟。」

「現在究竟是立皇長子為太子，還是立二皇子，陛下也正猶豫呢。二皇子雖非皇后親生，卻是皇后一手撫養長大，若他繼位，大人可無憂矣。」

「怕就怕穆如世家挾一干武將要力推皇長子繼位。他們手握兵權，如果……陛下也正憂心此事。你可去探探穆如槊的口風。」

「小人這就去辦。」

【03】

這日大將軍穆如槊回府，穆如寒江想去參見，走過廊邊，卻突然聽到前廳父親在與人談話。

「皇長子和皇次子都已年近十五，宮中有傳言，年內就將定下太子。大將軍更看好哪位皇子？」

「寒兒熱衷習武，天分過人，一般武將都已不是他對手，將來上陣廝殺，必是一員勇將……」穆如槊話音中透出讚賞之意。

「皇長子是先穆如皇后所出，與大將軍最親，經常去軍營向您請教武功兵法，早已把您視為恩師亞父，看來穆如大人也頗為欣賞皇長子啊。」

「呵呵，」穆如槊大笑道，「的確，我若有子像牧雲寒一般便好了，他日後必能勇冠三軍，武藝氣概，都不是幾個犬子可比的。」

「那麼大將軍是希望皇長子為太子？」

「若寒兒不是生在帝王家，我必請旨封其上將，征討四方，可令天下敬服。只是，這治理天下，卻並非只有武功戰技便可啊。寒兒生性爽直，處事只有對錯，出招只論生死，有話講於明處，不愛使詭計繞彎子，這樣的性格，卻只怕做了皇帝，易為臣子所惑。」

「那……自然有穆如世家輔佐身畔，提醒監察，可保無憂。」

「哈哈哈！」穆如槊撫鬚而笑，「寒兒如今倒是聽我的話，可是將來也難保有人去他面前說我的壞話。做皇帝的，終究還是不願受人管束，孩子大了，自己父親的話也未必會聽，何況是他人。」

「那麼……大將軍覺得二皇子如何？」

「哦，牧雲陸倒是做皇帝的好材料啊，我與他交談幾次，雖然氣質稍顯文弱，沒有寒兒的霸氣，但是談吐舉止得體自然，看得出是心思細密、情不外露之人。而且據說他已熟讀史冊，著文把前朝帝王得失分析了個遍，連太傅也挑不出什麼毛病。這樣的人，可為帝王。」

「怎麼，大將軍竟是讚賞二皇子的嗎？可大將軍與皇長子既是至親，又交往甚密，二皇子與嫡母南枯皇后可能還擔心大將軍不喜二皇子呢，何必造出如此誤會？」

「我們武將世家，自然和寒兒那樣有戰將之志的少年談得來，他請教我武藝兵法，我也能教得了他，但你讓我去與二皇子聊些什麼？他棋藝高超，書法詩歌亦精，開口必論古今典故，這些我可是不敢獻醜。文臣們倒是極愛二皇子的，二皇子生母早喪，為人早熟，偏南枯皇后彼時無子，便將他親手撫養，視如己出，陛下十分讚賞，諸臣自然也是看在眼裡的。」

「陛下現在也在猶豫，皇長子若為帝，將來大端朝武威必更遠播四方；但皇長子好武，沒準戰事頻頻，勞傘國力。但若立二皇子，皇長子實在又沒有什麼過錯，棄長立幼恐招異議，尤其是不明大將軍的心思。若是陛下召見大將軍，何妨將此言告知，使陛下安心？」

「只是……」穆如槊忽然嘆了一聲，「二皇子最不喜征戰勞國，若真繼位，那將來我們這一干老將就只有回家種田啦。」

「哪裡哪裡……二皇子再不喜征戰，可這四方未定，外有異族，內有叛民，這天下，終究還是要穆如世家幫牧雲氏護著啊。」

穆如槊冷笑：「我穆如槊也是喜歡明來明去的人，今日這番話，我也不怕你去告訴陛下或南枯一黨。我穆如一門立身行事，但求問心無愧，這立太子一事上，實在是沒有半點私心。」

「今日所談，在下定然只記於心，不傳於口。」那身影諾諾退去。

穆如槊送完客人回到後堂，穆如寒江突然衝了出來：「父親，我們讓皇長子當皇帝吧，那南枯皇后和二皇子一家有什麼好？我很是討厭他們。」

穆如槊大怒：「頑劣小子，竟然堂後偷聽國事？什麼『讓』誰當皇帝？這事是你來定的嗎？」取過家法短棍，抬手便打。偏穆如寒江不服打，一個倒跳翻過椅子，舉起木椅來擋。

「小東西竟學會招架了？」穆如槊又氣又笑，「今日你多跑一步，我便多打你一棍，你便跑與我看！」穆如寒江知道其父下手很重，拋下椅子飛奔入院，跳上院牆，一個翻身就沒影了。

【04】

穆如寒江跑出家門，又溜進宮來找蘇語凝。

「我們去騎馬玩吧。」

「可是我擅離內宮去玩，那是重罪啊。」蘇語凝覺得自己怎麼這麼倒楣，遇上這麼一位成天胡闖亂撞的主兒。

「放心好了，皇帝老子也不管我們穆如世家的事。我說可以就可以！」

來到宮內馬場，監丞小官笑跑了過來：「原來是穆如小殿下。來練馬術嗎？不知您要匹什麼樣的馬？」

「先給這位小姑娘找一匹馬，要安靜溫馴的，我要教她騎馬。」

監丞只有命人尋了一匹溫馴的御馬，把蘇語凝扶上馬背，命人在旁邊控著轡繩，拉著在場中散步。這馬鬃色雪白，眼光溫良，蘇語凝看得喜歡，一直撫著牠的頭頸。

穆如寒江自己在馬監中一匹匹看過去，忽然看到一匹赤紅俊健的戰馬，在廄中不安地跳縱，正是皇長子的戰駒彤雲。他想騎這匹名駒已經很久了，伸手一指：「我就要這匹！」

「這……這可不行。」監丞大驚，「這是皇長子的馬，別人是不能騎的。有違那個……儀數……」

「就你事多，皇長子那是我兄弟啊，他不是不在嗎？借我騎騎怎的？」

監丞苦笑：「這……這馬性子暴躁，除了皇長子，別人乘了一定摔傷的。」

「我會摔？摔死也不找你賠！你給我牽出來！」

監丞急得沒有辦法，只好慢吞吞地把馬欄打開。那馬一見欄開，就急躍高縱，監丞忙緊緊拉住轡繩，幾乎人都要被甩倒了。

「好馬啊！」穆如寒江眼睛一亮，上前一扳鞍就縱上馬背，奪過轡繩，那馬長縱而出，卻果然是不服陌生人，連連高縱，穆如寒江在馬背上像是孤舟在浪間翻騰。蘇語凝在一邊看見，嚇得驚叫起來，穆如寒江卻是興奮不已，緊挾轡繩，馬愈烈他愈勇。但這馬太高大了，穆如寒江年紀小，腳還搆不到鐙子，只有兩腿緊緊挾住馬背。這馬力卻極大，向前一縱，躍出數丈遠，直接從校場的木欄上躍了出去，穆如寒江被這一顛，從馬上摔了下來。監丞大叫不好，蘇語凝直接把眼捂上了，卻聽監丞又開始大聲喊好，再一睜眼，穆如寒江竟是緊緊拉著轡繩，雙腳連蹬，隨馬疾跑幾步，又翻上了馬背。

「好啊！好騎術！」御馬場的侍從們全都喊起好來。

忽然他們又全改口叫：「不好，不好！」

原來穆如寒江還無法控制馬的方向，那馬如驚了一般直向皇城主殿的方向而去，若是馬闖了宮城，驚了哪位皇室，那可是死罪。

蘇語凝正在不安，忽然有人躍上她乘的馬，坐在了她的身後。伸一手過她的身畔拉住轡繩，一手環抱住她，喝一聲「駕」，猛一催馬，那溫順的雪色馬兒就突然像疾風似的跑了起來。

蘇語凝不知這人是誰，只聞得淡淡竹葉熏香，卻聽後面人們呼喊：「二皇子，小心啊。」

那段時間蘇語凝不知道自己想了些什麼，不是害怕也不是惶恐。二皇子牧雲陸帶著她去追穆如寒江的驚馬，為了怕她摔落，幾乎是把她小小的身軀離鞍抱著。他單手策馬，追近穆如寒江，又放了轡繩，只憑腳力踩住馬鐙，伸手牽住穆如寒江的馬轡，連連勒扯，跟行了半里，才把馬勒住。

穆如寒江卻不服道：「誰用你幫忙，我馬上自己把馬勒住了！」

牧雲陸笑道：「是……不過你還差幾丈就要衝過建章門了，門那邊是前朝正殿，朝議所在，可是不能策馬的啊。」

「咦？」穆如寒江的倔勁又上來了，「太華殿前那麼大的廣場，正是騎馬的好地方，為什麼不能騎？」

蘇語凝聽不下去，插嘴說：「你笨嗎？那裡所有臣子都只能步行，如果有人在太華殿前騎馬，那和造反有什麼區別？亂臣賊子才會這樣做。」

她也算是生在官宦之家，這些道理早聽父親說過無數次了。

穆如寒江卻聽不得女人指責他，尤其在另一個男人面前。他從來性子叛逆，厭惡森嚴禮規。於是冷笑一聲：「騎騎馬就要殺頭？你們皇家好大的規矩，我還非去騎一圈不可了。」

他一扯韁甩開牧雲陸的手，催馬就衝過了建章門。那馬快如疾電，守門士卒連伸手也沒有來得及。

牧雲陸一驚，心中一轉，定下主意，也打馬奔向建章門。蘇語凝急得大喊：「二皇子，你會被陛下責罰的！」

穆如寒江衝到太華殿前廣場的正中央，籲一聲拉緊韁繩，烈馬直立高嘶，卻終於停止在那裡。

穆如寒江放眼四望，天高地闊，宮闕重重，嘆道：「這才是大端朝的正中央嗎，若是不能策馬而立，只是像個愚夫一般低著頭走過去，這樣的宏偉又哪裡看得見？」

穆如家的人在內心從來也沒有把自己當成牧雲皇族的臣子。穆如世家認為，這天下是牧雲、穆如兩家一同打下，為了不兄弟相爭，他們才敬牧雲皇族為帝，而牧雲皇族也給他們皇族般的地位，號稱共用天下。在穆如寒江的心中，這天下也是我家的，既然說是兄弟，有什麼地方我不能來？

但兩家的關係一直在微妙的平衡中保持到今天，靠的是雙方都細細把握著其中的分寸。數百年來，穆如世家一直在禮節上以臣子自稱，捍衛牧雲皇族的威嚴；而皇族那邊，也從來不敢把穆如世家當臣屬看待。刑不上大夫、旨不降穆如，說的就是皇族從來不可能命令穆如世家去做什麼事。但皇帝開口的話，穆如世家其實也都會當使命去完成。

可今天出了個穆如寒江，卻是個「愈是龍鬚愈要拔」的個性。牧雲皇族的威嚴，正在被一個九歲的少年挑戰著。

看牧雲陸追近，穆如寒江回頭得意道：「你只能是第二了。」

牧雲陸苦笑著，環顧四周。本來安靜肅穆的太華殿廣場突然殺氣騰騰，殿中湧出了無數衛兵，像黑流填滿了白色的廣場，把穆如寒江和牧雲陸圍在核心。

「誰在太華殿前躍馬？」鎮殿將軍奔來喝道。

牧雲陸跳下馬，又把蘇語凝抱下馬來，笑道：「呼將軍，是我錯了，我要與穆如家三公子賽馬，又把皇長子的馬借給他騎，忘了皇兄的戰馬性子烈，頓時驚了，險些摔了穆如家三公子，全是我的錯。」

「咦，你這人好生奇怪。」穆如寒江道，「誰要你來幫我掩飾？我闖了便是闖了，我便是不服你們宮裡這麼多狗屁規矩而已。」

牧雲陸一搖手：「賢弟你不必自責，此事全由我而起，你不必替我掩飾。」

「我……」

「穆如寒江你快別說了，二皇子在幫你！」蘇語凝急得低聲喊。

牧雲陸想起身邊還牽著一個伶俐的小女孩兒，轉頭一望，蘇語凝也正望向他，雖然滿面惶恐，兩條淡淡的眉毛擰著，臉上卻現出兩個小酒窩，顯得那急切倒分外可愛。牧雲陸也對她一笑：「沒嚇著妳吧？妳是衍華宮的伴讀嗎？」

蘇語凝搖搖頭：「我沒事。」突然想起什麼，慌忙甩掉了二皇子的手，跪倒在地，「臣女蘇語凝參見皇子殿下。」

牧雲陸笑著把她拉起來：「妳才多大點年紀，這些禮節，以後見著我，都可不必。妳叫——蘇語凝？」他忽然好像想起什麼，「原來妳就是蘇語凝啊。」

蘇語凝愣在那裡，原來二皇子也知道皇極經天派的聖師在占星大典上算出自己與他姻緣相配的事了，把自己名字記在心裡，她一時臉面滾燙。

牧雲陸卻拉著她的手邊走邊微笑道：「早聽說妳五歲就能即興作詩，一直很想見見妳呢。今天見到了我，不如即興作一首詩送我，如何？」

蘇語凝突然覺得喉頭發緊、心頭亂跳，一時竟有些發怔。不過二皇子笑吟吟的，她稍稍一噤，也漸漸平靜下來，略想一想，便緩緩吟來：「龍池傳走馬，鳳閣更聞笙。誤來丹陛下，應占碧桐鳴。」

牧雲陸不想她如此敏捷，不禁贊了聲「好」。

那邊穆如寒江跟上來，大喊道：「這首詩是說他嗎？他有那麼好嗎？那妳也作一首詩說我吧，快些快些。」

蘇語凝眉頭一皺，心想這人怎麼這麼鬧啊。忽然心中一動，微微一笑，吟道：「玉質紅袍下，江湖藐眾生。執戈瞠虎目，舉世任橫行。」

穆如寒江覺得也十分中聽，穆如世家的人上陣向來是著紅色披風，蘇語凝又說他玉質虎目、執戈橫行，頗合自己心意，高興地背誦著，還不時問某個字要如何寫。忽然牧雲陸拍拍蘇語凝的頭：「到莊順門了，讓宮女們送妳回住處吧。」

蘇語凝一抬眼，才發現周圍圍滿了跟隨的衛士，全都看著自己。原來方才牧雲陸是怕她害怕，才讓她作詩引她分神。乘馬車向後宮駛去，她回頭向二皇子揮手，他們卻早被士兵擁裹著向太華殿去了。

因為牧雲陸與穆如寒江同闖太華殿，又把責任全攬在自己身上，明帝縱然不快，也就不好再為這個責備穆如寒江，只鐵青著臉走下殿來，猛踢了牧雲陸一腳，大罵道：「假如摔壞了穆如家公子，就拿你的命去賠。」牧雲陸跪著把責打全然接受，面色平靜。穆如寒江在一邊連說「是我要騎馬闖殿的」，明帝卻只是不理會。

事後牧雲陸嚴令宮中，不准再向外傳這件事。宮中內侍、護衛們以為二皇子愛面子，自然心領神會，所以在城外練兵的穆如槊和穆如府上，竟對這事毫不知情，穆如寒江回家也安然無事。但他心中總是不痛快，就像自己想要響亮大喊一聲，卻被人旁邊喧嘩給攪了。

【05】

天啟城外紫楓獵場，金色草漠襯著四季紅葉，極目之外一片耀眼的明燦。這裡天高氣爽，是穆如寒江最愛來的地方。這天剛到獵場，卻見前面數騎正在射獵，為首少年銀絲明珠冠，赤羅灑金袍，陽光下像披著霞焰奔馳。而他所騎，就是那天穆如寒江乘騎闖殿的紅色駿馬。那便是皇長子牧雲寒了。

穆如寒江催馬趕了上去：「皇長子，那天我偷了你的馬闖了太華殿，你不會生氣吧？」因為牧雲寒常向穆如槊請教武藝兵法，所以穆如寒江對他更熟悉，也不拘禮。

牧雲寒大笑道：「衝便衝了唄，算什麼事啊。若我是皇上，我當令拆去皇城各門門檻，讓官員可以騎馬直到太華殿前，這樣議事才雷厲風行，免得他們自入宮門就要正容端步走上好幾里，我看得都著急。當年咱們祖先北陸起兵時，有事不都是騎馬直衝帳前的？說什麼做什麼都爽利痛快；偏來東陸學了這麼多慢條斯理的規矩，還有那些文臣有話不明說，暗中非議的毛病。」

穆如寒江覺得這話才對脾氣。想若是皇長子，那天必然會和自己一起直辯太華殿前不讓騎馬的規矩可笑之處，而不是像二皇子那樣隱忍謙和，寧願自己受屈，只想天下無事。要是二皇子當了皇帝，那一定是處處議和，仗就沒得打了，自己還怎麼橫掃千軍啊。心想自己若掌握兵馬，定是要支持皇長子做皇帝的。

蘇語凝在屋裡快樂地收拾著包袱，她的父親蘇成章已然升為御史來京上任，她獲准搬回都城中的新府第去住了，父母明天就會在宮門前接她。一想到這個，女孩就恨不得這一天快一些過去。

可是她卻找不到自己平日習詩練字的窗課簿了。喚宮女來尋找，宮女說，或許被清掃的侍女當作陳年舊紙撿走了吧。蘇語凝看到她眼神閃避，心中一絲不安掠過，但這簿子拿了去又有什麼用呢？只可惜了自己想拿給父親看的每日一首的習作。

少女並不知道。此刻，她的一首《詠梅》正被攤在明帝的桌案上。

孤標婉韻兩堪誇，佔盡世間清與華。
素影一痕香若許，鐵笛三弄是誰家？
冰添氣味雲增態，雪欠精神玉有瑕。
我不銜寒先破蕾，眾香哪個敢生花？

「這首詩是什麼意思，太過明顯了。小小年紀，就儼然以皇后自居，也不知他們家是如何教子的。這樣的人，怎麼還能留在宮中，陪著皇子們？」南枯皇后正氣沖沖地說著。

明帝桌上攤著北陸來的急報，瀚北八部作亂，兵鋒已至上都城下，他哪有心思為宮中這些細事操心，揮揮手道：「妳是皇后，主持內宮，這些事妳做主就可以了。」

這麼隨手一揮，另一個人的命運就完全地改變了。

於是蘇語凝的父親蘇成章在宮門前接到的，是被懿旨逐出宮來的女兒。

皇帝的輕輕一揮手，對這初入京城的官宦之家來說，簡直是如山般的罪責。女兒究竟做錯了什麼？聽說是寫了一首大不敬的詩？蘇成章驚恐不安，又探聽不到實情，只有日日跪在皇城門口請求寬恕。但宮城裡的明帝壓根兒不知道這件事，他整天擔憂的只有一件事：北陸的烽火燒起來了。

蘇語凝恨不得自己死了。她並不在乎被趕出宮，但她心疼終日惶恐不安的父母。父親天天去皇城前跪著，母親在家裡團團轉，喃喃唸著：「這可怎麼好，這可怎麼好……」她會突然開始收拾東西，說，「語凝，我們快逃出京城吧！娘就妳這一個女兒，萬一有旨下來……娘不能沒有妳啊……」忽而又開始燒家中所有的書信墨存，「這些全都是罪啊，不能留，不能留！」

她的神志已經面臨崩潰了。

蘇語凝拉住母親的手，哭喊著：「他們只不過是衝我來的！我不待在宮裡，不和他們爭那個皇后就沒事了！沒事了，阿娘，不用怕的。」可是母親哪裡聽得進她說什麼。

蘇語凝抹著眼淚去皇城前找跪著請罪的父親，拉著他的衣袖說：「爹爹，我們回家吧。」父親卻一巴掌打在她臉上：「妳這小孽種，妳還敢來！讓陛下、娘娘們看見了，還不心煩？妳想死嗎？」蘇語凝哭道：「是我的錯，那我就死在這兒好了，關爹爹阿娘什麼事？不要再為我受驚受怕。」一頭向城牆撞去，卻又被蘇成章抱住，大哭道，「孩兒啊，為父在這多跪一天，皇上少一分氣，妳就多一分機會保全啊。妳快快回家去，不要再讓宮中的人看見妳了。」父女抱頭大哭。

忽然背後有人問：「這是怎麼了？蘇語凝？妳怎麼在這兒？」蘇語凝抬頭一看，卻是穆如寒江，正和皇長子牧雲寒從城外獵場回來。

蘇語凝忙拉了父親轉身跪拜：「參見皇長子殿下，參見穆如三殿下。」

「妳這是怎麼了啊？」穆如寒江笑著，「不是上次才寫詩笑我是螃蟹嗎？這會兒倒這麼裝起客氣來了。」

「什麼？」蘇成章驚得手腳皆抖，「妳……妳還寫詩嘲笑穆如家小殿下？我真後悔教了妳寫字啊，看我先剁掉妳的手！」

蘇語凝苦笑道：「他……他不一樣的……」

穆如寒江跳下馬來：「咦？這位是……莫不是妳父親？啊，蘇老伯，見禮見禮。」

蘇成章忙伏身：「罪臣萬萬不敢！」

「罪臣？你什麼時候成罪臣了？」穆如寒江背後走來的皇長子牧雲寒笑道。

「他們說我寫詩犯上，把我逐出宮了。」蘇語凝低頭流淚。

「他們？他們是誰？」穆如寒江回頭瞪著牧雲寒。

牧雲寒皺皺眉，嘆息一聲，蘇語凝這件事他自然有耳聞。他走到蘇成章身邊，把他拉起：「蘇大人，後宮裡的小事，與你毫無關係。千萬不要放在心上，父皇絕對不會有為這點小事怪罪你的意思。」

「可是……可是……小女犯下大罪，冒犯了皇威……」

牧雲寒大笑一揮手：「什麼皇威，只有宮中的內侍們喜歡拿這些嚇人。當年先祖在北陸時，對部下全都是兄弟相稱，不分彼此，貴在坦誠相待。入主東陸三百年，當年大家的那份率直也全要丟光了，尤其是內宮，很喜歡為一些小事爭鬥。父皇心中對是非還是明白的，蘇大人放寬些心。」

蘇成章感激得連連磕頭：「有殿下此言，臣當肝腦塗地，盡職盡忠。」

穆如寒江在一旁卻按不下火道：「又是皇后南枯家那幫人搞的鬼吧？看我衝去，打他們個滿地找牙，給你出氣！」

牧雲寒笑道：「寒江弟你就不要出面去爭了。這些天父皇正為北陸的事心煩，沒準過些日子你們穆如鐵騎就要遠征，你還是回家多陪陪父母。這件事，我過些日子找機會向皇上稟明。」

「要……要打仗嗎？」穆如寒江興奮得說不出話來，「我可以去嗎？」

「哈哈，那要看你父親肯不肯帶你了。」

穆如寒江轉頭對蘇語凝說：「我要去上戰場了，不過妳放心，有我在，就不會讓人欺負妳。將來有人對妳不好，妳就說我穆如寒江的名字，管他是皇親國戚、將相王侯，沒有我穆如寒江不敢收拾的，任誰也不敢再動妳。」

蘇語凝重重點頭。蘇成章忙按她頭道：「還不磕頭拜謝穆如殿下！」穆如寒江連忙轉身跑了，跳上馬卻又回過頭來，「還有一件事，」他沖蘇語凝眨眨眼，「妳給我寫的那首詩，我覺得還蠻不錯的。」

蘇成章誠惶誠恐，牧雲寒放聲大笑，蘇語凝滿臉飛紅。本來世界冷得全是鉛一般的顏色，卻總會有燦爛如陽光一樣的人，不論活著多麼辛苦，看見他就覺得心頭溫暖。

北陸草原上遊牧部族叛亂，急報一份接著一份，快馬踏碎了皇城門前的玉磚。端王朝不得不出動真正的精銳主力，雖然明帝明白，自己的兄弟遠比遠方的悍族更可怕。

穆如世家和他們精心訓練的鐵騎軍要遠征了。穆如寒江發現自己的母親這幾天心神不寧，都聽不見她說話。她不再讓他出去玩耍，說：「多去和你父親說說話吧，你可能要很久看不見他了呢。」可穆如寒江不能理解，他始終認為，自己是一定要和父親一起上戰場的。

大軍出征那天，城北旌旗浩浩，大軍列陣，像黑色的山林。穆如槊接過明帝敬上的出征酒道：「陛下，鄴王牧雲欒早有反心，只怕不會放過這樣的時機。萬請儘量多穩住他一刻，若他起兵，千萬堅守，待我急速掃平北患、大軍趕回之日。」

牧雲勤點點頭，嘆道：「沒有穆如鐵騎，哪來的大端朝？穆如兄弟，只有你，才是我的親兄弟啊！」

穆如槊感慨，單膝跪地道：「願為陛下效命，肝腦塗地，至死方休。」

大軍齊齊跪倒，喊聲如嘯：「肝腦塗地，至死方休！」

穆如槊轉身揮手，「上馬！開拔！」

千軍萬眾翻身上馬，整齊如一，像是大海怒濤掀徹。

突然人群中一聲馬嘶，一少年全身貫甲，策馬追了出來：「父親，我與你一道去。」

穆如槊回望喝道：「大膽！回去！我不是說過，待你到十二歲，才可從軍。」

「這次不去，以後要等到何時才再有仗打？」穆如寒江急得大喊。

穆如槊看著兒子，嘆一口氣，撥馬回來，扶了扶穆如寒江那有些大的頭盔：「戰場，從來也不是好玩的地方，你去過一次，就不會再想去第二次。可將來，只怕會有無數你不想打卻不得不迎戰的時刻，還是先練硬你的身子骨吧！」

他在穆如寒江的肩上重重一拍，少年「啊」的一聲幾乎摔下馬去，覺得半邊身子都麻木了，但他緊緊咬牙，拉住韁繩，歪了幾歪，還是在馬上挺直了身子。

穆如槊笑了：「像我穆如家的兒郎！下一次，下一次出戰一定帶上你！在家把武藝練好嘍。」

他長喝一聲，縱馬融入大軍。穆如寒江望著父親的背影，無限失落。能不能去戰場突然不再重要，他只是覺得父親要去很遠的地方，沒有人知道何時會回來。以前沒有過這樣的別離，似乎一些變化，正在慢慢地發生。

【07】

六月十九日，穆如鐵騎與瀚北八部會戰朔風原。戰況血腥慘烈。

六月二十一日，趁穆如鐵騎主力援北，西南鄴王牧雲欒發《討中都檄》，宛州兵變。不出三日，宛州十二郡中已有九郡宣佈效忠牧雲欒。宛州大半已入牧雲欒之手。

七月四日，端軍與牧雲欒宛州軍會戰於宛北青石城下，端軍大敗，退守宛北最後重鎮南淮。

同日，遠在北陸的穆如槊接明帝急詔，留下鐵騎繼續與瀚北八部作戰，率穆如氏眾將只二十七騎急赴萬里之外宛州指揮南淮之戰。

穆如寒江在家中，也天天關注宛州戰事，恨不得立刻就代替父兄們去領兵出征。忽然聽說父親已趕至宛州，樂得拍手道：「這回好了，看那牧雲欒還能狂個什麼。」

母親卻擁住他滿面憂色：「你父親和你叔叔們只率幾十騎回來，鐵騎全留在北陸平叛，此時手下只有剛從青石敗下來的幾萬殘軍，那個南枯家的什麼征討大將軍，又一向與他不和……唉，這可如何是好。」她喃喃地彷彿在說給自己聽。

「不會的，父親和叔父們怎麼會輸呢？」穆如寒江執著地相信著。

九月，傳來了南淮兵敗的消息。端軍在宛州最後的重鎮失守，整個宛州十二郡，端王朝在東陸四分之一的土地，盡入牧雲欒之手。

聽說征討軍將們退回中都來了，穆如寒江卻把自己關在屋裡。父親輸掉了戰爭，少年也輸掉了自己的信念，父親的神話破滅了，他也如被人踩在了腳下那樣痛苦。那一天，穆如槊和幾個弟弟只十數騎回到天啟，上殿面君之前，他趕回家中來見妻兒一面。他敲著穆如寒江的房門，呼喚著他的名字，穆如寒江卻只是抱頭不答。良久，他聽得父親一聲悠長的嘆息，轉身而去。

穆如寒江一生都為此事深深地痛悔：後來他才明白父親在上殿面君之前為什麼還要匆匆趕回來，因為他已經預感到了將至的可怕結局。

金殿之上，原宛州征討大將軍南枯箐和他的派系將領們把兵敗的罪責都推到穆如世家身上，從前畏穆如世家如虎的東陸文臣們也終於等到了機會，漸漸地，朝中所有的指責匯成了一種默契：一定要藉此機會扳倒穆如世家。

穆如槊和他的兄弟們感到憤怒，但他們並沒有絕望。他們認為牧雲皇族不會因為一些鼓噪就自斷手臂，向三百年來不分彼此的兄弟出刀的。但當穆如槊看著明帝的表情，卻漸漸開始明白了什麼。對皇帝來說，瀚北蠻族是癬疥之患，宛州鄴王是肘腋之患，而手握重兵的穆如世家才是真正的心腹之患！牧雲皇族的親兄弟之間都兵戎相見了，又怎麼肯再信這異姓的結拜呢。從當年北陸相爭，到後來的共用天下，三百年的世代盟約，英雄們之間的肝膽與信諾，終要在權力面前分崩粉碎。天下，終只能是一個人的天下，是在爭鬥中踏著所有兄弟與朋友的屍骨，活到最後的那個人的天下。

穆如槊的心寒了，英雄的血，也是會冷的。

當面對讒言與嘲罵忍無可忍的五弟穆如亮終於在朝堂之上拔出劍來，砍向誤國之臣，當七弟穆如晉指著明帝牧雲勤高罵：「我們穆如家的兄弟，為了你牧雲家的爭鬥，死在戰場上，說什麼天下不分你我，沒有穆如世家，你們哪裡能高坐在上！」穆如槊明白，一切都無可挽回，再悍勇的名將，最終也是要輸在朝堂之上，他們永遠鬥不過那些黑暗中的心機與詭詐。

他阻止了幾位兄弟的狂怒，慢慢走近皇座。明帝望著他腰中的太祖賜劍，心中也有些驚慌。穆如槊緩緩摘下劍，這把劍穆如世家握了三百年，雖然太祖當年說，若有違背信義者，即使是帝王，也當死於此劍下，但是此刻即便拔劍，又能如何呢？端王朝三百年來的支柱，已然轟然倒塌了，皇皇殿堂眼見要成廢墟。在這樣的大時勢面前，個人的勇氣、怒火和悲涼，又都算得了什麼。

他把手中劍握緊，再握緊。緩緩單膝跪地，雙手奉劍過頭頂：「這把太祖賜劍，我們穆如一族，是再也用不著了。」

明帝長嘆，不知是為終於安然釋去穆如世家兵權而慶倖，還是為三百年的兄弟摯情不再而惋惜。

「兄長！」幾位穆如氏將軍一齊衝上前，面向太祖的賜劍跪倒，鐵打的男兒也不禁流淚，三百年的光輝，也終有消散的一刻。

穆如眾將回到府中，六弟穆如遠喊：「皇上不會就這樣甘休，今晚一定就會有兵來圍府，我們要連夜出城，到大營中去。鐵騎雖然遠在北陸，但只要我們一聲令下，他們就會追隨我們至死，先平北陸，再入中州，十萬精騎足夠縱橫天下！皇長子一向視大哥如同亞父，我們殺至北陸，扶了他為天子，天下尚大有可圖！」

穆如槊搖搖頭：「若起兵，南有鄴王，北有八部，亂世一起，這仗要打多少年？又把皇長子置於何地？那麼多性命、那麼多辛勞堆出來的三百年的大端朝，就要分崩離析……怎麼對得起當年先祖的血戰和那麼多將士的屍骨。我們受縛，不過是一死，但大端朝還能撐得幾年，或許還能等到轉機。」

他轉過頭，望著站在門邊茫然的穆如寒江。

「江兒，如果將來，這個家族再也不能給你榮耀與威勢，只會帶給你無盡的痛苦，你會恨父親嗎？」

「父親，為什麼？為什麼是我們？」

「不為什麼。因為有些事，你不承擔，就再也沒有人會去承擔了。」穆如槊拍了拍穆如寒江的頭，「你現在後不後悔姓了穆如？」

穆如寒江抹著眼淚：「不後悔！」

穆如槊點點頭，撫著兒子的頭髮，眼中似也有淚光。

【09】

溥寧十一年十月，明帝旨下，穆如氏全族被流放殤州[2]。

遠行的那一天，穆如全族數百人除了隨身的衣物，什麼也不能帶走。穆如寒江不能帶走他收集的心愛戰刀，他呆呆地望著自己不知何時才能再見的家宅。父親走來將手搭在他的肩上：「走吧，什麼也不要留戀。所失去的一切，將來都會隨著你的歸來而歸來。」

少年走在流放的族人中，天啟城送行的民眾擠滿長街。穆如寒江看見了他的小夥伴們捧著家中僅有的一點糕點，從兵士的槍桿間竭力把手伸向他：「穆如寒江，你小子騙了我們這麼久！」「你……你可一定要回來看我們啊。」他們嗚咽著。

穆如寒江點點頭。在人群中，他突然看見了那個女孩的身影，她纖弱的身子擠在人群中，嘴唇咬得緊緊的，頭髮被蹭亂了，只望著他一言不發。

穆如寒江對她笑一笑，他不知道為什麼蘇語凝一看到自己的笑容，反倒立刻流下了眼淚來。這個女孩子原來並不是太討厭自己，穆如寒江寬慰地想。可是我走了，南枯一族再欺負她該怎麼辦呢？他對他們和她揮揮手，大聲喊：「我會回來的！」

穆如寒江，你真的還能回到天啟來嗎？少年低下頭，問自己。

人群跟行了十幾里路，從天啟城一直送到北邊驛亭，終於被兵士驅散了。再向北行，人聲漸息，天際陰霾。穆如槊道：「江兒，再回頭看一眼天啟吧，看過了這一眼，就再也不要回頭了。」

穆如寒江隨著父親最後一次向南回望。中都天啟城伏於蒼莽平原之上，像一隻吞吐雲氣的巨獸，每一塊城磚上泛著銅的光澤，那中央的巍峨帝宮，也是每一位英雄渴望入主之地。

他轉過頭去，隨父輩一起大步前行。他不知道何時才能回來，但知道這裡一定會有人盼著他回歸，這使他心中溫暖。他暗念著父親說過的話：不要留戀，因為失去的都會再回來。雖然長大之後，他明白這只是個謊言，失去的永遠不可能復回，比如家人、故國與時光。但這個世上的鐵肩膀沒有幾雙，敢於擔當的人沒有幾個。穆如氏撐著天下的一半，不論在繁華帝都，還是在苦寒之地，不論還剩幾人，這份光榮與高傲，他們永遠也不會丟棄。

註1：端朝文官最高層級為三相，即丞相和左右僕射。
註2：九州之一，在西陸西部，東鄰瀚州，是苦寒之地。

之四　碩風和葉

【01】

晨霧如低拂過地面的雲，被撕成輕薄的片縷，在閃著金光的河流上緩緩滑過。和錫草原上的每一片草葉都閃耀著初升太陽的光澤。

數百個白色的氈包遍佈在這青翠草原之上，像綠茸上的蘑菇。天空有著白色羽背的鳥兒飛過，鳴叫著向北而去。

氈簾一挑，一個少年躍了出來，抬頭望望這晴朗的天氣，發出一聲歡呼。揮舞雙臂，向草地上的馬群奔了過去。一聲呼哨，那馬群之中，就有一匹毛色光亮的高大駿馬奔馳而來，馬群也一起轉向，跟隨著這匹頭馬向少年迎來。

少年等那馬剛到身邊，不等牠停步，手輕輕一搭馬背，人已在馬上，呼嘯而去。馬群奔騰跟隨，得得的蹄聲和少年的興奮呼吼聲夾雜著奔向遠方。

【02】

少年碩風和葉並不知道天下有多大，從最南的帳篷到最北的帳篷，騎馬只要百十步。這裡便住著這個部落的所有人口。而近百里外，會有另一個部落，碩風和葉不知道是否草原會這樣無窮無盡地延伸，是否部落之外還是部落，是否世上所有的人都這樣居住在帳篷裡。但他聽說過遙遠的南方有大海，海的那邊是另外一種人，過著另外一種生活，他們造起土牆把自己圍起來，他們不放牧牛羊卻種植可以吃的植物。

少年碩風和葉站在草原上，望著亙古不變的雲天，以為自己的一生也將像父母們一樣度過。作為一個牧民，終日與羊群一樣逐水草而居，讓風把臉龐燙得焦黃，娶一個鄰部的姑娘，生上七八個孩子，就這樣數著牛羊過一輩子。

直到他看見了那個人。

他騎著的戰馬名叫踏雪，毛髮像黑色的金子，閃閃發亮，四蹄卻是純白的，奔跑起來，像足不沾地駕雲而行。

他穿著的戰甲，泛著冷冷的鐵光，肩上虎顱，腕上銀蛟，腰間龍筋條，彷彿世間猛獸都伏於他腳下，他在馬上坐得筆直，像戰神巡視四方，所有的牧民遠遠望見都要下馬跪伏，因為沒有人敢在他面前策馬。

他臂間捧著那把冰琢一般的戰刀，名叫寒徹，聽說當刀拔出時，風雪就從刀尖湧出，他舉起刀，風暴跟隨著他，把所有敢於反抗的草原騎士斬於馬下。他的身邊，擁著玄底赤紅大字的戰旗，跟隨著北陸也是全九州最強悍的一支騎兵。

牧雲氏一直是北陸的王者，三百年前是，現在仍是。而他，就是大端帝國牧雲皇族的太子，牧雲寒。

雖然三百年前，牧雲氏就從北陸起兵，渡過天拓海峽，進取東陸，奪得天下，並定都於東陸天啟城，但北陸作為牧雲氏宗族發源之地，牧雲氏賴以雄視天下的雄健騎兵的出處，一直由牧雲氏最強悍的兒子駐守著。鎮守著北陸萬里草原，就等於掌握著世間最強的騎兵，而擁有北陸的騎兵，就等於握有兵權。所以歷代駐守北陸的牧雲氏皇子，後來也往往成了大端朝皇帝。牧雲氏世代以武立國，手不釋劍，皇子們都精於騎射，皇帝往往御駕親征，三百年來，兵權從未旁落，也沒有人能挑戰牧雲氏的武功。

碩風和葉第一次看到牧雲寒的時候，他十四歲，牧雲寒十五歲。

那一刻，他忽然明白，世上還有另外一種人，另外一種生活，這種人高貴而威武，這種生活自由而有尊嚴。碩風和葉於是說：「天啊，世上居然還有這樣的一個人，我以後也要有這樣的一天。」

不知那時，牧雲寒有沒有注意到對面人群中的那個少年。他不會知道，七年後，他會和那個人在暴風雪之中展開一場決戰，決定這天下的命運。

【03】

那年冬天，瀚州北部連月大雪。整個瀚北除了銀白幾乎看不到一絲別的顏色，連溟朦海[1]都整個封凍，被埋在了雪下。

右金部的營地建在小山坡背風的南面，仍是幾乎陷入了雪層之中。

「穆如世家就要重回北陸了嗎？」燃著乾牛糞的火堆邊，大帳中幾個部族的汗王和族長商議著。那時十四歲的碩風和葉正作為父親的隨從站在一旁。

「我就要死了。」右金汗王柯子模皺緊了眉頭，火光映得他臉色蒼黑。

「雪封了草原，向北退，就是凍死；向南進，就是被箭射死，被馬踏死，右金真的要完了嗎？」有人問。

「是我下令搶掠南方諸部，也是我下令向王師放箭，穆如世家的大軍來了，你們把我的頭交出去，他們會留下你們的族裔。」

「不，瀚北八部都動手了，我們手上都沾了血，王師我們也殺了，我們都向上都城射出過刻著自已姓氏的箭了，那時就知道，誰也別想獨活。」之達氏的首領之達律說著。

「八大部的男兒加起來也有十萬，戰馬雖然餓瘦了，但是弓箭還是鋒利的，瀚南眾部加起來有百萬，還不是被我們殺得血流成河？牧雲氏和穆如氏又能拿我們怎麼樣？」

「你們不明白……不明白的。」柯子模搖著頭，什麼樣的豪言也無法解開他的眉頭深鎖。

碩風和葉站在父親身後，也能隱隱感到，雖然各族長情緒激烈，但一種極沉重的絕望氣氛已經壓在了大帳之上。連月暴雪壓垮的，只是營帳，但這種力量壓垮的，將是人的骨頭。

自己的父親低頭不發一言，手指搓著乾牛糞的碎末，看著它們撒入火中。碩風是右金八部第一大姓，父親卻從來不是主戰的一派，被其他族長嘲笑為「看不見眼睛的碩風達」。碩風和葉覺得這真是恥辱，死就死吧，為什麼連「開戰」二字都不敢說呢？

一個月後，碩風和葉就明白了。

去銀鹿川迎戰穆如鐵騎的一戰，各部戰士出征幾乎就和訣別一樣。妻子抱著丈夫的馬頭痛哭，男人們在馬上大喊著兒子的名字：「長大了你要像個男人，保護好你的母親和姊妹，不要丟掉父親留給你的弓箭！」男人們向戰場開拔的同時，家家拆收帳篷，準備向北方遷移。

碩風和葉要跟隨父親和兄長去作戰，卻被嚴厲喝止了，父親甚至還抽了他一鞭子。「等你長大了，這個家就要由你來保護了！」碩風和葉痛哭流涕，他不願聽到父親這樣說。他只護送著老弱們北退了十里，就趁人不注意，撥轉馬頭向戰場衝去。

當衝入戰陣，擠到父親身邊時，碩風達看了一看他，卻什麼也沒有說，沒有想像中的怒吼與皮鞭。他只是點了點頭，在馬上伸出手來，拍了拍他的肩膀。

碩風和葉向對面看去，第一眼就看見了那面巨大的火麒麟旗。那旗下，是鐵甲的騎兵排成的陣列，甲胄的閃光刺痛人的眼睛。

一位赤袍玄甲的大將從旗下策馬緩緩走出，問道：「爾等為何要反呢？」

他沒有高聲喊喝，但語音中透出的威嚴像是壓著每個人似的。

柯子模大吼著：「穆如槊大人，雪掩了瀚北，沒有活路了。」

那將軍原來就是端朝征討軍的大帥穆如槊。他微微冷笑：「那麼，你們就連屠了瀚南的十六個部族？」

「這草原上，強者為王，本是天理！他們在草豐水美的地方生活太久了，連箭也忘了怎麼射，這就怪不得我們。」

「原來是這樣……」穆如槊淡淡地說，「瀚南諸部因為相信皇朝的護佑和草原的安寧，所以交出他們最好的戰馬，不再打造兵器，專心放牧牛羊，結果就是這樣的下場。現在他們重新養肥了戰馬，繃緊了弓弦，在額頭刻上血字發誓要報仇，你們以為你們還能再勝得過他們嗎？」

柯子模冷笑道：「如果讓南北諸部再決戰一次，輸者就讓出河流與草場的話，我們不會懼怕的。」

「看來，你們很相信勝者為王的道理……」穆如槊點頭，「從你們催動戰馬的一刻起，就應該已經準備好了死在馬蹄下了吧。」

「為什麼！」柯子模暴吼著，「上天是不公平的，憑什麼我們要世代在瀚北寒漠居住，憑什麼我們不能用我們的刀劍奪得真正的沃土？」

「因為你們做不到！各部疆線是三百年前就劃下的，為的就是讓草原上不再互相殘殺，你們的祖先那時也認可了。」穆如槊的笑容像獅子嘲笑著挑戰者，「如果你們以為憑一股蠻勇就能改變這帝國的秩序，那麼今天，你們就將看到什麼是真正的騎兵，和真正的殺戮。」

穆如槊緩緩抬起了手，他背後的鐵甲騎軍動作整齊如同一人一般，也緩緩抽刀出鞘。

「今天我只用本部騎兵一萬人衝鋒，如果你柯子模覺得自己足夠有力量挑戰大端的話，就用你數萬族人的身軀來試試阻擋吧。」

看見對面寒光的森林緩緩升起，柯子模像是預感到了死亡的宣判。他像被獵人圍困的孤狼大聲喊著：「我不相信——！」拔刀前指，八部騎軍狂喊起來，首先開始了衝鋒。

碩風和葉還沒回過神來，戰爭已經開始了。他被衝鋒的潮水捲裹著向前。對面的穆如鐵騎卻像鐵鑄的城牆一般佇立。直到八部的衝鋒離端軍大陣只有不到一里的時候，碩風和葉看見那面火麒麟旗突然揮動了一下。

後面的事情碩風和葉總是記憶模糊，如同人會下意識忘掉自己內心最不願回想的事情。穆如世家的鐵甲騎軍突然發動了，速度讓人難以想像。無數利刃瞬間插入了八部騎軍的內部，勢如破竹地向前推進，八部軍陣像是被絞碎一樣翻落馬下，四處都是慘叫聲。他們很快被分割開來，弓箭從兩面射來，沒有人能衝到穆如軍面前，他們連對手的面孔還沒看清就倒下了。

穆如軍縱切，橫插，包圍，中心衝突。像一部絞碎血肉的機械，向每個方位的出擊都準確無誤，數百支分隊間的策應天衣無縫，始終沒有任何兩支間的距離超過二百尺，但也沒有衝突到一起過，他們在八部軍中來回地奔馳，像無數匕首把獵物一點點割碎。

那就像……碩風和葉後來回想著，就像是狼群在分割開羊群，然後屠殺。是的，那時的八部騎軍在穆如鐵騎面前就是羊和狼的差距。這就是只憑蠻勇的牧民和久經訓練的精銳騎兵之間的差別。

那面火麒麟旗，一直在緩緩地揮動，調度著這場殺戮。

那之後很長的時間裡，碩風和葉一閉上眼，就是那面火獸之旗的舞動，還有滿耳的殺聲……

穆如鐵騎的騎兵分路追殺潰逃的八部族，整個瀚北草原上，都是一片殺聲與血色。碩風和葉不知道他一口氣跑出了多遠，直到馬已累死。他不想承認卻又不得不承認，那時只有十來歲的他，已經被恐懼緊緊抓住。他從來沒有看過那麼慘烈的戰事，那麼多的人就那樣成片成片地死去，馬蹄下滿是血泥和碎骨，都看不到黑色的土地了。

前方還有部族的老弱在趕著羊群慢慢地行走，碩風和葉狂奔過去，喊：「快走，快走！穆如鐵騎就要來了！」但那些部眾們捨不得羊群，還在極力驅趕，少年急得要哭出來。這時身後狂沙捲起，人們回過頭去，數百黑甲騎影出現在地平線上，飛逐而來。

部眾男子們還試圖前去阻擋，碩風和葉啞著嗓子大吼著：「不要去！」但是晚了，飛騎交錯間，幾十個頭顱已飛上了天空。

穆如騎兵們追至族眾旁，高舉了一面紅字權杖：「天子有諭：瀚北八部作反，圍上都，屠諸部，天地不容，全族誅滅！」

然後就是慘叫與血光。

碩風和葉那時已經完全再沒有了奔跑的勇氣，他怔怔站在那裡，突然旁邊一位老者扯過一張羊皮將他蓋住，一把推入了羊群之中。

碩風和葉蜷縮在群羊的蹄間，緊咬住嘴唇，身子發抖，什麼也不敢聽，什麼也不敢想。那些羊愣愣地站在他周圍，看著幾十尺外的殺戮，牠們只有在狼群來時才懂得逃。碩風和葉後來每每回憶起這個恥辱時刻，他就緊緊咬住自己的嘴唇，想，我曾活得像一頭待宰的羊，但我不會永遠這樣活著。

那次大追剿持續了一個月，八部族數十萬人在數千里瀚北寒漠上四下逃散，穆如軍也分成數千小隊四下搜殺。不知多少人死在這次剿殺中。碩風和葉只知道逃亡路上隨處可見屍身血跡，那是穆如軍奔過的痕跡。

但突然間這剿殺停止了，就在八部族已然絕望的時刻。不知為了什麼，穆如軍像是一瞬間從草原上消失了。

後來碩風和葉才知道，那是因為端朝皇帝牧雲勤的九弟、東陸的宛州王牧雲欒起兵造反了，穆如世家要回東陸作戰。穆如鐵騎雖然留在北陸，但須更換主將，所以才會停止搜剿追殺，調回上都整編。

如果剿殺再持續三天，也許碩風和葉就會在冰原上凍餓而死。但只是三天的區別。大端朝就將在十年後迎來亡國的時刻。

碩風和葉終於尋到了自己的族人，他剛從饑寒中緩過來，就立刻騎上瘦馬去四下各營，聲嘶力竭地呼喊：「你們還準備在這冰漠上靠著幾根枯草活下去嗎？你們還打算依靠羊群過一輩子嗎？不可能了，穆如軍隨時會回來，想活下去的人跟我來！我們需要一支真正的騎兵，我們要把自己訓練成一支比狼還狠、比暴風還烈的騎兵！忘記你們的羊吧！我們的生路，只能靠刀去搏取了！」

無數心懷復仇烈火的各部少年們立刻帶上自己的新駒，用樹枝削成木刀去跟隨碩風和葉。他們在草原上自己劃分編制開始訓練，沒有任何的兵法操典，只憑了碩風和葉對那次大戰的記憶，穆如騎軍如何出擊，如何分隊，如何穿插，如何圍射。而如果遇上敵軍如此戰法，如何應對，少年們紅著眼睛，日夜討論，一旦有了想法，就上馬訓練。從馬上摔下來斷了腿，被木棍誤傷了眼睛，都沒有人出聲抱怨。父母們在遠方看著他們，沒有人來喝止，只是默默地放下食物與羊奶。

誰都明白，瀚北諸部能不能有未來，就看這群少年了。

【04】

「我們的馬根本不能稱之為戰馬。」那天，少年們演練累了，坐在草地上用草棍在地上畫著，「牠們無法不吃草料就連續奔馳，沒有辦法一天內急行軍五百里，一看到火或長槍就會驚慌奔跳，也根本不敢躍過壕溝。這樣的話，我們再不要命，也根本不可能和穆如世家的騎兵去拚。」說話的是面色黝黑的赫蘭鐵朵。

「穆如世家的戰馬是什麼馬種？為什麼那麼強健？」有少年問。

「那是穆如鐵騎專用的戰馬，名叫淩風，是衝刺起來最快的一種馬，牠們遠遠奔跑的時候，宛如蹄不沾地踏風而行，而耐力又很好。俗語說：『二十年一名將，二百年一良駒。』好馬是需要血統的，從三百年前穆如部還在草原時就在培育這種馬了，他們會把出生後瘦弱的幼馬殺死，以保證整個種群的血統強健。當時的東部草原霸主牧雲部就曾被這種戰馬打敗過。但這種戰馬一在別的騎軍或部族中馴養，就會退化，所以，目前也只有穆如鐵騎擁有這種戰馬。這也是穆如鐵騎作為端朝最主力的精銳地位無法動搖的原因。」碩風和葉說。

「也就是說，即使我們偷來戰馬，一和我們這裡的馬交配，也就很快變得尋常了？難道沒有比淩風馬更強的馬種了嗎？」

「草原上有傳說中的四大名駒：淩風、踏火、逐日、蒼狼。其中淩風馬就是現在穆如世家所用的馬種，奔速最快，有『淩風逐箭』的傳說。踏火駒據說能足生火焰，當年瀚族部落曾用牠進攻過寧州，奔過之處，烈焰燎天，殺得羽族幾乎滅族。但後來羽族復興，鶴雪[2]首領向異翅專門剿殺這馬種，使踏火駒滅絕，成為傳說。而逐日駿據說可以日行千里而不必休息，十日內便可行出萬里之遙，但此馬種似乎早已退化，也成為歷史了。而蒼狼，有人說那是馬，有人說根本就是狼，是無法馴服的怪獸……所以……」一旁的長者里木哲說。

「可是……真的有這種馬是嗎？牠們在什麼地方？」碩風和葉問。

「人們說，在極北的雪原上，那裡寒冷得連草也長不出來，只有苔蘚。荒無人跡，卻有著可怕的狼群和巨熊。」

碩風和葉點了點頭，沒有說話。

【05】

瀚北雪原，放眼蒼茫一片，灰白的雪，灰白的天穹，天地彷彿只是一張冰冷的紙，畫著寥寥幾筆丘陵。

碩風和葉獨騎行在這片凍土上，覺得那北風像利刀一樣輕易地就割開了厚厚的皮袍，在他的身體上劃下深痕，彷彿他穿的是一層薄薄的鐵甲似的。有一種奇異的刺痛在他身體中游走，那是血液正在變得冰涼。每走一個時辰，他就要找背風處點起一堆篝火來暖一暖身體。但在這荒原上，連樹枝草根也不是那麼好尋找的。

他把最後一口烈酒倒進了口中，覺得胸中好像有股火苗騰了一下，但隨即就熄滅了。連這喝了可以在冰河中游泳的「醉長風」也無法抵禦這裡的寒冷。他苦笑了一下，把空酒壺掛回馬背。馬的蹄子都凍傷了，也許很快就不能行走。他已經陷入絕境，更無法回頭。

碩風和葉知道欲成大事者最忌孤身犯險，但那傳說中強悍的戰馬使他不能抑制胸中的渴望。他太想建立一支能雄視天下的騎兵了。也唯有強大的騎兵，才是右金復仇的希望。

但是父輩的人，已經不相信還有這種可騎乘的狼存在了。他無法說服他們，甚至也無法說服自己。他尋找的地方，都是前人從未涉足的地帶。因為只有沒人肯去的地方，才可能有別人所不知道的東西。沒有地圖，沒有道路。想尋找到只在傳說中存在的馬種是可笑而渺茫的事，但一個聲音告訴他，他必須這樣做。

翻過一個坡頂，迎面而來的風幾乎把他吹得立足不住。但他目光一掃，立刻看見前方的雪原上有幾個異樣的黑點。

那些不是枯樹牠們正在移動著。

碩風和葉立刻蹲下身去。會是狼嗎？他雖然正處在下風，但在這坦露的山坡上，狼群不需要嗅覺也能輕易看見他。

果然，那幾個黑點開始迅速向這邊奔了過來。從移動的速度看，那必然是狼。

碩風和葉知道，虛弱的馬已經無法載自己逃離狼群的追捕了。他把戰刀從馬背上摘下輕放在地上。又摘下弓箭，靜等著捕食者的靠近。

狼群很快來到了山坡下，一共有六隻，牠們開始分散，有兩隻分別向東西兩面繞去。碩風和葉知道這是狼群的習慣，而他也希望牠們這樣做，這樣他就有時間來對付正面的狼群。

正面的四隻狼已經衝上了山坡，碩風和葉能清楚地看見牠們灰黑色的背。他的戰馬開始驚慌地跳躍，想掙脫綁在樹上的韁繩。狼群們正在放慢腳步，牠們在等兩翼的包抄者。但碩風和葉知道這一刻就是自己的時機，他的弓在慢慢拉滿。就在為首的公狼停住腳步的那一瞬，錦翎箭猛地掠了出去，在空中劃過一道長弧，準確地扎進了牠的背。

那公狼猛跳了一下，哀嚎一聲，倒在地上。其餘幾隻嚇了一跳，牠們久居無人區，並沒有見識過弓箭。這時碩風和葉的弓弦已再次拉滿，第二支箭瞄住最右邊那頭射了出去，這時一陣大風刮來，箭在空中稍稍一偏，而那狼像是感覺到了風中異樣的聲音，忽地向一邊一跳，那箭扎入了離牠半尺的地上。

碩風和葉用髒話咒罵了一聲，他的手中又搭上了一支箭，但這次不敢再輕易射出去了。狼群散得更開了，牠們忽快忽慢地奔跑著，漸漸縮小著包圍圈。

碩風和葉看準機會，又是一箭把十幾丈外的一頭狼射倒。這時一隻黑背狼發出了嚎叫聲，狼群開始同時發力疾跑，從四面衝了上來。

碩風和葉扯開束馬的韁索，他知道自己這時候顧不了牠了。馬發足向山下奔去，一隻狼猶豫了一下，轉身追了上去。碩風和葉站起身來，拉弓凝視正前方衝得最快的那只狼，看牠已奔到極速難以閃躲之時，一箭射入了牠的腦頂。然後他立刻轉身，這同時搭上第二支箭，側面那只狼奔得離他只有幾十步了，但他仍不敢出箭。因為一旦一箭射空，他不會再有第二次瞄準的時間。他這時已經聽見了背後有狼奔近的聲音，但他不能分神，眼睛仍凝視著箭鋒所指的方向，那個影子愈來愈大。當牠猛地躍起的那一瞬，碩風和葉把箭射了出去，不看箭是否射中目標，就立刻轉身，拔刀，向斜上方猛揮，刀流暢地劃過了正從背後撲向他的那只狼的身體，那時牠的爪子離他只有一尺。

噗的一聲，那狼重重地摔在了地上，變成兩段，血在凍土上冒起騰騰的熱氣。這時荒原上又只剩下了風聲，碩風和葉平復了一下氣息，在袍巾上擦拭了戰刀，還刀入鞘，然後才轉回身去，看見另一隻狼還在離他數尺遠的地上掙扎著，那箭從牠頸下穿了過去。

遠遠轉來了馬的嘶叫，最後一隻狼還在追逐著他的馬。碩風和葉一聲呼哨，馬奔了回來，那狼追了幾步，聞見地面的血腥氣，看到同伴的屍體，心懼轉身要逃，碩風和葉一箭射穿了牠。

冷風使他額上的汗珠急速冰冷，碩風和葉為自己從險境中逃離而長出了一口氣，一抬頭間，突然呆在那裡。

前方的地平線似乎和之前不太一樣了，一團濃重的黑堆在那裡，而且正急速推進著。

如果那是狼群，那麼足足有數千隻之多。

碩風和葉不能相信自己所看到的。為什麼這裡會有這麼大規模的狼群？這不是常理可以解釋的，老者的警告突然又響在他的耳邊。

「沒有人敢去瀚州極北的荒原，不僅僅是因為寒冷，更是因為狼潮。」

當狼王的嚎叫長久地響徹在原野之上，大股的狼群便穿越北方的險惡山谷湧了出來，橫掃過這片凍原，把所有可以尋找到的生物變為白骨，這是這裡連能在殤州冰原上生活的六角犛牛都難以見到的原因。據說在古時，曾有部族遷徙至此，但最終消失了，而狼群，才是這裡永恆的主人。

碩風和葉心想自己完了，再沒有什麼能幫助他從數千惡狼的口中逃生。但求生的欲望迫使他做最後的掙扎，他跳上馬背，轉頭奔下山坡，要做最後的逃亡。

剛奔出一里多，那片黑色的身影就在他剛才立足的山坡上出現了，奔瀉下來。山坡瞬間被覆蓋為黑色。碩風和葉策馬絕望地奔跑著，胯下的馬沉重地噴著白沫，他明白自己的馬沒有耐力支持這樣急速的奔逐，也許五里，也許七里……那個結局終會到來的。

狼群追近了他，碩風和葉已經能聽見背後無數利爪翻起凍土的沙沙聲，還有狼群的粗重吐氣聲，這聲音一直鑽入他的脊背裡，讓他血脈冰涼，他不敢想像自己回頭時看見的情景。而馬卻已經開始搖晃，凍傷的蹄子每次落地都像銅塊打在地上，震得人骨頭也痛了。碩風和葉知道自己的馬已經到了最後的時刻。

我不能做個從馬上摔下而死的人。他想著，抽出自己的長刀，腳脫開了鐙子，深吸一口氣，大喊一聲，從馬背上一躍而下，轉身面對奔騰而來的狼群。

那股強烈的風夾著腥氣撲面而來，吹得他眼睛都難以睜開。碩風和葉舉起長刀，卻呆立在那裡。

狼群無視他，從他的身邊湧過。牠們是如此密集，以至於許多狼就擦著碩風和葉的身邊奔過，碩風和葉能感到那狼毛的尖硬。可是牠們就是不看他一眼。

這場景如此怪異，一個人舉著長刀，僵立在無邊奔騰的狼群中，像泥流中的柱石。碩風和葉不知道為什麼會這樣，他努力站穩腳跟害怕被狼群衝倒，但狼群顯然也像很害怕撞倒他會耽誤奔跑似的努力從他身邊繞過。碩風和葉保持這姿勢，一直到不知過了多久，最後一匹老狼喘著粗氣從他身邊幾丈外奔了過去。

當大地變得安靜下來，煙塵開始散去，碩風和葉才聽到了，那狼群之後傳來的聲音，它悠長而久久震盪，像是號角，又像是某種巨獸的嘶鳴。

碩風和葉突然明白了為什麼狼群這樣狂奔——牠們不是在追逐獵物，而是在逃亡！是什麼能讓可以吞沒整個平原或一座城鎮的龐大狼群奔逃呢？

碩風和葉知道，舉起的刀還沒有到放下的時候。

他睜大眼睛，死死盯住遠處灰色荒野上那慢慢移來的白色怪物。

牠身軀龐大，遠看像一頭巨熊，腳步蹣跚。但隨著牠慢慢接近，碩風和葉聞到了一股寒冷的氣息，他看清了那個身影，那仍是一隻狼，一隻脊背比人還高的巨狼。

碩風和葉明白，站在自已面前的，是狼王。

那巨狼慢慢走近，牠的頸肩上圍著一團長絨，在風中抖動。這使牠的身形顯得更為偉岸。幾十丈外，牠那冷酷的眼神已經要使碩風和葉血液凝凍。狼王慢慢停下了腳步，噴出粗重的白氣，在警告著牠的對手。

碩風和葉握刀的手開始出汗，冷風中這汗水幾乎要把刀柄與他的手凍在一起。他也死死盯住對手的眼睛，知道這時眼中決不能露出一絲膽怯：那對一頭狼來說，無疑是進攻的號角。

這時的後方，又有一聲長長的號鳴響了起來。

巨狼微微地回頭，這時碩風和葉看見，牠的背上、後腿上插著三支銀羽的箭，都已深深沒入體內。

還有其他人在這荒原之上，有人正在捕獵這頭巨狼！

狼王又猛轉回頭來惡視著碩風和葉，發出威脅的嘶吼，但碩風和葉明白，如果不是牠受了重傷，牠就不會這樣慢慢地落在狼群之後奔跑。牠也許帶箭奔跑了許久，此刻也許連起跳的力量都沒有了。

另一邊的遠方又傳來號角的回應，這是一場圍獵。是什麼樣的部族，什麼樣的軍隊，才敢於圍獵這樣龐大兇惡的狼群？

遠處騰起煙塵，許多騎士飛奔而來。狼王怒吼一聲，身子猛一彈，向碩風和葉撲來。碩風和葉一個翻滾躲了開去，狼王落地時卻一個踉蹌，牠的前爪在地上滑了一下，失去平衡撞在地面上，身上的銀羽箭突然閃耀出光華。

碩風和葉想起，這世上有一種銀色的箭，是貫注了祕術製成的，它們有的可以吸乾中箭者的血，有的能使敵手失去任何力量。這時碩風和葉只要抬手一刀，就能砍下那狼王的頭顱。

但他並沒有出刀，他慢慢走上前，突然伸出手，拔出了狼王身上的法術箭。巨狼低吼了一聲，回頭望向他，那眼神中，卻少了些兇狠。

碩風和葉不知道自己為什麼要這樣做，也許是剛才和狼王對視之時，牠那絕望的眼神讓他似曾相識。當自己躲在羊群中的時候，眼神中也一定有著這樣的無力與憤怒。

他又將狼王身上另外兩支箭拔了下來。狼王像是突然從重病中甦醒，猛躍起來，發出震耳的長嚎。

「快走啊。」碩風和葉對巨狼說，他突然想起幾年前，他曾對自己的族人說過同樣的話，但他們沒有能逃脫。

他握緊刀，望了望後面追來的騎兵：「我們都是獵物啊，但我們不會永遠是獵物的。」

巨狼彷彿懂得他在說什麼，走近他的身邊，低下頭靠近碩風和葉的臉。牠的頭離碩風和葉只有幾寸，粗重的腥氣噴到他的臉上，牠一張口就能咬斷碩風和葉的喉嚨，但碩風和葉明白牠絕不僅僅是一頭野獸。狼王低嚎了一聲，拔足去追趕牠的狼群，速度已然是駿馬也難以企及。

【06】

碩風和葉靜靜站在那兒，看著奔來的騎者。他們穿著黑色的皮甲，盔上飄蕩著紅色的長纓。那是碩風和葉所熟悉的裝束，正是他們，當年像捕獵狼群一樣捕獵著叛亂的瀚北諸部。

當先的飛騎來到碩風和葉面前一個高仰急停。好快的馬，好漂亮的騎術，碩風和葉不禁也要在心中讚嘆他的敵人。在草原上，除了穆如鐵騎，還有誰敢追逐狼群。

「你是誰?」那騎者大聲吼著。與此同時,後面的騎軍也趕到了,幾十騎迅速將碩風和葉圍在核心,而其餘騎軍繼續追趕狼群。沒有命令沒有交談,一切都像是同一個人在思考,當年他們擊潰瀚北數萬大軍時,也是這樣,沒有喊聲,只有沉默的刀光。

「我什麼時候能有這樣一支騎兵!」碩風和葉在心中惡狠狠地喊,這種仇恨與嘆羨交織成的欲望甚至超過了現在被敵人圍住的恐懼。

少年仍然緊緊地握著刀,可他能殺死六頭狼,卻沒有信心同時對付兩個以上的穆如騎士。

「瀚北人……」他聽見身邊有騎者在冷冷地說。

對叛亂部族的格殺勿論是草原千年來的法則,這些騎兵不再需要任何審問與理由。他們所尊崇的主帥被皇帝拘捕流放了,他們內心積鬱的憤怒讓他們只想毀掉能看到的一切東西。

碩風和葉把刀柄緊握得都要熔化在手中了,但有一種沉重的壓力使他難以舉起刀來,是穆如騎兵的威嚴,還是求生的欲望?他還不能死,他的復仇願望還需要許多年的忍耐。但他現在能做什麼?如果跪倒求饒能夠換來未來的大志得償,他有沒有足夠的堅忍去做?

活下去,比死亡需要更大的勇氣。

那為首的穆如騎將慢慢把戰刀抽了出來。

「等一等。」有人說。

那是個女子的聲音,像銀彈珠跳過雪亮的冰面。碩風和葉看見她從騎兵後策馬行出,白絨大氅中露出銀絲緊裹的鏈甲,一條雪貂尾圍在頸上,更有暗金色的貂絨錦擋住大半的面容,唯有烏黑透亮的一雙眼眸,把少年心中麻了一下。那一片穆如騎兵的冷酷目光中,突然有了一點靈動的光芒,像是低壓的暴風雲層中,突然透出一束陽光來。

碩風和葉看見她馬上的銀弓,便知道了手中箭支的主人。

「你喜歡這些箭？」少女微笑著，「我箭壺中還有九支，每支的效用都不同，我會把它們都送給你。你放走了我的獵物，那麼，你就來代替牠。」

碩風和葉感到了這清亮聲線中的危險，他抬頭怒視著少女，可迎上她的眼睛，卻像是利箭射中了湖水，激不起一絲波瀾。她眼中始終沒有殺機，她的唇一定在輕輕微笑，但是她卻解下了銀弓。

「你們去追狼群吧，一定要找出蒼狼騎的奧祕。這個獵物是我的。」少女對手下笑著，「我就在這兒數一千下後開始追，現在你跑吧。」

碩風和葉明白了自己正面對什麼，他沒有再思索，發足就向遠方的山坡奔去。他明白，只要有一絲生機自己也要活下去，狼王也會有奔逃的時候，但那是為了將來有機會咬斷對手的喉嚨。

而少女卻下馬歇息，立刻有人立起了擋風的獵圍，在圍中點起了篝火，烤起食物。少女解開遮面的貂絨，露出一張如玉雕成的面容。她對護衛一笑：「記得幫我數，一千下哦。」

不知什麼時候，淺淡的雪片從空中緩緩飄落了下來。

碩風和葉迎著風奔跑，他覺得胸中的空氣都要被抽空了，張大嘴竭力地呼吸，卻仍然眼前發虛——在這樣的高原上，這樣的奔跑與自殺無異，他的身體已經堅持不住，奔跑，就是死亡，而停下腳步，也意味著死亡。他寧願為一線生的希望而死，也不願成為別人的獵物。

「九百八十一、九百八十二……」火堆前的少女靜望著眼前的飄雪，口中輕輕地念著，不像是在計算一個人的最後生命，倒像是在數著雪花的數目。

「九百九十九……」衛士們聽到這個數字時，都開始準備扳鞍上馬，但是少女卻仍然在呆呆望著雪片出神，彷彿世間的紛爭對她已經不再重要。

數里外，碩風和葉摔倒在地。他艱難地翻過身，望著天空中的雪片向他落來，卻感覺那是自己正在向前疾飛，一切都變得那麼輕、那麼美妙，少年知道這是窒息瀕死前的徵兆，他的手在死死摳挖著地面，磨出血痕，想為自己找一點痛楚的刺激，把靈魂拉回身體，但是，偏偏什麼也感覺不到。

他慢慢舉起了手中還握著的那銀質的箭，箭桿上的刻字在他眼中模糊了又清晰。那是一個姓氏——「牧雲」。

數里外，整裝待發的騎士們卻遲遲沒有聽到最後的那個數字，圍著雪貂的少女彷彿完全忘記了還有追獵這一回事，而沉浸在這荒原風雪的美景中了。

「天氣好冷啊……這個時候……應該在家中圍著爐火等羊奶子烤肉熟呢……」

那個落雪的黃昏，追捕的倒計時在少女牧雲嚴霜的口中停在了九百九十九，她一直沒有說出最後那個數字。

【07】

碩風和葉倒在地上，等著寒風把他身體裡的血液一點點變得冰冷。這時他看見了一張面孔，湊近了自己。

是那頭巨狼，牠脖上聳動著雪一樣的長絨，正露出尖利的牙。

「狼王，你就是這樣報答我的嗎？」碩風和葉在心中笑著。

狼王低下頭來，湊向他的喉嚨。這時，碩風和葉看到狼王的口張開了，他聽到了一個低沉的聲音，那不是狼嗥，但也不是人聲，卻像是一個咒語。

突然他像是被一道雷電擊中了，渾身每一寸肌膚都燃燒起來，碩風和葉發出了痛苦的喊叫，而他聽見的，卻是狼的嗥聲。

他看見草原之上，無邊的狼群正聚集而來。

【08】

入夜，圍獵者的大營。

大帳內掛著沉重鐵甲，炭火邊那少女正和一位少年輕輕地談話。

「馳狼[3]群果然是難以馴服，而傳說中的狼駒也不見蹤跡，皇兄，也許你要重建蒼狼騎兵的願望……愈來愈渺茫了呢。」

「穆如世家被降罪流放，現在鐵騎中的將領群情急躁，都恨不得立刻回師東陸。還有人對我說，我父皇昏庸，要擁我為帝，去逼我父皇退位。這樣下去，只怕外寇未平，內爭先起，我已經數月無法安眠。」

少女低下頭：「皇兄，我明白你心中的苦……穆如鐵騎中已經有數支出走，其餘也有很多拒絕再出征，他們覺得現在陛下就是想把穆如鐵騎盡數拚光在草原上，所以不願再全力剿滅八部。你一面要保住這支端朝最強的主力鐵騎，一面又要平定北陸，還得面對部下的憤怒、你父皇的猜忌，真是太難了……可是……找到蒼狼駒，就能挽救這一切嗎？」

「我當然明白不能……我現在所做的一切，只不過是要給大家一個希望，讓他們明白，我絕不會放棄，我一定會把這支騎兵變得更強，而不會坐視它在我手中被毀掉。」

少女裹了裹身上的毛披：「夜深了，好冷啊……皇兄，你說……我們被逼到了這一步，東陸無援軍，各營無戰意，我們真的還有希望嗎……」

「只要我活著……這支騎兵就永遠在，北陸就永遠不會傾覆。霜兒……相信我。我回帳了，妳早些睡吧，明天還有大段的路要走。」

那少年離帳而去，少女站起身來，紮緊帳幕，解下輕裘，取熱水輕輕擦拭沾塵的身體。然後鑽入厚厚的大被，沉沉睡去。

不知何時，一頭月光般的狼影擠入了帳幕之中，無聲無息。

牠來到少女的床頭，那深藍色眼眸直視著她，慢慢張開利齒。

少女正在夢中，緊緊抓著被子，口中喃喃道：「是我……我回來了……」眼中卻有淚落下。

那白狼靜立了一會兒，突然轉身躍出帳去。

風聲、雪聲從被拱起的棉簾中疾衝進來，但只是一瞬，一切又如常了。

【09】

狼群站在碩風和葉的面前。

「為什麼不現在就殺了他們？」狼王低低地嘶吼。

「因為我要等到那一天，我要在戰場上打敗牧雲寒和穆如世家的鐵騎，我要的不是我個人的勝負，而是整個北陸草原，整個天下的勝負！」

他面對風雪仰天長嘯時，喉中發出的仍是劃破夜空的狼嗥。

【10】

七年之後，碩風和葉帶領八部盟軍，將牧雲寒和最後的三千蒼狼騎包圍在溟朦冰海之上。大端朝三百年的雄渾武力，牧雲氏十數代的赫赫威名，終於也有沉暮末路的時候。

那一夜狂風暴雪，是百年來難遇的極寒。可第二天清晨，居然雲開霧散，天邊升起了紅日。望著被凝凍在冰海上的牧雲氏的最後一支北陸騎兵，碩風和葉舉馬鞭遙指天邊，回頭對八部首領說：「各位，我碩風和葉的時代，開始了。」

註1：北陸第一大湖，被草原民族視為生命之源。
註2：鶴雪為羽族最精銳的戰士，平均十萬羽人才能訓練出一人，向異翅則是鶴雪團最後一任首領。
註3：生活在高寒地帶的草原及灌木林草原混交地帶的一種野獸，外型與狼近似，但體型更大。

之五 唐澤

【01】

穆如寒江站在冰山頂上，看著他新的家園。這裡什麼也沒有，除了無邊的白色。冰山連綿，如銀龍的脊背。陽光在雪面上閃耀，刺得他幾乎睜不開眼。

數月之前，他還站在宏偉的天啟城高處，俯視那萬城之城中如百川交匯的街道與人流，但現在，他感到過去的一切，都只是一個夢。

一夜之間他從金鞍玉帶的將門驕子變成了流配罪囚，隨全族戴枷步行遠涉凶山惡水，饑寒交迫，身上的衣服從一件嶄新的錦袍變成了丐服，穆如寒江以前從來不知道，人會那樣珍惜一件衣服──當你只有它可以蔽體的時候。

殤州極寒之地，從東陸中州到北陸殤州，是三千里的路程。橫渡天拓海峽，海峽北岸已被冰封住，他們棄船上冰徒行。許多人的鞋早磨穿了，腳掌被冰淩劃破，凍上，又劃破，一路留下暗紅的足印。他那位八歲的堂妹鞋子掉了，赤足被凍在了冰面上，拔不起來，被押送軍硬一扯，整一張腳掌的皮留在冰上，她慘叫一聲暈了過去，當天晚上就死了，死之前一直恍恍惚惚地哭著說：「鞋……幫我去撿我的小絨鞋……」

走到殤州流放地，全族的人已然死了一半，剩下的也奄奄一息，還要每天去開鑿萬年的凍土，因為牧雲家的皇帝們想在極寒的殤州開出一條道路，然後建起一座城市，作為大端朝對這遠離帝都的萬里冰原統治的象徵。

這座象徵之城現在只有半面城牆立在風雪中，這是一百餘年來數代流放者和民夫們獻出生命的成果。冰原上四處可見被凍在冰下的屍骨，有些眼尚未閉上，眼中的絕望被永遠地凝固在那裡，讓人看一眼便如被冰錐穿透全身。

建不起這座城，流放者便永遠不能被救贖。

在冰原上，封凍著另外一些巨大身影，他們遠遠看去像是風雪中的冰柱，頂天立地。但他們卻曾經是活著的。穆如寒江知道，那些就是冰原上最可怕的種族，這殤州大地真正的主人——夸父族[1]。

他們因為自稱是傳說中上古逐日巨人夸父的後代而得名，人們也用那個上古巨人的名字來稱呼他們，或是叫他們「夸民」。他們才是這座城池無法建起的真正原因。

端帝國想要征服夸父族，真正地統治殤州，這座冰上之城的建與毀便成為了一種戰爭。大端朝不斷地把流放者和民夫送到這裡，用他們的屍骨去填滿帝國的虛榮，證明人族來到了這裡，並且絕對不準備退後。

所以殤州是絕望之州，終結之州。踏上殤州冰面的那一刻，便要放棄所有希望。你已被宣告死亡。

【02】

巨人唐澤一睜開眼睛，就看見了那鋪灑在巨大冰穹之上的陽光。

他喜歡這種耀眼的感覺，陽光下的冰宮殿總是那麼溫暖而輝煌，每一個棱角都如鑽石閃耀光輝。

他舒展了一下筋骨，發現冰穹似乎又低矮了一些，是因為水汽在穹頂上凝起了新的冰層，還是自己又長高了？他更相信是後一種。

冰之國度中十分安靜，族人們沉默地走來走去，偶爾用低沉的語氣交談。在秋季大冰湖封凍之前，他們已經捕獵了足夠的從北遷徙而來的巨蹄鹿和悍馬拙牛，可以烤著冰凍的肉塊，喝著比火還灼人的烈酒，在冰宮殿中安心閒適地度過這個漫長的冬季。

巨人的歷史是如此緩慢，自傳說中祖先從沒有光明的極北追逐著太陽來到這塊土地，已經過去五六千年了吧，但夸父族人的生活仍然同上古一樣，緩慢而單純，也正如他們的語言和音樂，只有少數的幾十個音節。他們彈擊著冰石鐘，拍打著牛皮鼓，從胸懷中發出悠長的吟唱，就這樣度過一天，一月，一年。

夸父族是冰原的王者，沒有任何一種野獸可以與巨人們的力量抗衡。部落散落在這片白色大地的各處，彼此之間相隔大山冰河，只在圍獵期才聚集起來合作。

唐澤並不知道這縱橫數千里的冰原上一共有多少部落，也許一千個，也許五千個。但夸父族人中，卻都有著夸父王的傳說——那是巨人中最高大的人，不需要戰爭與血統，夸父族人都不約而同地尊崇著這一法則，相信盤古神會為他們做出選擇，使真正的王者能離天空最近。但是唐澤從來沒有見過他。聽說夸父王居住在北方最高大的雪山中，並輕易不走出他的宮殿。

近百年來，南邊卻傳來一些令人不安的消息，打擾著巨人們平緩的生活。那是關於一座冰鑄的城市，鑄造這座城市的，卻不是夸父族。

聽說那個種族把自己稱為真正的人族，但在夸父族人的眼中，他們不過是一群小人兒，身高還不到普通巨人的腰間，一頭巨蹄鹿就能嚇得他們四下逃奔。然而這些小人兒卻建造了大船，從南邊的大地上穿越滿是流冰的海峽，來到了這裡，並開始鑄造冰城。

巨人們並不關心冰原之外的世界是什麼樣子，但是那些人族卻似乎總是希望能把他們的城邦建到他們所能到達的任何一個地方。夸父族開始回想起千年前那些傳說中的與人族的戰爭，但不論經歷多少慘烈的戰鬥，冰原仍然歸巨人們所有。那些人族留下的屍骨被掩埋在深深的冰下，至今在東部山脈還會隨著雪崩翻出。

巨人們的歷史是模糊的，他們總是健忘過去而懶於去想未來。他們把史記變成詩歌，又把詩歌變成沒有文字的吟唱，在漫長的傳承中，他們把過去的辛苦與輝煌全都化成了簡單的吶喊。當他們要講一個古代英雄的故事時，他們就站起來猛擊一通巨鼓，然後大喝一聲：「喝——啊！」所有人便都從這震動山河的鼓聲與吶喊中聽到了一切，不需要任何多餘的鋪陳與修飾，然後大家把烈酒倒入心胸，當酒與血混合在一起時，他們便在癲狂之中，看到了祖先們的靈魂在火光中與他們共舞。

所以夸父族人總是忘記了他們曾經有過多少代王者，有過幾個王朝，因為那些並不重要。他們認為英雄的靈魂永遠不會離去，而會貫注在新生的勇士體內，他們的祖先變成他們的孩子，他們的歷史也就是他們的未來，像大河經歷漫長封凍，但每年總會有奔騰怒吼的時刻。

【03】

夸父族是驕傲的種族，驕傲到不承認他們有敵人。但是每年南方海面都會有船隻的影子出現，把更多的人族運送到這片極寒之地。

有一些靠近冰城的夸父部落便感到了憤怒，人族每一船運來的人比他們各部一代出生的孩子還要多。他們發動了對冰城的襲擊。事實證明人族是不堪一擊的，他們驚慌逃避，挖掘深而窄的冰洞作為避難所。夸父族不屑去刨開那些冰洞，他們在人族驚恐的眼神注視下，砸毀那剛鑄到一半的冰城，然後揚長而去。

但人族並沒有像巨人們想像的那樣知難而去，雖然因為不耐寒冷和缺少食物，每次來到冰原上的人幾個月後就死去了一半，但殘破的冰城上，仍然能看到修築者的身影。

巨人們無法理解這些小個子的行為，他們為什麼要來到這裡？為什麼面對寒冷和死亡都不肯離去？但巨人們是不願交談的種族，他們只是一次次搗毀冰城，來表達他們的憤怒。而人族則在他們去時就逃入冰洞，待他們離開後又開始默默修補冰城的廢墟。

於是這座冰城就成了也許永遠無法完成卻也難以被毀去的奇特景致，成為了兩個種族比較力量與耐心的角逐。多少年來，人族在冰城死亡的人數也許已經達到了數萬，但半年一次的船仍然在不斷地把人送來，卻從來不運回屍骨。

在冰原要找到土埋葬死者太困難了，凍土堅硬無比且深處冰層之下。冰城的守護者們於是把死者也鑄入巨大的冰磚裡，把他們變成冰城的一部分。當這面冰牆壘得愈來愈高，人族們也變得愈來愈絕望和狂暴，每次夸父族去搗毀冰城，都會有覺得生不如死的人族站在冰牆上拚死抵抗，明知無用卻執著地射出一支支箭，直到被猛地擊碎在冰面上，血肉與殘骨很快就凝凍成冰牆的一部分，永遠留在那裡。

後來有些夸父部落面對了族人的死亡，憤怒地決定毀去冰城，終結這反復迴圈的無聊爭奪，但那就要永遠地消滅那裡的人族。

於是戰爭變得愈來愈血腥殘酷。唐澤在少年時曾經參與過一次這樣的出擊，南方五個夸父部族聯合，出征的一共有六十位巨人，他們的目標是殺死能找到的每一個人族。

在冰城的週邊他們很快取得了勝利，最前鋒的巨人勇士們瘋狂地掃蕩著一切，當唐澤他們進入冰城時，只看到白色的冰上一處處扎眼的血跡。然後他們挖開冰洞，把裡面躲藏的人族女子和小孩們拉出來。唐澤檢查著一個冰洞，看到一個只有五六歲的小女孩驚恐地擠在裡面，她的眼神讓他不能去想像她死去時的樣子，他嘆了一口氣站起身來，用一塊冰把那個冰洞輕輕掩上了。

「他們為什麼要把女子和小孩也帶來這裡？」唐澤問。

「不知道。但我們不能留下他們，如果你留一個人族在這冰原上，他們就會再招來一千人，一萬人。」

巨人們在冰河上砸開窟窿，把人族丟了進去，看著他們一個個消失在冰水下，唐澤十分後悔參與了這次出征。

回去的路上，唐澤一直在想，那個小女孩沒有了父母，她要怎樣活下去？不過他想，也許他不用擔心那麼遠的問題，也許那個小女孩根本就沒有力氣推開那塊擋著洞口的冰，一到晚上，寒冷和風雪就會把那塊冰和整座大山連為堅實的一體，再沒有人會知道在山中還埋藏著一個無助的靈魂。

這一天，海面上又高揚起帆影，又一群人被送達了這片土地。而那時的唐澤，已經二十一歲了。

【04】

吆喝聲在穆如寒江的身後響起。父親一到這裡，就立刻召集了所有殘留和新來的人們，他站在高處號召他們起來戰鬥，就像他面對百萬大軍時所做的那樣，可他面前，只有近千名已經被嚴寒折磨得表情呆滯的老弱。父親在分配著修補城牆、準備武器的事務，因為每次流放船隻到達，就意味著離夸父族的下一次進攻也不遠了。他聲嘶力竭地吼著，但是沒有人理會他，所有人都冷冷地看著他，像看著一個遙遠冰山上的瘋子。

連穆如寒江也嘲笑地看著自己的父親：父親，你還不明白嗎？你不再是大將軍了，你面對的這些人也不是士兵，而是一群痛恨著大端朝的囚徒。一路上的屈辱你還受得不夠嗎？一切都完了。有人要毀了我們，他們做到了。現在做任何事都是徒勞的，沒有人能建起那座冰城，沒有人能從殤州活著回去，從來沒有過！為什麼要掙扎呢？明知道最後都是要死，還不如死得痛快一些。

穆如寒江倒在冰面上，呆望著天空。父親的聲音離他那麼遙遠，寒冷漸漸浸透了他的身體，天空藍得可怕，那麼刺眼，他的眼睛漸漸模糊，好像已經蒙上了一層冰。他想他什麼也看不見了，他被封進了一個冰殼裡，就這樣永遠凍結下去，也很好。

有人在搖晃著他，但呼喚聲卻像來自天邊，他想睜開眼，卻發現自己眼前真的只有一片朦朧的光。

【05】

「這孩子命苦，剛來到這裡眼就被雪刺壞了，這將來的日子怎麼過？」洞穴中，他聽到自己母親的哭聲。

母親啊，你還不明白嗎？為什麼還要苟活下去，為了讓那些人看到我們的痛苦，看到我們為求生而可笑地掙扎？看不見了，這樣正好，他可以不用看到那片揪心的空曠的白色，那是比死亡之黑更可怕的顏色。

他的眼上明明沒有冰殼了，但他卻總覺得有什麼罩在上面，只能看到透過的微光，卻看不清一切。他不由得總是用手去摳它，有時暴躁了，就憤怒地想把自己的眼珠摳出來。總是他的母親衝上來死死抱住他：「江兒，你要殺就殺我吧，不要傷你自己……」

「為什麼！」他暴吼著，「讓我去死了吧！為什麼還要在這種鬼地方像豬狗一樣活下去？」

父親猛衝上來，一掌打在他的臉上。

「死？想死太容易了，你現在就去！我穆如槼沒有你這樣的兒子，你給我滾，給我滾！」

母親上前死死拉住父親：「你瘋了，孩子他已經這樣了！」

「我的兄長，在戰場上被火熏瞎了雙眼，百千敵軍圍著他，他也是站著死的！」穆如槼暴吼著，指向穆如寒江，「你要死，也去給我死出個樣來！去和夸父族作戰而死吧，不要讓我看見你被嚇死在這裡！」

穆如寒江心中憤怨交織，他摸索著向洞外風雪中衝去。父親的聲音仍響在耳後：「誰也不許攔他！」

【06】

穆如寒江奔出冰城，在嚴寒中跌撞。他只能憑冰面在月光下的反射判斷眼前是平地還是裂口，但他不想再回頭——父親軍人做得太久了，在他眼裡，所有人都是士兵，天生就該服從命令衝上去戰死，卻忘了他是他的兒子。這是一場沒有意義的戰爭，可他仍然希望自己的兒子像英雄一樣去死，而不在乎他心中有多麼煎熬。

殤州的夜晚，連厚厚皮毛的巨熊也不敢走出冰穴，穆如寒江一直奔跑著，他知道一停下就意味著凍死。而他也清楚，自己是不可能找到回去的路了。

可他終於是力竭了，摔倒在冰面上。他翻過身來，眼前卻幻化著奇異的色彩，像光在冰面上游動。

他慢慢才想明白，那是天空的星辰光幔，那些巨大的星辰飄浮在天空中，扯著幾萬萬里的長飄帶，它們是光和塵組成的，有著各種的顏色。只有殤州這樣純淨無雲的天空，才能看到星空的全貌。這麼壯美。

他就要死了，他死後，會融入星空中去嗎？

少年的神志漸漸模糊，彷彿身體正在消失。不知過了多久，有一個聲音在他耳邊輕響，彷彿冰塊相擊般的清脆，愈來愈清晰，從遠而來。

穆如寒江一下坐了起來，那是馬蹄聲！

是父親來找他了？

但少年立刻想到這不可能。沒有任何一匹馬被送到殤州，殤州是沒有馬的！

可那分明是馬蹄聲，穆如寒江是在馬背上長大的，他怎麼會聽錯。

聲音愈來愈近，突然一聲長嘶，穆如寒江看見一個銀白色的影子從自己的身邊躍了過去，牠身周裹著濃烈的光焰，他感到一股熱潮撲面而來。那是什麼？可是那個影子那樣快，牠瞬間就要遠逝在冰面上。穆如寒江急得大喊：「你等一等！」

那影子竟真的慢了下來，牠轉身回頭，望了望穆如寒江，又嘶鳴一聲，繼續奔跑。

穆如寒江這時已顧不得絕望，這發現震動著他，讓他重新有了力氣，他又堅持著向前追去。

不知行了多久，穆如寒江聽到一些古怪的聲音，那聲音長而宏大，震撼著冰面，像是從地下升上天空。他很快發現，那是冰下的巨大水柱直射向高空的聲音，它們隔一段時間就噴發一次，有許多眼，分佈在眼前無際的冰原上，水柱是滾燙的，帶著白氣，但噴到高空中，落下來時已被寒冷凝結成許多巨大的冰塊。他愈向前走，這些冰塊就愈密集地落在他四周，帶著尖厲的呼嘯，把冰面砸出裂痕。但穆如寒江已不再懼怕死亡，他逕自向前走去，腳下的冰面正變得愈來愈薄，還有無數的裂縫，冒出熾熱的氣。穆如寒江看不見路，他乾脆閉上眼睛，只照著心中的直線向前，不論將到來的是什麼。

突然眼前的冰面裂開了，冰塊向空中飛散，這回衝出來的不是熱氣，而是一個巨大的人影。他在穆如寒江面前愈升愈高，直到遮蔽了星空。

「喔什空卡！」穆如寒江感到自己正在向空中升起，那巨大的聲音從高空而來，卻愈來愈近。很快，他感到了如疾風般的呼吸。

「不怕死？」這一句問話用的卻是人族的語言，「來到這裡。」

穆如寒江搖搖頭。

「一定會死，因為——踏足了——我們的大地。」夸父巨人的語言簡短卻如重錘直落。

「我們只是想建起一座城！」穆如寒江大聲喊。

「有第一座，就會有——第二座！」

「那又怎麼樣？」穆如寒江憤怒地喊，「你也殺了我們那麼多人。只要你殺不完，我們就會把城建起來！」

夸父巨人仰天大笑，他的聲音幾乎要把天上的星辰也震落下來了。

「永遠不會有——人族的城。等其他部族的戰士——十天後進攻冰城。這次——不留任何活口，要讓——你們——永遠放棄踏足殤州的——希望。」

那巨手把穆如寒江拋在冰山上，大步離去。

穆如寒江突然明白，他和他的家族，這殤州上的所有人，只有十天的時間了。

【07】

巨大的木架在穆如氏男子的號子聲中慢慢聳起，巨冰被運上城頭。

一旁的舊城民們木然地看著這一切，不知這麼做有何意義。人族花一個月時間建起的，夸父族一瞬就能毀去，只有放棄建城，才能換來活下去的希望。

「都去建城！」穆如家的男子喊著。

「怎麼了，穆如世家的將軍們？」一老者冷笑著，「你們現在和我們一樣是奴隸了。這座城是不可能建起來的，一開始建設，巨人們就會來到這裡，踏平新建的一切，殺死所有的精壯。我在這四十年了，歷年被送到這裡來的囚徒民夫，加起來有幾十萬了，可現在，他們在哪兒呢？你們也會消失的，我不想白費力氣。」

「動搖軍心者，軍法處置。」穆如槊說。

老者頭顱上冒出血花，他倒在地上。周圍的人驚叫起來。

穆如槊站上高大的冰塊，大聲喊著：「你們不敢戰鬥，相信了強者不可戰勝，那麼，我就用強者的法則來約束你們！你們以為不建城就能多活幾天，那麼現在我告訴你們：不建城的人，立刻就會死！」

「渾蛋！你還指望著建起城來向皇帝邀功回到東陸去嗎？」有人跳起來，「什麼『建起城就大赦』，別做夢了，城不可能建成，大家都會死在這兒！」

「也許是這樣，但是奮戰的，還可能活著；等死的，不會有任何希望！他們連墓碑也不配有！」穆如槊喊，「少廢話！都給我上城！這是戰爭！這是軍令！」

這是戰爭？這句話震動了冰城中所有的人。他們並不是流放者，不是等死的人，而是一群士兵嗎？原來除了在冰洞中等著饑寒而死，等著被夸父巨人找出來摔死，還有另外一種死法，就是作戰到死。

【08】

穆如寒江發現自己站在一塊極大的冰面上，這絕不是回家的路。

想到若從空中俯視，這冰原本應該是方圓千里的巨大湖海，他就驚嘆於那種不可抗拒的力量。

穿過溫泉地帶時，他取了些熱水凝成一塊冰板，使他可以在平坦的冰面上滑行，省去了許多的力氣。溫泉融化了冰雪，露出的黑色沙泥上生長著奇怪的菌菇，他也不顧是否有毒，拿來吃了，緩解腹中的饑餓。

眼睛紅腫刺痛，一直在流淚，但這反而讓他能在擦拭淚水的間隙看得清楚一些，雖然淚水幾乎要在臉上結成冰殼了。

這時，他看見遠處有一條痕跡，橫越了整個冰海。

他走上前，看著那在千萬年的堅冰上刻出的痕跡。

那是馬蹄的印跡。

可是什麼樣的力量，才能在連斧鑿都難以打出白印的上古寒冰上印出足跡呢？

穆如寒江沿著足跡一直向前走去。直到他站在一堵不見頭尾的冰牆之前，那像是眼前的整個冰原突然裂開升起了百丈。只有一條豎直的裂口，通向冰原的深處。

他沒有思索，向裂口中滑去。數里後，他突然發現冰面開始傾斜向下，冰板愈滑愈快，他明白，若是衝下坡去，再想攀回來可就難了。但那條始終伴行的足跡卻使他願意冒一切風險。

冰面愈來愈陡斜，冰板疾衝直下，穆如寒江不得不緊緊抓著它以免滑落，手指已經要凍得沒有知覺了。他看見頭頂的天空已經被冰層所取代，然後愈來愈暗，他正在深入古冰層的地下。

當一切都變得黑暗，他已經來到了巨大的冰層之下，連光也透不進來。穆如寒江心中也空蕩蕩一片，他什麼都不去想，沒有恐懼，沒有期待，只等著改變的到來。

終於，當的一響，冰板沖到了平地上，接著向前滑去。前方有光芒漸漸亮了起來，最後一團光刺痛了穆如寒江的眼睛，也使他無法相信所看到的一切。

在這地下的冰湖邊，有一片馬群。

那不是普通的馬，牠們的足上升騰著炫目的火焰，所立足的地方，冰面就漸化為水，這些融水匯入了牠們身邊的巨大冰湖，而這地下冰層，正被這無數奔躍的火光所照亮著。

穆如寒江坐下來，靜靜地看著馬群。牠們是如此美麗，宛若天神。而這裡溫暖如春，湖邊生長著青茸與奇菌。他終於明白了自己不惜一切所要尋找的是什麼——是生存的奇跡。如果有一種力量能把殤州變得肅殺極寒，那麼也必然會有一種生命能無視這種力量。他終於找到了。

如果族人們來到這裡，他們就能活下去。而且有了馬與火焰，殤州冰原再也阻擋不了他們的腳步！

但馬群突然騷動起來，牠們開始向湖中躍去。

牠們要逃走嗎？穆如寒江的心一下揪緊了。如果牠們離去，這裡會重新變得寒冷死寂。穆如寒江站了起來，他知道自己要做什麼，他在尋找頭馬的蹤跡！征服了牠，就能征服整個馬群。

穆如寒江終於看見了牠，牠立在馬群的邊緣，高大雪白，四蹄的火焰向四周噴射著光環，在冰面折射下宛如神獸。牠不像普通馬群的頭馬那樣領著馬群奔走，而是站在那裡，像是準備最後一個離開。

穆如寒江撕開衣裳，綁成繩套，慢慢移向牠。牠也看見了穆如寒江，但牠高傲地站著，相信這異類沒有力量捕捉到牠，仍在等著幼馬們奔過牠的身邊匯入馬群的中間。

穆如寒江移到離牠十數尺時，突然跳上冰板，疾滑過去。那頭馬一愣，發足要奔開，但是橫在前面的馬群使牠無法疾奔。穆如寒江眼見滑近，猛地把手中套索甩了出去，但那頭馬靈活一閃，套索落空了。

前路被馬群擋住，頭馬轉身，向穆如寒江衝來，四蹄噴湧的火焰像是要踏碎他。穆如寒江知道自己最後的機會到了，他猛地向前一躥，雙腳向前，在冰面上滑迎過去，等那頭馬高高地躍起，從他頭頂躍過時，穆如寒江在滑向馬肚下的那一瞬把套索拋了起來，頭馬正好撞入其中。

接下來的事穆如寒江做過許多遍，他平日裡一直以馴服烈馬為樂。他一拉那繩索，借力在冰面上彈了起來，翻向馬背。但這神奇駿馬的靈活超出了他的想像，牠向旁一躍，穆如寒江就摔落下去，手肘重重撞在冰上，讓他懷疑自己的手骨要斷了，左手一時失去了知覺，套索從手中滑開了。穆如寒江用右手緊緊抓住繩索，在冰面上被拖行，在湖邊的冰岩上碰撞著。

「不能放手……不能放手……」渾身的劇痛使他發抖，他能看見自己的身後拖出一條長長血痕。但他知道，自己右手中握的，是自己和自己全族唯一的希望。

頭馬正奔入馬群，無數馬蹄在穆如寒江身邊飛閃而過，他隨時都會被踏碎。而馬群正向冰湖奔去，如果落入湖中，他現在的傷勢幾乎無法讓自己浮起來。

繩索終於脫離了穆如寒江的手，向遠處飛速逸去。所有的希望，都正隨著這繩索遠逝而去。

「不！」穆如寒江大吼了起來，他突然從地上一個翻身彈了起來，縱得如此之高，像豹子躍騰在空中。他跳上了身邊奔過的一匹踏火駒，緊緊地抱住牠的脖子，向頭馬追去。

「我一定要捉到你！」少年狂吼著。

【09】

夸父族的影子在遠處的冰面上出現了，慢慢移來，像沉默的死神。當他們走近時，就意味著崩塌與毀滅。

「五十……七十……一百……還有……」瞭望者驚喊，「足有三百多巨人，是以前的數倍！這次他們不僅想毀城，還想殺光我們！」

穆如槊在冰城城頭凝望著，緩緩說：「發石。」

呼嘯的巨冰從城中被拋了出來，在空中飛旋著落向巨人們。巨人們仍在緩慢地走著，顯得毫不在乎。冰塊落在他們腳邊飛濺，有些直衝向他們面門，那些巨人舉起手來，輕輕接住那在人族看來勢不可當的巨冰，又扔回城中。

阻擋巨人們看起來是徒勞的，一些邊緣鋒利的冰塊劃傷了他們的手臂或臉頰，他們毫不在乎地一揮手，把大顆的血珠甩到城牆上，連進攻的腳步也不屑於加快。城中只有用僅有的粗木組裝起來的三台發石機，而還沒投擲兩輪，就有一台繩索崩斷散了架。人們都很明白，這沒有用處，除了激起夸父族更大的怒火。但他們仍在竭力地投擲，幾十個人拉動著那數根長繩纏繞出的巨索，大聲地呼喊著：「再一輪，一……二……三，放！」彷彿要把一生最後的力氣都用在這裡。這是他們在死前唯一能表達憤怒的方式了。

穆如槊站在城頭上，看著那為首的巨人正遮蔽他眼前的天空。

他看起來是這些夸父族人的首領，他比所有的巨人都高大，可以輕易地從冰城牆上跨過，他正低下頭來，俯視他腳下的渺小眾生。

穆如槊抽出他的箭。那箭桿是他親手精心削成，沒有羽毛作箭翎，箭尾也是木刻的，鑄造箭尖的鐵是從全城鐵器中挑選敲鑄而成，沒有真正的熔爐和鐵匠，幾乎全憑人力的敲打和磨礪。這也許是穆如槊這一生用過的最費人工的一支箭，他再用不起第二支這樣的箭，也許也沒有機會再用。

他拉緊了弓弦，那鐵片包裹的弓背在咯咯響著，這不是他平時所拉的鐵筋銀胎的強弓，若是他的弓還在，他可以射落天上的雄鷹，但現在，他不知道這弓能支撐他把弦再拉開多少。

「再多一點……再多一點……」他禱告著這弓不要在力未蓄滿前斷掉，瞄準了那巨人的眼睛——夸父族唯一的要害之處。

那巨人怒吼著，高舉起了他的石斧。當那重千斤的巨斧落下時，這冰牆也將崩碎。但穆如槊不躲避，他只有這一次機會，這機會已經來了。

箭離弦而出！直向巨人的右眼飛去。

箭扎入了巨人的眼瞼之下，他暴吼一聲。穆如槊一嘆，沒能直中眼瞳，這畢竟是一支沒有箭羽的木箭啊。

這箭射出的同時，巨人腳下巨大的冰陷阱崩塌了，在飛濺的冰霧中，巨人的身子直沉下去，落入巨大的冰裂縫。這時，他的面孔就在穆如槊眼前，離他只有十幾尺，巨人的鼻息噴到了穆如槊的臉上。

穆如槊已經搭好了另一支箭，瞄向了巨人的左眼。

如果射瞎夸父族首領的雙眼，也許能使夸父族驚慌退卻吧？這是人族唯一可能取勝的機會，儘管是這樣渺茫。而即使夸父族不退卻，他也要讓這個巨人臉上永遠留下創痛，讓他們將來再回想起與人族的戰爭時，也永遠忘不了這一箭！

巨人的眼睛怒睜著，那眼光把穆如槊整個籠罩。這是絕不可能失誤的一箭，穆如槊彷彿又回到了萬馬爭鋒的戰場之上，弓弦拉滿，這一箭就要奠定戰局的大勢。

但他聽到了㖼的一聲響。

箭射出的那一瞬，弓背折了。

他再小心翼翼，還是稍微多用了一分的力。

而這一分的力，折斷了他的弓背，也毀掉了這場戰爭和所有人的命運。

那箭仍然向巨人的眼眸而去，但在還有數寸的地方，它用盡了最後的力道，跌落下去。

穆如槊一聲長嘆，緩緩放下了手中的弓。

周圍仍然是人聲呼嘯，但他耳中只有寒風。這是第一次，他在戰場上不知道自己還能做什麼。他指揮過無數次的戰局，多少次身臨險境，多少次衝破重圍，愈是敵強奮戰愈酣，從來不曾心灰意懶。但這一次他知道，一切都結束了。

他再沒有金翎箭，也沒有鐵胎弓，沒有了那支追隨他奮力死戰的鐵騎，沒有了世代不敗戰將的光輝，連他最寄厚望的兒子都離他而去。

看著面前巨人因為憤怒而撐起的身軀，他的巨斧高高揚起，穆如槊卻沒有躲避，他甚至連空中正落下的巨斧也沒有去看，心中只若隱若現地想著一件事——

「我的兒子，他會回來的。」

【10】

穆如寒江看到了冰城崩塌下去的那一幕，這時，他的戰馬還在數里之外！

「衝——鋒——！」他忘乎所以地狂喊著，彷彿自己率領的是十萬騎兵。

巨人們都轉頭向北方看去，並不是因為聽見了他的喊聲，而是聽見了那撼動冰原的轟鳴。踏火駒奔湧而來，牠們的鬃毛像旗飛揚，足下驅動著火流，奔過之處，冰面變成了大河。千萬駿馬挾帶著火、風、浪濤與冰塊，勢不可當。

從不知道懼怕的巨人們也被眼前所見驚呆了。

火流轉眼衝到了冰城之下，巨人們看著火焰包圍了自己，他們驚慌地退後。

夸父王唐澤也感覺到了腳下的灼熱，他仍然大喊著：「不要退！衝進冰城裡去！」

穆如寒江聽見了這個聲音，和他在那天夜晚所聽到的一樣。他縱馬向這最高大的夸父勇士奔去，喊著：「來吧！像個武士一樣一對一地單挑吧，看誰打倒誰！」

穆如槊從昏迷中醒來，人們正搬開他身上的碎冰。他聽見了冰城外的聲音，看見了巨人們正像被什麼驅趕似的躲避奔逃，聽見了一個他再熟悉不過的聲音。

「是誰？」他仍然問。

「將軍，」人們對他說，「是你的兒子，他正在挑戰夸父王，他要打敗這世上最強大的人！」

【11】

巨大的石斧砸到冰面上，爆開無數的冰屑，像利箭般四下飛散。許多踏火駒被這力量震得離開地面，成片摔倒。穆如寒江也感到自己的坐騎猛地躍了起來，他沒有馬鞍、沒有馬鐙，只有死死伏在馬背上，抱住馬的脖子，冰淩如箭雨向他橫掃過來，深深扎進了他的身體，也扎在他胯下駿馬的身上。他看見戰馬被扎傷的地方，冰淩急速地融化了，白氣騰了起來，沸騰的冰面上，他的戰馬如撕扯著雲霧一般向前。

巨斧揚起，又帶著巨大的風聲落下，每一次砸在冰面上都如地震一般。穆如寒江幾乎覺得自己的馬連足踏實地的機會都沒有了，牠也許是踩在飛濺的冰霧上前進！穆如寒江心中沒有懼怕，只有激奮，他知道那是祖先的血！面對愈強悍的敵人，就愈想仰天大笑。

他驅使戰馬直奔巨人的腳下，巨人大步跳開，本來近在咫尺，可轉眼又離開了幾十丈。巨人落地時的震動，彷彿要把人的心也從胸口中震出來。夸父王唐澤乾脆丟掉了巨斧，舉腳來踩這冰上穿梭般的火焰。可火梭眨眼間就從他腳邊劃過，他轉過身時，火梭又奔向另一邊，巨人感覺這團火似乎正在冰面上畫出一個符號來，他心中有了不好的預感。

冰水開始在他腳下漫布開來，巨人猛地跳向另一處，但那團火又追了上來。他無法捕捉到那團火焰，只能笨拙地轉身。穆如寒江突然大吼一聲，跳下了馬背，抓住了巨人的後腳跟，使出全身力氣推動著：「倒——下——！」

那幾乎就像是一個人要扳倒一座山似的可笑，但巨人卻感到大地拋棄了自己，那濕滑的冰面再也抓不住他的腳，他騰起在了空中，那一瞬完全失去了重量，然後狠狠地向大地落了下去。

「完了。」夸父王想著。

接下來的，也許是殤州冰原上千萬年以來最大的響聲。

人、馬、冰塊都被震得飛到空中，冰城和周圍的雪山都劇烈搖晃著，鋪天蓋地的雪奔湧下來，白霧席捲著冰原上的一切。冰原上的裂縫以巨人倒下處為中心，閃電般擴向四周，在他身邊形成一個方圓近里的裂網。

巨人的頭重重砸在冰面上，他覺得自己幾乎失去了知覺，雪霧灌進他的口鼻，讓他喘不過氣來。當他定定神，掙扎著要爬起時，發現融化又凝凍的冰水把自己凍在了冰面上，那少年箭步跳上他的身體，站在了他的胸膛之上。

少年伸手指向他的咽喉，他的手中空空如也，並沒有劍，但他分明做出了握劍的姿勢。

「我手中沒有劍，殺不了你。」少年說，「但你若不認輸，就會死得更慘。」

夸父王感到了耳邊的灼熱，聽到馬嘶之聲，踏火駒包圍在他的身邊，如果牠們湧來，他會被活活燒死。

巨人突然放聲大笑，他的胸膛鼓動著，連少年也幾乎站立不住。

「我被打敗了？哈哈哈哈哈……我被打敗了？」

他猛地一掙身，那凝凍的冰面竟絲毫無法阻攔他的力量，像是高山突然從地面聳起，馬群也驚嘶著躲開，少年也摔落地上。

巨人站起身來，他的身影重新遮蔽天空：「是的，我倒下了。以前還從沒有人——能做到。

但人族——和夸父族——戰鬥了這麼多年，你們從來也不能——征服我們的家園。」

他看向穆如寒江：「你是個勇士，這一仗我敗了，你們守住了你們的冰城，我不會再來進攻它，但——你們人族的疆域——也就到此為止。」

夸父王大步離去，消失在雪山間。

冰城上傳來了歡呼之聲。戰馬挾著烈火在冰面上奔騰，像是慶祝的儀典。

穆如寒江望著夸父遠去的背影，心中卻沒有榮耀，只有憂懼。

【12】

穆如槊靠在一堆倒塌的冰垣旁，顯得疲憊而蒼老。

「父親……」穆如寒江奔到他身邊。

穆如槊卻冷冷望著他：「你知不知道，私離戰場是什麼罪？」

「父親，我知錯了。」

「不要叫我父親！叫我大將軍！」

穆如寒江猛地抬起頭：「我可以是穆如鐵騎中的一員了嗎？」

穆如槊支撐著身子要站起，穆如寒江想上去攙扶，卻被推開了。

「父……大將軍！」穆如寒江追問著，「我算是穆如鐵騎的一員了嗎？」

「你……」穆如槊正想說什麼，突然有人驚恐地喊：「冰城倒了！」

許多巨冰從殘破冰垣上塌落下來，要把一切吞沒。

穆如寒江本能地彎下了身子，可穆如槊卻沒有。

少年再抬起頭來時，看見穆如槊高舉雙手，擎住了那塊砸落的巨冰。他的腿骨斷了，從靴中穿出來。

「我總告訴你……人生總有些時候，躲是沒有用的。」他渾身顫抖，但仍然站得很直，「但這一次你對了……活下去……然後離開這裡。」

「父親！」穆如寒江喊，覺得心中的一切都被抽空了，他撲上去，瘋狂地想幫助父親頂住那巨冰。

冰塊漸漸傾倒，穆如槊狂吼：「滾！所有的人死了，你也要活著，回到天啟去！告訴那些想看到穆如家死絕的人，他們打不倒我們！打不倒！」

他發出最後的咆哮，把巨冰重新向上頂去，直到伸直整個身軀，再也不能向天空進展分毫。

將軍站在那裡，雙眼圓睜，怒視著將他的雄心永遠留在這殤原上的巨冰，熱血已經凝凍，像鋼一般撐在他的體內，他正在和冰山融為一體，再也不能分開。這是他最後一個敵人，他無法打敗它，他是這樣不甘心，就永遠站在這裡。

「父親……」穆如寒江叩拜在地，行最鄭重的告別禮。他的頭磕破了，血染紅了冰面。

「我一定會回到天啟城去的。我會打敗所有想看穆如世家倒下的人，不論是牧雲皇族、北陸叛逆，還是宛州反王，我發誓！我會讓穆如世家所有的敵人被踏為塵泥！」他握緊雙拳，仰天淚流滿面，「父親！我——發——誓！」

註1：九州世界六大智慧種族之一，身高為人族的二至三倍，肢體強壯，力量為六族之冠。

之六　帆拉凱色與姬昀璁

【01】

九月，明帝宣詔，將二皇子牧雲陸冊立為太子。

這時，宛州反王牧雲欒正大舉進攻。自穆如世家被流放後，朝中除兵法出眾的牧雲陸，再無人能與牧雲欒抗衡。前方連連告急，新立為太子的牧雲陸只好立刻率軍出征。

但更大的驚訊傳來：右金軍在擊潰端朝北陸軍、殺死先武成太子牧雲寒後，開始於瀚寗邊境森林日夜伐木，運至天拓海峽邊造船準備南渡進攻中州。領軍者是右金首領的次子碩風和葉。

北有右金，西有鄴王，兩面受敵。明帝唯恐數百年江山毀於他手，憂鬱成疾，重病不起。中都盛傳，明帝牧雲勤將活不過這個冬天。

【02】

將近新年，中都一片大雪。雪似乎把聲音也壓得沉靜了，偌大繁華的都城忽然十分安靜寂寥。明帝牧雲勤於昏沉中醒來，忽覺精神好了些，命常侍將他扶到殿門外，於雕欄上看京城雪景。

他回頭四顧，問道：「我諸位兒郎何在？」常侍急遣人去召宮中眾皇子，頓時後妃臣僚百餘人擁著皇子們湧至啟元殿下，明帝見眾皇子年少，有些尚自顧玩雪不已，嘆道，「可惜我最愛的皇兒，卻早戰死瀚州戰場。」忽又問，「瀚州可曾下雪？」常侍搖頭說不知。明帝想起長子牧雲寒，心痛不已，呼道，「我死後，我諸子中有能北破右金、重奪我瀚州故土、奠寒兒於長寞山祖廟[1]者，方算是我牧雲氏之帝！」

言畢跌倒，眾人忙將他扶入宮中。數時辰後，明帝牧雲勤於大雪狂飄中駕崩，年五十三歲。

【03】

寒風大雪中，整個天啟城縞素一片。

牧雲笙站在園中，望著風捲紙灰向天，雲噴狂雪覆地，交織成密密的一片。他什麼也聽不到，沒有人來告訴他發生了什麼。這世上的一切事，都與他無關。

他伸出手去，以指為筆，憑空畫著什麼。滿城慌亂、一片嚎哭之聲時，他卻在與世隔絕的園中、冷寂如冰的屋內，不食不眠地整整一天。當他畫完那幅《天啟狂雪圖》，望著那滿紙冰霜，又抬頭四顧，雪花從窗外飄灑進來，周遭不聞人語步聲，彷彿世上只剩他一人。他周身冰冷，丟下筆去，推開屋門，天地陰霾，狂雪撲面。他閉上眼睛，淚水方才流了下來。

【04】

此時，千里之外的衡雲關，宛州叛軍正借明帝駕崩端軍軍心混亂之機，十幾萬人輪番強攻城池。血戰二十天，城中剩下不到五千人。太子牧雲陸幾天未睡，飲食難進，已是強撐站立。城外殺聲震天，牧雲陸知道自己這一倒下去，城防立潰，一切皆休。

眾副將前來，請求護衛他從關後山嶺小路突圍。他們都道：「太子回到中都，還有整個中州可以運籌帷幄；若戰死這裡，豈不是壞了大端的江山？」

牧雲陸仰天大笑道：「中都？此刻只怕沒人願我回去！」他指向戰陣，「叛軍早繞到關後，城已被四面圍住，何談逃生？」

他拔劍高呼：「我牧雲氏兒郎死於戰陣之上，死得其所。千古帝業，就留給後人相爭吧！」

他終是戰死不退。

【05】

新年初二，中都城中毫無新春氣氛，街上靜悄無人。偶有兵馬匆匆行過，踏碎白雪。這時傳來了衡雲關被攻破的消息，太子牧雲陸及城中將士，全部戰死。

【06】

太華殿內陰鬱灰暗，再無當年皇皇氣象，只有兩個影子如幽靈站立，傳來輕悄嗡語。

大司馬[2]杭克敏道：「二皇子若死，誰為新帝，先帝在世時早有遺詔，我自當依詔行事，怎能為私利而另選帝君？你休得再言！」

右僕射南枯箕冷笑出宮，密召眾將道：「杭克敏迂如朽木。各位輔國功業，在此一舉。」

於是皇后一黨眾臣起事誅殺杭克敏，擁立皇后之子十一皇子牧雲合戈為帝。

天色方明，百官聚在太華殿前，待新皇牧雲合戈第一次早朝，並行三拜九叩大禮。至於禮樂大典，卻是於紛亂之際免去了。南枯箕主持早朝，皇后南枯明儀晉封太后，坐於牧雲合戈身後。合戈不過五歲，望著殿外人群十分惶恐，還弄不清到底發生了什麼事情。

【07】

牧雲笙靜坐園中，聽著登基大典的禮鼓。心想這宿命終是破了。他心中彷彿卸下重擔，丟下筆，向園外走去，一路思忖人生悲喜。渾渾噩噩，走過宮苑，彷彿他還是當年每天這樣行走。宮中眾人見了，卻嚇得魂不附體：這六皇子不是病死已久，怎麼此時步行宮中？真是白日見鬼。

牧雲笙只想去見一見新登基者是誰。他信步走向太華殿，嚇得百千虎賁圍在兩邊，不知如何是好。牧雲笙卻只如未見一般，走上臺階。百官一片驚嘩。

已升為丞相的南枯箕心想，世上哪裡有鬼，這是活人無疑。這六皇子若是回來爭位，卻為何孤身一人？想必是癡症又犯了。我殺了那許多人，不在乎多殺一個。於是立目大喝：「六殿下，見了陛下，如何不跪？」

牧雲笙卻只是站在那裡，出神地望著牧雲合戈。

合戈年幼，被強令坐在御座上，正無措間，忽見牧雲笙站在下面，喜得跳下御座，直奔過去：「六哥哥好久不見，你去哪兒了？我們去玩吧。」

南枯箕大喝一聲，合戈嚇了一跳，噤在那裡，頓時哭出聲來。牧雲笙上前舉袖為他擦拭眼淚，太后南枯明儀卻過來一把抱過合戈，重新放回御座上。

牧雲笙想起自己小時，隨皇后之女牧雲瑛去雍華殿中看剛出生的小合戈，那時小嬰兒是那麼可愛，眼睛癡望著這世界，純淨得不染一點塵灰，而南枯皇后是那樣美麗可親，總是和聲柔笑。現在她坐在上面，面色冰冷，而這小合戈，也並不知有無數人為他丟了性命。他將來長大，還會知道太華殿前曾有的血跡嗎？

南枯箕來到牧雲笙面前，低低說：「殿下，大勢已成，你還是順時而行的好。」

牧雲笙心中一動，他眼中不見南枯箕，只默默唸：「大勢已成……大勢已成……原來天命是錯的，一切都改變了……那麼，盼兮也可以和我一起了……」

他一旦專注思索起來，又不覺早忘卻周遭事情，自顧轉身向殿外走去，於跪伏的百官眾目睽睽中走過。南枯箕又氣又怒，可大殿之上，卻也不能發作。牧雲笙走出殿門，看殿外那巨大廣場上還跪伏著近千官員，黑壓壓一片，伏在自己腳下。他嘆了一聲，轉頭而去。

【08】

暗室之中，南枯箕正與掌握京師兵權的驃騎將軍虞心忌商議：「右金反部已盡得北陸，不日必將南下。當速召各郡守率軍勤王。」

虞心忌搖頭笑道：「各地兵馬雖號稱五十萬，但軍心不齊，少經戰事，且各懷觀望之心。以我之見，不如與右金密談盟約，允其在北陸稱王。右金為遊牧之族，不能定居，縱然搶掠，不能佔我疆土。倒是其他牧雲氏割據皇族才是威脅。」

南枯箕道：「萬萬不可！北陸乃大端宗室發祥之地，一旦割與右金，要遭千古罵名。」

虞心忌大笑道：「看來這罵名你是不肯讓你的外甥皇帝來擔了，那麼我另找一個皇帝來擔便是。」

南枯箕大驚，便要拔劍，早被虞心忌一劍砍翻。發出哨箭，四面兵士殺入府來，各軍早按預先謀劃衝入各府，捉拿皇后一黨，再現數月之前天啟血雨腥風。南枯一族機關算盡，卻終為塵泥。

虞心忌領軍帶劍上殿，太后南枯明儀抱著小合戈蜷在御座之上瑟瑟發抖，道：「將軍，你當初舉兵擁我母子入主金殿，今又率兵來驅，這是何故？」

虞心忌道：「此一時，彼一時也。最該坐在這金殿之上的人已經死了，剩下想坐此龍位之人，均該殺之。只不過今日輪到你們而已……」

他轉過身去，一揮手，兵士們一擁而上，南枯太后與合戈抱頭尖叫，被拉下御座，亂劍刺死。

血慢慢從白玉階上淌了下來，待屍首被拖出殿去，虞心忌這才轉過身來，面向空空的皇位。

「虞心忌是不忠之人嗎？」他對著御座問道，愴然跪倒，「武成太子！你英魂若在，請回殿上坐！」

他猛地連連叩首，頭破血流，染紅玉陛。但寶座無言，雕龍不嘯。

【09】

牧雲笙被軟禁在自己曾經的寢殿中，渾然不知外面江山又要換主人。他在等待去與盼兮相見的時間。《天啟全景卷》也仍只缺中心東華皇城，無法補上，他只恨不能長出翅膀飛上天去，一覽皇城全景。

這日正在宮中枯坐，面對白紙，胡亂塗抹，心中煩躁。忽聽殿外有人聲，起身看時，殿門洞開，撲進來一群士兵，推了他便走，直來到太華殿上。那殿內殿外竟又早聚了文武無數。

牧雲笙被推到殿前，他心想著，這次又是哪位兄弟做了皇帝，又要向誰叩拜？

卻忽然聽常侍泰德上前高聲道：「恭賀六皇子殿下！先皇留有密詔，云太子殿下若有變故，不能繼位主政，則由六皇子牧雲笙繼承大統。現南枯皇后一黨已誅，請殿下即刻登基，江山萬載，福澤永固，陛下萬歲，萬歲，萬萬歲！」

「陛下萬歲，萬歲，萬萬歲！」殿內殿外，近千文武官員一齊跪下。

牧雲笙呆立在那裡，望著跪倒在腳下的整個帝國。

原來一切並不曾改變，預言還是實現了，皇長子戰死北陸、二皇子與關同亡，連五歲的十一弟也死了，所有可能在他前面登基的人都死了，擁護他們的人也被全族誅滅，他腳下踏著無數人的血，只為了那個預言。一切都不能改變。

少年呆呆跌坐在御座上，恍如木雕。

稱帝大典草草地結束了，沒有鼓樂，沒有儀歌，三拜九叩之後，百官如鳥獸散去，一切似乎並無變化。大端朝的百姓們，要很久以後才會知道又換了皇帝，或者有些永遠也不會知道，也並不關心。

【10】

第二日清晨。牧雲笙正熟睡，忽聽常侍泰德來喚：「陛下該上早朝了。」

少年猛然驚起，想起昨天稱帝的事情，突然覺得世事滑稽，不由得放聲大笑。

他頭也不梳臉也不洗，穿件皺巴錦袍，就要上殿。泰德忙一把拉住：「陛下，您愛穿什麼就穿什麼，反正虞將軍生氣了，殺的只是小人的頭。不過小人們全被殺光了，就再沒人侍候著陛下了。陛下還是胡亂穿件皇袍做做樣子吧。」

牧雲笙一腳把他踹開，罵著：「呸，難道我這皇袍倒成了為你穿的了？我倒要看看我這皇帝當得是管用不管用。來人啊，把他拉出去給我砍了。」

泰德愣了愣，向周圍看看。周圍的內侍全是他的下屬，也全愣在那兒，沒一個動彈的。又看牧雲笙眼中全無殺機，他心中有了數，跪下喊：「陛下開恩，奴才知錯了，陛下饒了奴才吧！奴才再也不敢了。」一把頭叩得山響，卻是一點不傷皮肉。這也是練出來的巧勁。

他一邊求饒，一邊偷偷伸了手拉牧雲笙的袍角。牧雲笙心中明白，搖搖頭道：「一點也不好玩。你求什麼饒？你就不能演演抗命力爭的，說一番『當皇帝儀容不整何以整治天下』的道理，表明寧死也要捍衛禮律的決心？沒準我就升你當太傅了。」

泰德一拍腦袋：「是啊，奴才還是笨了。不過現在日頭已升起來了，百官們還在殿上等著呢。這遊戲，陛下留著去和忠臣良將們玩吧。」

牧雲笙套上皇袍，發現倉促之間，這袍子竟然還不是新做的，而是父皇的，他穿在身上有些大了。他心中一酸，幾乎就要流下淚來，忽然道：「為我梳洗，我偏要精精神神地去當這個皇帝。」

少年皇帝拾掇衣冠，束緊袍帶，快步如風，臉龐迎初升之日光，壓著一腔慷慨之氣，大步走上殿來。百官本來弓腰籠袖打著哈欠，準備應付了事，一看這少年的神采，不由得全端正了身軀。司典官本來眼皮打架，早飯沒吃、底氣全無，準備嘟囔一聲「皇上來了」便罷，突然看見少年皇帝大步而來，後面旌旗冠蓋飛揚，金甲武士奔跑相隨，恍惚間覺得又回到了大端朝還傲臨三陸六州的時候。憋了數年的一口氣突然從心底衝上來，閃雷般大喊了一聲：「陛下駕到！」自己覺得分外暢快。百官忙齊齊跪倒，不自覺地全提高了嗓門：「吾皇萬歲，萬歲，萬萬歲！」

驃騎將軍虞心忌按劍站在百官之前，看著這少年走上殿來，面色仍是冷傲，眼神中倒有了幾分贊許。

牧雲笙站到寶座前，愣了一愣，輕拂了拂椅面，才坐了上去，緊握雙拳，抑制著心中的亂流，半天默不作聲。

百官們也只好都那麼跪著，偷偷相窺。虞心忌卻已自站了起來，轉身向百官揚手道：「諸卿平身。」

百官們便紛紛站起。司典官皺起眉頭，敢怒卻不敢言。牧雲笙倒什麼也沒說，只是看著虞心忌，像是一點也不在乎這些似的。

卻有一些官員還不肯站起，只等牧雲笙的旨意。虞心忌笑對其中一位說道：「老太尉，你卻怎麼站不起來了？」那太尉薛彧罵道：「我只聽陛下的旨意，你卻如何敢號令百官？」

虞心忌道：「您是個忠臣，只可惜現在忠臣應該上陣為國效命，捨身疆場。老太尉您的兵在何處呢？」

薛彧氣得鬍子顫抖：「我的大軍勇將，全拚死在和宛州反王廝殺的戰場上了，卻便宜了你這竊國之徒！」

虞心忌冷笑站至他的面前道：「那你為何不也去死？」向下喊道，「給他一匹馬一把刀，讓他出城去上陣殺敵吧。」

薛彧暴怒而起：「我先殺了你這狗賊！」方才躍起，立時被虞心忌侍衛從後一箭射穿脖頸，從前方喉處穿出，栽撲於地。百官驚異。

殿下跑來軍士將薛彧的屍身拖走，在大殿上留下一道血痕。虞心忌這才轉身望向牧雲笙道：「陛下受驚了。請繼續上朝吧。」

牧雲笙目睹一位老臣就這樣在殿上被殺，只覺得腹中翻湧，極想嘔吐。但那血跡卻也點燃了他骨子深處的另一些東西，也許是牧雲氏的血中天性。他冷笑道：「將軍以後再莫要在金殿之上殺人了，因為殺來殺去，不知什麼時候就會輪到自己。」

虞心忌頓時變了臉色，眾大臣全驚惶地望著虞心忌手按的寶劍，生怕這少年皇帝成為史上登基第一天就殞命的第一人。

虞心忌的目光兇狠霸道，牧雲笙也不回避他的目光，和他對視著，心想道：「要殺便殺吧。瞪我又有什麼用。」這麼想時，嘴邊倒露出嘲諷笑意。

虞心忌忽然爆發出一陣大笑：「陛下說得極是，我們金殿之上這些人，誰也保不準自己什麼時候死，死得多難看。大家各從天命便是。」

他大步走上玉階，諸官譁然變色。虞心忌來到寶座之前，肘支在御案上，像是老朋友間說話似的，輕聲對牧雲笙道：「陛下可知昨天御座上那個人是怎麼死的？」

牧雲笙強平氣息道：「因為不聽你的話嗎？」

虞心忌搖搖頭：「因為他不配做皇帝。我虞心忌要對得起大端的江山，就要選一個真正能讓天下平服的人才對。」

牧雲笙長吁一口氣，道：「那將軍你找錯了，最不知如何做皇帝的就是我了。」

虞心忌搖頭道：「皇帝有很多種做法，有的本無才幹，卻什麼事都要自己抓在手裡，活活累死；有的猜疑懼眾，生怕手下臣將太有本事、太有抱負，生生害死眾多忠良；有的放權於重臣，自己享樂逍遙。」

牧雲笙問：「那閣下希望我是哪一種呢？」

虞心忌說：「這些都不是好皇帝，其實一個好皇帝，無非就是要會識人。能分得清忠奸是非，自然就可安享天下。」

「那……將軍可是位忠臣嗎？」牧雲笙嘲諷地望著虞心忌。

「是不是忠臣，不是臣子自己說了算的。天天唯命是從，高喊皇權尊貴，磕無數響頭的，不一定是忠臣。直言犯上，貌似無禮，君命有所不受的，也不一定是奸臣。一個皇帝能看得出這些，才算是初得帝王之道了。」

牧雲笙望著他，突然想起盼兮所言：人心百變，也不過「愛欲癡仇」四字。看穿這四字，便看穿了人心。

他點點頭：「虞將軍的確是個忠臣。只不過你會死得很慘。」

虞心忌卻突然臉色立變，下殿正衣冠叩首道：「吾皇萬歲，萬歲，萬萬歲。」

百官不知仗劍朝野的虞心忌為何突然對這少年皇帝敬畏了起來，也都跟著一齊跪倒，再次高呼萬歲。

牧雲笙卻覺得，這呼聲只像是無數人在狂聲怪笑。

【11】

「陛下，按成法禮典，請設『承平』為年號。」

那早擬好的詔書終於遞到了牧雲笙的案前。「承平？」少年冷笑著，「天下分明未平，這年號，不如就定為『未平』吧。」

禮官嚇了一跳，從來沒有聽過這樣不符禮制的年號。殿中眾臣也面面相覷。

「就這麼定了。」少年冷笑著，把那詔書上的「承平」二字塗了，直接在一旁寫上「未平」二字，蓋上玉璽。

百官皆搖頭，殿中一片嘆息聲。這皇上果然當得荒唐。

虞心忌卻並不在乎此事，他手中已捧好了第二道詔書。此刻他慢慢走上前，把它放在案上。

他什麼話也沒說，但少年分明能看出，那詔書如有千斤沉。

那是將北陸瀚州萬里沃土割讓給右金的詔書。

他舉起玉璽，忽然想起了父皇臨終時的話：「我死後，我諸子中有能北破右金、重奪我瀚州故土、奠寒兒於長寞山祖廟者，方算是我牧雲氏之帝！」

「這詔書不能發。」少年握緊玉璽。

虞心忌笑道：「陛下可是在逞強掙面子？北陸我們已經戰死了數十萬將士，現在我們連各州的反賊也無力征討，去哪裡再徵發大軍北伐？先帝連年四方征討，各州的戰火只是愈燒愈旺，國力已經耗盡了，饑民四起作亂，唯有此一詔，可以暫贏來喘息之機。陛下不發這詔令，我也只好自己借玉璽一用了。」

他上來就要拿那詔書和玉璽。牧雲笙緩緩道：「住手。」

虞心忌縮回手去，只盯著牧雲笙。

少年望著那詔書，大笑一聲。高舉手，重重地把玉璽蓋在了詔書上。

【12】

那冊封北陸王的詔令被千里護送，登上了北陸瀚土。

右金部首領碩風達終於得償所願，得大端承認封為北陸王，號令北陸諸部。聽旨之日，他奪過使者手中金印，也不跪拜，轉頭面對族人，大笑三聲道：「我右金部，終於不再是大端朝的奴屬了。我們是自由之民了！北陸萬里草原，任由馳騁！」

四野歡聲雷動。

一旁卻有一人不笑，那是右金二王子碩風和葉，他拄劍搖頭嘆道：「父王的志向為何如此狹隘？什麼北陸草原任由馳騁？大風起時，當橫掃天下！」

他此話一出，四野皆驚。草原上狂風捲嘯，彷彿正為他的雄心應和。

碩風和葉接著大聲道：「端朝數十萬精銳敗在北陸，中州正是空虛之時，若是放過這機會，以東陸之富庶，不出三年，便可重整大軍而來！那時什麼北陸封王，不過是一紙笑話！」

但各部族首領中，有大半認為南下絕不可能獲勝。十日後召開的金帳大會之上，十七個大部之中只有四個支持碩風和葉。

已是北陸王的碩風達點點頭說：「既如此，南征之事，且容再議。」

碩風和葉心中憤懣，拔劍高喊：「願隨我殺出個天下者便去，願在這裡吃喝等死者便安坐吧！」

碩風達怒喝道：「小兒不得無禮！」

碩風和葉冷笑道：「當年您也是草原上的英雄，但現在您老了，開始不敢在風雪下出征，喜歡裹著棉袍躲在帳中飲酒。今日我率兵南下，就再也不回北陸了。若是我敗了，我就讓人把我的頭帶回來，然後您再獻去給大端皇帝作賠罪。但若是我勝了，我便是東陸之主，而且我還要一統三陸九州，做天下之帝王，那時您這個北陸王也要向我稱臣，不然我就揮師北陸，掃平你等！」

他跪倒在地，叩拜三次，然後拔劍割斷左手小指，丟入碩風達的酒杯：「從今日起，你再沒有我這個兒子，我也再沒有你這個父親，因為沒有人能阻住我一統天下的雄心！」

他轉身上馬而去，一班忠於他的武將緊緊跟隨。碩風達大怒而起，取過弓箭，拉滿瞄準碩風和葉的背心，卻終於沒有射出去。

終於，看見兒子遠去，他愴然長嘆一聲，把弓丟於腳下，微微有些踉蹌：「看來我真的是老了，想射箭時，眼也朦了，手也抖了……這天下，留給年輕人去吧。」

那些天，碩風和葉袒著上身，舉著長刀，佩著帶血的頭盔，游走於狂歡的各營落高喝道：「醉者生，醒者死！醉者為奴而生，醒者奮戰而死！願為奴者儘管飲酒，願死者隨我來！」

幾乎所有的年輕男子都圍繞他歡呼，於是碩風和葉領各部最精銳軍馬中忠誠於自己的一半，鐵騎七萬，渡天拓海峽南下！

【13】

牧雲笙將他的佩飾金環掛在屋外，又在下面掛了一張小小的寫滿古怪字符的紙片。風吹來紙片搖動，發出奇異的聲音。

雖然已是皇帝，他卻又搬回自己的小園木屋中，沉迷於研究天地與星辰的奧祕。而虞心忌也不再讓他去上朝，正好所有事都不必向他通報。這兩年來，他按盼兮告訴他的方法，利用那世間本源之力，去使萬物的結構變化，從而產生種種奇異的效果。

所發生的一切使他入迷，也更加堅信女孩所說的話：真正的術法大師，並不是能呼風喚雨、點石成金，而是知道風雨雷電為何而生，黑夜白晝因何輪轉。只有知道了天地生成造化的本源，才真正明白「術」並不是魔法，而是化育萬物的真理之所在。

他是如此渴望著去瞭解更多的天地，如果盼兮告訴他的都是真的，那麼必然還有許多奇跡，正在不為人知的地方發生著。他心中充滿改變這世界的念頭，卻不是通過戰爭與權術。少年明白，是自己該出發的時候了。他要去尋找盼兮。與其在這皇城中做個奴隸般的皇帝，不如去闖自己真正的天下。

他終於無法完成那一幅畫，雖然他用過的色彩染盡了林園。少年抬頭向天空望去，忽然愣住。這一瞬，他知道自己已經看見了那張無邊的畫紙，以往盼兮與他所說的世間種種奧祕，在心胸中如百川激蕩，猛然融匯成大海，從此天高地闊，自在波瀾。

少年知道，是離開這個囚籠的時候了。

想逃出皇宮並不容易，以他現在的力量，還無法從重重侍衛和御用術師們的監視下逃脫，只有在這幻彩的森林中，他才能掩藏自己的行動。於是少年有了一個看起來更瘋狂的想法。

在掛出金環十數天後，這天牧雲笙出門，他終於欣喜地看見，一隻金色的甲蟲正掛在金環上，得意地啃吃著。

盼兮曾經和他說過，這世上有一種甲蟲名喚「貪金」，擅於挖掘，以石中的金質為食。他要的就是牠。

牧雲笙將金環帶回屋中，那貪金要吃不要命，只顧緊緊抱著金環不放。牧雲笙將牠捉取放在小紙籠中，將金環用法術熔了，澆在地面。那熔金流像小蛇一般在地上扭動爬行，看見地縫，閃電般地鑽了進去。

他再放出貪金，那貪金立刻撲到地縫前，急速向下掘去，瞬間沒影了，只留下一個小洞。

牧雲笙將他的一點意志貫入了那金液小蛇中，使它會在地下來回游走，而貪金也會不斷追趕，直到在地下掘出可容人通過的孔道。這法術頗費心神，他倒下睡去，只等明天來查看結果。

可盼兮也曾提醒過他，世間奧妙無窮，沒有人敢言能掌握一切變數，所有的法術，都可能帶來意想不到的後果。少年在夢中心神不寧，總是聽見女孩在耳邊如此叮囑。他猛然驚醒，已是第二天清晨。

少年向地面看去，不由得嚇了一跳。

像是地震一般，從床邊到門口偌大一塊地面沒了蹤影，變成一個大洞，斜向下去。雖然這正是少年想要的，但他卻沒想到，一隻小蟲竟能有這麼大的本事，若是將來有人用牠來挖掘城牆，那這世間的城池豈不都是白建了？

不過世間萬物總有相生相剋，這小蟲也定有制約的辦法。少年這樣寬慰自己，舉了火把，沿斜坡慢慢向地下走去。

愈向下走，他就愈不安，行了幾十丈後，那地洞更大更寬，還分出許多新孔，這樣小的一隻蟲，怎麼可能有這麼大的能耐？

黑暗中他凝神細聽，那些孔洞深處傳來沙沙聲響，像是雨聲一般。少年心奇，這會是什麼聲音？可不像一隻甲蟲弄出來的。

一個孔洞中忽地聲音大作，像溪流暴漲，突然間孔口噴出無數貪金蟲，像金瀑狂奔一般瀉流在地，瞬間鋪滿整個地面，許多還從少年腳上爬了過去，然後像水珠沒入沼澤一般，又全鑽入另一邊的土中不見了，那邊的土層上又密佈了無數小洞。

正在這時，那甲蟲湧出的孔洞中，又呼地鑽出一物，身上也遍佈金色鱗片，落地倒彷彿一個小球急速滾動著，從另一邊掘土鑽進，挖出一個新的孔洞來。

牧雲笙有些明白了：那貪金甲蟲召來了牠全族，沒準想在這裡落戶，可把什麼以牠們為食的異獸也招來了，所以這一夜地下才孔道縱橫。幸虧自己醒得早，不然再一會兒，只怕房子也要塌了。

之後的許多天，貪金蟲們瘋狂開鑿著牠們的地下宮殿，牧雲笙用法術引導著牠們，漸向宮城的週邊掘去。

但這一天，牧雲笙卻發現，所有的貪金都聚在洞的盡頭不動了。牠們靜靜停著，形成了一面巨牆。

這使少年十分驚異：貪金為什麼懂得停在同一個平面上不再掘進？而且這牆平整得連人族工匠可能都建不出來。

他手一揮，向牆面灑出一片光塵。甲蟲們向四面奔湧開來，像風吹開沙塵，露出那光滑的牆面。

牧雲笙借著光芒走上前，驚異於他所看見的一切。

那裡，是一面鐵鑄的巨牆。

這才是甲蟲們停止向前的原因。為什麼會有一面鐵牆擋在這裡？這是什麼時候築成的？難道就是為了囚住他？

牧雲笙驅使貪金蟲們向下方挖去，一種不安的預感籠罩著他。如果這是為了防止挖掘地道所設置的，那麼……難道這鐵箱也是有底的嗎？

甲蟲們的挖掘很快又停止了。最不想看到的事還是出現了：牧雲笙的腳踩在了鐵鑄的地面上。

他呆呆地站著，心中惶亂與絕望交織，不明白為什麼會是這樣。難道一切都是徒勞的？他永遠不可能逃離這裡，即使死去，他的白骨也會被永遠留在這裡，沒有人來，與世隔絕，直到千年萬年後。

少年臉上露出了冷傲的笑意，他不相信，他絕不相信有人可以囚住他。他要離開，沒有人可以阻擋。

鐵牆上寫滿了密密麻麻的符號，少年在計算著，想用普通光與火的法術割開鐵牆都需要極強的能量，少年無法收集這樣的力量，也沒有任何的術法書籍、現成符咒可以學習，他只有一個辦法——自己創造所要的法術。

近一個月過去了，符號從牆上寫到了地上，又從地下一直延伸到了屋中，再到牆上、窗上、室外，而被抹去修改的部分，更比寫出的多上十倍。終於那一天，少年檢查了所有的算式，噓一口氣：「試一試吧。」

他把筆扔到了那些字符中間。

筆落地處，光芒開始散開，在字符組成的長卷中急速地向前湧去，穿過視窗，進入地下，照亮了層層孔道，最終在鐵牆上鋪散開來。當所有算式字符都被點燃的時候，這個法術完成了它的內部自洽，啟動了。

整個大地一聲巨響，那光芒從園中直射出來，光環急速展開，向整個皇城撲去。

連少年自己也嚇了一跳，他呆站了一會兒，慢慢抬起手，看見自己袖上、手指上，結著透明的冰霜。

整個皇城像是冬天突然來臨一般，所有宮闕、樹木、人獸，都被籠罩在冰雪之中。

正在宮中洗浴的某位太妃，呆呆地望著澡盆中水面結成的冰，突然發出尖厲的大叫：「來人啊，好冷！」

牧雲笙突然意識到了什麼，他迅速向地下奔去。「希望法術成功了，不然就再也走不成了。」

地下幾乎變成了冰雪堆積的王國，少年連奔帶滑衝到鐵牆前，跌倒在地。

他抬起頭，望著眼前的情景。

法術的藍輝還沒有散去，光芒中那鐵牆彷彿依然如故，堅實而立。

少年慢慢走到牆前，伸指在牆上輕輕一點。

砰的一聲，藍色光塵飛濺，鐵牆像粉末堆成一樣轟然崩塌了。

而牆外，什麼也沒有。

沒有泥土，沒有岩石，沒有光線，牆外是一片虛空。少年把手伸出牆外，什麼也沒有摸到。

他又拾起一個小石塊扔了出去，小石塊消失在黑暗中，許久也沒有聽到聲音。

這鐵牆是怎麼來的？為什麼會在地下？它外面又是什麼？

但他已沒有選擇。

找出自己製成的那一雙可使人身輕如鴻毛的銀色雪羽翎，將它們插在雙足之上，少年縱身跳入了黑暗之中。

【14】

牧雲笙直落下去，墜了也不知多深，卻突然腳下一冰，他跌入了水中。

那竟是條湍急的地下河，他被水沖著一路向前，卻聽耳邊一種聲響愈來愈大，如萬馬奔騰。

牧雲笙正疑惑，那聲音已充斥整個地下，像是要把人震碎了，水勢也愈發湍急。他忽然想到什麼，心說「不好」，同時身子已被拋了出去，河水彷彿消失了，他向下直墜。

在空中他看見，下方一片碧藍的光蕩漾著，不見邊際。光芒在四周峭壁上映出巨大的藍色波紋，像石壁上流動的浪，也映亮了他身邊那巨大的瀑布——它足有幾千尺高，怒吼著注入下方的那片光芒，那像是一個水晶般的巨湖，卻有極亮的星辰沉在湖心，映亮了整個地下。自己的身邊，無數水滴正一同下落著，彷彿懸浮在他的周圍，也折射著幽藍的光芒，像是千萬明珠，浮於天上。

那片碧藍撲面而來，牧雲笙直墜向湖中。

但足插銀色雪羽翎的他，像一片羽毛般，緩緩落在湖面，彷彿落在了一塊柔軟綿床上，那水面將他托住了。

他的腳下，湖心中透出巨大的光芒，他能清楚地看到腳下碧藍的水中，魚兒自由來去，那些魚竟然也是透明的，有金黃、有碧綠，如彩晶綴於水中。這湖不知有多深，那湖中光芒的來源，在一片朦朧之中，卻是一直看不清。

這時腳下有一團晶光遊來，他仔細一看，竟是一條透明大魚，有兩人長，身體一伸一縮，張著大嘴直衝而來。牧雲笙嚇得拔腿就跑，水上水下開始競速。

他此時身輕如羽，腳點水面，每次可輕輕躍出數丈，可那魚扭動著身體，幾下便趕上了牧雲笙，來到他的腳下，猛地躍出水面。牧雲笙覺得水花撲面，四周升起透明的壁，便身在魚腹之中，隔著透明的魚身，還能看見大魚落回水中。

可是大魚連水帶人一起吞下，牧雲笙在魚腹中如在注滿水的袋中，正當他極力掙扎、險將溺死之時，水位卻下降了。原來大魚緩緩將水吐了出去，牧雲笙長出一口氣，軟倒在這透明囚籠之中。魚鰓的搧動傳來緩緩的氣流，他在魚腹中，卻也可以呼吸。

大魚直向湖心而去，眼見離那湖心的光源愈來愈近，卻突然又折個方向，向前遊去。

突然四周都有這樣的大魚遊來，牧雲笙發現自己已置身魚群之中。可更讓他驚喊出來的是——那每條魚腹中竟都有一個人！

但那些人卻並不像是死去了，他們是活的！而且他們還跪坐在魚身裡，望著前方。

牧雲笙驚疑不已，魚群卻遊近了一處岸邊。這岸並不是真正的湖岸，卻像是浮在湖上的陸地，因為湖水仍從岸下流過。魚群們遊至岸前，便噗噗地把腹中人吐了出去。他們穩穩地落在岸上，開始說笑。

可是牧雲笙所在的這條卻並不吐出他，只在岸邊徘徊著。牧雲笙想是否因為他還不知道駕馭這魚的方法？眼見那魚又要游向岸下了，牧雲笙急得向魚腹猛踹一腳，那魚噗地把他吐進了湖中。但牧雲笙很快便浮上了水面。

那群人已向陸地的深處走去。牧雲笙小心跟在後頭，聽他們說話，也是東陸言語，只稍稍有些口音。

「聽見那聲怪響了嗎？聽說有人把南面崖上那個出口給掘開了，上面終於又要有人下來了。」

「聽說打那出口被封，三百年沒有人掘開過了。現在上面什麼樣，牧雲氏的逆賊還統治著東陸嗎？還是早換了朝代？」

「無論如何，這出口掘開總不是好事。我們的安寧日子怕是要到頭了。陛下正在召集軍隊，準備作戰。」

「我們為何要死守在地下呢？回地上去不好嗎？」

「出口都被從地上封死了，就算是被地上人掘開的那一個，也是從瀑布而下，只有來路沒有去路。再說那地上太多人口，人一多心就異，戰亂頻仍，何必回去呢？」

「可是我們在這地下，更深處也有河絡國為敵，幾百年來也沒斷過戰事呢。」

沒有了湖水的光線，岸上變得漸漸黑暗了。但這些人卻不點火把，像是在黑暗中也能自在視物似的。

牧雲笙卻看不見腳下，磕磕絆絆，跟不上那些人的步伐了。爬上一個坡，忽然眼前現出奇景，他不由得驚叫一聲。

幾根極高的光柱從黑暗空中一直連通地下，使眼前的大地有如月光映照。原來那竟是從上方垂下的水柱，無窮無盡，注入湖泊之中。那水瀑之巨大，直徑定有十幾丈，如果走到近前，那大地一定在隆隆顫抖。這地面被許多閃亮的藍色河流所分割著，脈脈流動，遠方有一座龐大的城市，彷彿玉石砌成，映在湖光水影之中。

【15】

大批人圍在城牆前，各自穿戴盔甲，正聽台前一錦服王冠的老者說話。

那老者大聲喊：「自我國國土被牧雲逆族所掠，至今三百餘年了。我等躲於地下，日夜不敢忘復國大業，那牧雲逆族害怕我等殺出地面，便用鐵汁堅石封起所有出口，還驅使河絡族來與我們廝殺。但數百年來，我大晟卻人丁興旺，氣象日隆。如今，南面崖上我國故皇城處出口被掘開，想必是牧雲賊黨又要大舉進犯，我等要從速準備……」

忽然遠方有人大喊：「河絡！河絡族渡湖了。」

長者大驚，一揮手：「看來他們是約定好了。眾軍將與我趕至湖邊堅守！」人群轟然向湖邊湧去。

牧雲笙也想去看個究竟，他足有翎羽，跑得飛快，雖繞彎避開人群，仍是先趕到了湖邊。

少年抬眼望去，只見那湖中漂著密密層層像是巨大堅果似的東西，漂近岸邊，那堅殼迸開，裡面就彈出一物事，落在地上，卻像是巨大蜘蛛，有一人多高，上面還隱約坐了個小人兒。那些小人兒身形只有人族一半高，一頭紅髮，一雙大眼倒像佔去了臉的一半，好似畫中的精怪小鬼。那便是傳說中居於地下的河絡族了。

而那些巨蜘蛛，卻不像是真的巨蟲，而是由河絡們操縱著的。牧雲笙曾聽說，河絡族會拼起支架，然後用一種叫「惜風」的又似植物又似動物的怪東西栽植其上，惜風就會按骨架生長成河絡們需要的形狀，或多足蟲，或高大巨獸，或是長著眼耳的車輛……這些東西被河絡操控，就稱為「將風」。看來這些巨蟲，就是將風的一種吧。

河絡族正驅動這些巨蛛將風與晟國的守軍交戰，用綁著銳利刀鋒的前足將他們刺倒，又或是噴出白線，將他們粘住捆翻在地。

而晟軍似乎也與這等怪蛛軍交戰多次，並不慌亂，在地面布下道道火牆，在火牆後向蛛軍射出火箭。那巨蛛果然紛紛燃燒起來，雖然牠們帶著火仍能行動，蛛上乘的小人兒卻先受不了了，怪叫著跳下蛛去，滾打著身上的火苗。

忽然又有另一些巨蟲湧上前來，這回卻像是些巨蟻，行動比巨蛛們要慢許多，拖著巨大的肚子，近至火牆，猛地噴出水去，上百條水柱頓時將火牆衝開。巨蛛軍一擁而入。晟軍第一道防線開始崩潰，紛紛退上山坡，準備第二道防線。

突然背後傳來響箭示警之聲。牧雲笙回過頭去，見那座冰瓊般的美麗城市之中，竟然也騰起了火光。他顧不上看這面廝殺，又向城市奔去。

來到城邊，果然見晶石樓臺前怪影重重，一支怪蛛軍不知何時已侵入城中，亂衝亂跳，有些爬上石壁宮牆。城中民眾四下逃散，哭聲震天。

牧雲笙憑著足上的雪羽翎，一點地身子躍起，輕輕落在一幢平房頂上，再一躍，抓住了一箭樓的欄杆。他身子輕得沒有半兩重，輕輕一翻，就已站在箭樓之上。

卻見連城中心宮殿之中，也已有怪蛛侵入，從高處看下，就如鬧了蟲災，數百蛛影在樓宇間爬來爬去，追逐晟人。他心急如焚，卻不知如何是好。

忽然覺得背後什麼一動，他一回頭，嚇得大叫。不知何時一巨蛛已經爬上箭樓，正攀在欄杆之外，揮舞黑長大足。他嚇得直接一躍，就從箭樓上跳了下去。身子正輕飄在空中，那箭樓上巨蛛趕至欄邊，猛地噴出蛛絲。牧雲笙只覺得一下被又黏又韌的筋繩纏住，向箭樓拉回。回頭見那巨蛛的怪頭愈來愈近，嚇得在空中亂踢不止。

那巨蛛伸出前足將他一把挾住。蛛背上探出一個小腦袋，用人族話問道：「你為什麼可以跳到那麼高，像是沒有重量似的？莫非你是個羽族？」

牧雲笙掙扎道：「我若是羽族，你們便不殺嗎？」

那河絡族人道：「我們與羽族並沒有什麼冤仇，只是這些人族下到地下，佔了我們的領土，我們才要將其趕走。」

牧雲笙被挾得喘不過氣來，只道：「地下……這麼大，你們分……他們一點……也沒有什麼……」

「哼，若是人族繁衍起來，這地下也不夠他們住哩。」那河絡族人道，「你是羽族，我不殺你，快點逃命去吧。」他操縱那巨蛛前肢一放，牧雲笙又飄落下去。卻突然聽到空中箭嘯，數支弩箭射上箭樓，穿過了那巨蛛身體，蛛背上的河絡族人也尖叫一聲，摔落下箭樓。但他背上卻纏了一條蛛絲，借著它緩緩落地。牧雲笙一看，他的身材只有自己一半高，卻奔跑得極快，一轉眼便消失在街角了。

牧雲笙從屋頂上向中心皇宮望去，見幾隻巨蟻正在宮殿頂上噴吐火焰，但這宮城卻是晶石所築，燒不毀的，只是那些人族士兵在火焰下逃散。

突然傳來女子尖叫，一個怪東西從皇宮中猛地跳了出來，縱在空中能有七八丈高，方落地又一縱而起，倒像是個巨大跳蚤。但跳蚤足間卻挾著一個女子，掙扎尖叫。牧雲笙一驚追去，奔過重重房頂，追近那巨蚤，牠一彈而起時，牧雲笙也一縱而起，抓住那巨蚤的足肢，翻上蚤身，只看見蚤背上一張河絡族人驚訝的臉。他一拳打過去，那河絡族人伸手來擋，巨蚤失去了控制，啪地撞上箭樓，跌落地上。

牧雲笙落地卻覺毫無衝力，立刻站起來去看那女子，卻見她被擋在蚤足之後，也無大礙，看容顏與他年紀彷彿。正要拉她出來，那河絡族人跳了過來。原來這河絡族人個子雖只有人族一半，腳力卻極好，一跳便縱到一人半高，揮刀劈下。牧雲笙一躲，河絡族人這一刀落了空，那少女卻突然飛起一腳，踢得那河絡族人直飛出去，撞在牆上。

他摔在地上，爬起來東西南北還不辨就開始用人族話大罵：「你們這些高個賊！不肯早些交出傳國玉璽來，居然還敢還手！」

少女冷笑：「交給你們，也一樣免不了戰事。」

「自然！」那河絡族人道，「玉璽我們要拿走，但我們先祖受大端牧雲氏皇族所託，只要滅了你們的國，便許我們回地面建城。今日正是機會。」

「牧雲氏？」牧雲笙心中暗驚。這時四周，又有河絡族人操縱著怪蟲攀爬而來，準備撲向他們。少年眼見危急，脫口喊道，「我便是當今端朝皇帝，你們若真與我祖先有約，便來同我見證。」

一旁少女吃驚地轉頭看他。那河絡族人也正打量著他，笑起來：「你是端朝皇帝？那你怎麼跑到這裡來了？」

「我想逃出皇宮……不小心鑿穿上面的牆落下來的。」

河絡族人向頭頂看看：「那面將晟國封在地下的鐵壁是你弄穿的？我還以為是上面派人來檢查進度，才趕緊大舉進攻呢……聽說新立的那個末平皇帝倒真是你這般年紀……可你有玉璽嗎？拿來我看。」

少年正想說話，那河絡族人卻自己搖頭晃腦道：「我這腦筋，定是剛才撞在牆上受了損傷。你們是託我們來奪傳國玉璽的，自然是沒有。」

「傳國玉璽？」牧雲笙似乎明白了些什麼。

端朝的玉璽是三百年前立國時所刻，並不是從前朝奪來的。而東陸皇朝卻有一顆世代傳承了數千年的玉璽，據說是當年第一位平定天下一統九州的皇帝晁高帝取了世上唯一的天降玉石所鑄，歷代王朝、諸家勢力，均以奪得此傳國玉璽為獲得天下的象徵。也據傳這從天墜下的玉石中有神奇光蘊，可以安定四方、庇佑皇朝，於是成為英雄霸主必爭之物。

那千年傳國玉璽，自然是被這流亡的晟朝帶到了地下。所以自己的先祖才託了河絡族奪取。

那河絡族人又說：「你說你是未平皇帝牧雲笙，卻沒有玉璽。不過我卻有個法子：我早聽說這未平皇帝別的什麼都不會，就是一手畫技天下聞名。你畫上幾筆，若是我鑒得是未平真跡，便相信你是那牧雲笙。」

少年心中暗笑，想：河絡族也懂賞畫？他從腰間錦囊中取出心愛的銀狼毫，四顧道：「可是無墨無紙硯啊。」

「你們人族就是事多，紙張一碰就碎、一燒就毀。我們河絡族用灼熱炭刀在岩石上作畫，那才是萬世不朽呢。你入鄉隨俗吧。」

那河絡族人一揮手，巨蛛們噴出蛛液，霎時把一面牆塗抹得白如雪，平如鏡。又道：「用那女人的血來作墨！」

牧雲笙驚叫：「不可……」卻早有巨蛛噴出白絲將少女裹住，懸起在半空，又伸前肢刀鋒在少女腿上割了一道。少女一聲慘叫，血涔涔而下，河絡族人摘了頭盔，上前接了血道：「你若不畫快些，她便死了。」

牧雲笙橫下心，眼一閉，使筆蘸了血，在牆上急繪起來。卻是雪地一枝梅，寥寥幾筆，便已畫成，此時盔中血還接不到小半。

忽聽眾人驚叫，原來白牆之上，畫中那七八朵鮮紅梅花突然綻蕊破蕾，掙出牆面，噗噗噗噗地在白牆上綻開了起來。

那河絡族人大呼道：「變……變成真梅花了？這是什麼法術？」

少年說：「你現在相信我是牧雲笙了？」

河絡族人忙道：「信了信了。」他一揮手，少女被放了下來，又有蛛液噴到她腿上，瞬間把傷口裹好。河絡族人卻上來打量少年手中的筆道，「你這筆當真是寶物，我用我心愛的寶劍和你換好不好？」

少年搖頭：「你要儘管拿去，但先放過這女子和這些地下國民。」

那河絡族人卻跳開一步：「等等！當初可是你們要我們滅晟朝，許給我們在地面上的土地；現在好不容易要成功，又要我們放過他們？若這樣，就還要答應我們三個條件。」

牧雲笙問：「什麼條件？」

那河絡族人道：「我們要在北邙山原河絡族發源地一帶山中建地上城，我們居山中，人族居平原，互不侵犯。」

牧雲笙點點頭道：「可以。」

河絡族人道：「第二點，我要你封我為地下王，統治天下河絡部族。」

牧雲笙心想：我冊封你沒有問題，卻不知其他河絡部族服不服你呢。笑道：「也可以。」

河絡族人道：「第三點，你們牧雲氏世代從越州徵發我們河絡族去北陸殤州建城，與夸父族作戰。那些河絡族人不堪苦役反了，你們又派人剿殺。我們要你們允許我們河絡族在殤州地下立國，再不服役。」

牧雲笙想想：「也可。」

那河絡族人歡呼道：「萬歲，萬歲，萬萬歲！你是君主，一言既出，可不要反悔！」

牧雲笙笑道：「只要我還是君主一日，我定然信守諾言。」

那河絡族人道：「那我與你歃血為盟！我是河絡族速莫國夫環[3]帆拉凱色，現與端朝皇帝牧雲笙定下盟誓，家邦興亡，在此一言。」他抽出所佩短劍，割破手指，將血滴於劍上，那短劍上立時就泛出光華波紋來。

見牧雲笙好奇，河絡王帆拉凱色笑道：「今天也讓你見見我們河絡族的寶貝。你可知世上有十二柄名劍？今天你便見到其中的未明劍了。」

牧雲笙當然聽過十二名劍的傳說。那是世間流傳著的天下最好的劍的排行。

其中第十二柄叫菱紋劍，據說可用劍風殺人。劍一揮，十幾尺外的樹木也迎風而斷。

第十一柄為未明劍，可吸收劍下死者的魂魄，殺人愈多劍上愈戾氣纏繞，揮劍就有惡魂衝出，索取人命。

第十柄是厭火劍，羽族所鑄，聽說劍輕軟得像羽毛一樣，可以飛出取人首級再飛回你手中。

第九柄為影鱗劍，據說這把劍裡封著一個前世大英雄的魂魄，你湊近劍身，能看到劍上流動著一個狂怒的影子，心中聽到呼嘯的怒吼。

第八柄蒼雲劍，是古時一個叫「天驅[4]」的武士團的宗主之劍。天驅武士平時潛伏於四方，個個都身懷絕技，而此劍一出，就可以號令他們。

第七柄裂風劍，聽說可以用來指揮風雲雷電。

第六柄承影劍，據說是亂世之劍，以前帝王所佩，但若是帝王執之，則天下大亂；若是臣子執之，則可能弒君亂國。

第五柄龍淵劍，據說是開啟龍淵閣[5]之劍，可世上真有一個叫龍淵閣的地方嗎？沒人知道它在哪兒。

第四柄純鈞劍，這劍好像沒有別的好處，就是鑄劍的材料不一般，再無第二柄。它沒有鋒芒，連豆腐也切不動，只是專制天下所有的劍器，聽說很多名劍都是被這把劍毀了的。

第三柄光授劍，據說是天神用來驅趕星辰的劍。

第二柄啟玄劍，聽說是還沒有天地時就有它了，也不知道是誰造的，別的劍只能殺人，這把劍可以使萬物重生。

第一柄，拓天劍。傳說中開天闢地的劍，不過也只是傳說中，並沒有人真正找到過它。

這前三名的寶劍都是只存在於傳說中的神器，真正於世間流傳過的只有後面九柄而已。

而眼前的未明劍，豈不就是排名十一位的那柄可吸魂索命的河絡族名劍嗎？

河絡王帆拉凱色正得意說著：「我們河絡鑄劍，以飲血魂印為極致，真正的好劍，劍師都要將自己的血注入劍中，而若是刺入敵人身體，就會把敵人的魂和血一齊吸入劍中，決不會滴淌血跡。這樣愈是經臨戰陣，劍就愈利，而死在劍下的敵人愈強，劍中的戰魂就愈厲，可以震撼敵手。北陸右金二王子碩風和葉那把著名的血色劍，就是河絡劍師所鑄，那劍中也不知有多少英雄勇士的魂魄了，卻絕比不上我這未明劍。」

他將未明遞給牧雲笙。牧雲笙看這劍柄密密鑲滿細碎鑽石，極是華麗，劍身卻是純黑色，寬處微顯粗糙，不知是何種材質鑄成。細看時，能看到刃鋒四周有隱隱的銳氣流動，想必還未碰到劍身，那銳氣就能割金斷石了。

他伸出手指輕輕在那股銳氣邊緣一觸，果然手指就被割破了，連疼痛也感覺不到。他學帆拉凱色將血滴到劍身，劍身便如乾渴的土地一般將那血吸去了，血印泛開處，黑色突然向四周退去，現出明鏡一般的劍身，光華四射。

「果然是未明。」牧雲笙贊道。

「我們的血都滴入劍中，這劍便是盟約的見證了。他日若有人反悔，必死於此劍下。」帆拉凱色說，「現在我們是盟邦了，這劍送與你。」

牧雲笙手中並無信物，只好將那畫筆回贈給帆拉凱色，卻憂心地說：「我雖然和你立約，可我這皇帝也不知還能當多久。」

帆拉凱色跳上巨蛛道：「放心，我每日都夜觀星相，你還有好幾百年君主可做呢。速派人把冊封詔書與大印送來。諸將，退兵！」

一河絡巨蛛騎士吹起號角，那些蛛蟻騎士向城外退去。

牧雲笙還愣在那裡。

一旁少女緩緩站起身來，卻只是呆望著他：「你……你真的是牧雲笙？當今端朝的皇帝？」

牧雲笙苦笑：「什麼皇帝，端朝都變得什麼樣了，我不是也逃到地下來了？」

少女走近他，望著他手中的劍：「這帆拉凱色一直吹他的劍，究竟有什麼好？」

牧雲笙遞給她看：「的確是天下至寶，這工藝絕不是……」

突然少女奪過劍，手腕一翻，那冰涼的刃便壓在了少年的頸上。

「妳這是做什麼？」少年冷冷問。

這時周圍有許多晟國士兵奔了來，望見少女，卻突然全部跪倒在地：「陛下受驚了，臣等救駕來遲，罪該萬死！」

「陛下？」少年啞然而笑，「妳也是陛下？」

少女唇邊露出一絲冷笑：「沒想到兩朝三百年爭奪天下的世仇，今天我們倆卻是這樣相見。」

「三百年是我們從你們手中奪的天下……不過現在這天下又在風雨飄搖之中，不是妳我所能掌控，我們兩個同病相憐的人卻還在這裡爭什麼？」

「同病相憐？」少女默念著這幾個字，冷哼一聲，手上卻將劍壓得更緊。少年覺得那冰冷一直鑽入血脈，一陣陣地眩暈，耳中只聽到劍中百千血魂哭號之聲。他明白這劍根本不用割破自己肌膚，只憑劍中厲魂就能捲去自己的性命。

「陛下，此人是誰？」有將官抬起頭來問道。

少女微揚下頷，舉目挑視著少年：「是啊？你是誰呢？是全天下都要向你跪拜？還是你做我的囚徒？」

【16】

牧雲笙坐在那晶石所砌的殿中，望著四周晃動著的水影，耳邊能聽見清亮不絕的泉水聲。這宮城之中處處都是水，而所有光線，也都從水中來。那些池中瀑中發亮的晶石，取代了所有火燭。

眼前的紗簾置擺，卻不像是在某位帝王的寢宮，倒像是公主的繡殿。那些晶亮吊飾，泉邊綺蘭，無不是小女子情調。

看著眼前擺著的紙筆，他搖頭苦笑：「我本來以為妳要我簽什麼讓天下的詔書呢，沒想到……」

「少廢話！」少女從榻上坐起，揚著未明劍，「專心點兒！」隨後立刻恢復了甜美的笑容，重新把劍藏到身後，左手輕執羅扇拍著胸前，斜倚在長榻上，「你要是把朕畫得不傳神，這幅畫要是不能流傳三千年，你就是世上第一個淹死在金魚缸裡的皇帝！」

少年平息靜氣，緩緩提筆。他專心入畫時，便忘了世上其他的紛爭利害。眼前女子，也只看她目中靈韻面上紋肌，而再不管她是否會在畫好後便殺了自己。

他呆看著這少女，看她臉上隱去了殺意與威勢後，儼然還是一泓清水般的女孩子家，眼中晶亮望著自己，不去想家國利害，滿心只盼著把最美的韶華長留。

突然他眼中浮現起另外一張面容來，耳中分明聽見那個清靈的聲音：「小笙兒，你會成為世上最偉大的畫師的……」

「這樣也好啊，對於我這樣愛美如命的人兒來說，我不用看到自己老去時的樣子，這是多麼幸福啊。你也只會永遠記住我最美麗的時候啊。」

少年喃喃唸著，心中無限悵然。猛地放下畫筆，卻是一筆也畫不出來了。

少女從榻上坐起，望著少年神情，卻沒有怒揮寶劍，只是走近問：「你怎麼了？」

少年滿腹的衷腸無從訴說，只是呆呆望著湖光水影出神。

少女緩緩踱到殿中池邊：「你不說，我也知道你在想什麼。雖然我在地下，卻並非不聞世間的事情。」她望著假山流瀑，輕輕問，「告訴我……她的美，是什麼樣……」

少年癡坐許久，才緩緩開口：「若我畫妳，必畫煦暖春色，踏青和歌，用淡黃淺綠，描彩衣豐顏。但我畫她……卻用不出任何一種顏色，唯有水清墨暈，一點點泛開，像……像雪落梅枝，所有的鮮豔，都孕在苞中；像白鹿躍過雪地，只見風痕，不見實影。」

少女沉默許久，才幽幽長嘆：「我明白了……真希望能親眼看到她。」

「我答應過她，三年之後，在世上最美的地方，與她相見。」少年凝望水紋，「她一定會在那裡……等我。」

他忽抬眼望向少女：「所以恕我不能在這裡久留了。天下將來屬誰尚未可知，但我這條命，此刻卻要去做更重要的事情。」

少女臉上突然恢復了帝王的冷漠：「你以為你想把命帶走，就可以做到嗎？」

她揚劍指向少年，少年卻也抬起了手。手中畫筆的幾滴緋紅甩出，飛落到她的紗袍上，突然急速泛開。少女皇帝眼看著自己的衣裙變成了堅硬的石雕一般，她被裹在這殼中再也無法動彈。

少年走上前，慢慢取過她手中的未明劍。少女急得滿面通紅，喊：「我若喊衛士來，你就會當場被亂刀砍死。」

少年望向她的眼睛，笑著：「妳不會的，就像我也不會殺妳。那三百年的恩仇，對我們來說重如山嶽，但若一轉念時，卻也輕若煙雲。」

他轉身向外走，少女卻喊：「等等。」

少年站住時，她輕輕說：「把我也帶走吧。」

【17】

地下巨大光湖之畔，兩人緩緩行著。

「謝謝你帶我經過河絡族的地界。三百年來，他們把守著通向地面的出口，我們一直被困在這湖邊和崖前。我的國土只有這地下方圓十數里，國民不過千餘。」少女笑著，「我其實明白得很，連皇族血脈都衰微到要我一個女子來做帝王，靠這村莊般的國度，談什麼復國重得天下呢？」

她低下頭：「我只想走，想逃出去。我不要做什麼村莊裡的帝王，我要去看看地上的樣子，看看真正的天下。」

牧雲笙微笑著：「這回是兩個逃跑的皇帝了。」

「所以那天你說我們同病相憐，真把我的心扎得好痛。至少你有掙脫宿命的勇氣，我卻沒有。」

「可妳打算去哪兒呢？妳還是不要跟著我，會很危險的。」少年說，「這末明劍，妳拿著防身吧。」

「不用你說，我也一定要自己去闖一番天下的。這末明劍是天下英雄都想得到的寶物，你卻肯將之贈予我……」女子嘆一聲，「你既有贈劍之誼，我卻無以回贈……我以帝王之諾，許你將來若向我求一樣東西，除了天下，我都可以給你。」

少年一笑：「妳也不過是個手中空空的帝王，不過我先謝過了。」

女孩也笑著：「好了，見到陽光的那一刻，我們就要分道揚鑣了。最後的時刻，你就沒有什麼要問我嗎？」

「啊，什麼？」

「唉！」女孩子輕嘆了一聲，轉過臉去，忽又急轉回看著少年，「你就不問問我的名字？」

「啊……是的……」少年臉一紅，「妳叫什麼？」

「昀璁，姬昀璁……就是發光的玉石。」女孩笑著，「將來見到我時，可別叫不出來哦。你若敢忘了，我就讓你變成世上第一個被玉璽砸死的皇帝。」

她向前奔去，回頭喊道：「別忘了，你還欠我一幅畫呢。」

註1：長寞山在上都正東，牧雲部在這一帶奠定霸業，因此端朝建立後特地在此建立宗廟。
註2：端朝中上將軍任指揮使者往往被尊稱「大司馬」，是大將軍以下地位最高的武官。
註3：河絡語「王座」之意。河絡族為女性族長「阿絡卡」制度，但「阿絡卡」日常以宗教事務為主，庶務則是由夫環處理，因此他族也稱夫環為「河絡王」。
註4：九州最古老的神祕組織之一，是菁英武士集團，辰月教的死敵。
註5：傳說中由一條名為藏書的龍所創建的九州最大圖書館和資料庫，極難找到。

之七　蘋煙

【01】

天啟城千餘里外，瀾州硯梓郡，淖河邊。

「蘋煙！妳個懶東西，什麼時候了，還不去打水！要等到我來抽妳的嘴，讓妳個不知好歹的賠錢貨……」

婆婆的罵聲中氣十足，舉著鞋底衝出來。少女蘋煙嘆一口氣，丟下正劈的柴火，推開流著鼻涕要做彈弓玩的丈夫，提著桶奔向河邊。

一路上女孩子心裡鬱苦，家中八個姊妹，二姊、三姊嫁去鎮上，一個嫁給殺豬匠，一個嫁給打更郎，全是正經人家，據說三天便可吃一次肉；偏偏自己生時，家就窮了，六歲就被賣給人當童養媳，換了一個豬崽和五斗糙米，從此一輩子便要挨罵受氣。

到了河岸上，少女對著河水發呆，憑什麼人的際遇如此不同，難道只因為自己晚生了幾年？可既然是受苦，又為什麼要把自己送來世上，然後又這樣輕賤拋棄？

不覺眼淚滴落在河水中，蘋煙忙捧了河水沖洗一把臉，決心把煩苦暫忘，繼續忍受不知為何要忍受的生活。

她一轉頭，卻看見旁邊坐著一位少年，也凝望著河水奔流，久久不動。

「你是誰？不是本村人吧，我沒有見過你。」

少年轉過頭來，微微一笑：「我也沒有見過妳。」

「你……你是想洗衣服嗎？」蘋煙看見他身邊散開的包袱，不少髒衣服亂堆在那裡，雖然都是上好的料子、精美的織工，卻沾滿泥土，有的已經劃破了，她心疼不已。

少年臉微微一紅：「我……我坐在這裡歇歇。」

「你是遠道出遊的吧，不然怎麼會有男人在河邊洗衣服的呢？我來幫你吧！」蘋煙做慣了活計，隨手就把那衣物撿了起來。

少年也不推卻，像是被人侍奉慣了似的，只點點頭：「我會給妳報酬的。」

蘋煙一邊洗著衣物一邊與他聊天：「現在兵荒馬亂的，你從哪兒來？去哪兒啊？」

少年把石子一個個地投入水中：「從天啟來……向……向寧遠[1]去。」

「啊？你要去海邊？」

少年點點頭。其實他也不知該去哪兒，隨便說了一個最遠的郡。他倒想把這天下走一遭，這世界對他來說還是全新的。只是不知道自己能支撐多久。

「你連水漂也不會打啊。」蘋煙笑著，選一塊扁平的石子，「看我的！」

石子在河面上彈跳了五六下，才沒入河水中。少年彷彿一下來了興致：「有趣，妳如何做到的？」

「你啊，一看就是富家裡長大的公子哥兒吧，沒在河邊玩過？」蘋煙笑著，忽然看見他灰撲撲的臉和有泥垢的脖頸，「哎呀，都髒成這樣了？快下河洗洗吧，我幫你看著衣服。」

「啊？這……」少年臉漲紅起來。

蘋煙撲哧一樂：「你平日裡都是在大宅子裡丫鬟倒上熱水侍候著洗吧？現在既然逃難出

來，就講究不得許多了。這麼熱的天，你看那些男人們全在河裡撲騰呢，也從來不避人，俺們鄉下人也沒有那麼些講究。我可是好心怕你捂出病來，這麼俊秀的人長出熱瘡可就不好看啦。」她拿起少年的衣服，笑著跑到一邊去了：「我不看你！」

少年愣了愣，看了看水中笑鬧的村民們，還有一頭大水牛，上游小孩子正比誰撒尿遠，下游還有人在淘米洗菜，終於還是搖搖頭：「我還是去前面鎮上再說吧……」

「你啊你啊……」蘋煙又氣又笑地跑過來，把洗好的衣服在他面前的石上拍乾，水珠濺那少年一臉，「這樣吧，一會兒我帶你去我家洗，總沒有人看你了，行不？反正你這衣服，也要找地方晾乾。」

蘋煙帶著少年向家走去，卻正遇上她婆婆尋出來。那婆子上來就是一個耳光：「妳這饞懶賤的東西，打個水打這樣久？又死到哪裡和野男人調笑去了？欺負我揍不動妳？等妳男人大了，看不讓他打斷妳的腿！」

蘋煙捂著臉，眼中含淚，快步就往家走，這對她已是家常便飯。倒是後面少年喊起來：「妳休要打她，她是幫我洗衣來著！」

「啊？果然是尋了野漢子了？看人家還穿得富貴，腿就走不動道了？不定給了妳幾個銅錢，就賣與別人了——怎的就生得這般下賤，我家是造了什麼孽……」

「妳……妳……」蘋煙挨打並不流淚，這段話卻氣得她渾氣發抖，「妳打死我好了，不要這麼憑空糟踐人！」

少年目瞪口呆地站在那裡，他哪聽過市井鄉間的罵人話，一時不知如何回答。那婆子又對了他來罵道：「你還跟著我們家媳婦做什麼？好不要臉！想女人就去煙花巷，卻跑來這裡勾搭良家女子……」

她抓過蘋煙手中的濕衣服，狠狠向地上一扔：「連衣裳都幫人洗了啊，妳這個倒貼貨……」又使了尖指甲狠狠地掐這少女。

「夠了！」那少年大喊一聲，把那婆子嚇了一跳，「她不是妳女兒吧？難道是妳買的丫頭？」

「呸，這是我家兒媳婦！我教訓她，你還心痛了是不是？你……」婆子緩過神來，一大堆污話又潑了來。

少年皺皺眉，他反正也不熟硯梓郡的口音，聽對方嘰哩呱啦的一堆知道沒好話，很想下令將婆子拖出去斬了。但他不再擁有權力了，他救不了自己，卻又還能救別人嗎？

他低下頭，撿起又沾上了泥的濕衣服，小聲說：「對不起。」摸出一塊碎銀來，「是我非請她幫忙的，這是工錢，不要罵她了吧。」

婆子眼中放光，這塊碎銀夠她家半年的生活了。語氣立刻和緩下來：「呃，這位少爺……我不是有心……」

蘋煙卻一把把少年的手推回去：「不要不要，你給她錢做什麼？你自己也不容易，一人逃難在外，這錢有良心的都不能收！」

婆子一把揪住她的衣領：「滾回屋去！」幾乎劈手從少年手中把碎銀搶了過來，然後嬉笑說，「少爺可憐我們，這可真是好心人兒，那……家中坐坐？喝杯水再走？」

少年看看手中的髒衣服：「借我個地方洗個澡吧，的確是走得太累了。」

【02】

少年看著蘋煙把河水倒入後院的木盆中，那木盆也就只能供個嬰孩洗澡，還從縫中滲水。

看來是只有擦洗了。

「你就在這兒洗吧，我們在屋中，不會出來的。」蘋煙一笑，退回屋內，把門帶上了。

少年看了看，這院牆只有半人高，院外一頭牛正伸腦袋看著他，四面的人聲、咳嗽聲清楚可聞，空氣中飄來鄰家豬舍的氣味。他搖頭苦笑，還不如在河裡洗呢。

屋中，那婆子卻正在翻少年的包袱，她幾乎要驚倒在那裡。

「哇，這麼大塊玉？」婆子這一輩子，加上她祖上十九輩，也沒有見過這樣的珍寶。

「妳怎可翻檢別人財物！」蘋煙氣得衝過來，要紮上那包袱，卻也看見那些光芒四射的物事，呆在那裡，「天啊……這是什麼……」

門被推開了，少年帶著滴水的頭髮，穿上乾淨的衣服，站在那裡。他看見自己的包裹正攤開著，蘋煙就站在包裹前，卻面色平靜，什麼也沒有說。他只走到她們近前，道：「再請借口水來喝吧。」

婆子唰的一下就歪倒在地，又強爬了起來：「哦，什麼？水？哦，水……水……」卻原地打圈，就是看不見近在咫尺的茶壺。而蘋煙還是保持原來的那個姿勢，看著少年嘴張了好幾次，都沒有說出話來。

少年笑了：「我知道妳們想要什麼，原本也是該酬謝的。我沒有多少金銀，只有一些從家中帶出來的小玩意，都是自己從小收藏捨不得丟的東西，但你們好心幫我，便挑一件去吧。」

「挑一件！」婆子被這晴天霹靂般的好運砸倒，慘叫一聲，當場人事不知。蘋煙張大了嘴，那玉璽從她手中滑落，直墜向地面。少年看得分明，用腳一鉤，又一轉身，一個漂亮的燕子剪的腳法，玉璽飛上屋頂，又落回到他的手中。

婆子突然閃電般醒來，撲到包袱邊：「挑一件？那誰來挑？」

少年笑指蘋煙道：「我只給她。幫我洗衣的是她不是妳。」

婆子仰頭望著蘋煙，就像望著天上的神女：「蘋煙，丫頭……妳富貴了可不會忘記婆婆吧？」

少年心中感嘆，這些東西平日堆滿身邊，他看也不看，可是現在隨便一樣，竟然就能改變一個人、一個家的命運。人與人的生活，竟然會如此不同。

蘋煙還是看看少年，又看看婆婆，再看看包袱：「我真的……真的可以挑一件？」

「當然。」

「這些……」蘋煙怯怯伸手在一塊深紅玉佩上撫過，想拿起又怕碰壞。

「這叫古雲紋赤翡翠佩，是八百年前所制，已養得入手如水滴，戴在衣內，可以暑不生汗。不過……似乎不太配妳衣服的顏色……」牧雲笙丟下它，「妳喜歡這個嗎？這是玲瓏珠，外有七竅，內有曲孔，孔中又有三十六瓣小金花，不知是如何放進去的……哦，這也不錯，是個琥珀佩，裡面那只金翅蜂是活物，若是切開琥珀融化內中的寒冰，它醒過來就會飛起……」

牧雲笙眉飛色舞，儼然又回到了當年在宮中拿稀罕物事去哄小姑娘們笑跳爭奪的美好時光。但說著說著，自己卻先難過了起來，所謂物是人非，時過境遷，原來就是如此。他緊握著手中冰佩，坐在椅上，默然無言。

這淚把蘋煙的心思打醒了過來，她方才被眼前的珠光寶氣震住了，心竅堵了，卻因為少年的傷心而驚覺。一個僅包袱中的財物就富可敵國的人，為何會身邊沒有一個伴，獨自流浪呢？衣服髒了破了也沒有人洗，沒有人縫補，他的親人呢？或許是在戰亂中離散了吧？這滿包的珍寶再多，能買得來一天的時光重回嗎？

蘋煙慌張地為他拭了淚道：「別哭了，我不要這些，一樣也不要。命中不是我的，我也不求。這個亂世間，一人在外，多不易啊，你要是不急著趕路，就多待些日子，把身子養一養吧。」

她愈是關切溫柔，少年愈是心酸，站起來收拾包袱：「多謝好心，我該走了。妳還是挑上一件吧。」

「不不不……不要了。」蘋煙連連退後，生怕自己忍不住伸出手去似的。

婆子在一邊急得跳腳：「哎呀，死丫頭，人家少爺要送妳東西妳還不領情，夭壽啊妳！快快快快拿一樣……」恨不得立刻就把牧雲笙的包袱整個捧走。

蘋煙賭氣道：「我幫人家洗了幾件衣裳妳便說我賣與人家，這會兒收這樣貴重的東西，只怕一輩子、幾輩子都要欠人家的情，做牛做馬也還不清了，我不幹！」

婆子恨不得給她跪下：「哎呀，小祖宗，妳這會兒來拾掇我！這東西算是妳為婆婆、為妳男人造的福德，將來咱家富貴了，給妳燒香上供……」

「呸！我還沒死呢。」

牧雲笙在一邊看明白了，這東西就算給了少女，將來也是落到這惡婆婆手裡，她還是一樣沒有好日子過。他嘆一聲：「這麼著吧，我看妳那兒子才八九歲的樣子，她看來是妳買來的那種叫……童什麼媳的，不知妳當初是用多少錢買來的？」

婆子愣了愣：「這……一頭豬崽……再加五斗米。我可沒虧待他們家，這可是天價！她娘家連生八個女兒，我是可憐她，不然也是讓她老爹丟井裡淹死。」

牧雲笙長嘆一聲：「明白了。」從包裹中取出一小顆珍珠。

「少爺你這是……這是要了她？」婆子睜大眼。

「這可夠了？」

「當然……夠了……只是那東西……」婆子還死盯著包袱。

牧雲笙笑笑：「這東西我若不給，立時走了，妳也一樣是沒有，還是過從前的日子。這珍珠妳要不要？不要我便走了。」

「要的要的！」婆子一把將珠子搶在手中。

牧雲笙轉頭看看還呆在那裡的蘋煙：「跟我走吧。」他大步走出門去，蘋煙愣了好半天，看看婆子，看看屋內，又看看門外。婆子突然大喊道：「妳還站著做啥？妳好命了，從此入了富貴人家，賴在這做啥？享妳的好運去吧。」

蘋煙眼中含淚，望望走到一邊的她那八歲的男人，蹲下來摸著他的臉，幫他擦擦鼻涕想說些什麼，卻忽然又怕再留戀就再也走不了了，拔腿飛跑了出去。

牧雲笙坐在石上望著村前的河流，把玩著手中的狗尾巴草。蘋煙奔到他身後，怯怯站住：「少爺……不，公子……」

牧雲笙站起身，對她笑著：「這裡還有些錢物，妳拿去用吧。那婆子收了我的珍珠，再不能欺負妳了。我走了，後會有期。」

「你……你不……要我？」蘋煙睜大眼睛。

牧雲笙笑笑。這少女的面容絕說不上美麗，且就算是國色天香，又怎比那些曾出現在他身邊的女子呢？他一個人流浪，只想獨自面對將遇到的一切，不會再讓任何人探查他的內心與過去，也不想有人目睹他那些心緒難平而在黑夜中嘶吼的時刻。

「告辭了。」他大步向前行去。

「等等……」蘋煙急急喚著，「我不明白，你有這樣的財物，大可雇些車馬，招募護衛，一路舒適無比，為何要一個人苦行呢？」

牧雲笙笑嘆道：「我曾坐著用三十六匹白馬拉的車子，每次出行身邊有五百少女侍奉，一千武士護衛，旗蓋十里──那又如何呢？一陣風來，不過是煙消雲散，你身邊除了你的影子，什麼也不會剩下。」

「你說的，我都聽不明白……」蘋煙嘟囔著，而少年已經向前走去。

牧雲笙走出半里，卻發現蘋煙一直低頭跟在後面，卻又不敢接近他。

「妳是不是覺得沒有地方可去？」牧雲笙不回頭地問道。

蘋煙忙點點頭，卻也忘了人家根本看不到。

「我明白，初離了習慣的日子，都會有好一陣子不知道該如何活。不過很快就好了。跟著誰也不要跟著我，這世上任何一個地方都會比我身邊安全。」牧雲笙蹲下身，把兩根銀色羽毛插在鞋上，躍向河面，幾個起落，就落在河對岸，消失於樹林之中。

女孩目瞪口呆地望著流水奔騰：「這人還說自己不會打水漂……」

蘋煙走回婆婆家中，想著從此自由了，便收拾衣服回山中自家去見父母吧。帶著少年給的銀錢，那是父母一年也賺不到的，他們會笑迎自己回去的吧。

正想著，踏進屋門，就看見那婆子手舉著一顆偌大的珠兒，對光看著。

「這……這是什麼？」蘋煙立時急了，「這並非他給妳的那顆，莫不是……莫不是妳偷的？」

婆子嚇了一跳，把珠子緊握在手，一看牧雲笙並未回來，才眼睛一瞪：「什麼偷！買了我的兒媳婦去，就給一顆小珠子？我當然要自個找補回來。咦？妳咋回來了……」

蘋煙一急，跳上去奪了那珠兒就跑。

再衝到河邊找那少年，卻哪裡還看得見？

【03】

「妳這珠要賣多少錢？」

幾個時辰後，城內珠寶行中，老板正眯眼將那牧雲珠對著光線細看，光影映在他臉上，但沒有人知道那是一幅宏大奇景的某一部分。

「我……我不賣，我只是想讓你看看，它值多少？」蘋煙怯怯問。

「嗯……或許……值十個金銖？假如妳要讓給我們，看妳也是家境艱難的樣子，我們可以再贈妳一匹布，如何？」

「十個金銖？」蘋煙眼睛大睜。今天早晨醒來時她還從來沒有想過自己這輩子能有這麼多錢！但她明白，她不能賣這顆珠子，這對那少年不公平。「謝謝了，請您還給我吧。」

「別處可沒這個價，妳可別後悔。」老闆不情願地伸出手，還死捏著那珠子不放，蘋煙使了好幾次勁才搶回來。

「好吧好吧，您出個價。」老闆在身後喊著，蘋煙卻逃一般跑出了店面。

十個金銖，她想，那是多少錢啊？可以蓋一座上好的磚房，或是買二十頭牛……能讓她一家從此不再受窮……不，不能就這麼賣了，這顆珠兒也許對那少年很重要，也許是無價的。但她此生還可能尋到那個少年嗎？

天色已暮，蘋煙坐在人影漸稀的街頭，隔著衣裳緊緊握住懷中的那顆明珠。她不知道它究竟值多少錢，一千銖？一萬銖？但她會賣掉它嗎？少女的心中卻總覺得，總有一天，她會再與那少年相見，為了那若有若無的希望，她願意一直這麼握著它，走過貧窮與疾苦，直到白髮蒼蒼。

這一個清晨，硯梓郡城蘇府的大門打開時，掃地的小廝看見了一張因為徹夜守候在門前而憔悴的面容，女孩怯聲問：「聽說你們這裡需要奴婢？」

【04】

蘇語凝輕輕拈起那根晟木釵。這釵頗為古舊了，木色深紅，上面繪著的一枝梨花也已發暗，比不了其他富家小姐的髮上珠翠，若是送去質當，只怕幾個銅錙也質不到吧。

「小姐，新來應徵的奴婢，您見一見吧。」家僕老程的聲音打斷了蘇語凝的回憶。她忙放好晟木釵，喚著：「讓她進來吧。」

蘋煙低著頭，手垂衣前，小步走了進來。老程說著：「她說她喚作蘋煙，就是十五里外粟村的，今年十五歲，因為家境貧寒，出來找份差事。」

蘇語凝走上前，看著蘋煙怯生生的模樣，笑道：「不用怕，我們家中都是良善人，妳既入了府，便會把妳當自家人一般看待。」

其實蘇府此時偌大個宅院早已空蕩蕩的，奴僕跑了十之八九。蘇語凝之父蘇成章原本已升任御史中丞，官拜二品，可當年明帝死後，南枯皇后一黨專權，立了皇后所生十一皇子合戈為帝，滿朝文武不服者殺，他們便逃了出來，回鄉避難。後來天下諸侯並起，蘇成章這御史中丞早已是個虛銜，他又為官清廉，沒有什麼積財，家中雖有數百畝地，近年來兵災盜賊紛起，佃農四散，田不是被地方上的惡人佔了，便是早荒了。蘇家書香門第，只懂讀聖賢書，哪懂亂世求生之道？大兒子蘇語衡曾在京為官，後調任越州；二兒子蘇語斟出外求學，不通消息；家中只有小女兒蘇語凝侍奉父母。

當年因為出生時有紅霞貫紫微之天象，蘇語凝被選入宮伴皇子讀書，人皆以為蘇家要出皇后了，從此榮寵繁華，享用不盡。不想世事如浮雲，只十來年工夫，偌大個端朝竟就破敗了，未平帝牧雲笙不知所終，有人說投井死了，有人說撒手雲遊去了，這皇后一說，也就成為笑談。現在連地方上的惡霸也都敢欺負蘇家。這年眼看存銀用盡，連蘇夫人的嫁妝首飾都變賣了，原來從京中帶來的僕人們眼見主家式微，散了大半，只好再招一兩個工錢便宜的貧家孩子。

蘋煙進了蘇家，一人擔起三人的活，一日三餐，洗衣打掃。蘇府雖大，好些院落卻已鎖上，花木也無人修剪，落葉遍地，滿目蕭條。蘋煙看得悽楚，也就從早到晚，盡力收拾，可縱然忙到深夜，她隻身薄力，也無法重拾這大宅的舊日風光。

有時小姐蘇語凝也親自做些打掃洗曬的活計，蘋煙極是過意不去，總是搶過來做。蘇語凝向她笑笑，眼中卻總有掩不住的艱難。有時夜間，蘋煙看見小姐獨站在天井中，默默注視簷外冷月，吟詠詩句，盡是悲傷懷秋之詞。蘋煙心中不好受，也暗中對管家老程說：「小姐是不是該找個婆家了？」

老程卻總是瞪一眼她道：「婆家？妳知道小姐是要嫁與誰的？說出來嚇死妳！小姐是紫微星命，是要做皇后的，將來皇上要用八抬……不，十六，不，六十四抬的大轎來迎呢。」

「可現在不是一年內崩了兩位皇上，聽說現在的陛下又失蹤了？」

「哼！無知愚婦！皇族自有天佑，將來必有重整河山的一天，那時必來迎娶，我們家就是國丈府了。看那時，佔我們田地、污我們府牆的賊人賊將，全要跪爬著來求饒。」

若是真有那一天倒好呢……蘋煙也陷入了和老程一樣的憧憬之中。那時，我不也是國丈家的丫鬟了嗎？聽人說，這種大府第的丫鬟，身邊也都還有更小的丫頭侍候著，出門也坐馬車錦轎，比縣令還要神氣呢。

蘋煙想著不由得笑起來，卻望見一輪殘冷月色，憂疑又回心間……若是這皇上一天不來，難道就一天不讓小姐出嫁？只每天望著冷月幽雲，直到白髮蒼蒼嗎？

皇上的迎親大隊沒來，卻還照樣天天有人來扒蘇府的牆偷瓦竊磚。老程持棒氣喘吁吁地奔跑喝罵，被地痞們擲石投打，卻也無計可施。蘋煙很擔心，如果有一天老程累倒了，還有人來保護蘇家嗎？

蘇語凝有時作上幾幅字畫，著蘋煙拿去街上賣了，卻不肯署自己名字。蘋煙知道小姐和老爺都臉皮薄，不肯讓人知道御史中丞大人要賣畫為生，若是讓老爺知道小姐拿了自己的字畫去賣，沒準還要家法責罰，說丟了家族的臉面呢。雖然家中快要連肉也吃不上，可是臉面對這樣的大戶人家才是最重要的啊。

蘋煙經常在自己的小屋中，取出那顆明珠來看。月光把珠中的影痕印在地上，她看不出那是什麼，只隱約看到有人影、有字跡，便知道是絕世珍寶了。她曾想，若是將此珠給了小姐，他們家定能渡過難關，可是……她握緊那明珠，癡癡地想，若是有一天那少年回來，她拿什麼還他？

蘋煙連著幾天上街賣畫，但亂世時分，只有瘋搶米棉，哪有人有心思買畫呢？這天天色陰晦，疾風送寒，捲起塵沙，街上行人舉袖遮面匆匆而過，蘋煙又是站了一天無人問津。她心中嘆息，可惜小姐畫得這樣好畫，寫得一手好字，世間哪還有人識得？

正惆悵時，一隻手伸來，輕輕拈起畫幅一角。一清朗聲音道：「真是好畫，可入上品，不想卻會在這樣的街頭叫賣。」

蘋煙一看那人，卻驚喜叫了出來：「是你？」

看畫的正是那給她明珠的少年。

牧雲笙卻像沒有聽見一般，看畫看得入迷了：「只可惜啊，這一筆還稍輕了些，佈局也太緊了，這裡赭色上得淩亂了……倒像是匆忙趕就？」

蘋煙看他衣裳比原來更破了，臉比原來更髒了，頭髮亂如蓬草不知幾天沒梳，卻還有心思品畫，一把抓住他的手道：「你不認識我了？我是蘋煙啊，幫你洗過衣服的……你這些天去哪裡了？你不是要去寧遠尋親嗎？咦，你……你那包袱呢？」

少年笑笑：「丟了。」

「丟了！」蘋煙尖叫起來，路人都嚇一跳回望。那裡面可是有能買下整個城池的寶物啊！蘋煙心中想，「丟在哪兒了？快去找啊！」

「丟入萬丈深淵中了，呵呵，爬山時不小心，就落下去了。」牧雲笙一拂頭髮，露齒笑著，倒像是一個頑童貪玩丟了書包一般的神情。

「你……哎呀，若是我，拚了命也要下崖去尋啊。」

「拚了命？」少年臉上的笑容消散了，眼光迷離，「那麼多人拚了命，又是為了什麼呢？」

蘋煙看他神色悲戚，像是滿腹憤懣苦楚說不出來，只全寫在眼中，只好緊緊地握著他的手，卻不知如何安慰。

她收拾了畫卷，一路和少年向家走去。原來這少年竟迷了路，向北走卻又走到硯梓郡來了。他身無分文，漫無目的地滿城遊蕩，卻正好看見畫攤，也不顧一天沒吃東西，就跑來看畫了。

蘋煙很是心痛他，忙說：「我帶你去見我們家老爺小姐，先吃點東西。他們都是好人，定能收留你，若是你再能做點活計……」她忽然想起這少年身分，不是王公之子也是名門之後，於是打住不說了。

牧雲笙卻點點頭道：「好啊，做活計也好。只是我什麼也不懂，你們要教我。我做得不好，不拿工錢便是。」

蘋煙心中念他好處，忙道：「不用你做，我現在領了工錢一人沒處花，你只管拿去用，我照顧著你……」忽然臉上緋紅，原來心中一念閃過：這少年人善良又俊朗，若是結了夫婦，哪怕一世照顧著他，只看著他舒適快樂便開心，不也是幸福生涯？

來到府前，卻見一幫兵士，大呼小叫地擁在門口。擠進門一看，原來是硯梓郡城門都尉何永要為他兒子何林說親。

花廳中，蘇成章正氣得鬍鬚發抖，把裝何林生辰的大紅信箋拂於地上罵道：「何家是什麼東西？一個城防守將的兒子，也想來娶我的女兒？這種生辰，是可以和紫微正宮相配的嗎？這是辱沒當今皇上！是要誅九族的！」

那媒人嘿嘿笑個不止：「皇上？皇上在哪裡？這朝代都要改了，三十年河東，三十年河西，沒準將來皇帝也就姓了個何呢？」

「混帳，混帳！」蘇成章氣哆嗦了，「快與我打了出去！」老程上來揮舞棒子就打，媒人尖叫逃出，那等在門外的何永手下的校官衝了進來，一把將老程推倒在地，罵道：「什麼狗屁御史大人？端朝都沒有了，還擺個屁臭架子！今天我們老爺看得起你們家，才明媒正娶；若是不答應，他日派兵搶了去，就連個小老婆也撈不著做了！」一眾粗野兵士哈哈大笑，隨地亂啐。蘇成章氣得手腳顫抖，當時便坐倒在地。

蘋煙搶上去將老爺扶起來，也氣得流淚。牧雲笙看著這些士兵凶形惡相地從自己身邊走過，皺眉道：「原來當兵也可以這樣的？」卻被一軍漢聽見，一把將他推出老遠：「你說什麼？」蘋煙忙又撲過去護住牧雲笙：「這位軍爺，對不住了，我弟弟年紀小沒見過世面。」那士兵罵一聲出門去了。蘋煙拉著牧雲笙手道：「公子啊，和誰鬥也千萬別和兵鬥啊。」

牧雲笙卻也不怒，反笑笑：「明白。路上見得多了，原來世上一物降一物，貓吃鼠，鼠卻吃象。只是那真正戰場上的兵，要比這幾個兇狠百倍千倍了。這樣的士兵，也只能在這兒欺負欺負百姓。」

「正是啊，正是啊！」蘇成章緩過氣來，聽得此言，深以為然，「北寇進犯，賊子橫行，士兵不保家衛國，卻來逞兇撒野，國家就敗在這些匹夫手中了！」

「國家是敗在皇帝手中的，這些人又哪有回天之力呢？」少年笑笑，竟還幫匹夫們辯護起來。

「什麼？」蘇成章剛壓下的火又騰了起來，「現在什麼世道了？是個人就敢非議聖上？你是哪裡來的？站在我家院中做什麼？你讀過書嗎？識得字嗎？知道什麼是忠孝禮義嗎？憑你也敢議皇上的不是？這是要滅九族的！」

少年不溫不火，笑容不變。蘋煙卻嚇得跪倒在地：「老爺，他是我弟弟，我們家就這麼一個男丁，你就饒了他，饒了我們九族吧！」

「弟弟？」蘇成章打量著少年，「唉，世道艱難，你們逃難也不容易，你要讓他進府也無妨，我們蘇家這麼大產業，還養得起些人。只是！這張輕狂的口再不改改，我可容不得他！」

蘋煙連連點頭，拉牧雲笙也要跪下來。牧雲笙卻搖搖頭，自顧走到一邊去了。

這少年果然不會做什麼事情，整天背著手東遊西蕩，有時走出門去天色晚了才回來。蘋煙也不願他受累，只每天更加勤快，尤其是把他們住的小院灑掃得分外乾淨。

那天，少年又在府中亂逛，向一處清幽的小院走去。一邊掃落葉的蘋煙忙叫住他：「去不得，那是小姐住的院子！」

「哦……」牧雲笙轉回身來，「小姐整天也不出屋子的嗎？」

「人家是書香名門，家教嚴。小姐也好靜，不愛亂跑，只在屋中寫詩畫畫。」

「嘁，」少年嗤之以鼻，「我可見過……就算是僕射府的千金瘋起來的樣子也是很可怕的……她沒有朋友嗎？真可憐啊。」

「這年月，保得清靜平安就不錯了，還能強求什麼啊。可憐這樣的大臣家，現在居然還要受一個城門校尉的欺負，舊日那些世交部下也全都不知哪兒去了……老爺還巴巴地盼望著有一天皇上能重回天啟，派人來迎娶小姐呢。」

「皇上……」少年搖搖頭，「蘇老爺是南枯氏作亂那年逃出天啟的，只怕連未平皇帝的面也沒見過吧。他們所等的，並不是當今的那個未平皇上。可惜那本來應做皇上的，卻早已不在人世了。」

「唉，這誰做皇上，是我們這些草民能操心的事嗎。可你說現在這皇上也奇怪，別人起年號都是溥寧、嘉定什麼的，偏他起個未平——叫這麼個年號，這天下還能安定得了嗎？」

「溥甯時有越北之亂，死了數十萬人；嘉定時海嘯洪災淹了三郡，百萬人逃難。可見這年號起得好壞，與國運無干。那時六皇子登基，原本大臣們想用年號承平，可那皇帝想，分明是天下未平，粉飾又有何用？就把年號起為未平了。」少年嘆了一聲，「天下未平，難道終還是逃不出那句話？」

那夜，蘋煙又看見蘇語凝站在院中，手中握著一支木釵，癡望著月光像是祝禱什麼。少女的目光像水波流到天上，脈脈而動。她的心中在想什麼？她真的還在做著那個皇后的夢嗎？

蘋煙轉入鄰牆的小院，發現少年也坐在廊前石階上，手搭在膝頭，望向天空。這一牆之隔的兩人望著同一個月亮，卻不知是否想著同樣的事情。

蘋煙突然覺得，她離這少年，就像離月亮一樣遠。他是誰？他為何來到這裡？他喜歡什的眼前消失，就像你不知道月光何時就隱入雲中。他們終究不屬於同一個世界。

麼？恨什麼？有什麼過去？她不知道。少女突然陷入了深深的恐懼，她害怕有一天，少年會從她

【05】

害怕惡霸何永前來逼婚，蘇成章決定舉家遷去越州尋大兒子蘇語衡，卻又擔憂這一路上盜匪甚多，無人保護，欲請護衛，又沒有金錢。「難道我蘇成章竟要困死在這裡嗎？」他整日嘆息。

蘇語凝看在心中，她喚來蘋煙，偷偷交與她一個小匣：「今天在敬寶堂有賞珍會，會有各地人士雲集，售購寶物。妳將這其中之物拿去競賣吧，記住，若是少於一千金銖，萬不可出手。不要讓老爺知道。」

什麼東西可以賣上一千金銖？蘋煙心中疑惑，想是極為名貴，只覺得那匣子在手有如千斤。她擔心市井的劫盜，於是喚上少年同行。

到了敬寶堂，果然是偌大一個廳樓中擠滿了人，不斷有人上臺展示他要出售的珍寶，下面的富商貴人們競價不休。

他們來到一邊櫃檯，取出那匣中之物登記。裡面卻是一塊小小的玉佩，外碧內紫，中央還銘刻著兩行金色的小字。

少年忽然臉色變了，一把抓起那玉：「不要賣了，我們走吧。」

蘋煙驚問：「那如何向小姐交代？府中還急等錢用。」

少年握著那玉，手指在玉上用力摩挲，怔怔想了半天，才長嘆一聲，將玉丟回櫃檯上。

蘋煙問：「你自然是懂得鑒賞的，這玉該值多少錢啊？」

少年冷笑著：「買不到，買不到。」

「那是為何？」

「這是當年，牧雲氏皇族給皇子們一人一塊的祐身信物。若是交給外姓女子，那就是與未來皇子妃的信物了。這塊玉，應該是二皇子賜給妳家小姐的吧。」

「啊？」蘋煙驚叫著，「那小姐若賣了此玉，豈不是將來再做不成皇后了？」

少年嘆息一聲：「她也是想借此讓自己斷了那個念頭吧。」

「現在怎麼辦？」

少年冷笑一聲：「是我方才又犯迂了。現在牧雲皇族早就敗了，要此物何用？不過已是塊普通的美玉而已。若真能換一千金銖，著實也不算虧了。」

他環視廳中，這些亂世時尚有錢購寶之人，想來多是發了國難財的奸商、掌地方實權的官員將領、舉火行劫的盜匪，心中厭惡，不願躋身其中，只和蘋煙遠遠站著。

輪到他們，廳上夥計大喊：「蘇御史府御賜玉佩一枚出售，起價一千金銖！」

廳中一片喧嘩，當時就有人大喊：「一千金銖？什麼年頭了，皇帝都沒了，這『御賜』值個鳥錢啊？若是成色好，五十個金銖，爺便拿走了。」

正在這時，一清朗聲音笑問：「莫不是當年的碧海托日紫玉？每有一位皇子公主降生，便琢下一塊製成玉佩，只有皇家嫡嗣才可佩戴，是皇家的象徵。若真是這樣，在下願出一千五百金銖。」

說話的是位年輕人，輕衫白袍，髮髻間卻光芒閃閃，別著一根銀色羽毛，分外奪目。

廳中再次譁然，這「皇家象徵」和「御賜」可就完全不同了。那些亂世暴發之徒最怕被世家輕視，才來搜尋珍品以示地位，如今有可顯帝王之氣的物事，怎能不奪？當下一片大喊：

「一千六！」「一千七」「一千七百五！」「兩千！」

蘋煙不知是喜是憂，這玉眼看價格超出原想的一倍，但是若真讓人買去，小姐心中其實卻不知該有多傷心呢。若不是走到絕境，她又怎肯出讓此玉？

突然一個女子的聲音道：「五千金銖！」

眾人齊「哇」一聲後，廳中立時沒了聲息。

蘋煙看那站在廳中的女子，也不過二十幾歲的年紀，頭戴輕珠髮冠，不佩釵環，一身武士緊袖戰袍，銀絲帶束腰，顯出俊美身形。腰中佩一把墨綠色玉鞘的短劍，似乎也是稀有之物。她凝望著那玉，彷彿身邊再無他人，氣質高傲奪人，勢在必得。

本來廳中報價者此起彼伏，她這一聲，幾乎所有人都坐了下去，只還有一人立著，就是那最初識得此玉的年輕公子。

那年輕人望向女子笑笑：「越州商軍近來得了不少城池，看來不再是去年連軍糧也沒錢買的境地了，有心思來賞古玩了嗎？」

那女子聽得身分被人認出，卻也不懼，緊按了那短劍的玉柄，也不轉頭，冷笑一聲：「關你何事？這玉我一定要得到。勸你莫要逞能誤了自己性命。」

聽她之意，卻是縱然買不到，用劍奪也要奪到了。

年輕人也不惱，只笑道：「這玉若只論成色年頭，不值五千金銖。只若是女子佩了，那就是皇子妃的象徵。妳是義軍頭領，要來何用？莫非反了牧雲家天下的人，心底想的卻是嫁入牧雲家？」

廳中一陣狂笑。女子咬緊嘴唇，雙耳緋紅，突然抽劍，旋而入鞘。廳中之人不知發生何事，只看見她身邊一本來笑得最響的商人突然連人帶椅一起塌倒下去，周圍他的隨從驚呼拔劍衝上來。女子幾下劈刺，就將他們砍倒在地。

廳中大亂，人們爭相逃出去，只剩那年輕人還站在原處。

「你還在這做什麼？」女子目光如冰。

「賞玩會還沒結束呢。」年輕人一笑，朗聲向臺上道，「一萬金銖！」

「你！」女子氣得按住劍，「你不怕我殺了你？」

「來這裡就要懂這裡的規矩。妳拿出比一萬金銖更多的錢來，不然，東西我就拿走。」年輕人語帶傲氣，寸步不讓。

蘋煙站在臺上，嚇得都不能思考。手中握著的玉轉眼就值到了一萬金銖，而且可能還要搭上許多人命。

女子低頭，強按著怒氣：「我能知道你的名字嗎？」

「無名小輩，陸然輕。」

「陸先生……這玉，實在對小女子十分重要。」

「我明白。」陸然輕一笑，「那麼，就將妳腰中佩劍五千金銖讓與我，我自然再沒有錢與妳爭那玉佩了。妳也不必因為花了購戰馬的錢而回去被責。」

「什麼？這劍？」女子抓住劍柄，萬沒想到他會提出這種要求。

「那玉佩和這把菱紋劍，哪個對妳更重要，妳心中自然明白。我出的價錢，也並非不公道。」

看女子咬緊嘴唇，偏頭不語。陸然輕輕笑一聲：「櫃上，我存在你處的一萬金銖歸那位蘇府來的姑娘了，這玉佩還請交給我。」

「慢著！」佩劍女子高喊，然後聲音小了下去，「好……就給你這把劍……」

陸然輕放聲大笑：「看來商王[2]的三年恩寵，還是比不過當年牧雲陸的輕淺一笑啊。」

女子緋紅了臉怒道：「再說便殺了你！」

她上前將一張銀憑拍到蘋煙手中，就去取那塊玉。蘋煙卻緊緊抓著，不敢放手。女子正惱怒欲奪時，忽然聽見一句話：「十萬金銖！」

陸然輕、那女子，所有在場的人全部猛回過頭去，看著門口立著的這位少年。

蘋煙歡喜地撲了過去，來到牧雲笙的身邊，卻又擔憂地說：「你不是所有寶物都丟了嗎？怎麼還能拿出這許多錢？」

少年一笑，走到台前。敬寶堂掌櫃好奇地問：「這位公子，你的十萬金銖在何處？」

少年舉起一幅畫卷展開：「這畫可值此價？」

「什麼！」掌櫃大叫起來，打量著那畫，「這莫不是……牧雲笙的《天啟狂雪圖》？此畫明明一年前被宛州集珍閣以十萬金銖購去，為何現在會在你手中？」

牧雲笙笑道：「他們購去的，乃是贗品吧。」

「這不可能！是我與幾位各地趕來的當世鑒畫名家親自過的目！且那畫裝裱過，為何此畫卻是……」

「牧雲笙此人，畫成後便棄之一旁，從來也不會拿去裝裱。即便有，也都是流散出去後得主所為。你既識畫，就再好好看看，這幅是真是假？」少年將畫攤開在桌上。

掌櫃一看那畫，立刻呆在那裡，手在畫幅上虛撫過，不停顫抖：「這……這……這怎麼可能？這筆力、這畫工，明明是出自牧雲笙之手；可是構圖氣勢細節，又與我所見那一幅大不相同……那幅分分毫毫，精描精刻，雪雖大卻聲勢靜然，滿紙哀傷；這幅卻像是全然一揮而就，如暴風挾雪激揚，反更見氣勢……難道牧雲笙曾經畫過兩幅此畫？若是贗品，以此畫師之功力，也定是當世名家，為何要臨仿《天啟狂雪圖》？」

那公子陸然輕走上前來，看著此畫，眼中也露出詫異之色。他又打量少年，再看此畫，若有所思，忽然點頭道：「果然是真品！」

掌櫃抬頭：「陸先生識得此畫？只不過這事太事關重大，是否等我發急信請各地大古玩書畫閣的鑒寶名家來此，討論之後再……」

「不必了，這畫何止值十萬金銖……」陸然輕望向那少年，微微點頭道，「不過這亂世，只怕沒有人拿得出十萬金銖買這幅畫。我願以五萬金銖相購，可否？這裡有蓋著我的印章與宛州商會信記的銀憑，你去任一家商會，錢自然會有人送來。」

牧雲笙看看他：「那麼，就請你將那銀憑交付給這位姑娘，算是我用五萬金銖買了她手中這玉佩了。」

蘋煙聽他們說話，看看這個，看看那個，張嘴呆在那裡。她之前十幾年也沒有聽過一百個銅錙以上的數目，不想今天一個時辰之內，就碰上張口就是五千、十萬金銖的主兒。沒有見到錢，光是這些數目灌進她耳中，已讓她滿腦嗡嗡作響。

交付完畢，他們帶了五萬金銖的銀憑離去。一路上蘋煙彷彿覺得那幾張紙有千斤重，路也不會走了，腿也顫了，還得少年扶著她行走。

可行不數步，那佩劍女子卻從巷中截住了他們。

蘋煙嚇得後退，那女子卻躬身深施一禮：「二位，我現在沒有那麼多金銀，但，那玉，我無論如何都要。你們若是能讓與我，我菱蕊一輩子記得二位的恩德。若是不肯……」她按緊了劍柄，「我也只有強奪了。」

少年神色平靜：「這塊玉，曾是先莊敬太子牧雲陸的佩玉。妳一定要，還請告知我一個理由。」

菱蕊抿住嘴唇：「只因……當年我曾與他有三十日的相處，此生難忘……他戰死衡雲關，我卻沒能趕至他的身邊……現在唯有此玉，是我能尋到的他唯一的遺物……雖然……並不是贈給我的……可我……」眼淚從她的眼中滑落，「卻無法再容忍它不在我的身邊。」

牧雲笙嘆一聲道：「玉佩我定要贖回，原也是為留奇懷念。此玉原本的主人只是受星命所累，在妳身邊卻更會被珍惜，也是因緣。便與了妳吧。」

菱蕊接了那玉佩，猛跪於地：「多謝這位公子了。將來若有菱蕊能報答之處，定捨命為之。」她站起身來，解下腰中佩劍，「公子為此失去了價值連城的名畫，菱蕊無以為謝，這把菱紋劍乃是千年古劍，送與公子防身。只是此劍也對我十分重要，如將來菱蕊能帶得五萬金銖重見公子，還望能贖回此劍。」

牧雲笙看那劍，不過兩尺餘長。劍鞘為墨色古玉，有鮮紅紋路，卻光滑如脂。劍柄也為玉制，鑲古鏡石，凝重大氣。

「菱紋劍，莫不是十二名劍譜上之十二，劍風也可斷金裂石的嗎？」少年道，「以如此珍奇來換，姑娘果然是重情之人。」

菱蕊嫣然一笑：「卻怎比公子灑脫？牧雲笙的畫作，哪怕是半成之品，世間也能賣到近萬金銖，何況這《天啟狂雪圖》自從天啟城破後流散出來，便一直被藏家所爭購。據傳說這畫一展開，便有真的風雪狂飆，此劍哪裡配得。公子的好處，小女子心中記得便是了。」

她望著牧雲笙的臉龐，忽然笑容收去，面上掠過一絲疑色。牧雲笙恐被她看出身分，忙笑道：「告辭了！」拉了蘋煙向府中趕去。

他們回到蘇府，蘇語凝望見這五萬金銖的銀憑，驚得說不出話來。她本想換些金錢並雇些護衛，可這錢只怕是能募上一支大軍了。

【06】

蘇府一行正收拾行裝準備逃離，都尉何永卻已親自帶著士兵抬著禮物前來求親，想在戰事起之前強定姻親。蘇成章閉門不見，卻被兵士把大門拍得山響：「蘇老頭，你再不開門，我們就衝進去搶啦！」眾人正焦急間，忽聽見外面一陣吵嚷喧鬧，然後竟沒了聲息。

老程偷偷把門打開一條縫，卻見一群貫甲的軍士，一看便是真正上戰場的軍隊；那些城門校卒，全部被刀槍逼著退到一邊。一位披掛整齊的將軍策馬立在那裡，見門打開便跳下馬來，上前施禮。

「蘇大人，在下柱國將軍江重，現陛下御駕已至城外，特率軍來迎蘇大人及令千金前去覲見。」

「陛下？陛下果然還活著？」蘇成章驚喜交加，「將軍，快請裡面來說話。」

那將軍跨入門中時，牧雲笙笑著望向他。那江重也看了少年一眼，便又看向別處去了，並沒有在意這個站在牆邊的少年。

【07】

士兵護衛著蘇府一行向硯梓郡外的松明山而去，那裡不知何時已戒備森嚴。山腰之上有一座刑天神廟，已經擠滿了各類人士。

刑天神廟不知何時改成了皇宮大殿的式樣，只是小得多了。神像被布遮起，布前擺著高臺高座，一年輕人身著皇袍帝冠，坐在座上。還有官員按文武分立兩邊。

蘋煙和牧雲笙被攔在了殿外，只有蘇成章和蘇語凝得以進入。不過殿宇並不大，所以裡面說話能被聽得清楚。

「陛下，御史中丞蘇成章，及小女語凝前來參見。」

蘇成章抬頭觀瞧，那殿中陰暗，年輕人的面目辨不清楚，何況他也沒有見過未平帝，所以無法分辨。而蘇語凝年少時雖在宮中見過小笙兒，但她自被貶出宮，便在京城的蘇府居住了，現在讓她說這座上人是否真正的牧雲笙，她也不敢斷言。

「太好了。」一邊說話的人正是硯梓郡郡守紀慶綱，「蘇大人的千金本來就是皇后備選，陛下出天啟後，一直在尋找你們呢。」

旁邊有人冷笑道：「難道不是先有陛下才有皇后，倒是先有皇后才有了陛下嗎？」

紀慶綱大怒道：「陳文昭，你這是何意？」

「蘇府語凝是假不了的，但因她出生時有帝后之天象，她所嫁的人就一定是皇帝嗎？可笑！」

「大膽！你竟敢懷疑陛下是冒充！難道華瓊郡一心要反叛，不肯歸服陛下嗎？」紀慶綱拔出劍來。

「說是陛下，誰也不曾真見過。我奉華瓊郡郡守馮玉照大人鈞命而來，定要分辨明白。既是陛下，只拿玉璽出來看看。」

「天啟混亂之時，玉璽被賊人所竊，現在不知所終。」

「那說是陛下，有何為憑？」

「御史蘇大人、公府長史、諫議大夫，諸位元老之臣皆在此處，你難道連他們也不信嗎？」

蘇成章皺起眉頭。原來紀慶綱把自己和諸位老臣接來此處，卻是為了顯示自己所扶持之人是真皇帝。

「哼哼。」陳文昭冷笑，「這些人都是當年棄皇上而逃的老傢伙，還有何面目自居元老？」

一旁一老臣怒起：「當年是皇后南枯一黨作亂，誅殺忠臣，百官才逃離天啟！後來未平皇帝登基，又逢虞賊當權，無法回去覲見，怎是我們棄皇上而逃？」

「既然連陛下的面都沒見過，此時又怎認得陛下？」

「這……」那老臣無語。

「蘇大人，你以清直著稱，我來問你，你可認得座上之人，必是未平陛下嗎？」陳文昭望向蘇成章。

「這……」蘇成章沉吟著，「實在是……無法確認。」

紀慶綱臉色鐵青：「蘇大人，你老糊塗了！」

陳文昭喊著：「既無人認得，又無玉璽，恐難以服眾！」

紀慶綱冷笑道：「只怕就算我們呈出玉璽，你也不肯聽命於陛下。我知你等早有異心，現已派兵去征討華瓊了。」

陳文昭大怒：「你果然早有吞併華瓊郡之心，馮太守並未看錯你……」這時殿下衝來士兵，將他推倒狠狠踢打，然後拖下殿去。只聽外面一聲悶響，那是頭顱掉在地上的聲音，眾老臣全閉了目，不敢回頭看。

紀慶綱高喊：「我今日擁戴陛下，會盟瀾州十二郡之兵，共圖收復中州。但有不從者，以謀反論之。」

殿中許多人先跪倒下去，高呼：「陛下萬歲，萬歲，萬萬歲，願肝腦塗地，忠心不二！」還有猶豫者，看看殿外兵士的刀光，也只得跪了下去。

蘇成章心中明白，紀慶綱這是要借擁帝之名稱霸瀾州。這殿上的未平帝，也不知是真是假，可要讓自己女兒與這「陛下」完婚以示天下卻是真的了，不由得心亂如麻。

參見典儀完畢，紀慶綱又道：「請蘇氏語凝上前聽封。」

蘇成章如被雷擊。他雖然日日盼著女兒真能成為皇后，卻沒想到要在這種場合。若眼前這皇帝不是真的，將來豈不是全家清白盡毀，粉身碎骨也洗不盡恥辱了。

蘇語凝心中卻暗暗拿定了一個主意，不驚不懼，低頭緩緩走上前去，只略低低身子行禮道：「參見陛下。」

紀慶綱湊近那「陛下」身邊說了些什麼，那「陛下」便揮手道：「朕尋訪妳已久，今日便冊封妳為皇后，三日後舉行大典。」

蘇成章滿頭大汗，不知該不該喝止，蘇語凝卻抬起頭來，微微一笑：「只是當年先帝曾答應，我要出嫁，得有三樣聘禮。陛下忘了嗎？」

「哦？他……父皇說過什麼？我……朕的確記不得了，是哪三樣聘禮？」座上「皇帝」言語支吾。

「一為龍淵劍，二為鶴雪翎[3]，三為牧雲珠。」

「使得使得，這有何難……呃，只是……這些是什麼？」

「大端朝的三寶，難道陛下沒有帶在身邊嗎？」蘇語凝冷笑著。

牧雲笙在門外心中笑說，妳蘇語凝就這麼不願嫁給我嗎，編出這樣的話來？我父皇何時曾答應拿這三樣聘禮給妳家？不過再一想，或許蘇語凝早識破那並非是自己，才故意這麼說。於是又為她的安危擔心起來。

那「陛下」面有難色，紀慶綱卻大笑說：「重聘自然是少不了的。只是這樣的奇珍，都留在宮中了。不如先完婚，他日殺回天啟，那時大端朝的寶物，還不盡由皇后娘娘挑選？」

蘇語凝搖搖頭：「先帝親口說過的，將來無論哪位皇子要迎娶我，定會以此三樣為信物，若不見信物，便不能嫁。先帝說過的話陛下豈可不遵？我又豈能不遵？」

紀慶綱面色鐵青，瞪著蘇語凝，忽冷笑道：「成婚吉日，豈可推延。不如先成大典，再補此三件珍聘。」

蘇語凝搖一搖頭，舉起手中一枚碧綠草種：「各位可識得此物？」

「斷心草嗎？」眾人疑惑觀瞧著。這是自古人們用來立信的草藥，服下之後，它會把根扎在人心中，如果違誓，便立刻被絞心而死。

「我蘇語凝願以此明誓：不見這三樣珍寶，我若與人成婚，便死於違誓之痛。又或是有人拿得這三樣信物來，就算他是醜陋怪物，或是世上至奸至惡之人，我也嫁與他。不然也是違誓，一樣被此草絞碎心臟而死。」

她立時吞下草種。一旁眾人都驚呼起來，蘇成章伸出手去，卻痛得說不出話來。

龍淵劍、鶴雪翎、牧雲珠，都是傳說中的物事，哪裡有人有這樣的本領集得？縱然是以大端皇室的力量，只怕也得不來從未有人見過的開啟龍淵之劍和羽族聖物鶴雪翎，還有那據說早已隨末平皇帝不知所終的牧雲珠。蘇語凝這樣立誓，無非是以死抗婚。

紀慶綱也呆在那裡，好半天才開口道：「既如此……就派人去尋訪此三樣寶物，但大婚之典，最遲不可超過月底！」

【08】

蘇府眾人被軟禁在山中院落，雖然山中清涼，鳥聲鳴幽，可人心卻如在熱爐上烤著。

這日牧雲笙在林間小道踱步，卻看見一清麗人影正站在竹林邊涼亭中，正是蘇語凝。她仰望著竹間飛翔的山雀，如一泓靜水的雙眸中，也有了哀愁的漣漪。

牧雲笙輕輕走到她的身邊。他們本在宮內園中見過一次，但時隔許久，此時牧雲笙裝束全變，又對她施了小小的障眼法，蘇語凝只以為他是蘋煙的兄弟。

「從前，我在宮中伴讀的時候，也盼望過有一天自己能做皇后。」蘇語凝望著林中，像是在自言自語，「可那時只是想要那讓他人羨慕的虛榮，卻從沒有想過，成了皇后……是否是一種幸福。」

牧雲笙嘆一聲：「那要看那皇帝，是不是妳的真心所愛。」

「難道女子是有選擇的嗎？縱然皇子中有所愛之人，可誰能當上皇帝，又豈是由我主宰的呢？」

「世間都說，皇長子武功卓越，二皇子韜略滿腹，他們若是做皇帝，一個可使疆域遠拓，一個可使國民富足……那時，妳可曾想過……」牧雲笙輕折下竹葉，「願意嫁與其中哪位？」

蘇語凝眨著閃亮的雙眸，彷彿陷入回憶：「若說最有可能被立為太子的，確實只有皇長子和二皇子。所以那時，衍華宮伴讀的女孩們，談得最多的也是他們……誰能想到，數年時間，如滄海桑田，當年誰又能想到，皇長子、二皇子那樣的英武才俊，竟都這樣戰死了……誰又想得到，當年金雕玉砌的一個大端朝，卻就這樣敗了……」

牧雲笙忽然轉過頭去，往事無不上心頭，卻不想讓少女看到他落淚。

蘇語凝卻笑道：「但我所念著的那個人……並不是哪位皇子。」

「那就算有人拿了龍淵劍、鶴雪翎、牧雲珠來，妳也還是不肯嫁囉？」

少女嘆息了一聲：「為了緩阻婚事，我立了這個誓，但誓言又豈能不遵呢？只是……要能這三樣奇物盡得的人，只怕……世上還沒有這樣的英雄。」

「若是真有……可他偏又是個大惡人，或是醜八怪，總之是妳不喜歡……」

「那也只有嫁了……女子這一生，有多少事是由得自己的？能應了自己的誓言，又有什麼好後悔的呢？」

「可若是月底紀慶綱逼妳成婚……」

「那正好讓斷心草殺了我，免得我成為這權勢之爭的道具。」

牧雲笙嘆了一聲，默默無語。

【09】

那夜，少年坐在窗前，對著透入的幽幽月色，手中捏著一根銀白羽毛沉思著。它在月光中漸漸變得透明，發出瑩潔光輝，絨翮分明，像是一鬆手，它就會像個生靈，飄飛上天去一般。

這大地茫茫，其實卻是一重重的囚牢，方離一困，又入一困，能自由翱翔於天際該是多麼好，卻又是多麼遙不可及的夢。

蘋煙看見少年心事重重，也坐立不安。幾次走近欲說什麼，又慢慢低頭退了回去。

忽然窗外一聲清鳴，牧雲笙手中那羽毛像是聽到召喚一般，脫離了少年的指尖，穿破窗紙飛出屋外。少年一驚，出屋觀看，只見那羽毛飄飄忽忽，直向山間竹林而去。他仰望跟隨，走入山林，只見月光之下，千竹萬竿，半明半暗，竹葉搖擺，宛如異境。

不覺來到山頂小亭，此處可遠望群山，月色下蒼莽起伏。崖畔站著一人，白衣映著皎潔月光，他緩緩抬起手，那羽毛就順從地落到他的掌心之中。

他將羽毛輕點在鼻尖，微笑著轉過身來：「陛下一向可好？在下甯州陸然輕。」

「你……」牧雲笙站住，看見他的髮髻上，一枚銀羽光芒閃爍，「你就是那天花五萬金銖買下我畫的那個人。」

「你的畫……」陸然輕笑著，「正是，若不是你的畫，你又何以能在一個時辰之內造出一幅真跡，而將原來的真跡指為贋品？」

牧雲笙定了定，也笑起來：「你早就知道我是誰了？只不過，認出一個凡夫俗子牧雲笙又有何用呢？我在皇位上掌不了天下大勢，現在流浪民間還能掀得起波瀾嗎？」

「也許你早不再是皇帝了，但是對諸侯郡守們來說，『牧雲笙』這個名字絕非毫無用處。你逃出了帝都，以為就可以自在逍遙？實在大錯特錯了。世間虎狼環伺，帝都之外，只會更加危險。」

「你也想成為天下之主？」

「人來世間一遭，若不能登高及頂，放眼眾山之小，豈不可惜？」陸然輕負袖望向群山，疾風抖起他衣帶獵獵，如銀鷹欲飛。

「你的姓氏並不是『陸』，而是『路然』，羽族的姓氏，是不是？你若不是羽族，怎麼這雪羽翎甘心受你召喚？」

「陛下好眼力。可是羽族縱能高飛，卻也只能困守寧州一隅，還常受人族的欺凌進逼，你可知這是什麼原因？」路然輕道。

「你們羽族雖有翅膀，但骨質中空，身體輕巧，體重和力氣只有人族的一半，所以地面肉搏不是人族對手，而且搬不動石樑，建不起高大城郭，有領土也守不住。再說羽族天性散漫，不喜歡定居和集權，所以城邦林立，羽皇並沒有什麼實權。」

「說得好。我路然輕正是要改變這個局面，使羽族真正擁有一個強悍的帝王，將散沙般的羽族凝成一體——就像當年翼在天與向異翅所做的那樣。」

「你不僅想做羽族的皇帝，還想統御六族？」

「因為羽族不思進取，反而把我這樣的人視為亂世狂徒，那我就先一統東陸，然後發人族大軍，征討寧州。」

牧雲笙長嘆一聲：「打來打去又如何呢？天下一統了那麼多次，又有哪一個王朝是千秋萬代的？」

「太陽升起來還是會天黑，難道你就覺得大地不需要光芒普照？亂世終須有人來結束，我不站出來，莫非讓那些匹夫豎子去稱了『高祖』？」

「那我這樣的一個流浪之人，幫不了你。」

「你或許是幫不了我，但你帶的牧雲珠卻可以幫我。」

「牧雲珠？你要它做什麼？」少年一驚。

「陛下既然知道鶴雪，就該瞭解我們是羽族中最高貴的一支，因為只有我們可以在任何時候凝翼高飛，而大部分羽族，只不過一年或一月才能凝羽一次。因為鶴雪的存在，其他諸族才不敢輕視羽族。可是七百年前的一次辰月天象異變，幾乎使鶴雪一支盡被屠殺。那之後雖然重建，卻分裂為路然系和風系兩支，而作為鶴雪首領信物的鶴雪翎也在向異翅死後就失蹤了。所以七百年來路然系和風系皆自認為正統，互相敵視，致使鶴雪遲遲不能統一，羽族也就無法完成它的強大。」

「那麼，你所追求的應該是羽族權力的信物鶴雪翎才對。」

「可是鶴雪翎的祕密，卻記載在牧雲珠之中。」

「你為何如此說？」

路然輕嘆一聲道：「那並不是什麼映照俗世的珠子，而是一顆種子。」

「種子？」

路然輕神色凝重起來：「那珠兒內，可是藏著一位靈魅，美得超脫凡塵？她被封在珠中時，完全沒有關於自己的記憶，不過是像孩童一般純真的人兒，可一旦她離開了珠子，凝出了真正的身體，她的記憶就會甦醒，她的真正靈魂才會體現出來。那時她會毀掉這世上的一切。」

「你在說什麼？」少年皺緊眉頭，「她究竟是誰？」

「這珠兒和珠中的魅靈，與當年的辰月之變和飛翔的祕密有極大的關聯。這珠兒於你無用，但對我，卻是傲視天下的至寶，它應該在懂得它價值的人手中……」路然輕正要再說什麼，忽然天空中一道銀光，彷彿有什麼東西急掠了過去。

路然輕皺了皺眉：「這人竟也來了。那麼，他日再會。你將來若再見到那珠中魅靈，自然會明白我所說的話。」言畢縱向崖下。牧雲笙向下望去，只看見一雙白翼在黑沉夜空中展開，向遠方去了。

那雪羽翎被風送回，又飄落到牧雲笙的手中。

【10】

少年避開火把，想回到住所去，卻不想再也尋不著路，只能在林中亂轉。

正焦急時，他隱約聽見了什麼聲音，像是遠處的風鈴兒在響。清悠鳴遠，像是星光自天灑落，又像是風中精靈曼舞低吟。

這聲音平撫了他心中不安，彷彿這黑暗之界突然寧靜安詳。可這聲音一會兒在右，一會兒又飄向左，難道真是仙靈所發出的嗎？

牧雲笙抬頭觀望，見竹林之上的天空中，星雲發出淡淡的微光，忽然東北方位上，有一道星芒一閃，鈴聲頓時斷了，空中撲啦一聲響，一個白影撞破竹枝，落向他前方不遠處。

牧雲笙驚了一跳，小心地走上前去，低身查看。卻見地上坐著一位白衣少女，正在忙不迭地整理頭髮，她的背後竟有一雙銀色羽翼，正發出光芒，只是不斷有光點落於地上，那羽翼像是融化了一般漸漸暗淡縮小了下去。又是一個羽族。

那少女見人走近，忙跳了起來，拍打著身上的落葉，整整襟領，露出一副明麗笑容，像是因為方才的摔落很不好意思。

牧雲笙走到她的面前問：「妳是路然輕的同伴嗎？路然輕已經飛走了啊。」

「路然輕？他也來過這兒了？」少女眨眨眼，「啊，算他跑得快吧。」

「妳似乎不是他的朋友？」

「倒是舊相識……」少女笑著，「我們互贈過不少禮物。他贈我以毒花，我還之以利箭，他投我以火蛇，我報之以寒刀……從此他見了我就跑，我倒緊追不放。你說，是不是也算感情深厚？」

「莫非妳就是那路然系的對頭，什麼……風系鶴雪？」

「在下風婷暢，習術不精，方才摔得不輕，見笑見笑。」

「風婷暢？我好像在哪兒聽說過這個名字。」牧雲笙思忖著，「想起來了！那世間流傳有十二名劍譜，也有十二美人譜，美人譜上面排第二位的，不就是妳嗎？」

「啊？」少女笑笑，「真有這事？」顏面稍紅，連忙又把鬢髮撫了撫，突然立眉道，「那排第一的是誰？」

牧雲笙覺得這少女著實可愛，引人開懷，卻突然想到那個名字，剛綻開的笑容又被擊碎了。

「姑娘妳不必擔心那排第一之人了，她……早已經化為雲煙了。」

「哦……」少女注意著牧雲笙的神色，「莫非，你認識她？」

「她名叫盼兮……其實世人把她排入美人譜第一，是因為從來沒有人見過她的模樣，只見過末平皇帝的那幅畫而已。至於這個人……卻從來沒有真正來過這個世界上。」

「盼兮……我知道了！」風婷暢說，「就是傳說那個從少年皇帝牧雲笙的畫中走出來的女子啊。原來我是輸給了一位畫中靈魅……倒也沒有什麼不服氣的，早知不如讓那皇帝幫我也畫上一張，也好叫我容顏傳世……哎呀，不行不行，」她又自己先搖了頭，「我做殺手的，若是畫像掛滿大街，人人識得，豈不是要餓肚子？」

「殺手？妳這次是來殺人的？」

「是啊。我是來殺那個少年皇帝牧雲笙的。有人出了一萬個金銖呢。」

牧雲笙苦笑：「這還真是不值錢。妳可有得手？」

「已然得手了，只不過正要離開，卻突然遇到流星劃過天幕，我失去了飛翔之力，所以摔下來了。」風婷暢半是懊惱半是閒趣地用手指攪著髮梢。

「一有流星的干擾就無法飛翔？看來妳的飛翔術有缺陷啊。」

「咦？你竟也知道其中之事？」

「正好方才路然輕與我講過一些。如果飛翔是這樣危險，為什麼還要飛呢？」

風婷暢微笑著看向少年：「如果是你，安逸的大地與危險的高天，你會選擇哪一種呢？」

「後者吧。」牧雲笙覺得自己不用思索。

「當年……我師父也是這麼問我的。」

牧雲笙點點頭，若有所思。

「為了一萬金銖，妳就這樣冒險？」

「鶴雪早已脫離甯州羽國的控制，也沒有了當年鶴雪團的組織，如今大部分鶴雪士都是遊蕩在世間，接一些刺殺的活計為生。」

「只是殺人……總是不好的事情吧。」

「自然，我也並不會去殺一些無辜良善的平民，那樣的人，也不會有人出錢讓我去殺的，我殺一人的價格可是很高的哦。」

「妳覺得這個皇帝是該殺的？」少年睜大眼睛。

「他昏聵無能，好好一個端朝就要亡在他手中，現在又忙著與郡守們殘殺，也不知又要死多少人。與其讓更多人死在他手中，不如殺了他也好。」

「那……妳為何不去刺殺北陸右金軍主帥碩風和葉，不去刺殺宛州反王牧雲欒？這些不也是亂世之人嗎？」

「第一，還沒有人出得起這個價錢；第二，他們才是真正有實力建立新王朝、統一亂世的人，殺了豈不可惜？留下那些諸侯草寇不知還要打多久。」

牧雲笙點點頭：「妳說的倒也有道理。」

「難得你自己竟也同意啊，陛下。」風婷暢笑望著少年。

「陛下？」少年微微一驚。

「作為殺手，自然要見過所刺者的畫像。射殺那人時，我就發覺他不是真正的牧雲笙了。再看看你，又聽你說話，又知道路然輕也曾來找過你，便分明無疑了。」風婷暢走近少年，與他擦肩而過，輕輕道，「不為一萬金銖，就只為了不讓牧雲珠落到路然輕手中，我也會毫不猶豫地殺了你。」

少年一驚，望向這羽族少女。她在少年耳邊說「殺」字的時候，卻也是一副和悅的笑容，眼光清亮，誰也看不出那其中有半點殺機。但牧雲笙知道，這才是真正可怕的殺手，只要她願意，你便會在任何意想不到的時候死去，死時面容還分外安詳，因為來不及露出一絲懼色。

「妳為何怕牧雲珠落到路然輕手中？」

「這個人野心勃勃，一心要重現當年翼在天與向異翅時代羽族鶴雪的盛況，他現在想得到這珠兒，只怕是想用它去做更多的惡事。」

「那麼，妳也想得到這牧雲珠嗎？」少年微微一笑。

「啊，這也被你猜中。」風婷暢卻俏皮一笑，「我自然也想得到它。你不知道它的妙處，我卻知道呢。」

「妳也和他一樣，想得到那珠中有關鶴雪翎的祕密吧？但妳殺了我，就再也不知牧雲珠的下落。」

「那麼我就天天陪著你，纏著你，寸步不離。直到你有一天被我煩得不行了，把牧雲珠丟給我，可好？」風婷暢跳到牧雲笙身邊，像是一位要抱著大哥哥的脖子撒嬌的小丫頭。

牧雲笙苦笑著：「軍士們可就要搜近了。」

「但我知道你不會讓我被他們捉去的，是吧。」風婷暢貼近少年耳邊輕聲說，吐出的氣息如清風拂湖面，卻撩起微瀾。牧雲笙知道，他不忍心看著這樣一個美麗的女孩兒被殺。而且，他如果不幫助她，她絕不會不忍心讓他立撲於地。

【11】

蘋煙驚望著少年帶著一個美麗的女孩兒躍入門來。

原來他出去這許久只是和這女孩兒相會。蘋煙心中揪痛，卻一句話也說不出來。那女孩兒卻先跳過來牽了她的手道：「姊姊今後我們就要在一起咯，今天我和妳一同睡好不好？讓那人去睡外屋。」

軍士們敲響了這屋的門，對開門的蘋煙警告著：「可有看見陌生人來此？如有看見，速速稟報。」他們走入屋中持火查看一圈，望望床上坐著的牧雲笙，便又匆匆出去了。

風婷暢從牧雲笙身邊的被褥中探出頭來：「是不是曾有許多人想睡在你的身邊？因為你是皇帝，而且是很俊氣的皇帝。」她的頭髮稍有些亂了，眉目彎彎，牧雲笙也是脂玉堆中打滾的人物，此刻卻也不禁臉紅心跳地轉過眼去。

「你看，我現在都沒有殺你，作為報答，你何時給我牧雲珠？」少女像是在為一串糖葫蘆討價還價。

「路然輕也向我討要牧雲珠，我沒給，卻憑什麼給妳？」

風婷暢笑道：「我是小美女啊。」

「我不知這顆珠兒裡有多少驚天大祕密，我不肯給予人，只是因為，那裡面曾經有過她的影子，我也要藉它重新去尋找她。所以我是不會把它給別人的。」少年雖話語平靜，卻毫無變更的餘地。

「尋找她？她是誰？」

「她……本是那珠中的一個魅靈，日夜與我做伴，卻被宮中法師所傷。她消散時，曾與我說……她去找一個世上最美的地方……凝聚出一個真正的身體，變成真正的人……那時，我們就能重新相見。」

風婷暢嘆息了一聲：「是這樣嗎？」

她起身來到窗前，望向月亮，又緩緩開口。

「可是……你有沒有想過，這也許只是一個謊言？」

「什麼？」

「女人有時是這樣……她說一個謊，只是不想讓你更傷心……」

少年呆了一呆，卻說：「不，我不信。」

他心中絞痛，覺得血液也正被抽去，渾身的力量只緊緊握在「我不信」那三個字上。他不能去想，如果她從來也不可能再復生，已經永遠地消散，那他的追尋卻是為了什麼？

「那麼，你拋卻了天下，也要去找她？」

「天下本來也不是我的，我的任何一位兄弟，都比我更適合做皇帝。我若為帝，只怕世上更會大亂。我只想去做我能做到的事。」

「若是永遠也找不著呢？」

牧雲笙搖搖頭：「我知道，她一定在那裡等我。」

「小傻子，她只說『世上最美的地方』，可這天下之大，哪有什麼最美之處？分明是她也並不知曉這樣的所在，隨口說了，好使你有個念想，不至於太傷心。」

「她不會騙我。我並不知那地方在哪兒，但我相信，我一看到它時，便立時會明白，就是那裡。」少年執著地望著燭光。

風婷暢沒了嬉鬧神色，沉默許久，點點頭：「我明白了。」她將手探入衣襟，取出項上掛著的晶瑩墜兒。牧雲笙看見，那是一片玉制的葉子，青翠欲滴，恍如初從枝頭擷下。

「這不是玉，而是玉珧，是寧州的一種植物。珧花本來就嬌弱高潔，一點汙塵就會讓它死去。一萬株珧樹中只有一株能開花，一萬株珧花中又只有一株可能開出玉珧。但玉珧花一旦開放，花葉就再也不會朽壞，任是風吹雨打、刀砍火燒，都不能損它的光澤於分毫。我無緣見到玉珧的花瓣，這裡只是一片玉珧的葉子，已是世間罕物。這是我的師父傳下來的。它可以當作葉笛來吹奏，聲音悠揚，與大地生靈共鳴，有心之人，縱然千里遠處，也能感應。這本是我們風系鶴雪傳遞信號所用，只是……現在風系鶴雪只剩我一個人，縱然吹奏，也再無人回應了。」

她不再戲謔之時，面容沉靜，氣度儼然，牧雲笙覺得，這才是真正的她。而那些歡躍笑容背後，卻似總隱藏著不想為人所察覺的痛楚。

「我也盼著有朝一日，你能真正尋找到她。你救我一命，我也自應報答。你有事時吹奏這玉珧葉，我便會趕來的。」

風婷暢欲離開，卻又回頭：「只是……那世上美的極致，卻是太虛渺了。你身邊已有個癡情單純的女孩子。一個女子若愈美麗，就愈不甘心平凡，就像一個賭徒愈是有錢，就愈是想下重注。而她雖不美麗，也毫不知你的帝王身分，卻是不論你貧富貴賤，都真正能陪你一生一世的人。」

她望向窗外，少年順著她的目光望去，只見蘋煙坐在門前樹根上，執樹枝在地上，不知默默寫著什麼。

風婷暢道：「你們人族的眼力遠不及我們羽族，你可知她所寫何字？」

少年搖搖頭。

女孩一笑：「以後讓她自己告訴你吧。」

她開門展翅，轉眼消失在深色天穹之中。

【12】

「皇上」被刺殺了，山中大亂，大家趁機逃離，在山口處叢林中潛行了一段，避開哨卡，之後便如鳥出囚籠，盡情奔跑起來。

此時戰亂頻生，不僅右金軍南下，各郡郡守諸侯間也爭戰併吞。路上盡是城中向山郊村落逃難的人群，攜家帶口，包袱滿車；而路匪也趁機大肆出動，路邊常可見被推落坡下的屍首和被翻揀過的雜亂行李。蘋煙害怕，一路緊緊抓著牧雲笙。可他們孤身破衣又沒有大件行李，倒也沒有路匪盯上他們。

來到蘋煙家所在的山村，蘋煙領著少年向她家中走去，少年卻發現蘋煙好像並沒有歸家的喜悅，卻反而愈接近家，心緒愈是低沉。

一處田畔的木屋泥牆，便是蘋煙出生之地了。蘋煙在院口止步，探頭向裡張望，院中有一女人正在洗菜，生得粗壯。蘋煙走上前，怯怯地打量許久，才叫了一聲：「姊……」

那女子抬起頭來，大聲道：「你是誰啊？」

「我……我是小五……」

「小五……」那女子站起身來，把菜往木盆中一摜，濺起水花，「妳回來做什麼？」

「我……是這位公子贖了我，我現在……外面戰亂，我想帶公子回來暫避。」

那女子打量一身破衣的牧雲笙，冷哼一聲，回頭大叫：「娘，小五也回來了！」

蘋煙一家人對蘋煙的漠視超出了牧雲笙的想像。她從小被賣出當童養媳，離家七八年，就好像是一條出門散步的狗回到家中，沒有任何人表現出一點激動或歡喜。幾個姊妹間仿如陌路，蘋煙都認不清她的大姊、二姊，她們之間也沒有幾句話好說。蘋煙家八個女兒除了最小的老八都已嫁出去，其中二姊、三姊嫁得尚好，嫁去了鎮上，現在兵亂，也都帶著夫兒跑回了家中，但二姊夫是鎮上殺豬匠，三姊夫是巡更的，這好歹都是山村中人羨慕的「正經人家」，這次回來，也都帶回來若干錢米，老爹老娘也就樂於接待了。可蘋煙回來，卻只帶回一個破衣爛衫的流浪少年，更有傳聞說她是棄了丈夫和人跑了。二人又沒能帶來一分錢，她的爹娘恨不得一腳把她踢出門去——狗還能看家呢，回來個女兒，除了多添個搶飯的，還能有什麼用處？

木屋中早住滿了。蘋煙娘對她說，便和妳這夫君先在那廢豬棚中住一住吧。說罷捧著碗呼嚕著離去，也不招呼先吃點什麼。原來這家裡從來就是有飯大家搶，搶不著的餓死活該。蘋煙從小也是這麼過來的，這回重拾往日時光，挽起袖子對牧雲笙說：「你等一等，我去與你拿吃的來。」

她衝入大屋中，立時引來罵聲一片。姊姊們一罵，姊夫們便上來推搡，蘋煙忍著一言不發，只死死地抓住了鍋勺，搶了一碗紅薯飯，卻被老娘嫌添得太多，上來一巴掌，抓著她的手撥回半碗。「搶！搶什麼搶？長到多大還是這副死德行，全無用處光會吃飯拖累爹娘！妳怎的也跑回來？還帶了個不知什麼樣的人，被婆家趕出來了吧？怎不去找條河跳了，倒也乾淨？還在這現眼做什麼？」

蘋煙紅腫著臉走出門來，望著手中那紅薯飯，想這怎麼也不該是給牧雲笙吃的，可還有什麼能入口呢？心一酸，眼淚才嘩啦啦地掉下來，全掉進碗裡。

牧雲笙上前拉了她的手，說：「走吧，他們不要妳，我要妳便是了。」

蘋煙抱住牧雲笙痛哭：「是蘋煙不好，連一口米飯也找不來，讓你受氣受餓。」

牧雲笙心痛，抱著她道：「是我不好，連一個女子都照顧不了，我不該再讓妳受氣受餓才是。」

她老娘衝出來道：「小五，妳吃完趕快給我滾回妳婆家去，再看妳帶著個野漢子亂跑，我們家丟不起這個人！妳爹在裡面磨刀要砍妳，妳還是快滾吧！」

蘋煙氣得嗚咽道：「我是這位公子用了許多銀錢贖出來的，你們一頭豬崽、五斗糙米便把我賣了，那算是什麼婆家？把人當牲口使！」

「妳現在混個出息來啦，銀錢在哪裡？妳二姊、三姊的官人回來，提了肉、買了布來孝敬，妳卻就帶回來兩張嘴！要跟了漢子跑便跑遠些，還好意思回來吃我們的飯！妳那漢子咋養不了妳，還跟著女子跑回來吃？真不害臊……」蘋煙老娘手指戳點，唾沫橫飛。

牧雲笙一聲冷笑，拉過蘋煙的手：「她嫁的人家好不好，你們將來便知。只是今天你們趕她走，將來也莫怪她再不認得你們。」

他緊握了蘋煙的手，大步而去。蘋煙雙眼含淚，望著少年，卻是滿腔欣喜。聽到他今天這樣的話，哪怕將來一輩子跟他行乞流浪，也心甘無怨了。

他們走出村子，在山中露宿。蘋煙不忍少年挨餓，去偷了幾個玉米來，燒與他吃。她自己不肯吃，望著少年吃了，卻好像自己也不餓了似的。少年看著手中玉米，嘆息了一聲：「當年宴席吃小半倒棄了大半，珍肴奇味猶嫌不足。原來物事是否珍貴，只在來得容易還是艱難。」

他又定要蘋煙也吃些，蘋煙卻只吃了小半個，便把剩下的小心裹入火灰中，備著晚上再吃。牧雲笙看得難過，笑道：「妳儘管全吃了，我去尋晚飯來。」蘋煙笑道：「你貴人家出身，哪裡懂得這些山野生計。你儘管歇著，只要我蘋煙還能動能爬，也定不能讓你受餓受累。」

少年嘆道：「蘋煙，妳跟在我身邊，卻只怕危難重重。若是另尋生活，或許還有口安生飯吃。」蘋煙瞪大眼道：「咦？你不是說要娶我為妻？嫁夫隨夫，我這輩子哪兒也不去，可跟定你了。」一看少年默然，忙又笑道，「傻瓜，誰要你真娶我了，說笑而已。你既然花錢贖了我，我便是你的奴婢，將來你定會娶個大戶人家的千金，就像戲文評書中那樣，我知道的……現在只是上天暫時降的磨難，你將來終是還要回到天上去的……」她不由得眼圈一紅，聲音低了下去，最後也不知自己都說了些什麼。

【13】

他們夾裹在逃難人潮中，向北行去。

「你要向北走，究竟是要去哪兒呢？」

「我要去找一個地方，卻只有看見了，才知道是那裡。」

「可是若一直向北走，只怕要走到大海邊上了。」

少年點點頭：「蘋煙，我要走的路太遠了，妳還是不要跟著我了，我幫妳另尋地方安頓吧。」

蘋煙正想說什麼，後面一陣大亂，人哭馬嚎，原來是一股敗軍逃下來了，推開難民，奪路而逃。敗軍催馬狂奔，撞倒百姓，路面上一片慘叫。

牧雲笙拉了蘋煙爬上路邊山坡，那裡早躲了許多人，路邊還有敗軍在搶掠，看有逃得慢的，上前拉住包袱，若是敢爭奪，揮手一刀，方才還尖叫的人便倒在血泊中。蘋煙嚇得發抖，邁不開步。牧雲笙扶著她向高處而去。

「小笙兒……我們會死嗎？」蘋煙的聲音顫抖著。

牧雲笙握住包袱中的菱紋劍：「不要怕……有我在。」

「可是……小笙兒，你千萬不要為我和那些兵鬥，如果他們真的追來，我跑不動……你要先走……」蘋煙低下頭。

牧雲笙心中一痛，唯有抱住她瘦弱的身子，默默無語。

錢財在此刻已經全然沒有了用處，只會招來殺身之禍。而逃難的路上，即使有錢也換不到糧米，幾十萬逃難的流民把路上的樹皮都給啃光了。牧雲笙的包袱中，那僅剩的幾張餅成了稀世之寶，只有在深夜或人稀時才敢取出來食用，不然為了食物而不惜殺人的人四處可見，那些以前只知埋頭耕作抬頭望天的純樸農夫，在面臨死亡時也都變成了野獸一般。

蘋煙的腳步愈來愈緩慢，因為饑渴，他們本想沿著河走，可是河邊人太多了，隨時都能看見爭鬥與被殺的人，強盜也不時出沒。兩位少年只好走在人煙稀少的荒野，可這地方連找些水都困難。

該向何處去呢？他們一直在向北走，可牧雲笙也不知道為何要一直向北，那裡真有他要尋找的地方嗎？蘋煙默默跟隨著他，從來不質疑要去哪兒，哪怕自己已經虛弱得走不動路，但為了跟隨他，她只要還有一口氣就會站起來前行。這少女如此簡單執著，牧雲笙有時卻羨慕她——至少，她不會像自己這樣彷徨。

遠處有一個倒斃的人，群鴉正圍繞著他。他的包袱中是否會有些糧食？牧雲笙很快打消了去查看的念頭，因為烏鴉和野狗已經開始用餐了，很快什麼可吃的都不會剩下，只有白骨。

又走了一天，最後的餅子也吃完了。蘋煙並沒有一句怨言，也沒有喊一聲辛苦，可她蒼白的臉色已經說明了一切，她很可能無法再支撐下去了。「你走吧。」深夜，少女倚著他的肩，突然說。牧雲笙以為她早已睡著了，原來她也不能入眠。少女不再說話，這可怕的沉默表示，她已經下定決心，不再拖累少年。

牧雲笙知道，他連揹她走的力氣也沒有。一個人也許還有可能活下去，但那就必須看著她死亡，在烏鴉與野狗圍到她的身邊之前趕快轉身逃走。如果不看到那個慘景，少女的笑容也許還能永遠留在他心裡？可是那樣做的話，也許比親手殺一個人還要痛苦。

「等到明天吧，明天，當太陽升起來的時候，就會有辦法。」牧雲笙這樣說著，他希望少女能有信念支撐到天亮，雖然，他並不知道辦法在哪裡。

野狗在他們周圍徘徊，等待著。牧雲笙抱著少女愈來愈冰冷的身體，突然感到無比的害怕。他猛搖著少女的肩：「醒一醒，醒一醒，和我說說話！不要留下我一個人！」

少女睜開眼，微微一笑。這樣的話，如果是早一些聽到，該是多麼幸福啊。是不是只有在她將逝去的時候，他才會這樣表露感情？他像個無助的孩子，她可真想愛撫著他，照顧著他，可是不行了。上天為什麼把人造得這麼卑微，連想愛一個人都沒有力量，沒有時間。

「不能……不能閉上眼睛……」少女想著，「不能離開他……他會害怕……他會孤單……」

「和我說說話吧……」她強支著不讓自己沉入那可怕的黑暗，「什麼都行……」

牧雲笙緊緊抱住她，卻張不開口，愈是想說些什麼，就愈是心亂如麻。

「告訴我……你為什麼要……去海邊。」

「海邊……」牧雲笙抱著少女，望向幽暗的天際，「海邊……」

他不知道那裡有什麼，他只是想給自己一個目的地，一個最遠的終點。也許，盼兮就會在路上等著他。

「海邊……會有大船。」

「船嗎？開去哪裡？」

「去……海外的一個國度……」

「那裡很美？」

「是的……那裡沒有戰爭，也不會有人挨餓。」

「世界上，是不會有這樣的地方的……除非，那裡沒有人，有人的地方，就會有苦難。」

「是的，那裡沒有人，那裡陽光普照，土地是金色的，遍地碧綠的草木，果蔬長得飛快……」

「你騙人的，沒有那樣的地方……」

「不騙妳……妳跟我到了海邊，我就帶妳去那裡。」

少女沉默著，頭漸漸低下。

「蘋煙……蘋煙妳聽得見嗎？妳不相信我嗎？」少年握著她愈來愈涼的手。

少女緊閉著眼睛，慢慢吐著微弱的聲音：「我相信……我會……一直跟隨著你……」

註1：在瀾州擎良半島北部的位置，是擎良半島上最大的港口。

註2：越州中南部九離江下游一帶古稱商地，端末在此爆發流民起義，故首領陸顏自稱「商王」。

註3：一根發出月色光華的翎羽，是鶴雪首領的信物，持有者即為首領。

之八　世上最美處

【01】

「我們去哪兒？」昏昏沉沉中，蘋煙問。

「去找世上最美的地方。」

「最美的地方？可哪裡才是世上最美的地方？」

「我也不知道，看見了才知道吧。」

雪一直不停，人群繼續向北行進著。人們都在傳聞著，聽說北方有一片草原，七個海子如寶石般穿成項鍊，最近那裡出現了異象，時近秋季，草原上卻奇花開放。

一路上，不斷有人餓死，倒斃路旁，卻有更多的流民加入行列。各處諸侯爭戰，已經沒有一處安生之所。

那一天夜晚，那片草原終於出現在面前。

所有的人卻都停下了，不出聲。他們驚愕地看著眼前的景象。

草原上盛開著銀色的花朵，花蕊在夜色中如星辰閃耀，放眼望去，一片搖動的星海，無邊無際，如銀河落到人間。而這片銀色，一直延伸向空中，直達雲際。許久人們才看明白，那是奇花一直蔓延到遠處那座高峰之上，直達山巔。

「那是什麼山？」

「聽說叫雲闕山。高有千仞，雲氣只能在山間縈繞，像腰帶一般，明天日出之時，我們便可以看清了。」

到了第二天清晨，有熟睡的人睜開眼睛，看見第一抹朝霞正照在山峰上，突然驚叫起來。人們被這喊聲驚醒，都向山峰望去，於是驚喊響起來，匯成一片轟然。

牧雲笙站起身來，向山峰望去。無數花瓣正反映著霞光，整座大山像是融成雲色，風一吹來，泛起大海般的波濤。那山上的顏色卻變幻出萬千彩暈。這景色讓人忘了一切，只想這樣一直望下去，只怕時光過去，盛景不再。

蘋煙也驚嘆得不能說話，只緊緊抓住少年的衣袖。許久才說：「你說這是不是……是不是世上最美的所在？」

少年心中被一觸，他凝望那山峰，喃喃念著：「盼兮……妳在那裡嗎？」

【02】

驚嘆過後，人們都以為來到聖地，必是處處生機。但四處尋找，卻發現沒有傳說中的豐登穀物，這草原上除了這些花，竟連一隻野兔、一隻蟲蟻也找不到，而那環繞山峰的七泓湖水竟清得透底，連魚也沒有一條。人們開始驚恐，此處雖美，卻美得如此讓人生寒。

「這裡是神仙住的，沒有準備人間煙火，我們驚擾了這裡，只怕天譴隨時將至。我們還是走吧。」人群中開始傳言。

卻有孩子餓得急了，摘了那銀色花蕊就塞入口中，那花蕊卻毫無味道，吃下去也不覺飽。

人們不知摘了多少，卻毫不解餓。

「這裡……似乎正像你說的……是畫中的幻境一樣呢。」蘋煙開始害怕地拉住少年，「不知為什麼，我好想離開這兒。」

牧雲笙卻只是望著那雲帶環繞的山峰，心想無論如何，也要攀上去看一看。

天漸要黑了，草原上又生起無數篝火。卻有一人，身無別物，鞋也跑丟了，足上全是血口，只死死抱著一幅畫，在人群間走著：「賣畫了……賣畫了。」他的聲音好像遊魂般沒有生機。

這等境遇，居然還有人賣畫。

牧雲笙好奇，待他走到身邊問：「賣的什麼畫？」

「牧雲笙《天啟狂雪圖》。」

少年笑道：「什麼價？」

「若給錢，就給十萬金銖，若無錢，給半個燒餅就行，太餓了……」

「哪裡得來的？」

「宛州綏中，集珍閣。兩個月前，真的《天啟狂雪圖》在硯梓出現了，所以這幅被認為是贗品，集珍閣主成為天下笑柄，一氣之下就棄之樓下，當初經辦買畫的我也被逐出閣去。但我卻捨不得，我不相信它是假的，所以一直抱著它，流浪來到瀾州，想找到那賣畫之人比對。但遇上兵亂，饑困交加……突然想通了，什麼真的假的，去他娘的。就換半個燒餅。」

牧雲笙嘆一聲，從包袱中取出前日買的乾糧，掰了半個餅與他。

「多謝爺了……」那人來不及多說，一把抓過那餅，全塞入口中，幾下嚥下，還跪倒在地，把掉落的餅渣抓起，連泥一起送入口中。

牧雲笙笑道：「你想知道這畫是真是假，何必那麼麻煩。」

他撿起那人丟下的畫軸，也不打開，前行幾步，望著陰霾天空，遍地哭號，忽然猛地手一揮，將那《天啟狂雪圖》投入了火堆中。

「你……」那人愣住了。

火焰瞬間把畫吞噬了，只有片片黑白灰燼，帶著赤紅的火焰，飛上天去。牧雲笙目送著它們飛入天際，緩緩將手抬了起來。

鐵鉛色天空中，忽然一片雪花緩緩飛旋著飄了下來，落在少年的掌心。

突然間，沒有任何預兆與過渡，大雪漫天而下。

人們都不敢相信眼前的一切，他們凝望天空，聽著滿地的驚呼聲：「下雪了，下雪了！」孩童們忘了亂世之痛，在雪中跳躍，叫笑連連。

「下雪了？狂雪圖……真的是《天啟狂雪圖》！」那賣畫人抓著頭髮，望著天空，嘶吼著，突然後悔得痛不欲生。

少年卻凝望著這漫天風雪，神色悵然。這讓他想起了三年前天啟城的大雪，父皇駕崩的那個黎明，他臨終前忽然問：「瀚州可曾下雪？」常侍搖頭說不知，他想起戰死的長子，心痛呼道，「我死後，我諸子中有能北破右金、重奪我瀚州故土、奠寒兒於長寞山祖廟者，方算是我牧雲氏之帝！」

少年想著往事，忘了周遭一切。蘋煙輕輕挽上了他的臂膀。或許是因為寒冷，或許是因為驚奇，這大雪之中，少女本能地靠緊了他。她是這樣柔弱無依，少年的心卻緊緊地揪痛著，當年這樣的時刻，自己卻沒有力量保護懷中的人。

「這幅畫，為何能有這樣的神奇？」

「當年，有人曾告訴未平皇帝，這天地也不過是一張畫紙，教他造化之術，他作畫時，不自覺融入了術法，所以畫燒毀了，畫中之物卻能成真。」

「那他莫不是可以畫出千軍萬馬，萬頃良田？」

「那些只不過是一時的幻化之物，不能長久的。縱然畫出金銀，片刻即成黃沙；畫出山珍海味，吃下後腹中還是空空如也。」

「真可惜，本來我以為他有這樣的本領，這世上就不會有人受凍餓了。」

「我也曾這樣想，可憑他只怕連自己都救不了。」

雪影中，少年忽然似乎看見了什麼。他放開了蘋煙，向雪中走去。

「你去哪兒？」蘋煙驚問。

「在這兒等我回來……」少年忽然拔足奔去。

那方才如白鹿般躍過雪地的影子，分明是她。

雪猛得已不像是雪，像滿天的雲被撕碎了傾下，大如鵝毛，密如洪瀑，幾乎連眼都遮擋了，瞬間就積起了近尺，還在急速壘高。牧雲笙在雪中滾爬著，高喊：「盼兮！盼兮……是妳嗎？」

他相信自己所見的，那是盼兮，盼兮還活著！風雪愈猛，使人睜不開眼，少年撥攬著雪花，像是他童年時，在一重重的紗幔中奔跑，追逐那簾影後的笑聲。是否一切終將是虛幻，一生所愛，擁之不能？但他只是奔跑下去，不顧這虛影會將他帶向何方。

【03】

突然風雪散開，少年猛地頓住，眼前，大湖之畔，卻是一支正在行進的鐵甲大軍。他們似乎是急行而來，也正冒雪向著前方山峰而去。

少年還欲向前找尋，卻被帶隊的將官猛地推開了：「再靠近軍陣，殺！」

騎兵簇擁著一高大的影子策馬而來，牧雲笙看見了一張包裹在金盔之下的威嚴面孔，粗眉宛如一線，目如凶隼，但眉宇間卻有他極熟悉的什麼……竟然如同父兄。

這是……他忽然恍然大悟，這就是他的叔父牧雲欒！起兵叛亂與他父皇爭奪天下的人。這支大軍，就是牧雲欒的宛州軍！

他慢慢向後退去，牧雲欒向他望了一眼，但他怎麼也不會想到那遠處軍陣邊的布衣少年，就是端帝國的繼承者，當今的天子。

「墨先生，那魅靈就藏身在這一帶嗎？」他轉頭問著身邊的玄袍長者。

「正是，這裡的異象說明，她就在雲闕山中，準備凝聚出實體。只要進了山，我就能施法找出她的藏身所在。」

「大軍在山下駐紮，你和世子立刻帶人進山中搜索。」

牧雲笙遠遠看見，一支騎軍從大隊中奔了出來，向山中奔去。他心中疑惑著，他們要去哪兒？剛才盼兮的幻象，使少年心中隱隱有一種不安的預感。他將雪羽翎插在足上，踏雪無痕地追蹤而去。

【04】

大山之上，雪深難行，那隊騎軍很快就棄了馬開始步行，花了半日，才穿過山腰的森林，來到高崖之前，開始準備繩索要攀上去。

牧雲笙遠遠跟著，看他們攀崖，繞到遠處，尋了另一處也向上攀去，雪羽翎使他身輕如葉，手攀草木，登絕壁也輕鬆得很。卻突然一陣疾風襲來，把他整個人捲了起來，在空中如雪片般翻飛。牧雲笙只覺得心也隨著這風勢忽上忽下，要從胸腔中顛落出來了，眼見風把他捲過崖角，頓失了勢頭，他直向下飄去，落在深谷中的河面上，又花了好大功夫，才攀上崖頂。

可他四下一望，卻失了方向，不知那支宛州軍現在何處。他抬頭望望，雲霧狂捲，看不見峰頂在何處，只有繼續向上攀去。

在霧中跌跌撞撞，不知攀了多久，才爬出雲層來。前面突然風雪全無，天空陽光燦燦。轉身回望，自己腳下是一片雲海，那風雪卻只在雲下。舉目遠眺，目光可直達天際，彷彿大地盡收眼中。

他心情大振，轉身又向上攀，峰頂上樹木稀少，卻是無數巨石。他望見前面又是巨大岩壁，無處可攀，縱有雪羽翎也飄不上去。他繞著山壁行了半天，終於看見一條巨大裂縫，行入其間，抬頭只見一線天空，再向前行，竟然寒意都漸漸退去，眼前豁然開朗。

這大山之巔，居然有這樣的地方。

那是一個巨大的天池湖泊，碧藍的湖水，靜得像冰。若從天空望去，會看到這大山像一個白絨的基座，托著這一塊藍色水晶。

這是任何典籍中都不曾記載的地方，那山壁峭直難攀，山中森林蔥鬱，大山方圓百里內都沒有人煙，從前誰能攀來這裡？

難道，世上還有比這更美的所在？

少年突然覺得心被什麼緊緊抓住，連呼吸也不能。

她會在這裡嗎？

少年閉上眼睛，平復自己的心情，如果她在，他一定能感覺到。

他再睜開眼時，看見了湖心的那一片浮萍，上面卻開著金色花蕾，風一吹拂，花朵如玉鈴般搖顫，散出一抹抹彩色光塵。

他幾乎要大喊了：「盼兮！妳在那裡嗎？」

可隨即他便收斂了氣息，她也許正在凝聚身軀，正在最後的時刻，不能有驚擾，不然一切就可能毀於一瞬。

而驚擾還是出現了。一陣人聲喧嘩，那隊宛州軍出現在了天池西側的山頂。牧雲笙一驚，急忙隱入山石陰影處。

那隊軍士繞湖而行，順坡攀下，也來到了剛才牧雲笙所站的湖邊。

「墨先生，如果不是你會卜算，又有法器能感應靈氣蘊集的所在，我們一萬年也不知道這世上還有這麼一個地方啊。」說話人的嗓音牧雲笙卻是聽過，他偷眼一看，果然是牧雲德，當年在天啟皇宮中比畫被自己擊敗的鄴王世子。

他身旁的一老者笑道：「所幸來得尚早，她還沒有最後凝成，現在正是她將靈識貫注於身軀的最緊要的時刻，只要在這時取出她的魅實[1]，把我們煉的靈鬼也注進她身體中去，她的記憶心神便會被全然擾亂，從而任由我們控制。」

他取出一花紋繁複的小銅球，輕輕啟開，裡面有一個赤色的光球，還發出幼獸咆哮般的聲音。

「靈鬼，去，找到她，鑽到她的心裡去！」

他一揮手，將那光球抖入湖中，那紅光立刻伸出四爪，有了身形，直向浮萍下游去。

「一想到這樣的世上第一美人兒，就要做我的奴僕，不由得就樂如成仙啊。」牧雲德仍是那讓人憎惡的笑容。

「世子，你得到的不僅僅是美人，她心中所藏著的東西，能使你成為天下之主。」

「來人，游過去把那包著美人的魅實給我摘來。」

「世子，你太小看老朽的本領了。」那墨先生一笑，手中不知把什麼揮灑出去，湖面頓時凝凍起來，碧藍湖水中泛起銀色，一條冰路直向那湖心伸去。

牧雲笙躲在石後，看著他們踏上冰道，向湖心那光華流動的地方走去，心中焦急。他定定神，回想自己所能用到的法術，可這些年來，他從未練習過傷人毀物的法術，只會把靈力貫注於畫筆之中，現在一時竟找不到對敵的方法。

但他此時只能用盡所學，放手一搏了。少年閉目凝神，導引星辰之力於筆端，然後在石上飛快畫起算符來。

算式寫到末尾，他輕輕點下最後一點，那字符全數泛出銀光，光線融進了石中，又順著地表像銀蛇般向湖中游去。

那湖水開始輕輕顫動起來，顯出無數交織的波紋。

牧雲德他們聽見了咯咯的聲音，他們腳下的冰道突然變得四分五裂。

許多衛士當時就落入水中，牧雲德嚇得蹲在碎冰上喊：「墨先生快來救我！」

那墨先生卻不去望他，他站在破碎浮冰之上任其滑動，卻像駕雲般自如，只皺眉打量四周，「怎麼會這樣？莫非有人施法？」

又低頭自語道：「竟會有這樣的法術嗎？震動整個湖面，卻不見一點光芒聲響，當真奇怪。天下哪有這樣的門派？」他又抬頭向湖心看去，「莫不是那小魅靈施下的什麼防護之術？」

他忽然一躍而起，在一串浮冰上連連點過，就縱向湖心而去，直落在那片浮萍之上。

朵朵奇葩正放射著奇異光芒，閃亮的霧塵在四周縈繞。中央的水面下，卻有輕輕氣泡冒出。墨先生望見，冷笑一聲，大步就要上前。

這時牧雲德趴在碎冰上卻看見，水面竟出現了幾個奇怪的隆起，急速向湖心游去，像是有什麼巨魚在水下似的，但水色透亮，分明什麼也沒有。

「墨先生，小心啊，有怪東西！」他大喊著。

突然水下一聲響亮，幾條水柱沖向天空，在空中幻成飛獸之狀，呼嘯而下。

可墨先生持手中那曲柄青銅法笏一揮，一道旋風把他包裹起來，水獸撞在風上，全然粉碎。

他一聲冷笑：「不過是些淺薄的弄水之術。」

卻聽湖邊有個聲音說：「我不過是初試了一下，那你再看看這個如何？」

突然之間，像是從雲中射下光芒似的，整個湖面突然映出數個巨大的金色字符。

墨先生愣了一愣，吐出兩個字：「糟了！」

幾根筆直的金色光線貫穿湖面，光痕消失處，一條金色小魚高躍出水面，身子一彈，抖出無數光點。冰上的宛州武士們被光點擊中，全都慘叫著跌下水去。

墨先生一揮袍袖，擋住那些光點，放下臂來看著那些袖上正在泛開的光灼出的小孔：「水中生火？這是哪一派的祕術家？」

他轉頭望向岸上，看見一個少年正望著手中一塊寫著閃亮符文的小石塊喃喃自語：「原來剛才是這樣的，那這一塊扔下去，不知會發生什麼？」

他一揮手，又把這石塊扔進水中。

墨先生還沒來得及大呼「不要」，就見那石塊一遇水，砰地閃出一團火花，突然水中一道閃電直奔他而來。

墨先生縱身直躍上空中，腳下爆出巨大的水浪，待他揮袍滑翔落在浮萍上時，已是渾身盡濕。

「你是誰？」他一抹臉上的水，怒問著。突然又驚悟，「莫非……你就是……未平皇帝？」

牧雲德正趴在冰上嚇得一動也不動，這會兒也向岸上望去，指著牧雲笙大喊起來：「是他，是他，就是他！快給我殺了他！」

墨先生臉上又恢復了他招牌似的冷笑：「這可是太好了，我本來以為還不知哪年哪月才能找得到你，居然現在可以一天之內替王爺和世子完成兩件大事了。」

他袍袖只一抖，一股大力一下把少年揚了起來，撞在岸邊石上。

牧雲笙身上劇痛，幾乎暈厥過去。幸虧他佩著雪羽翎，身體輕盈，否則只怕要骨頭粉碎了。

墨先生大笑：「你能術隨心動，已經達到法術的頗高造詣，只可惜對於如何鬥法作戰完全不懂。她當年自然是把所知所學盡數教與你，可十年過去，你卻把心思全都用在畫畫上去了吧？竟然要拿著畫筆才能施法，真是莫名其妙。」

牧雲笙忍痛站起身來，反而冷笑：「莫名其妙……你說對了……我所學所知，其中妙處又豈是你能明白？」他舉筆在左手心輕畫符文，待光符沒入他掌中，他突然一躍入水，身形不見。

墨先生轉頭對牧雲德喊：「帶人把那魅實挖出來！靈鬼會干擾她的心智，她自然會相信睜眼時所見的第一個人所說的話。我去殺了未平皇帝。」他也縱身入水，竟也像一團墨蹟一般在水中泛開，不見影蹤。

牧雲德戰戰兢兢，帶著剩餘的武士游至浮萍邊，向下潛去。水如此之清澈，光線直達湖底，最前面的武士很輕易地就看到了那水泡冒出之處。

「天啊，她真的在這兒。」

那是一個懸浮在水中的半透明苞蕾，正容一人蜷睡其中。在晶瑩剔透、光波流轉的水下，一切是那麼靜、那麼美，她在這裡沉睡了數年，一旦醒來，又要重新掀起天下的波瀾。

就在這時，一道飛痕從水面直貫而下，穿過了那武士的身體。

血從胸中緩緩散出，他直直地向上漂去。周圍的人正驚望著，一支箭也直釘在牧雲德的胸前，幸虧他有護身的寶甲，才沒有扎入心臟。他不敢置信地望著這箭支，那箭翎是銀色的，這是羽族鶴雪的標誌。

一個俊俏修長的身影輕點水面，背後長翼伸展，雖在水面，她的聲音仍清亮入耳：「不要靠近那個魅實。」

一個巨大的氣泡在水底綻開，牧雲笙和墨先生站在水底，相對而立。牧雲德忙帶著武士們游進氣泡，一失了浮力，他們全重重地摔落湖底。

墨先生卻盯著少年：「陛下，你的法術我果然猜不透，但你也根本不懂如何用法術殺人。你想護著這魅靈，只有跟著她一齊死了。」

牧雲笙冷笑著：「可你也沒能殺了我呢……」但他輕咳起來，血立刻從嘴角流了出來。

墨先生搖搖頭：「你這樣不惜命地用你的生命之力施法，不需要我下手，你也撐不住多久。」

湖水中光影滑動，那羽族少女潛游而來，她鑽入氣泡，卻沒有摔落，只是一抖翼上的水，輕盈飄落在少年身邊。

「我很守信吧？你一吹玉珧，我就趕來咯。」風婷暢俏皮地向牧雲笙笑笑，「好幾百里路呢，幸虧是我，不然這世上沒人能飛這麼快了。」

「妳難道就是風系鶴雪的傳人風婷暢？」墨先生皺眉，「我不想殺鶴雪的人，妳最好快走。」

「可你為何不問問，我們鶴雪想殺誰？」風婷暢一笑，「我可不會勸我要殺的人快走，因為走也沒用。」

牧雲德悄悄躲到武士們的身後。武士們也都慢慢後退，他們都見識了這女子的箭術。

墨先生面色陰冷，他也沒有把握同時應對這兩個人，尤其是羽族鶴雪士的神箭是祕術師們的剋星，發箭總要比施法快得多。

正在這時，他們背後水中懸浮的苞蕾忽地泛出了光華，大股的氣泡噴湧出來。

「她要醒了！」墨先生驚呼，「靈鬼定然已經鑽入她體內，將她提前驚醒了。」

風婷暢趁他回頭，已經將箭搭在了銀弓之上。

「快出手！」牧雲笙喊。

風婷暢卻望了少年一眼，輕輕地說：「希望你能明白我。」

她手臂一轉，箭直向那苞蕾而去，一下穿透了它。那水痕帶著血花一齊從它的另一側噴了出去。

「不——！」牧雲笙覺得這一箭把他的心也射穿了，疼得連身軀都要粉碎。他猛地揮手，一道光芒打在風婷暢的身上，把她直揚出水面，捲到空中，又重重地落回湖裡，幾乎連身後的光翼都粉碎了。

少年一縱身，直衝向那苞蕾而去。墨先生施起法來，一股黑氣直鑽入他的背心，少年卻不管不顧，噴出一口血來，也不回頭，抱了那魅實游向岸去。

牧雲德喚人要追，墨先生卻擺手道：「不必著急了，他已是重傷，現在逼上去恐他以命相拚，只須慢慢跟著，他自然會慢慢耗盡性命。」

【05】

少年抱著那苞蕾，艱難爬上岸邊。

「盼兮……盼兮……」他只輕輕呼喚著，只怕再也聽不到她回答。苞蕾中那柔軟身軀在輕輕顫抖著，也似承受著極大的痛苦。

少年再沒有力氣走，只緊緊地抱緊她。就像當年，他也曾這樣擁著她。她望著他輕輕地笑，說要去找世上最美麗的地方，凝聚出真正的身體，讓他能真正觸摸到她。現在她就在他的懷中，卻只怕又是一場離別。

墨先生和宛州武士們從水中攀上岸來，少年緊緊抱住盼兮，眼睛瞪著他們，像一隻被逼到絕路的幼獅。

墨先生緩緩抬起手，指尖凝起黑色：「你最好放開手，這小魅靈我們還留著有用，你不用帶她和你一起死。」

牧雲笙只是冷笑，緊緊握拳，把身體中所有的力量聚在掌心，光芒從指縫溢出，準備最後一搏。

「誰再上前一步，他就會第一個死。」

武士們都不由得停住了腳步，連墨先生也猶豫不前。他們誰也沒有信心接受這少年的拚死一擊。

「小笙兒。」一聲呼喚驚動了他。風婷暢也艱難地伏在了岸邊。她的目光急切，「你最好立刻殺了她，這個魅靈不是你所想的那樣。那顆牧雲珠只是顆種子，當這個靈魂被束在珠中的時候，她還是天真爛漫的，但當她真正凝出身體，她的力量就會給世間帶來災禍。」

「這種話，我聽得太多了。」少年冷冷道。

「小笙兒，你相信我，我不惜自己的性命也要殺掉她，難道我會騙你嗎？宛州軍想奪得她，是因為什麼？你現在不殺了她，等她醒來，你一定會為你所做的後悔。」

少年搖搖頭，輕輕抱著那魅實：「我不會。」

「世人將來會責難於你，要你為所有的災難承擔責任。」

少年放聲大笑，像是又回到當年，在瀛鹿台聽到那個預言。他當初燒毀了占星聖台，今天又還有什麼可怕的？他點點頭，一字一句：「好，我——承——擔。」

他猛地抬起手，張開手掌，巨大的強光噴薄而出，宛州軍連同墨先生都被這力量向後推去。

少年用最後的力氣抱住魅實，借了雪羽翎的力量奔出谷去。墨先生立刻也身影如風地追了過去。

牧雲德正要帶人追上去，突然看見一邊的風婷暢。她長髮浸水緊沾在額頭，正虛弱地臥在岸邊。宛州世子一聲獰笑，指揮武士圍了過去。

風婷暢眼神一凜，手一揚，一道光芒飛出，射在最前面的武士咽喉上，慢慢凝成一根白色羽毛。那武士咳咳兩聲，栽倒在地。

武士們驚得向後退去。牧雲德看出她正虛弱，這凝羽之術難以施用第二次，他奪過一旁武士手中長索扔向風婷暢，也驅動一個法術，那長索變得像蛇一般，飛舞著撲向少女，將她纏住。

「把她抬走！」他得意下令。

可回頭之時，卻見那些武士全呆立不動，望著一個方向。

他隨著武士們的眼神向山崖上望去，卻見不知何時，崖上早站滿羽族武士。

他眼珠轉轉，擊掌兩下，那綁住風婷暢的繩子自動鬆開了。

「我們走。」他悻悻地說。

路然輕從天空展翼落下，走過牧雲德的身邊。牧雲德回頭狠狠地瞪了他一眼，路然輕卻如看見一般，笑道：「世子不必氣悶，將來你還有要謝我的時候。」

他慢慢走到風婷暢面前：「來殺魅靈這樣兇險的事，卻不通知我一聲？」

風婷暢負氣站起：「我和你不一樣，我是要免除世上的災難，而你和那個牧雲德沒有區別，你們都想利用這魅靈的力量。」

路然輕嘆了一聲道：「可惜我還是為了救妳，而錯過了奪得魅靈的機會。」

【06】

牧雲笙抱著魅實在雪中奔跑，墨先生的法術之毒已攻入他的心，少年眼前一陣陣地眩暈，早已無法分辨路徑，只覺懷中的魅實在一陣陣顫抖。「不用怕，不用怕……」他緊抱著她，「有我在，世上人都無法傷害妳。」

他奔到力竭，靠在一棵巨松之下，擁著那苞蕾，聆聽著裡面的動靜。

「妳冷了嗎？」他輕輕說，「這麼大的雪……我沒辦法讓妳暖和一點……」

他抱緊魅實，可他自己的手也變得愈來愈涼。

墨先生慢慢走在了他的身後。

「殺了我吧，但放過她。」少年說，血從他的嘴邊不停地流出來。

「怎麼？那個敢燒毀瀛鹿台的六皇子，終於也有認命的時候嗎？」墨先生笑道，「你當然要死。不過她……會成為未來的皇后，而未來的皇帝，就是宛州王的世子殿下。」

少年感到絕望，他最終還是掌握不了自己的命運，也救不了盼兮。他恨自己不夠強，但已經沒有時間了。

雪層突然動了一動。

墨先生立刻跳開，緊張地注視著雪層。

牧雲德帶著宛州武士從後面奔了過來，衝到松樹邊，卻被墨先生揮袖攔住，示意他們輕聲。

所有人都放輕了呼吸，直盯住那正在微微顫動的雪層。

終於，像是雪下發出的嫩芽，一隻雪白的手輕輕伸了出來，觸到凜冽的寒風，顫了一下。

忽然間，一道強光從雪層下迸發出來，使所有人睜不開眼睛。

當他們重新能漸漸看清時，他們看見那苞蕾綻開了，而內中，已空無一物。

「你們是在找我嗎？」她的聲音從另一側冷冷傳來。

【07】

牧雲笙看見她就站在那兒，和他記憶中的一模一樣。那是一種世上難尋的美，但現在，她卻真實地立在那裡，雪花像有了生命，飛旋在她的四周，化成一件輕袍，長袖飄帶淩風飛舞。她赤著足，烏亮的黑髮飛舞著，面容像溫潤的玉，這一切都是那麼細緻可觸。少年伸出手去，卻無力觸碰到她，她終於真正站在這個世界上了，可他卻可能再也無法握住她的手。

盼兮的目光在人們臉上掃過，落在少年的身上：「你……」她的眼神中現出一絲疑惑。

墨先生突然大喊：「盼兮，妳不認得世子了嗎？」將手往牧雲德一指。

牧雲德嚇了一跳，下意識地就要捂住臉躲到武士身後去。

盼兮望向牧雲德：「他？」

「妳當初還是魅靈的時候，不正是與他日夜相處？妳不惜危險要凝出真正的身體，不也是為了他？他跨越千山萬水來找妳，現在，他就在妳的面前，妳難道不記得了？」

盼兮凝起眉頭：「他……」

忽然她緊按住額頭，顱內彷彿有千萬支鋼針在扎，這就是疼痛嗎？她沒有身體之前，從未嘗過這種感受。這痛使她跪倒在地，一隻手緊緊摳住雪地。那靈鬼在她體內緊緊鎖住她的心神，正篡改著她之前的記憶。

「盼兮……」牧雲笙看著她痛苦的樣子，心痛不已，卻無法挪動自己的身體。

許久，盼兮才緩緩站起身來，重新仔細看了看牧雲德：「我好像記得了……真的……是你？」

牧雲德大喜：「當然是我。」他大步走上去，「當初我們在宮中多快活，妳不記得了嗎？」

「是啊……」盼兮欣喜笑著，「我能記得……我最愛在你身邊，看你全神貫注地作畫……」

牧雲德一窘：「作畫……哦……自然……等我們回宮，我天天畫給妳看。」

「而這個惡人！」墨先生一指地上的少年，「他是明帝的六皇子，一心想謀害世子，還想奪取妳的魅實。」

牧雲笙放聲大笑，卻笑不出聲音，只能不停地咳出血來，他已經沒有力氣說話了。如果盼兮都已經認不出他，那一切自然再無意義。

盼兮只是呆呆地望著他：「這人……是……」

墨先生抽出身旁武士的寶劍：「莫要多說了，現在就結果了他。」

他舉劍逼近少年。少年卻用了最後的力氣喊：「住手！」他冷冷望著墨先生，「你也配殺我？把劍給她，我要看她殺我。」

墨先生一愣。盼兮望向少年，良久緩緩道：「說得是。將劍給我。」

她接過劍來，指著少年咽喉：「我記得很多你做的惡事……你的確不能不殺……」

少年望著她，只是笑著：「那妳還當記得……妳喜歡這個名字，只因為妳是世間獨一無二……」

盼兮呆立在那兒。不知為何這輕輕的一句話，震動了她的心胸。

但心中另一種力量卻驅動著她，她手向前遞，劍沒入少年胸中。

少年沒有閃避，只是癡癡凝望著她，想說什麼，卻再也說不出來。

「妳還當記得……我答應造一艘大船，帶妳去……找……」他眼中的神采終是緩緩散去。

盼兮也凝望著這少年，發現不知為何淚從臉上滑落下來。

看著少年僵冷地靠在樹邊，她抽出劍來，跪在少年身邊，輕輕伸手拂上他的臉，緩緩說：

「不知道為什麼，我覺得恨了這個人太久，時時恨著，日日恨著，恨得這樣刻骨銘心。今天看他死在面前，卻覺得心裡整個空了，倒像我就是為這仇活著，仇報了，人就不知為何而活著了。」

墨先生一揮手，武士上前將少年的身體拖開。「確認他已經死了。」牧雲德說，「給我割下他的頭來，我可不是那種留後患的蠢人。」

武士應聲，舉刀向少年的頸上切去。盼兮卻呼一聲：「住手！」手一揚，那劍幻化成一道光飛出，穿過武士的身體，釘在樹上，重又凝為長劍。武士立撲於地。

她躍起來，奔向少年，扶住他的身體，口中輕喃著：「我怎麼了？我這麼恨他，卻看不得別人傷他。」

她抱起少年的身體，卻發現輕如一葉。才看見少年的領上，別著一根銀色羽翎。她又緩緩轉頭，另一根銀色羽翎，正別在她的髮上。

「我記得，我在孢衣之中時，有一個人抱著我，他說：『不用怕，不用怕……有我在，世上人都無法傷害妳。』」她將臉貼近少年，輕輕說，「那時，我冷得發抖，他又說：『妳冷了嗎？這麼大的雪……我沒辦法讓妳暖和一點……』」

她輕輕將頭貼在少年的臉頰上：「那人是誰？」

墨先生大聲說：「好了，盼兮姑娘，世子為了救妳，已經身受內傷，我們快些回去休息，不要再待在這裡了。」

盼兮低頭看著少年，道：「既如此，我要先做一件事——去將他埋葬了。」

她抱起少年，於紛紛大雪中緩緩走遠，隱入雪中不見。

牧雲德慌得直看墨先生。墨先生搖搖頭說：「這魅靈心念太強，靈鬼居然都險些縛不住她。這相思太久，豈是一隻靈鬼可以輕易變更的？所幸她現在只是迷惑，卻什麼也記不起來，等到你和她相處久了，她自然會漸漸淡忘。」

盼兮抱著少年緩緩走著，眼神木然，只覺得本來在苞蕾之中，日日夢中思念一個人，卻突然那一劍後，變得心中空空，只覺得自己為什麼要到這世間來？總覺得忘了些什麼，卻怎麼也想不起來。

她便這樣緩緩走去，不知行了多久，忽然覺得手上少年身子一顫，她感覺到，這少年心房尚暖，還有一息。

她放下少年，緩緩退後，忽轉身直向來處奔去。

大雪將少年緩緩掩蓋。

【08】

「什麼？」宛州軍營中，牧雲德向手下怒道，「你們跟不上那盼兮，不知她把牧雲笙帶到哪兒去了？」

墨先生嘆道：「若是這未平皇帝真有一息尚存，將來只怕天下之勢難論。」

牧雲德道：「絕不能再讓他活著！傳令下去，派出騎軍，給我搜！」

「只怕騎軍不識得未平皇帝的模樣。」

「你們是廢物嗎？方圓五十里內，凡是少年男子，一律殺死！」

「是！」武將領命要走。

「等等！」墨先生說，「這人會法術，恐他易容。」

牧雲德望了墨先生一眼，又緩緩看向那武將，「你明白墨先生的意思了？」

武將呆了呆，躬身道：「末將明白。方圓五十里內，凡有活口，一個不留！」

鐵騎呼嘯，奔向雪野。

蘋煙坐在山坡上，正等候著少年回來。突然遠方傳來喊叫聲，她和周圍的人都驚得站起來張望。大道上，有許多人正狂奔了過來。

「宛州軍來了，見人就殺，快逃吧！」

蘋煙緊緊抱住那把劍，如果自己走了，少年還怎麼找得到自己？如果他們就這樣離散了，一生一世再也無法相遇，那比死了還要可怕。

【09】

少年緩緩醒來，卻覺眼前朦朧一片。

突然無數情景湧上心頭，他大喊一聲：「不！」猛地坐起。

身邊卻只有茫茫一片。

他呆呆坐著，環顧四方，天地間彷彿只有他一人。一時間想不起要去何方，要做什麼。

漸漸地，有一種聲音響了起來。

少年轉身側聽，那聲音愈來愈大，直至轟然而響。突然間，雪沫飛起，一支鐵騎飛轉過山壁，直衝而來。

少年怔怔站著，看他們愈奔愈近，揮舞著長刀。

他突然記起了一切：這是宛州騎軍！

他轉過身，借著雪羽翎，踏雪如飛，向前疾奔。宛州騎軍在後面緊緊追趕，利箭不時掠過他的身邊沒入雪地之中。

少年奔過林地，來到草原，這裡已經被大雪吞沒。而他的身後，茫茫雪原之上，另一側又現出數百騎士黑影，轉眼又匯成數千，像數條黑蟒般漫過雪野，直追而來。

牧雲笙奔到山坡頂上，忽然站住。他認得這裡，這便是他和蘋煙分開的地方，山坳中，近千百姓正躲藏著。

少年奔下坡去，急切大喊：「快走！有軍隊殺來了！」

人們開始驚慌，紛紛站起。卻也有人坐著不動，絕望笑道：「剛從另一邊逃來，還能逃去哪兒呢？」

正在這時，宛州騎軍已經呼嘯躍出了坡頂。「包圍起來，一個也不要放過！」為首騎將高喊著。騎軍從兩邊分開包抄，雪中突然響起不絕的嗖嗖破風之聲，弓箭從兩邊射來，人們尖叫著四下逃散，孩子的哭聲響在雪野裡。

「蘋煙，蘋煙，妳在哪兒？」牧雲笙四下喊著，卻被驚慌奔逃的人群撞倒在雪坑中。雪愈來愈大了，近處也辨不清面目。牧雲笙無助地嘶喊著，卻連眼睛都難以睜開，像是在棉絮山中翻騰。

馬聲嘶鳴，鐵甲騎士們排成一列，衝殺下來，每匹馬之間相隔不過數尺，篩過人群，慘呼聲中，人們像割稻一樣被鋤倒，在馬後留下一片血色殘肢。

少年被人群擁著向前逃去，仍在大喊：「蘋煙，蘋煙快逃啊！」只希望她已經離開了。

可是突然前方也射來了利箭，前面的人又折了回來。四下的地平線上，都出現了騎軍的影子，緩緩壓來，人們被合圍在方圓只有數里的雪野中。

騎軍們並不急著圍殺，他們慢慢逼近，連連發箭，週邊的人不斷倒下，人們驚恐地愈擠愈緊，這樣下去，他們最終將變成一座屍山。

突然一個聲音大吼道：「奶奶的，不過就是死！老子要衝出去，衝出去啊！」

那個聲音在人堆中間爆響，一雙手推動著緊緊擠來的人群。忽然像是有了默契，開始有更多的手在推動前面的人，更多的聲音吼著：「衝出去，衝出去啊！」

當前面的死屍被推倒下去，人群突然爆發了起來，他們赤著足，揮著空空的拳頭，向騎兵們衝去。牧雲笙立在雪野中間，被這個景象震驚，他沒有想過這些人此時會有這樣的勇氣，這是這個國家大地中深藏的血勇，是他在皇城中無法體會的力量。

回答人群的只有冷漠的箭聲，沒有人能衝到騎軍的面前，有人衝出了五十步便倒下了，有人衝出了一百步倒下，似乎任何的抗爭都沒有區別。

但屍山終是沒有出現，人們的屍首遍佈在雪野之上，母親把孩子蓋在身下，夫婦們死時還緊拉著雙手，只剩牧雲笙呆呆地站在雪野之上，但騎軍們竟然沒有再圍過來，他們結隊奔遠，去追殺其他各處的百姓去了。

牧雲笙在已經沒膝的雪中艱難地行走，不知要去哪裡，也不知能做什麼。

正在這時，他看見了雪地中一個小小的影子。少年狂奔過去，然後呆立在那裡。

蘋煙身子像是被馬踏過，她口鼻流血，渾身沒有半分熱量，卻不知因為什麼力量半支起了身體，跪在雪地中，只死死抱住少年丟下的那把劍。

「蘋煙……」

奇跡般地，少女抬起了頭，露出一絲極微弱的笑容：「你回來了……我終於等到了……我答應過……要在這等你回來……」

「傻瓜……」少年緊緊抱住女孩，泣不成聲。

一聲馬嘶，一匹黑色戰馬停在了少年的身後十幾丈處。

「果然還有活口啊，幸虧老子折回來看看。」武士緩緩地舉起刀，沉重的黑色刀鋒上有濃稠的血慢慢淌下來。他的目光就像狼，殺人的欲望使他面如惡鬼，他突然催動了戰馬。

少年抬起頭，心中卻沒有了任何恐懼，因為生死此刻已經不再重要。時間彷彿正在慢慢凝滯，他能看見那戰馬悠緩地舒展身體，能清楚地看見那揮刀者的臉，他的眉毛，他的眼睛，他手中刀鋒上，一滴血正被甩了出來，在空中劃過半圓的美麗弧線，慢慢地、優雅地落入了雪中。這就是死亡前的感覺？或者，這就是當憤怒充滿心胸時的感覺？

被踐踏的雪地、滿地的屍身、哭喊的人，我不要像他們一樣生，也不會像他們一樣死！

少年心中突然傳出了這個狂喊，他沒有意識到自己正在做什麼，只發覺自己猛然間冷冷地抬起頭，逼視對手的眼睛，然後左手握住劍鞘，右手抓住劍柄，整個身子突然提起，右腿前屈，左腿懸跪。右手握緊那劍柄的時候，一股冰冷從掌心直貫入他的心臟，而像是閃電擊中了他的身體，渾身突然像火一樣燃燒了起來，他看見自己的右手揮了出去，像是一道光被從鞘中拔了出來，呼嘯向前衝去。一聲清脆的聲音，像是冰面被擊破了，血花在眼前濃烈地潑灑，那武士衝到了他的面前，連人帶馬撲倒於雪中。

劍光將這人與馬從中劈成了兩半。

天空突然傳來無數尖嘯，像是鬼神嘶吼，又像是萬鳥齊鳴。少年的手還揚在空中，劍仍指向天穹。他忽然覺得這一幕似曾相識，像是分明曾發生但是又絕不可能發生過。他不知道那是祖先留在他身體中的記憶，三百年前，也是一個同樣姓牧雲的人站在雪地中，面對飛馳而來的騎軍，心中想：「我不要像他們一樣生，也不會像他們一樣死！」

也許就曾抱著這個信念，當年的少年騎上了戰馬，開始了無盡的廝殺。最終他老了，站在大地的盡頭，但他的馬後，是他殺出來的整個天下。他建立了新的王朝，開始了新的盛世，也埋下了新的仇恨之種。三百年後，地火終於衝出地面，所有刀下死去的靈魂在要求報償。

「六皇子此生不能用劍，拔劍之日，就是天下大亂之時。」十七年前，那個星相師說完這句話，躬身倒退出了殿門。一個人的命運從嬰兒時被這句預言所改變，他的父親因而希望他成為一個無力與懦弱的人。可有因就有果，有債就有償，該來的無法被阻擋，該死的無法被救贖，該報償的也終會被報償。只因為牧雲笙不想就這樣死去，他拔出了劍，哪怕從此天下血火滿盈。

少年緩緩將劍收至眼前，仔細端詳。那劍身泛出青光，果然有細密的方格菱紋，不知是如何淬火可得。整把劍像是無數方晶凝成，卻又沒有一點粗糙不平，閉目用手撫過，像撫過冰冷的玉。

「蘋煙……妳知道嗎？有人說，當我拔出劍之日，就是天下大亂、王朝覆滅之時。」少年的目光隨著自己的手指在劍身上滑過，「因為這一句話，所有本該由我承擔的，都被一筆勾銷了；所有本該由我保護的，都被踐踏與奪走了。可是原來沒有人會放過你，天也不會放過你……那麼……既然亂世終是要來……」

少年突然大笑了起來，笑得冷酷而蒼涼，笑得像個惡魔，他的面孔上，分明折射出他那些殺人無數的先祖的影子。

「……就讓它來得轟轟烈烈吧！」

狂笑聲響在暴雪疾風之中，世間不由得為之驚恐。

【10】

他看不清所有身邊慘叫與倒下去的人，殺人的是那把劍，還是他自己？他不清楚。有一種力量正在催動著他不斷地揮劍、揮劍，斬碎面前的一切。

那古玉的劍柄冰涼溫潤，當他的手觸到劍時，他的內心就變化了。當他殺死第一個人、第二個人，像是被圈養的幼獅突然來到了野外，聞到了血的氣息，似乎是蠻勇祖先留下的本能，他開始試著揮動自己還幼嫩的利爪。但當這種冷酷覺醒，在他的血脈中四下蔓延，他會愈來愈習慣駕馭他人的生死，最終天下不知要供奉多少的血，才能讓一頭雄獅成年。

不知何時，他漸漸恢復了清醒，自己正策馬帶著流民衝出敵陣，身上、馬上濺的全是鮮血。蘋煙緊閉著眼睛縮在他的懷中，瑟瑟發抖。回頭望去，那幾百宛州軍已在流民的衝擊下七零八落，四下逃去。人們奔向他，突然開始將他圍起，然後歡呼起來。

這聲浪推捲著他，牧雲笙發現自己正在將劍慢慢舉起，人群歡呼更甚。他望著那劍鋒上的血緩緩流淌下來，滴在了他的手背，他像是被猛地燙了一下。

然而，那血，是冰冷的。

「我們去哪兒？」人們互相問著。

「逃去海邊吧。」有人喊。流民們騷動著，又開始準備散去。

牧雲笙卻冷笑了，他在馬背上大喊：「你們還準備逃下去嗎？幾萬人、十幾萬人被幾千騎軍追著跑，你們和一群豬有什麼區別？」

人群中開始漸漸騷動，聲響從竊語聲變成喃喃，又從喃喃變成轟鳴。終於有一個喊聲傳了出來：「他們有刀有馬，我們有什麼？要是手裡有根鐵棍，我也敢和他們拚！」

牧雲笙卻不說話了，沉默了很久，他才開口：「我知道有一個地方，那裡堆滿了武器，全是前朝留下來的奇鐵神兵，有了它們……」他揮舞著沾血的衣袍，「任何人想砍我們的頭之前，他們的頭就會先落地！」

人群如海嘯般狂吼起來，十幾天來被追殺的恐懼，數月逃難挨餓的辛勞，妻兒離散家破人亡的怨怒，終於匯成了反抗的怒火。這聲音鋪天蓋地，蓋過了海浪，十幾里外都可以聽見。遠處火堆邊蜷縮的人們驚訝地站起來，聽著這嘯聲，他們不明白發生了什麼，卻立刻懂得了這吼聲的含義，向著風暴的中心，他們揮動臂膊，也開始狂吼。

這聲音起初混亂，卻漸漸清晰地變成三個字，一直重複：「殺回去！殺回去！殺回去！」

「小笙兒，你哪兒來的地下武器庫？」蘋煙驚訝地問。

「世上真的有這樣的一個武器庫嗎？」牧雲笙轉頭一笑，「鬼才知道它在哪兒。我只是又撒了一個謊，這個謊能支持著他們折斷山上的樹木，揮舞著石塊衝殺出宛州軍的包圍，這就夠了。」

「又、又一個謊？這之後呢？」

「之後……之後的事情……哈哈哈哈……」少年大笑。

他轉過頭緊走幾步，望向大海，沒有人看到他此刻的面容與緊握的拳頭。之後的事，他卻早已有了決斷。他的性命，沒有人可以輕取；他所愛的，也一定要奪回。以前他以為亂世應該早些結束，不論天下在誰的手中。現在他卻明白了，亂世終應該持續到一切都有報償的那一刻！

這個夜裡，人們從四方匯聚而來，圍在這位少年的身邊，沉默地看著他坐在石上怔怔思考。天明的時候，他也許將做出一個決定，是逃亡，還是奮戰。這個決定將關係無數人的生死，但人們願意等這個決定，就像他們甘心相信他孩子癡語般的謊言。這世上無數人對百姓撒過謊，說著公理或者大道或者仁愛或者聖靈，沒有誰的謊像這少年的一樣傻子也能看穿，但也沒有誰的謊像這個少年的一樣說出了所有人的渴望。

如果人終是要死去，為什麼不能欺騙自己，告訴自己「我是個英雄」？好讓自己在死去的時候能夠大笑著說：「老子這輩子也硬氣過。」每個人都盼望著仙國盛世，但是如果連幻夢也沒的做了，也許只剩下一件事，就是讓那些使自己失去幻夢的人也不得好過！

所以人們都在等著那個決定，等著為了一聲召喚而成為英雄。試想人如果不蠢，又怎麼會想到拼了血肉身軀，只為去換當一回好漢？

牧雲笙明白，他終要對不起一些人，現在，為了他所對不起的人，他要讓數萬人去戰鬥而死。

他從石上站起來，所有人都在望著他。

牧雲笙只說了一句話：「所有想活著的，在天亮前走吧。」

東方漸漸出現了赤金長線，離開營地的人漫山遍野，老人牽著幼童，少年背著母親。無數個火堆熄滅了，只留下飄著青煙的殘跡。

但牧雲笙的身邊，仍然留下了數萬人。這些人在戰爭中失去了田園、家人，他們已一無所有，除了性命再也沒有什麼可失去。可今天，他們要把這卑賤痛苦的性命也拋出去，就像把最後一塊木柴拋入火堆，只為換來火焰騰起的一瞬。

【11】

亂民衝入了最近的城郭，瘋狂地搶掠著可以吃的一切。守城的幾百士兵象徵性地揮了一下兵器就跟著縣尉逃去了。牧雲笙站在城牆上，看著城中的亂流與哭聲，黑壓壓的流民還在不斷衝入城市，這是一股可怕的力量。十幾萬人在路上茫然地行走，麻木地倒下，只是因為沒有人告訴他們，他們有多麼大的力量，他們其實可以去做些什麼。但牧雲笙知道，在皇城中他讀過了太多這樣的史書，可以任意踐踏的散沙餓殍與一支震顫大地的軍隊之間，有時只差一聲高呼。

流民湧過的地方，地上留下許多被踩得血肉模糊的屍首，沒有人會記得他們的面貌與名字。許多人在這次搶掠中得以吃一頓飽飯，多活幾日，也有許多人因此家破人亡。看著血在地上流淌，與泥混裹在一起，牧雲笙開始明明白白地感受到他身體中那個可怕的靈魂，他是如此愈來愈不在意死亡，甚至開始把殘酷當作戲劇來欣賞，改變是從什麼時候開始的？從看見無數的難民被宛州軍所屠殺？從看到敵手在自己的劍下一分為二？牧雲笙覺得恐懼與狂暴在自己內心交織，他為什麼會變成這樣？他還會擺佈多少人的生死，像是用血描繪一幅巨畫一樣潑灑隨意？

晚上城中燃起了巨大的篝火，流民首領在人群中高呼著：「跟隨著我們，就有飯吃，還有酒喝！」人群歡呼四起，開始明白亂世的規則，農夫正在變成野獸。

【12】

這流民大隊一直向北而去，這天，前方出現了一支軍隊。

那軍隊在三里外紮下陣勢，為首將領單騎趕來喊著：「你等可有首領？請出來一見。」

牧雲笙看見她的臉，卻驚道：「菱蕊？」

「你……原來是恩公呢。」菱蕊笑著，「商王得知這裡有一路流民，命我前來收編，卻不想遇見你。」

「商王？那於越州自立的商王陸顏？如果……我不願效命於他呢？」

「那……」菱蕊低頭，「商王之前有過吩咐，若是這股流民不願歸附，即是吾敵，立時誅滅。」她急切道，「公子，就算是為了不讓我違命受刑，你也暫歸在我部下，以後再從長計議。」

「但我將來離去，你也不可阻攔。」

「這將來自有辦法，只要當前不起廝殺便好。」菱蕊笑著，「此時右金軍逼近天啟，大端朝已無兵可戰，自帝都發出勤王之令，各路諸侯郡守都整頓兵馬，向天啟而去，但並非為了勤王，只是為了搶先佔領天啟城，搶得玉璽，號令天下。所以商王也命我們整頓之後，速趕向天啟城去與他會合。」

去天啟？少年心中一沉。終於要重新回到那個地方了嗎？

他們行軍了兩日，前方煙塵揚起，另有一支軍隊趕來會合。

「來，我來引見，這是姬昀璁將軍。」菱蕊帶著另一員女將來到牧雲笙馬前。

「昀璁？」牧雲笙驚喊，「妳怎麼在這裡？」

姬昀璁看到少年，卻像是毫不吃驚。她冷笑著說：「我向商王借了一萬軍士，去奪天啟城。」

「妳為何要這麼做？」

「天啟城，那是我晟朝的故都。」昀璁望向遠處帝都的方向，「我不去奪，還有誰更有資格去奪？」

「可是，妳用什麼換來的軍士？」

「自然是那傳國玉璽。」

「妳……為何……」

「在地下我就已經明白了，困守著那千年玉璽有何用，不過是一守靈人罷了。只有得到真正的軍隊，才能實現我族恢復大晟的夙願。」

少年嘆了一聲：「原來……妳心中，從來也沒有放棄過重奪江山的夢想。」

「正是，所以將來我們或許還有一戰。」昀璁馬上拱手道，「我要領軍先走，告辭了。」

看著她的軍隊揚塵而去，菱蕊奇怪道：「去天啟城的大路在西，她為何卻向北面山中去？」

「我知道她去哪裡。」少年說。

「莫非她知道近道？各路諸侯都想先入天啟城，此刻只怕都在路上日夜兼程呢。我們也加快些行速吧。」

「菱蕊，我也要與妳分兵了。」

「你要去何處？」

「天啟。」少年遙望遠方，緩緩說道。

【13】

火光照亮著四面的山壁，這裡沒有天空，只有無盡的大地，岩石包裹著這個巨大的國度的四面，人們沿崎嶇的路向下，不知走了多少里，轉過峭壁，眼前是一片空蕩蕩的黑色，火光再也找不著附著物，立刻被無邊的黑暗給吞沒了。

「我們為什麼要來到這裡？我們跟隨著你，不是為了躲到地下來的！」少年身邊的人吼著。

少年卻只是不說話。

突然在遙遠的地方，升起了一支火箭，緊接著各處又有許多支升上了高空，它們突然炸開成了光團，並在空中長久地燃燒。這地下國度亮了起來，黑暗如潮退去。當人們看清了面前巨大的地下平原上排列的一切，每個人都無法抑制住自己的驚叫。

腳下的平原上，是幾乎不見邊際的閃耀著光輝的甲冑。

他們以為看見了一支軍隊，卻突然發現那不是，而是整齊密集地擺放在地上的金屬武器。

幾個一人高的閃亮銅球沉重地緩緩滾來，到了牧雲笙的面前，一串清脆的機栝聲，銅球突然分開了，展開成由許多銅杆連著的弧形甲盾。球中間的座位上，安坐著一個只有六七歲小孩般高的小人兒，晶石般的大眼，火紅頭髮，儼然就是人們常常提起卻極少能一見的地下河絡族。

「陛下，你看到了，這是你要的十萬機鋒甲，都擺在這裡。很抱歉花了這麼久時間。但終於在約定的時間之前完成了。」

牧雲笙點點頭：「我相信河絡族像愛惜火種一樣愛惜自己的信譽。」

「那麼您的許諾呢，我的陛下？關於我們河絡族能和人族平等地生活在地面上，重回自己的聖地北邙神山，您將不再宣稱人族皇帝是諸族之王，承認人族與諸族都是平等的眾生。」

「是的。我曾對帆拉凱色這麼說過，我現在對河絡諸部落也都這麼說。我會重新給你們河絡王朝。」

河絡族人跳出甲冑，對牧雲笙深深行禮：「您也許是人族史上最昏庸的皇帝，因為您放棄了你們那些所謂偉大帝王奮鬥了近千年、死亡了無數人要追求的一統六族的夢想，但只有您有勇氣做到了那些帝王無法做到的事情：放棄那些虛無的極致的權力。那麼，我們等著您兌現諾言，我們重返北邙之日。」

牧雲笙回頭對蘋煙苦笑著：「你們看，我為了還一個債，又欠了更多的債。我這一輩子，終於要為償還這些諾言而勞碌了。」

「你從什麼時候開始準備這些的？」他身邊的蘋煙驚問著。

「從……我第一次揮劍殺人之後。似乎每天內心都會有聲音提醒我，總有一天我要去面對更大的戰爭與殺戮。第一次被宛州軍追殺後，我就派人去聯繫河絡族……我想，他們不會放過我，也許終有一天……我會被逼到絕路，但我決不會束手待斃。」

「你說你知道一個巨大的武庫所在，那其實並不是謊言？」

「這個天下曾經是我的，」牧雲笙說，「而且以後也將是我的。這也不是謊言。」

「為什麼？」蘋煙望著少年卻覺得如此陌生，「為什麼你又決心去重新爭奪天下？」

「因為從前，我以為我逃開了，一切都會過去。但現在我發現我錯了。我逃走，只不過是讓別人把本屬於我的一切拿去毀壞踐踏。我再也不會容忍他們這樣做，我要打敗牧雲欒，打敗所有曾想毀掉我、從我手中奪取一切的人。我心愛的女子，還有我的皇朝，所有我失去的一切，我都會奪回來。每一個企圖搶奪走我心愛之物的人，都會付出代價！」他轉過頭，「以後我的一生也許都會在戎馬征戰中度過，我的身邊只會有死亡與鮮血。蘋煙，妳不要再跟隨我了。」

蘋煙呆呆地站在那裡。為什麼他會是未平皇帝，為什麼不是那個她初識時的遊蕩少年？那時他答應要帶她去尋找一個沒有戰火的所在，可現在……他為了更多的事情，忘記了過去說過的話。正像他所說的，為了還一個債，又欠了更多的債，他這一輩子，終於要為償還這些諾言而勞碌。

註1：虛魅要為自己凝聚出肉體時，需要先凝聚一個外殼，外觀近似石頭、朽木等，起到隱蔽和保護的作用，稱為「魅實」。

之九　第一次天啟之戰

【01】

右金王子碩風和葉坐在他那由四十頭六角巨牛拖動的天帳車上。這些六角巨牛是由殤州冰原上的巨人夸父族捕來的，每一頭都有兩人之高，體重六千斤，狂奔時可以撞毀城牆，士兵們在牠們的腳邊走，經常被牠們的鳴聲嚇倒在地。而牠們所拖動的天帳巨車，像是一座宮殿，建在數十根巨大滾木之上。那些滾木都是寧州的蒼木，木質輕卻像鐵一樣堅硬，有著一百年以上的樹齡，直徑五尺，長二十九尺。車上大帳用五百張油藥浸制的錦狸皮縫成，內襯鐵絲鱗網，風雨不透，箭射不入，火燃不著。車上可行十人歌舞，容百人議事。為了讓這輛車從北望郡行到千里外的帝都天啟，右金軍徵發民夫，開闢了一條可容五十匹馬並行的筆直平坦的大路，這輛巨大的天帳車隆隆駛過之處，地上再跑馬都不會揚起沙塵。雖然耗費了近十萬民力日夜工作，死者萬餘，但從此右金騎軍可日行五百里，從中州臨海的北望郡殺到天啟城下只須數日。

他引兵南渡之時，東陸端朝還號稱有百萬雄兵。碩風和葉一渡過海峽，就命令毀去渡海的大船。

他對將士們說：「你們還指望著打敗仗後坐船逃回北陸去嗎？不可能了，你們背棄了你們的部族，如果戰敗，就沒有臉面再向北而死。只有向前，不成為這天下的主人，就成為無墳無鄉的厲鬼。」

於是七萬騎軍變成了七萬隻無家的狼，他們不惜命地廝殺，端朝軍隊的精銳早在北陸與宛州牧雲欒叛軍的戰鬥中消耗殆盡，新組的軍團一遇右金騎兵即潰敗。那時端朝國勢已衰，各地叛亂不斷，各將領及郡守皆有異志，北望郡刺史康佑成便率軍投靠了右金。

碩風和葉只用了十一個月便打到了東陸的中心——中都天啟城下。連他自己也不敢相信如此順利。

望著巍峨的天啟城郭，碩風和葉想，他們為什麼要花這麼多的人力、物力來修建這樣的一個籠子呢？有修建城池的力量，可以討平多少疆土啊。

如果攻下天啟城，他會成為皇帝。然後呢？去城中坐在那寶座上，接受眾人的朝拜，從此開始被釘死在那座位上，重複一代代皇族的生活，慢慢地腐朽老去？

不！碩風和葉想，不該是那樣！他其實只喜歡縱馬與廝殺，他厭惡那些奇怪的用石頭圍起來的叫作「城市」的東西，因為它們擋住天際的雲，擋住駿馬的去路、騎者的眼界。他喜歡看投石機投出的巨石打在那石頭城上，就那樣啪的一聲粉碎飛濺，讓人興奮得顫抖。但是現在城破了，現在他必須去重新建好那座城，把它建得比原來更堅固、更高大，因為新的挑戰者終究會來的，他必須從現在開始就守護這座城……不，他討厭這樣！

右金王子碩風和葉心裡忽然冒出一個念頭：他要拆掉這座萬城之城——天啟！

【02】

這個時候，四百里外，一位全身甲冑的青年正騎在馬上，向天啟城而行。路邊的農夫從田

trumpet

龍中驚奇地抬起頭張望，看著他所持的那面巨大的紫色旗幟。

但是他的身後，卻沒有一個士兵跟隨。

這青年也抬起頭，望著天際被燒灼的雲海。

「天啟城，我回來了……牧雲氏，你們準備償還吧！」

【03】

像是南方吹來浩大的風，捲起道道煙塵，那是各路諸侯的兵馬，正向帝都逼來。

天啟城北門百里外的大營中，右金二王子碩風和葉看著信報，露出微笑：「十九路勤王軍？」他懶洋洋地靠在榻上，「不急，告訴赫蘭鐵朵，按兵不動，讓這些人在天啟城裡打個天翻地覆再說。什麼時候他們打累了，什麼時候我們再動手。」

隨後傳令：大軍開拔，緩緩向南行進。

此時，在天啟城南十里處，各色旗號的諸侯大軍不約而同地停下了腳步。

右金軍已到北門外，而南門外是諸侯聯軍，一場爭奪帝都的大戰即將開始。

諸侯都打著勤王逐寇的旗號而來，但沒有人想真正面對右金鐵騎，都想著入城搶奪玉璽，將來好名正言順號令天下，卻又無人願成為眾矢之的，被其他各家先聯合起來掃滅。使者說客們在各營陣中間來往穿梭，合縱連橫，整個諸侯連營像一群正聚作一堆不斷密謀的狼，商討由誰來咬斷大端朝的咽喉。

【04】

大軍壓城，皇城之中卻分外安靜，彷彿所有的人都逃走了。

牧雲笙曾待過的花園小屋裡，卻突然傳出了聲響。

小屋的地板猛地破開，地下探出一對長鉗，緊接著，一個昆蟲般的巨大怪物探出頭來。

河絡王帆拉凱色從他的將風裡跳了出來，打量著四周：「這裡就是人族的帝都了嗎？」

河絡族將風們掘開更寬的通道，把人族的軍隊源源不斷地運了出來。

帆拉凱色來到牧雲笙的旁邊：「那晟國姓姬的小妮子用未明劍騙我，我還以為她受你所託，就放她的軍隊通過了，現在晟國的軍隊很可能已經先從這個出口殺出地面，你要小心了。我們只能幫你這麼多，以後就靠你自己了。結束亂世之日，別忘了你歸還我河絡族聖地北邙山的諾言。」

他行了個禮，鑽入將風，帶著河絡族重新歸於地下。

牧雲笙打量著他曾居住多年的花園，如今已破敗不堪。而整個皇城也早就鋪滿落葉，塵灰積聚也無人清掃。戰事在即，官員城民爭相逃遷，當初萬邦來儀的天啟帝都如今已成一座荒城。

牧雲笙率軍向太華殿前趕去，可來到殿前，卻看見廣場之上早已站滿了甲士，一面「晟」字大旗正在飄揚。

「牧雲笙，你果然也趕來了。」姬昀璁在槍林刀海後冷笑著。

「妳用了那把未明劍，騙取了帆拉凱色的信任。可是昀璁，妳奪來這空空的宮殿，又能守多久呢？」

昀璁冷笑一聲：「商王陸顏與諸侯約定，先入天啟城者為諸軍之盟主。他說過的話，自然不好食言。只不過他沒有想到，會有人能先於他進入天啟城。三百多年了，我們終於重新回到了我們的皇城，而且，它將會永遠歸復晟朝。」

少年搖搖頭：「妳看這玉階金瓦，早非當年所砌。這三百年來經歷無數次翻修擴建，妳所看到的，根本不是妳們原來故都的模樣，妳也永遠無法知道過去的晟朝皇城舊貌。過去的……永遠不可能找回。」

「但我會是新的主人。」姬昀璁握緊未明劍，「你臣服於我還來得及。我有一萬兵士，你也有一萬人，借助天啟城這號稱萬世不破的巨大城牆，我們至少可堅守半個月。等其他諸侯各軍趕到天啟城下，他們會同商軍在城下互相混戰殘殺，我們坐視即可。」

「但是，碩風和葉的右金大軍也已距北門不遠，那時如何抵禦？」少年問。

「右金部乃北陸遊牧之族，騎兵驍勇，但是不擅攻堅，他們拿天啟城沒有辦法。而發現諸侯軍就在城南，他們就會直接繞過天啟城，攻擊諸侯軍。一樣是兩敗俱傷。」

「昀璁，妳把世上的事也想得太簡單了。」

「不許叫我名字！叫陛下！」

「原來那日妳怪我不問妳名字，也不過是一時虛言。」少年一笑。

「那日……」姬昀璁眼中波瀾輕動，但只是一瞬後，又閃出無情鋒芒，「你只有兩條路，一是向我稱臣，二是與我在此一戰！」

少年笑著搖搖頭：「我從不走別人為我選的路。」

姬昀璁蛾眉一立，握住了未明劍的劍柄：「我也從不會對阻擋我的人心慈手軟。」

牧雲笙知道那未明劍的威力，他握緊拳頭，暗暗準備應對的法術。

姬昀璁握住那劍柄，食指卻在不斷顫抖。少年看在眼中，心中嘆息：她並不是真像她自己所裝的那麼心狠，只是這個恢復大晟的擔子太沉重，要活活壓垮她了。

姬昀璁緊咬住嘴唇，終於還是猛地抽出了未明劍。那劍方一抽出，劍周圍的光線便彷彿被貪婪地吸去了一般，空氣中傳來尖厲的哭嚎，幾股黑霧中顯出厲魂的猙獰面目，直撲向少年。

少年取筆在空中猛點幾下，幾點奪目光芒在空中綻開，忽地放射出無數金線，刺向黑霧。那霧中厲魂在光中痛苦地尖叫翻轉著，有些逃向了別的方向，但仍有數股直撲了上來。

牧雲笙向後跳一步，從袖中抖出一幅空白畫卷。那黑霧直撲到畫卷中，卻被吸在了上面，只見白紙上幾道如墨漬的怪形痛苦地扭動著、呼喊著，卻終於漸漸凝住不動了。那張白紙之上，多添了數張可怖的鬼臉。

這時那些逃去的惡魂卻徑直撲向了四周的士兵，那些被黑霧穿入身體的人都痛苦地抽搐著，摔倒在地，立時就沒了氣息。

少年望向姬昀璁，她眼中也俱是驚愕，不想手中握著的東西如此可怕，卻仍故作冷酷笑容：「我殺不了你，也能把你身邊的人盡數殺死，你還是跪倒稱臣吧。」

牧雲笙想，絕不能讓她再揮劍。他一彈指，空中那些光點直衝姬昀璁而去，她嚇得揮劍驅擋，牧雲笙左手將那畫卷擲了出去，姬昀璁慌亂間劈破那畫紙，一股黑氣湧出包裹住她。她驚聲尖叫起來，她周圍的士兵也嚇得四下逃開。

牧雲笙看準機會，向前一縱，借雪羽翎淩風而起，越過晟軍的頭頂，直落到姬昀璁身邊，一把握住她的手，抽出菱紋劍架在了她的頸上。

「妳輸了。」

姬昀璁呆立在那裡，眼中淚光滾動。她以一弱女子之力費盡心思力圖復國，可世事卻總是這樣無情。她知道自己根本不是什麼百戰立國的英雄，也沒有繼承祖輩的勇悍兇狠，她更願像其他女孩子一樣嬉鬧於花園，撫琴觀雪，可為什麼卻被生於此世此門！現在她終於輸了一切，輸了國家也輸了自己的一生。

她悲憤中再無求生之意，揮劍猛一掙道：「殺了我吧！」

少年看她揮劍，卻是一愣，他只須輕輕一抖劍鋒，這少女的頭顱就會落下來。但他卻終是沒有動。姬昀璁卻收不住劍，未明劍直砍到少年肩上，那劍中的無數厲魂歡呼一聲，奔著鮮血濺出的方向直湧而去，那傷口立時就變黑了。

少年直覺得如冰水貫注入全身血脈，身體瞬間變得冰冷，耳中無數尖厲怪叫，直逼得人要瘋了。他扔下劍，大叫一聲，噴出一口鮮血，直翻落下臺階而去。

姬昀璁呆在那裡，她本只想求死，卻不想少年沒有揮劍。她還從沒殺過一個人，更不願殺的是他。眼看對面牧雲笙的兵士就要衝殺過來，兩邊就是一場血戰，她大喊一聲：「住手！」

雙方剎剎住腳步，刀戈都已逼到了對方臉上。

姬昀璁直追下去，扶起少年，急切呼喊：「太醫呢？有沒有人，誰來救救他？」

空中忽有一個影子飄然落下。風婷暢抱起少年，插著雪羽翎的他輕盈無比，她帶著牧雲笙直向天空而去。

【05】

數百里外，宛州軍大營之中。牧雲德正在懊惱。

「那美人兒不讓任何人接近她的住所，獨居於山上，她帳前十丈之內俱是法陣，靠近者立死啊。」

墨先生嘆道：「她心中必是還疑惑，明明記憶已被改成你是她的主人，卻一見你面就感覺憎惡，所以才把自己封閉起來。不過不必擔憂，那靈鬼封住的記憶沒有外力是解不開的，時日愈久，她就愈會忘卻真正的情景，而相信自己的記憶。」

靜夜，盼兮癡癡坐在帳中，只有帳頂射入的月光照著她。

卻有一箭，穿破營帳射了進來，箭杆上刻著細密的字。

「東十里林中，可以見到妳的仇人。」

盼兮來到林中，風婷暢正等在那裡，牧雲笙躺在她身邊的樹下。

「妳帶他來，是為了讓我殺他？」盼兮望了少年一眼，「可他已經要死了。」

風婷暢一笑：「他是妳的仇人，但妳不能親手殺他，豈不遺憾。所以不如先將他救活，問個明白，解妳心中之惑，再殺不遲。」

盼兮緩緩走上前，低下身去按住少年傷口。

「這是被魂印兵器所傷……虧他練習多年法術，才能活到現在……可為什麼，他所練的法術竟和我同源？我們究竟有什麼淵源？」

她感到少年的脈搏幾乎已經沒了，忙將自己的生命之力貫注進去。心中卻問，自己是怎麼了？竟為了治這仇人，寧願竭盡自己的心力？心中卻只有一個聲音：治好他，他可千萬不能死。

治療花費了足足數個時辰。天色漸明，遠處傳來宛州軍搜尋的聲音。

「在那裡！」有人喊著。

風婷暢向發聲處一箭射去，那士兵倒在地上。但更多的人湧了上來。

風婷暢一箭一箭射去，衝在最前的人必倒在地上，沒有人能跑近五十丈內。而風婷暢以法術凝成箭支，用之不竭。宛州兵們心懼再不敢上前，回去召喚人馬。就這樣相持到正午，牧雲笙睜開了眼睛。

她長吁一聲：「他無礙了，但暫時不會醒。」

鮮血從她嘴中緩緩流出來，為救牧雲笙，她已經耗盡心力。

風婷暢嘆了一聲：「妳自己也不知道，為什麼要這樣不惜命地救他，對不對？」

盼兮搖搖頭：「我要把他交給宛州王處置。」

風婷暢搖搖頭：「妳這樣做，一定會後悔。」

盼兮冷冷望她一眼：「妳又是他什麼人，為什麼要救他？」

不知為何，看到這少女一心維護那受傷少年，她的心中竟湧起一股嫉恨之意。

風婷暢低下頭：「他救過我，我欠他一個人情而已。」

盼兮站起身來，點點頭：「好，那麼……他可以走，但妳不能走。」

【06】

牧雲笙醒了過來。卻看見自己躺在寢殿中，恍然間如同重歸當年。

「這是天啟城。風婷暢把你帶走一日，又送了回來。」姬昀璁正坐在他的身邊。

「我怎麼朦朧中記得……她呢？」

「她又匆匆離去了，說是答應了什麼人要立刻趕去，不能失信。不過她給你留了一封信。」

牧雲笙將信展開：

「當初我要殺你，你卻救我一命。現在我只好也用一命來償。不過小笙兒，你以後不能再這麼心軟了，不然在亂世是活不下去的。你從小在宮中溫柔鄉長大，以為女孩兒是世上最親切可愛的人，其實女人的心決絕起來，比一切都可怕。若不忘記過去，或許終有一天，你的命要喪在一個女子的手裡。從今以後，鐵石了心腸，忘記那些情與義，也忘了我，真正地做一個冷酷無情威服天下的帝君吧。」

「風婷暢……盼兮……」少年緊捏著信紙，似乎想起什麼來了。

「宛州大軍現在離天啟城還有多遠？」他問。

「只有百里之遙了。」

【07】

牧雲笙望著天啟城郭。他在天啟城中出生長大，卻還沒有這樣好好看過這城牆。它經歷了千年的戰毀、修築，每一次都比從前更高大、更堅實，直到最高的雲梯都無法接近城頭，最沉重的投石都難以在城牆上砸出缺口。可是那些耗費無數人力的修築者又怎想得到，若是國勢已去，這一切不過全然是擺設。

他望了許久，才登上城牆，看著城外遍野的諸侯大軍。

少年心中嘆息，這麼多的軍隊，若是齊心，只怕尚可和右金鐵騎一戰。可現在，他們只想著先攻入天啟城，搶奪玉璽。

到了午時，城外終於有一支軍隊按捺不住了。他們搖動旗號，騎軍當先，步兵隨後，扛旗狂奔，呼嘯著奔向天啟城下。

其他諸侯一見，像聽見了進軍鼓一般，一起湧出營陣。一時間大地上鋪滿人馬，各色旗號連綿，那氣勢如洪水直要淹沒了帝都。二十幾萬人一齊狂奔，整個大地都抖了起來。

「陛下，放箭嗎？」身邊的將官問。

牧雲笙明白，只憑自己的一萬鋒甲軍，能抵擋諸侯軍的攻擊多久呢？何況背後北門外還有右金的大軍。但若是讓他們這樣殺入城中，只怕就是一片混戰。

突然間，城外所有軍隊全都停下了腳步，他們都注視著城門的方向。

一聲馬嘶，在這巨潮般喧嚷中分外響亮。

一位騎將，隻身孤馬，卻舉著一面偌大的旗，緩緩地走到了天啟城門下，面朝南方，立定在那裡。

所有人望著他的大旗，上面繪著紫色踏風麒麟，神獸旁有一行字：「欽命天下鎮守，號令萬軍」，這行字旁，是兩個火焰吞金雲霞鑲錦的大字——「穆如」。

天下諸侯勒馬驚懼：「穆如世家回來了嗎?!」

【08】

穆如寒江低下頭，慢慢握緊戰甲上的鮮紅絲絛，看著它像血一樣流過指間。

在他做他要做的一切之前，他想再把過去的日子回憶一次。雖然每次想起來都會像扯開皮肉揪出心來一樣痛，但是他一定要去想，一定要記住，這樣他才能知道怎麼面對眼前的這些人。

流放者中，只有穆如寒江一個人回到了東陸。但那座已經沒有守衛者的空城，卻永遠地矗立在那裡，再也不會被毀去。因為它也變成了夸父族的噩夢，他們不得不承認人族在殤州擁有一席之地，雖然只是一座空城。穆如氏證明了穆如一門在哪裡都是英雄，他們和無數流放者用死戰證明了殤州不再是人族的絕望之地，雖然數萬人戰死了，但是終於有人帶著他們完成使命的消息，活著回到了故土。

穆如寒江騎著他的戰馬「凜冽」回來了，一路腰板挺得筆直，他感覺不到寒冷，不知道饑餓，滿腦子只想著一件事：回到天啟城下，大聲地告訴那流放他們的皇帝，我們穆如氏光明正大地回來了！現在，是你們償還的時候了！

但穆如寒江沒有想到，他看到的是一座沒有城防的帝都。大端朝的尊嚴已經淪喪，明帝牧雲勤和他幾個最勇敢的兒子都已經戰死，中都城外一面是從北陸瀚州草原呼嘯而來的右金鐵騎，一面是想著爭先衝入天啟城奪取玉璽的各路諸侯。

穆如寒江心中怒火燃燒：我穆如氏滿門忠烈十幾代人為之浴血奮戰的國家，你們這些賊子也敢來竊取？

於是他單人匹馬，擎著那面巨大的繡著穆如氏麒麟族徽的紫色戰旗，立在了城門外，冷冷注視著面前的千軍萬馬、百家諸侯。

天啟城下，十九路諸侯，二十餘萬兵馬，生生僵在那裡，竟然沒有人再敢上前。

「穆如將軍！」百嶷郡郡守高解上前拱手道，「我等率軍前來護駕勤王，將軍因何攔阻？」

穆如寒江冷笑：「這個國家是我穆如氏用血護衛的，也只能由我穆如寒江來終結它。其他人——你們不配！」

萬眾譁然，諸侯驚懼。這世上有一個人，隻身匹馬站在帝都城下，指著天下英雄，說爾等不配與我爭鋒。若不是穆如世家，又有誰能如此豪狂？

「穆如寒江，你真的要阻擋我們進天啟城？」有人喊著。

穆如寒江把旗插在地上，冷冷地抬起頭：「十年前，我的父兄和你們的父兄會一道守衛著這座城門。現在，願意守衛這座城門的似乎只剩穆如一族了；而穆如一族，又只剩我一個人。不過這沒有關係。」他放聲大笑，「你們都是識時務的俊傑，偏我不是！」少年將軍把旗重重一頓，「天下英雄，想進天啟城的，先來我旗下走一遭！」

萬軍默然。原野上沉寂了好一會兒，才有人向陣後揮了一揮手，戰鼓被擂響了，那是出戰的信號。接著，第二陣，第三陣，諸軍都響起了鼓聲。各郡最好的將領都開始紮緊盔帶，跨上戰馬，接過士卒托上的擦拭好的鐵槍，策馬緩緩從陣中走了出來。

他們都是當世的名將，個個名下載有傳奇，今天從陣中走出，互相眺望著，神情嚴肅。他們的面前只有一個對手，但誰願與穆如世家爭鋒？

成武太守宇青德高喊著：「成武軍願出頭一陣！帳下飛虎將軍狄火，請與穆如將軍一戰。」

穆如寒江冷冷一笑，將槍尖輕輕抬起一點。

一黑甲大將策動高大戰馬，舉著巨斧，從陣中奔出。那兵器連同戰甲只怕共重百斤，蹄聲沉重，直向穆如寒江而去。

穆如寒江也不策動戰馬，只冷眼看著他衝近，五十丈、十丈、十尺……那巨斧已經高高揚起。穆如寒江突然大喝一聲，那狄火的戰馬頓時驚了，高高跳起，把狄火摔下馬去，他盔甲沉重，好半天掙爬不起。穆如寒江早策馬走過他身邊，望著諸侯：「還有誰上前？」

「東海將軍古木森，請與一戰！」喊聲起處，又是一將策紅棕戰馬奔了出來。

穆如寒江一抖韁繩，縱馬直迎上去，他的戰馬逆風而馳，肌膚像鮮紅的錦緞抖動，四蹄交轉如電，古木森的戰馬剛奔出軍陣數十丈，穆如寒江的馬已衝到了他的面前。他的目光始終就沒有離開對手的面門，古木森的大刀剛剛揮動，穆如寒江的鐵槍已經刺了出去。眾人還沒看清招式，二馬已交錯而過，古木森從馬上倒翻下去。穆如寒江的馬快得剎不住，直衝到諸侯軍陣前幾丈處，嚇得旗門槍兵都倒退閃出一大片空地，許多人被撞倒在地。穆如寒江一轉轡，縱馬從大陣前奔過，一路高呼：「下一個是誰？」

立刻有人從旗陣中奔出，直追穆如寒江而去：「圖遠將軍袁志方前來一戰！」前方另一陣中也衝出一將：「河隆將軍韓寶舟請與一戰！」

二人見另有人出戰，都是一愣。穆如寒江卻喊：「儘管上前，這樣快些！」策馬直衝韓寶舟，背後袁志方直追而來，還沒到穆如寒江馬後，前面韓寶舟已被挑下馬去，穆如寒江鐵槍回身一掃，袁志方忙一個馬上鐵板橋讓過，穆如寒江卻已把他的馬讓到前面，待袁志方回身刺時，穆如寒江的槍已經伸到了他的馬蹄下，運勁一挑，袁志方連人帶馬在空中翻栽出去，塵泥濺起時，穆如寒江的戰馬已遠。

其他軍陣中的士兵們看得驚嘆，不由得高聲喝彩。穆如寒江策馬奔回城門前重新急轉立住。眼前一片歡呼聲。

之後又有五名戰將出戰，全部被十招內打下馬去。而每一次穆如寒江得勝，諸侯軍中就是歡呼一片。各軍本就互相敵視，自己的將軍敗了被哄，看到別的戰將也同樣下場，當然也起勁高叫。且穆如寒江之勇悍，片刻之內連挑九將，是習武的人就無法忍住驚嘆。

【09】

商王陸顏的大軍單獨駐紮在南面，只等諸侯們為爭入城而廝殺，卻不料諸侯遲遲不進，只是戰鼓聲不斷，喝彩聲如潮。聽得前方探馬回報，陸顏大笑道：「這幫庸夫，奪天下的時候，竟還講什麼信義單挑！傳令，我近衛五將出馬，一齊上去，取了那什麼穆如世家的人頭來，好顯我商軍的威風！」

牧雲笙於城樓之上，看到商軍近衛五將來到城下，菱蕊也是其中一員。

穆如寒江已殺敗十二員戰將，他手臂帶傷，戰馬也在急劇喘息。看他們五騎一齊緩緩逼近，他明白了敵手的想法，不再說話，為節省氣力，只是把鐵槍緩緩舉起。

商軍五將明白以五戰一不是英雄所為，但商王命令已下，要他們速取敵手人頭，他們互使了一個眼色，催動戰馬齊衝了上去。

五將把穆如寒江圍在核心，尖利的鐵器呼嘯劃破天空，鋒刃相擊的火星四下飛濺，六匹戰馬嘶鳴衝撞。穆如寒江的戰馬突然高高揚起前蹄，正前方的使錘將戰馬驚得向後一避，穆如寒江居高臨下，一槍把左邊的雙刀將刺下馬去。這時右邊的長戟也刺到了他的腰間，但剛刺透戰甲，穆如寒江已分出左手抓住鐵戟，大喝一聲，把那將從馬上直扯了下來。

背後一將揮舞著大刀，直砍向穆如寒江的後頸，穆如寒江卻一伏身，掄起左手鐵戟回擲向那將的面門，那將回刀一格，穆如寒江的馬已經轉了回來，一槍刺中他的護心鏡，把他頂離馬鞍，摔落泥中。這時那使錘將大喝一聲，手中錘脫柄而出，帶著長鍊直向穆如寒江的背心，穆如寒江側身舉槍一格，那錘鏈與槍桿一撞，立時纏住，使錘將向回便扯，卻扯不動。這時穆如寒江與那將角力，無法揮舞槍桿，一邊的菱蕊終於看到了制勝的良機，催馬揮劍直斬向穆如寒江。

牧雲笙看得驚呼：「不可！」但戰場上格擊之快，不是法術所能企及。菱蕊的劍已經劈到穆如寒江頸邊，穆如寒江卻一低頭，閃過這劍。菱蕊翻手削回，穆如寒江將鐵槍一旋，那錘鏈正絞在菱蕊手臂上，他運力一喝，赤紅戰馬也通心意地使全力向前一縱，使錘將與菱蕊一同被扯下馬來。使錘將當即放開錘柄，菱蕊卻被掛在穆如寒江馬後，被直向前拖行。

牧雲笙於城樓上喊：「穆如寒江，不要傷她！」但隔得太遠，穆如寒江卻聽不到。所幸他本也沒有取菱蕊性命之意，將槍桿一顫，抖開錘鏈，菱蕊翻滾幾下，借勢站起，並無大礙。

這時諸侯陣中又一陣喧嘩，原來是商王陸顏帶本部軍來到了城下。

看到自己五員大將落敗，陸顏明白，現在的情勢已經不是殺了穆如寒江就可了結的了。眼前的這個人不是一個守城的士卒，他現在是大端皇朝唯一的捍衛者。

若是沒有人出來捍衛大端朝，大家悶頭衝進去，成王敗寇。現在偏偏有了一個，雖然只有一個，黑與白也立刻分出了界限，忠與奸暴露在光天化日之下，混沌之中生出了清濁二氣，殺他便是踐踏天下忠義。

穆如寒江往城門下一立的時候，無論勝敗，他就已經成了英雄。這時誰去殺死他，就算搶先入城，奪取了玉璽，也不過是被世人唾罵。若是呼喝一聲一擁而上，一是為天下人恥笑，折了聲名；二是亂軍之中，誰敢保證自己能先拿到玉璽？必然是在城中一場混戰。

諸侯們此刻定然都在心中打著算盤——誰說我們是來奪天下廢皇帝的？我們為什麼不可以是來勤王逐寇的呢？我們為什麼不也來當一當這捍衛大端朝的英雄呢？這樣才可得到人心。

諸侯軍都唯恐他人爭先，像是算準了日子，齊齊在這一天趕到，算起來足足有二十幾萬人，這是連右金部也不曾料到的事。既然誰都明白混戰一場只是白白便宜右金，為什麼就不能合兵與右金在天啟城下一戰？還不知到底鹿死誰手呢？

是否所有人都正在這麼想呢？現在大呼一聲「守衛天啟，勤王逐寇」，若是好時，一呼天下應，立時成諸侯領袖，聲威高漲；若是不好，卻要成為眾矢之的。

要壓彎巨駝的背，只需要一根羽毛——最後的那一根。要扭轉一個帝國的命運，有時也只欠一聲高呼。

【10】

城北，右金軍大營。

四十頭六角巨牛拖動著一輛巨車，像是一座宮殿在地面移動。碩風和葉一手握著金足樽，一隻腳架在案上，車內舞姬身體曼妙，行的是東陸的舞樂。他面上仍是那淺淺的冷笑，像是正將天下玩於股掌之中。一隻手輕輕拈過奉上來的信報，漫不經心地抖開……他忽然就從軟椅上跳了起來，那酒樽被他飛甩出去。

「穆如寒江？穆如世家？」

當年在北陸，右金部被穆如鐵騎一年內連破三次本營，那時年少的碩風和葉被追殺得要裹著羊皮躲在羊群中逃生，此等恥辱永生也難忘記。所以碩風和葉一見這名字就驚跳起來，彷彿那穆如氏眾將就在身邊，正拔劍相向。

右側上座，被用為軍師的端朝叛將康佑成一揮手，舞姬們全躬身倒行退了下去。

「穆如一族有人回來了？什麼時候的事情？」

「一個時辰前，穆如槊第三子穆如寒江回到了天啟南門外，阻擋天下諸侯。」

康佑成笑道：「還真是人算不如天算。想著諸侯為爭玉璽得正統名，早晚在天啟城下要有一戰，可沒有想到，居然有人站出來要守衛天啟，雖然只有一個人，可偏偏是名震天下的穆如家少將軍。」

「穆如世家有戰神之聲譽，雖然只剩一人回來，但恐怕諸侯卻不敢再冒天下之大不韙，殺死穆如寒江衝入天啟。」碩風和葉喃喃道，「這次只怕我們引群狼自食的大計要失算了……」忽然對外大喊，「飛鴻急令前鋒赫蘭鐵朵退後三十里！」

康佑成對碩風和葉點點頭道：「王子明斷。希望赫蘭鐵朵能明白王子的苦心，也希望他還來得及北退……」

天啟城北五十里，赫蘭鐵朵騎兵大營。

踩在大端王朝帝都的頭頂，赫蘭部的騎兵也有些驕狂了。這些天來，他們四處襲擾村莊，搶奪女子，射獵活人。聽說各路諸侯起兵前來，兵將們愈發地按捺不住，天天吵嚷著要赫蘭鐵朵下令，發兵去踏平那些東陸豬。

穆如氏大旗出現在天啟南門的消息，也早傳到了赫蘭鐵朵這裡。與碩風和葉一樣，赫蘭鐵朵同樣跳了起來，甩掉了酒杯，不過他喊的是：「太好了！我還以為這輩子沒有機會殺姓穆如的報仇了！」

他當下衝出大帳，大喊著：「點兵，準備殺向天啟！」

將士們一片瘋狂的嘯聲。

這個時候，碩風和葉傳信的飛鴻還在空中疾行。

【11】

天啟南門外。

陸顏上前緩緩道：「穆如寒江，右金賊子就在天啟北門百里之處紮營，你蓋世武功，為何不去斬那右金賊，卻反在自家人面前耀武？」

穆如寒江大笑道：「說得好！諸位來此，為何不去與右金作戰，卻反要攻打帝都？」

陣中有人喊道：「我等哪有攻打帝都，我們是要入城護駕！」

穆如寒江冷笑：「天子在何處？可有聖旨准你們入城？你們護的什麼駕？」

諸侯語塞，無人可應。

陸顏上前大笑道：「穆如世家世代護國，威震天下，這次若能去取了右金大將首級來，我等自然聽從此旗的號令。」

穆如寒江喝道：「此話當真？」

陸顏笑道：「大丈夫一言九鼎。」

穆如寒江舉劍一指眾諸侯：「各位呢？」

諸侯心想：穆如寒江原來有勇無謀，一人一馬，怎能於萬軍之中取上將首級？於是都高喊道：「我願立誓！」

穆如寒江一頓戰旗道：「好，請來此旗下立誓。我去城北作戰之時，爾等就候在城前。我若戰死，爾等任意入城；我若能取得城北右金大將首級回來，爾等便唯我馬首是瞻。」

陸顏道：「我第一個立誓。」心中卻想：你怎可能活著回來？若真是天命助你，使你斬敵首而回，我便正好擁戴你，以你的聲名號令諸侯，卻把你當我的一枚棋子，一面號令天下的旗幟。

見軍勢最大的陸顏先行立誓，諸侯猶豫一會兒，各自從本陣出來，舉劍割指，將血珠彈向天空滴入土地，以為誓約。

「好，我去去就回！」穆如寒江撥轉馬頭，駿馬凜冽疾馳如電，那一面穆如大旗，在風中招展向遠方而去。

【12】

穆如寒江穿過荒涼寂靜的天啟城，來到沒有城門的北門。走出城門外，放眼是空茫茫的大地，人都逃光了。卻有一位少年，在城牆上持筆畫著什麼。

「你為何在這裡？」穆如寒江問。

少年專心作畫，望也不望他道：「我不和就要死了的人說話。」

穆如寒江冷笑：「你怎知我必死？」

少年道：「這世上沒有可以一敵萬的人，所以知你必死。」

穆如寒江大笑：「我知道他們是要讓我去送死，若是他們不認為我必定不可能回來，又怎可能立誓？我怎有機會折服聯軍？」

「莫非你有取勝的方法？」少年問。

穆如寒江卻沉默了，他仰望天空，那碧空上一抹雪白正漸被染作金黃。

他緩緩道：「我被流放在殤州的時候，雙目被雪刺盲，父親仍要與我講習兵法。我那時萬念俱灰，狂吼道：『我已經是這樣了，我們已在這種絕境，還學什麼兵法？還有什麼用處？』」

他嘆了一聲：「父親望著我，卻冷冷道：『當然是絕境，但若是你不服輸，仍有萬分之一的機會；若是你認輸了，現在就已經敗了。』」

穆如寒江凝望雲天：「當然是絕境……但仍有萬分之一的機會。」

少年的手緩緩撫在城牆上：「所以你仍要出戰？你若死了，又有誰來向牧雲一族報你家族的大仇？」

「我家族的仇？我穆如家的仇人太多，牧雲皇族、宛州軍、右金軍，我們一家南征北討，早已與四海結仇，這世上英雄，只怕沒有誰不是我穆如家的仇人。我這一生，能盡得報償的只怕不多……」他望著遠方笑笑，「但只要我穆如大旗還飄揚一天，他們就永遠會在恐懼中生活。」

「駕！」他大喝一聲縱馬前行，所執戰旗高高飛舞。從前這大旗之後，是令世人恐懼的滾滾鐵騎，但現在迎向敵陣的，天地之際，只有他一人。

【13】

右金軍先鋒赫蘭部的一萬騎軍向南進發，戰馬高大精壯，身披皮甲，百匹一行，齊齊推進，隆隆蹄聲十里之外可聞，直似要將路上所有事物踏為齏粉。

百丈遠處，穆如寒江靜靜持旗立馬，望著遠處推來的滾滾煙塵，像是將以一人阻攔風暴。

赫蘭鐵朵遠遠先望見了那面大旗。他深吸一口氣，一揚手，偌大的方陣立時停了下來，方才還響徹四野的馬蹄聲，突然就消失得無影無蹤了。

原野上靜得只能聽見那面穆如大旗的獵獵抖動聲。

片刻後，赫蘭鐵朵的臉上露出了殺機。他再次揮手，兩翼突然發動，右金軍像展開翅膀的鷹一樣，突然陣列伸長出數里。隆隆聲中，這支軍隊顯出了它龐大的身形。

身臨萬騎的包圍中，穆如寒江手中持的旗分毫也沒有晃動。他的戰馬凜冽也平靜地低著頭，一如身邊是靜謐無人的草原。

赫蘭鐵朵催馬慢慢行至穆如寒江的近前，舉起刀：「你便是穆如寒江？」

穆如寒江不說話，他手中的旗已經表明了一切。

「你們穆如一族當年在北陸上殺人太多，遭了天譴，這才會被流放殤州，數百人望族，只剩你一個回來。現在，我刀落之處，穆如氏就要滅族了，哈哈哈哈！」

赫蘭鐵朵放聲狂笑，自覺這話傷到了穆如寒江的傷痛處。

穆如寒江只是不說話。

赫蘭鐵朵不知道，真正的大將絕不會因為聽到謾罵而動容，真正心懷深恨者絕不會因為看到死亡而落淚。他不知道穆如寒江在殤州是怎麼生存下來的，不知道穆如寒江是怎樣看著親人一個個地死在自己面前的。穆如寒江的平靜，是死神已經看穿了眼前人的命運，他絕不會對即將成為屍體的人多費一言。

穆如寒江只說：「我來此，要取你的頭顱一用。」

赫蘭鐵朵爆笑道：「我要看你如何在一萬騎兵中取我性命！」

穆如寒江不再說話，催馬，拔劍。

赫蘭鐵朵笑聲未落，突然發現穆如寒江已到了百尺之內。「好快的馬。」他大驚之中急舉雙刀，忽覺眼前一閃，一股冰涼疾風掠過脖頸。此時穆如寒江的馬已奔過赫蘭鐵朵身邊，劍已還入鞘內，伸手輕輕一摘，就將赫蘭鐵朵的頭提了起來。那頭顱臉上，剛才的狂笑還未散盡。

穆如寒江的馬蹄聲在原野上響著，除此之外再無聲息。

一萬右金鐵騎呆立在那裡，看著他們的主將。那無頭的身軀還立在馬上，半天，才慢慢栽倒下去。

穆如寒江撥馬回來，手拎頭顱，冷冷望著四周右金軍：「你們出戰還是逃命？」

右金軍這回才緩過神，呀呀暴吼著揮舞起長刀，催動戰馬衝殺上來。

穆如寒江喊一聲「來得好」，將大旗背在背上，長槍揮動，衝入陣中，他身邊的右金軍像剁草一樣翻倒。

穆如寒江怒吼著，把一名名右金騎兵連人帶馬擊成碎片，槍的風暴包裹著他，捲到哪裡，便是一片血肉橫飛。

但是他又能支持多久呢？如果太陽要落下去，如果王朝要滅亡，他一個人可以阻止嗎？

【14】

天啟城南門外，諸侯們看著陸顏的軍隊向城門湧來。

「陸將軍，你這是要做什麼？」高朗問。

「我恐諸位失信，派兵把住城門，以免有人搶城。」

「哼！」宇青德怒道，「要護住城門，也輪不到你。」

諸將拔劍相向，各軍舉了兵器，眼看就要混戰，突然飛騎來報：「右金軍從西面殺來了。」

眾將一愣：「右金軍不是還在北門外嗎？為何繞城而來了？」

但西邊煙塵大起，來的卻真的是右金騎軍。

原來那是北陸部落中的一支，領軍之將苦速都，是右金軍的先鋒巡隊，帶了三千騎兵，來探查南面的諸侯軍勢。可苦速都蠻勇好戰，一看見端軍陣勢，也不顧自己兵少，就直衝了過來。

這苦速都紮著一個東陸孩童才紮的三鬏小辮，暴牙小眼，滿面憨相，他舉著雙狼牙棒傻笑著喊：「喂，大端朝還有能騎馬的男人嗎？怎麼從北打到南都看不著啊？」

方才被穆如寒江打下馬來的武將們正一腔怒火無處發洩，一看這右金將站在面前，無不欲上前咬他一口而後快。那飛虎將狄火剛才被穆如寒江喝下馬來，正有心挽回顏面，當即催馬衝出：「你爺爺來收拾你！」

他持斧直劈苦速都，卻被苦速都舉狼牙棒輕輕一架，就把那幾十斤的大斧輕易彈開，另隻手鐵棒一揮，啪地打碎了狄火的馬首，狄火再次摔下馬去。苦速都撥馬回來，揮舞鐵棒卻是要取他的性命。狄火閃躲不及，啪的一聲頭顱粉碎，頭盔直飛出去，在泥土中滾出老遠。

諸侯陣中俱是驚呼，袁志方陣中發箭便射，苦速都聽得弦響，一低頭躲過箭去。韓寶舟大喊：「殺落馬的人算何本事？看我取你人頭！」衝到苦速都面前，七八招後，被苦速都一棒打落馬下，抬起馬蹄，踩得鮮血飛濺。

端軍大怒，商軍五將之中，有兩員帶傷無法再戰，菱蕊與另兩將對視一眼，會意飛馬而出，圍住苦速都。苦速都力敵三將，卻也不落下風。

宇青德卻大喊：「右金軍來的不過數千人，大家一齊殺上去，踏平了他們！」眾人早就等著此話，發一聲喊，大軍直捲了過去。

【15】

城牆邊，少年完成了他的畫。長達十幾丈的城牆上，一支大軍鐵甲森然，正呼之欲出。

「如果萬馬千軍真能壁上繪出，當年晟朝又怎麼會被端朝所滅呢？」昀璁低著頭，站在少年的身邊，輕撫著那城牆。三百年前，這城牆也曾見證過牧雲部的騎兵如何呼嘯湧來。

「我必須幫穆如寒江，他一個人不可能從右金陣中活著回來。」

「你想把這畫中軍馬變成真的？前人從來沒有實現過這樣龐大的法術。」

「自然不可能成真，只是一時的幻象，片刻後便會消散。但即便如此，要賦予這麼巨大的畫幅以生機，便不是平常的做法可以做到的了。要造化有生命的東西，自然也只有用生命去換。」牧雲笙輕輕抽出菱紋劍，放在了自己手腕上。

昀璁卻撥開了他的手。

「用你的命，去換一個想殺你的人的命？一個未來會和你爭奪天下的人的命？」

「我幫不幫他，和他想不想殺我無關。」

昀璁一聲冷笑，奪過了菱紋劍：「早知道你是傻子，那日直接一劍將你殺了，又何必讓人拚死去救你？」

劍影一晃，血濺在千古舊城磚上。

【16】

不知多少右金騎兵倒在了穆如寒江槍下，一條血道從右金軍的陣中劃了開去，標誌著他衝殺的軌跡。穆如寒江的戰袍變成了深紅色，穆如世家本來披紅戰袍，但穆如寒江所有的親人都死在了殤州，所以他改穿白袍，現在，白袍又被染紅了。所有的哀苦，都被狂暴的怒恨所取代。他沒想過自己會怎樣戰死，但他也沒有期望過生還。他沒有想過真能感動諸侯的大軍，只是覺得必須要有人去戰鬥。家國，榮譽，此刻都不存在了，只有生命的本能在堅持著。當紙船落入了大海，當螞蟻試圖阻擋戰車，命運早就註定。有些人無法理解的事，對另一些人來說是天經地義——只因為他的父親、他的兄長，從沒有在戰場上退後過。

血糊住了穆如寒江的眼睛，他幾乎看不見眼前的人影，天地間血紅一片。但就在這個時候，右金軍卻突然開始驚恐地退後了。

他們驚訝地望著從穆如寒江身後升起的高聳的雲山，一支龐大的軍隊正大步而來。旗幟如林，盔甲映著夕照，像大海上的波光粼動。平原漸被這片閃光填滿了。突然間，千萬人同時大喊，盾牌後的每一張面孔都因為狂怒而猙獰。平地間捲起一股暴風，如海濤怒捲而來，那不是血肉之軀可以阻擋的力量。那支大軍撲向一萬右金騎兵，從天空看去，像洪水要吞沒孤島。

右金軍向後退去，穆如寒江衝刺在大軍的最前面，緊緊追趕。

這一追追出五十餘里，穆如寒江忽然看見，前面地平線上，一道橫亙東西的青色遮蔽了日光。他怔了一怔才明白，那是碩風和葉的大軍行進中揚起的煙塵。右金軍主力終於來到了。

【17】

碩風和葉走出天帳巨車，望著那一萬騎兵敗逃下來。

「可憐啊，你兄弟已經死了。」他對一邊的大將赫蘭鐵轅說。

「請讓我部上陣，我定要先入天啟城，殺到握不動刀為止！」赫蘭鐵轅狂怒地請戰。

碩風和葉搖了搖頭，只凝神望著遠方。

「一個人……只有一個人，卻追趕著我們一萬騎兵。這讓天下人知道了，我們還有何面目再來東陸？」

他傳下令去，強弩營上前，要射死逃回的右金騎兵。

那遠處逃來的騎兵中，有副將看到自己本陣中竟列出了弓防陣形，大驚之下搖旗止住潰退的騎兵，向前大喊道：「為何要放箭？」

弓箭陣中也有將領回喊：「你們這許多人被一人追得逃命，不自己蒙羞自盡算了，還有臉面回來嗎？」

「一個人？分明是數十萬的大軍！」騎將回頭一指，卻突然愣住了。

偌大曠野之上，遠遠只有穆如寒江單人孤馬佇立。

那龐大的軍隊，竟像被一陣風吹散，平地裡消失了。

「他們剛才還在我背後追趕！」騎將憤怒地大喊。

消息傳到天帳車下，康佑成小聲對碩風和葉道：「天啟城怎麼可能還能有數十萬大軍？莫不是中了敵人的幻術奸計？」

碩風和葉卻不回答，只望著前方那騎軍後的身影：「那個人，難道就是穆如寒江？」

他一揮手，右金陣中號角吹起，大軍又向前起步。那一萬騎兵連忙分成兩股，繞到大軍兩側，讓開道路。

右金軍行至離穆如寒江半里之內時，碩風和葉才又一揮手。

那龐大軍陣砰的一聲就停了下來，平原上轟鳴的腳步聲立刻消失了，變得分外安靜，只有無數旗幟在風裡撲啦啦地響著。

這樣的場面，穆如寒江剛才也經歷過，只不過剛才是一萬人，現在變成了十萬。

他沒有回頭，不論自己身後有沒有一支大軍，他都不會後退。

「真是勇將啊。」碩風和葉下了天帳車，騎上了自己的戰馬，他能感覺到自己的刀在鞘中躍動，那是在渴望與真正的對手進行一場廝殺。

「當年在北陸之時，我父親也曾率部和穆如鐵騎對陣，那時這面穆如戰旗的身後有數十員穆如家的名將和十萬鐵甲精騎。那時八部聯軍的騎兵也才不過八萬，而且許多還連刀也沒有一把，只拿著削尖的木棍。我父親還沒有開戰，就已經知道必敗，但他不能退後，因為退後沒有活路，身後就是八部的牧場和居營，他要為我們的逃走爭取時間。現在想起來……」碩風和葉對身邊的諸將嘆了一聲，「那時我的父親，就和現在的穆如寒江一樣，抱著必死之心吧。他當年也是英雄啊，現在我卻嫌他老了，笑他不敢來東陸爭天下，或者是那時我太小，沒有經歷過那一戰的緣故？」

十年前北陸那一戰，穆如世家與端朝皇長子牧雲寒率領騎兵大破八部聯軍，一路追殺八百里，八部軍卒的屍首從銀鹿川一直躺到怒馬原，這一仗的血腥慘烈，所有經歷過的老將說起來，都無法不體顫心搖。

「但現在，終於輪到穆如氏和牧雲氏來做這樣的英雄了。我就不信，什麼樣鐵打的人，在面對我的大軍時能不顫抖！」

他高舉馬鞭一揮，右金大軍齊聲狂嘯，那聲音把空中的飛鳥都震落了。聲浪撲向穆如寒江，他手中的巨旗在風中狂展著，像是風暴中的危桅。

這個時候，他們卻突然聽到了什麼聲音。

穆如寒江身後，無數旗幟正從地平線上升起。

【18】

天啟城下，昀璁躺在牧雲笙的懷中，她的臉如雪白的紙，只有一雙眼睛靈動依舊。

「可惜啊，畫中出現的大軍，終是不能長久。嚇得走右金一時，卻很快就煙消雲散了。」

她望著北方的大地，霧氣在地上被風捲逐著，像是無數消散的戰士靈魂。

「我有些恨我自己的命運，為什麼要生在帝王家，這也許是我和你相惜的原因吧。其實……我很小的時候，就知道了你，那時你在地上的皇城中無憂無慮，我在地下的王宮中目睹親族相殘，終年不能有一天安睡。」

她緩緩地舉起手，想觸摸牧雲笙的面頰，那蒼白的手腕上，深深的傷口猶在，只是再滴不出一滴血來。

「從小長輩就說，這地上的萬里山河，都是我們的，是姬氏的，是晟朝的。可是晟朝又是什麼呢？三百年前不再有晟，三百年後也不再有端，數十年後就不會有你我，這麼一想，又爭什麼呢？」

牧雲笙咬住嘴唇：「可是妳說服不了天下人，連妳自己也說服不了。」

「是啊。我太累了，從那天你用劍指著我的一刻，我就明白，我不可能爭這個天下。如果我死了，是不是就可以解脫了？大晟的復國夢，就隨著我的逝去而消散吧。一個人的血，如果能換來一個國家半刻的安寧，是不是也很值得？」

城牆之上，她的鮮血正被千年的牆磚貪婪吸去，變成褐色。百年之後，還有沒有人能分辨出城牆上的這幅巨畫，看不看得清那些怒吼的面容？

「有時候，半刻的時間，可以改變數千年。」牧雲笙抬起頭來，望著眼前奔湧的刀槍鐵流，如果一個人肯不惜生命，那麼十萬人也可以！

【19】

穆如寒江看著身後湧來的諸侯大軍。他們因為急速的行軍，早就混雜在了一起，各色旗號，各色衣甲，只是同樣的眼神，望著面前的右金大軍。

「你們怎麼來了?不奪天啟城了?」他問著策馬到身邊的諸侯們。

「一支右金先鋒軍已經繞到城南了。那敵將真是囂張,我們費了好大的勁才把這些右金人殺光。真奇怪,那個時候,每個人都在想,要是穆如寒江在這裡多好。」商王陸顏上前大笑,「看著士兵們的臉,我就明白了,要是再驅著他們互相殘殺,人心就會失盡,而且大家遲早全死在右金人手裡。所以全他娘的怪你,你這天殺的穆如寒江,你為什麼不能跟著我們一起奪玉璽搶天啟城?偏要來顯什麼忠義,還一個人去擋右金軍,你是傻子,我們還怎麼當聰明人?現在我們要是不幫你,不要說世人,就連我們的手下士兵都會罵我們祖宗,怎麼辦?」

「忠義?」穆如寒江一聲冷笑,「若是讓我見到姓牧雲的,必盡數殺死。我守衛天啟,只是為了我家族的榮耀,卻並非為了他們。」

「真的?那麼再告訴你一件事——未平皇帝已經來了。你要是想殺他,我現在就幫你。」

【20】

「我還有最後的一點血,」昀璁舉起她的手,伸向天空,光芒刺得她眼中迷蒙一片,「你是否可以實現我的願望?」

「幫妳畫一幅畫?」

「不,」昀璁搖搖頭,她的眼睛晶瑩閃亮,「我想……看到……你再把她畫出來。」

牧雲笙心中一痛,宛若當初太華殿前,她那一劍刺入胸中。他忘不了她那時的目光,迷惑、悵惘,還有仇恨。

她為何那樣恨我?為何那樣恨我?

他搖搖頭，抱緊她：「我做不到。」

「真可惜啊……我真的……很想……看一看……你所說的……那麼美麗的她……是什麼樣子……」

昀璁疲憊地閉上眼，不再說話。

【21】

碩風和葉催馬上前，走近穆如寒江。

「穆如將軍，」他揮鞭一指那諸侯的聯軍，「你就是準備用這支軍隊打敗我嗎？」

「聽說當年碩風殿下也曾參與銀鹿川一戰，躲在羊肚下僥倖逃生。那日我父親的大軍沒能斬草除根，今天便由我完成！」穆如寒江冷眼望著他。

碩風和葉不怒反笑：「哈哈哈哈……你知道我和你的區別在哪裡？我知道只要活著，就終有希望；而你為了榮耀，明知是必敗之局，也寧死不肯退後。所以我會成為未來的帝王，而你，只會是一個讓後人嘆惋的英雄——死去的英雄。」

他撥馬回陣：「我的騎兵一路趕來也太累了，今天不是決戰的好時候。我們各自回去整頓大軍，三日後，天啟北門外平原，決定這朝代的存亡吧！」

【22】

穆如寒江回到城中，諸侯已經各自佔地安營，本來荒廢的城市突然滿地燈火，恍然間又重回天朝盛世。穆如寒江穿行城中，想著當年自己在城中玩耍，心中感傷。他策馬來到一處荒地，正奇怪自己為何前來這裡，突然間想到，這荒地所在，過去正是穆如世家府第。從前這個時候，這裡本該是夜宴之時，燈火通明，家人齊聚，一片歡笑之聲。有父母、叔伯、兄長，還有稚趣的弟妹……

他勒緊馬韁，低頭默默無聲地落淚。

但他不會讓人看見他傷感哭泣，擦去淚痕，他徑直縱馬向前奔去。

夜色之中，一個巨大的影子漸漸升起，那是東華皇城展開在他的眼前。

皇城上站滿了士卒，一面巨大的「牧雲」帝纛正飄揚著。穆如寒江有些驚訝，沒有想到這種時境，牧雲皇族竟還堅守著皇城。

忽聽城牆上有人喊：「是穆如將軍嗎？請稍等。」

片刻後，三百六十銅釘的皇城巨門緩緩開啟，一個騎者的身影，出現在城門間。

他孤騎緩緩向穆如寒江策馬走來。於夜色中穆如寒江看不清他的面目，但他已然明白眼前的人是誰。

他還敢出城？穆如寒江握緊手中劍，心中想著：「殺不殺他？」

少年走近穆如寒江，單手緩緩抬高，手中握著一把寶劍。

「這把辟天劍，曾由我的先祖交給你的先祖。那時大端開國，穆如與牧雲兩族一同打下江山，於是太祖將他隨身寶劍交給穆如一族的聖武王，約定永世以兄弟相稱，共用王朝，穆如世家掌天下兵權，若有違誓，即便是當朝皇帝，也可立斬此劍之下。」

穆如寒江心中熱血湧動，他當然記得此劍，那是穆如世家榮耀的象徵——它不是天子賜劍，而是兄弟結盟的贈劍。但如今，這把劍只記錄著陰謀、鮮血與背叛。

「我們先祖都在天上，我們的父親也都已經死了，只剩下我們。」少年將那劍猛地拋向穆如寒江，「現在，用這把劍，決定兩族最後的命運吧。」

穆如寒江接住辟天劍的時候，少年也從腰間緩緩舉起了他的佩劍，緊握住了劍柄。

穆如寒江將那劍身捏得緊緊，他的骨節咯咯地響著，幾乎要在劍鞘上握出手印。

「那麼，用這把劍，解除三百年的盟約吧，從現在起，穆如和牧雲兩族就是仇敵！不論用什麼樣的方法消滅對方，都不再是背叛。再不要談什麼可笑的兄弟情義，再不要什麼虛偽的『共用天下』，這天下，最終只能有一個主人！」

少年只說了一個字：「好。」

他拔出劍來，將指在劍鋒上輕彈，把一滴血珠彈向天空，消逝在夜色中。

穆如寒江也如法盟誓。三百年前的義負雲天，終是化為煙塵。

穆如寒江長長嘆息一聲：「如果我現在殺你不會使諸侯驚嘩，我一定會做，但我沒有這個把握。所以我們的恩怨，在與右金這一戰之後再算。」

少年點點頭：「我知道，全天下都是穆如世家的仇敵，我並不是唯一一個。盟約已解，你要與我爭戰，有的是機會。」

穆如寒江轉身撥馬向來處走去：「我要去巡視連營了。三日後我出城決戰，還請陛下緊緊守護城池。」

他行出幾步，又勒馬回頭，揚起辟天劍。

「最後還是要說，多謝你把這把劍還給我。沒有比用這把劍砍下未平皇帝的頭顱對穆如世家更有意義的事情了。」

【23】

幾十萬大軍在天啟城外修築壕溝刺牆，為防右金的騎兵衝擊。

穆如寒江帶著眾將策馬在各陣間巡視。忽有士兵來報：「將軍，那邊樹下有個瘋姑娘，坐在乾涸的河邊，怎麼也不走。」

穆如寒江縱馬躍上坡來，對那樹下的女子說：「姑娘，這裡馬上就要變成戰場了，妳還是快些離開吧。」

那女子只是癡癡坐著：「國將破，家已亡，我沒有地方可以去了。」

年輕將軍的心被什麼擊了一下。

當初也是在這裡，河畔夕陽，那個女孩輕輕地說：「我沒有地方可以去了。」

那時年少的他，自信能夠保護那女孩，也自信能戰勝世上所有的事情。

可是許多年過去，他沒有能實現承諾，他離開了女孩，離開了天啟，他連自己的家族都無法保護。

「蘇語凝……」他輕聲地喊出了她的名字。

【24】

「這些人能抵擋右金的大軍嗎？」逆著夕照，她的長髮映出烏金般的光澤，在這即將成為十萬人戰場的血色天地中，這是唯一柔軟的顏色。

「或許是不能的，但再也沒有了退後的餘地。」那年輕將軍說。黃沙在天際一抹抹地揚起，使落日暗淡無光。數萬人正在他面前的曠野中揮汗工作，挖掘坑壕，佈置營陣。

「這場戰爭是為了誰？為了天下的興亡？還是穆如家與牧雲家的仇恨？」女子輕輕撫摩著他的那匹血紅色的戰馬。

「不，不為了天下，」他握緊拳頭，「只為了我的父親，我的家族。」

「所以上萬人就將死去，只為榮耀？」

「只為榮耀……」他轉頭望著她，眼中映著天際的緋紅，「這還不夠嗎？妳終究是女子，不懂得男人。」

「可是當年那恥辱，並不是他們的。而那將屬於勝利者的榮耀，也與戰死者無關。」女子的聲音顫抖著。

他卻忽然大笑了起來：「是的，無數人死去，死法各不相同，有的從來不會被人記住，也不知為什麼而死，但有些人，他們永遠是為了勝利而死去，在戰鬥中死去。我家族中的每一個男子，都是這樣死去的。穆如家的人可以這樣，其他人為什麼不行？」

「他們跟隨你，是相信你能帶他們取得勝利，因為你在天啟城下的一戰成名，因為你的家族那幾乎戰無不勝的神話……但穆如世家當年的鐵騎已不復存在了，穆如家輸掉的唯一一仗，就讓這個三百年的世家失去了全部……」

「那是因為當年我父親和叔父們沒有從北陸帶回他們的鐵騎。」穆如寒江道，「他們剛把反叛的瀚北八部殺得潰不成軍，牧雲欒就借這個機會起兵。北陸戰事未平，穆如鐵騎無法抽身，我父親和叔父們只好僅帶了數十騎橫越近萬里來到西南宛州。那時宛州已盡入牧雲欒之手，王師連敗數役，士氣全無，我父親、叔父們只分到數萬匆匆徵召的老弱新兵，手下又都是遇敵膽怯、一心內鬥的東陸文將們。輸了那一仗，我父親至死都無法舒吐屈氣。」

穆如寒江長吸一口氣，遠望天際，記憶又回到了少年歲月，一切宛如冰刀刻入骨間：「在被流放殤州時，每個夜晚，父親在冰上刻出宛州的地圖，默默指畫……他還在不甘於那一仗。可他那時只有幾萬老弱啊，縱然是戰神也不可能取勝的。」他嘆息著，「只有四十歲，他的鬢髮就已經白了。叔父們常在飲酒後不服氣地大罵，說假如當時有穆如鐵騎在，哪怕只有一半，也可以踏平宛州。可父親總是擺擺手讓他們不要說了，他不想再聽到『穆如鐵騎』這四個字，他的心太痛了，二十年的心血，日夜磨煉，以為打造了一支可以縱橫天下的鐵軍，卻不是被毀在戰場上。」

穆如寒江愴然地笑著：「原來人再剛強，軍再悍勇，總是不如時運輕輕地撥弄。父親不信命，命運卻偏偏要這樣捉弄他，給他明知不可能取勝卻不能退後的一仗。」

他不再說話，只將目光轉過，仰視著身邊那面兩丈高的大旗，「穆如」兩個大字正獵獵而舞。

「可是你今天，難道不也是要打一場明知不能取勝卻不能退後的戰爭嗎？」女子走近他，輕輕拍去他披風上的灰塵，「只因為父輩的不甘，只因為你是這個姓氏的最後一人？」

「如果你死了，世上就再沒有穆如家的傳人了……」她的手指觸到了他冰冷的鐵甲，像是被咬了般驚收回來。

「穆如這個姓氏，是因為勝利而存在的。」他猛地翻身上馬，「如果沒有了勝利，這兩個字就將蒙在塵灰之下。如果要我像許多人那樣沉默地苟活一生，我寧願死在刀劍錚鳴的戰場上。」

他回頭望著女子：「蘇語凝，我小時候答應過妳，有我在，就會保護妳。但是現在，我能保護妳的最好方法，就是讓妳遠離我的身邊，遠離男人們的戰場。這裡有妳永遠無法理解的光榮、信諾與愚執，有著永遠明知不該去做卻必須去做的事情。」

他抖動韁繩，赤紅的駿馬像一團火奔下山坡。副將們持著那面寫著他姓氏的大旗跟隨下去，在曠野上拖起漫長的塵痕。所到之處人們歡呼起來，他們信任這面旗幟，信任這個姓穆如的男子，這將成為他永遠不能退後、直到血流盡的那一刻的理由。

「穆如寒江，什麼時候，能有一個人、一件事，讓你停下一次，讓你退後一次呢？」蘇語凝望著遠去的塵煙，感覺黃沙擊痛了她的臉。在這片未來將有數萬人死去的曠野前，渺小的她無法抗拒那疾風，也要像一粒沙般被捲走了。

十年前可以讓一切敵人顫抖的穆如鐵騎已然不復存在了，現在的穆如寒江，將以什麼去捍衛他姓氏的尊嚴？

【25】

那一年的那個黎明。清晨的霧逐漸散開，在剛鑽出洞的土撥鼠看來，一切彷彿與往日沒有什麼不同。近視的牠沒有注意到遠處如城牆般站立著的是什麼。這個早晨實在是太安靜了，安靜得有點讓人心慌，以前常聽的鳥鳴聲、野兔穿過草地的聲音，全都不見了。

一聲極沉悶的震動嚇著了牠，牠直躥入地下。但泥土也在震動著，第二聲，第三聲，像雷貼著地面滾動。這聲音愈來愈急，連成一片，草莖發抖，沙礫跳動。突然間，像是巨獸的鳴叫，一聲長嘶直上雲霄，緊接著是數百頭巨獸一齊嘶鳴，聲音幾十里外也一定能聽見，土撥鼠鑽入最深的洞底，瑟瑟發抖。這時，牠感到大地顫了一下，那是草原上的幾萬隻足，在同時向前踏出了一步。

那一年的那個黎明，天啟平原上排開了近三十萬大軍。天啟城之戰即將打響。

【26】

晨霧散去，陽光漸漸強起來，在平原上鋪起一層金亮。平原兩側的軍陣沉默矗立，像兩道連綿的山郭。

多久沒有打過這樣的大仗了？諸侯們想，十年？一百年？幾乎是集中了全東陸的軍力，和北陸遊牧八部的聯軍拚死一戰。這一仗，或許也會決定今後十年、一百年的天下命運。今天戰場上的每一個人，死時都可以說「我曾參與決定這三百年大帝國存亡的一戰」，也此生無憾了吧。

瀾時一刻，右金陣中傳出了長長的號角聲。右金旗號開始動了。

穆如寒江催馬登上觀敵高臺，看見遠處灰暗的地平線上，兩股騎軍從右金陣營中湧了出來。

聯軍各營也開始驚嚷起來，嘈雜一片，慌慌張張進入戰陣，「快些動作！」將官們在氣急敗壞地喊著，士卒慌張奔跑，大陣稍呈亂象。

穆如寒江轉身對身旁將領們喝道：「帥旗未動，號角未吹，自有前軍值守，其他各部為何擅自變為迎擊陣形？」

一邊清東太守的參將韓煥道：「他們是怕將軍調動誤了，右金軍馬快，衝到陣前就晚了。」

穆如寒江立眉怒道：「既奉我為帥，卻又不信我——傳我令下去，再有帥旗未動就擅自變陣者，軍法處置！」

令雖傳了下去，可是穆如寒江在高臺之上望見，諸營的兵士擁成一團，進退無措，他緊握拳頭，心中惱怒。這樣軍令不達，還如何打仗？再有兵法謀略，每道軍令都晚上一刻才執行，早就戰機盡失了。太守諸侯們都不是庸才，只是誰也不願信誰，不放心完全聽人指揮，都還死死管著自己的軍隊。他這個主帥，這場戰役，只怕都要成為笑柄了。

嘆息中，穆如寒江似乎已經看到了戰役的結局。

那兩股右金軍出營遛了一圈，離聯軍還有五六里遠，卻又奔回營中去了。聯軍各陣剛換回待命之陣沒一會兒，瀾正初刻，右金營中號角又起，又是兩支騎兵湧出。

「將軍，他們又衝來了，列陣出擊嗎？」參將問著。

穆如寒江卻一眼看出，這不是方才那兩支兵，右金騎兵在輪換出陣，行的是襲擾之計。主力中軍的旗號紋絲未動，小股輪番出營只是為了疲憊端軍。

他擺擺手，仍然未號令全軍變陣。但有幾個大營的諸侯軍還是驚慌變陣了一次。還有將領飛馬來責怪：「是不是元帥睡著了？明明右金軍出擊了，為何不命令全軍列戰陣迎敵，反令坐下休整待命？」

穆如寒江唯有苦笑。看見端軍如驚弓之鳥，碩風和葉只怕會令各部輪換出營遛馬，讓聯軍在太陽下乾曬一天。

到了瀾時末，右金號角又起，騎兵又出，諸侯們再次驚慌，但仍是虛擾。

穆如寒江知道這樣時久兵必疲亂，但又無法讓諸侯相信自己並安心等待號令。若是他現在有一支用熟的騎軍，便可去主動襲擾對方，可是偏偏沒有。諸侯軍以步兵居多，無法在平原上與騎兵做機動抗衡，才落了被動。

越初二刻的時候，敵營號角再起，這次諸侯各營變得懶洋洋的，兵士們再懶得匆忙列陣了。但穆如寒江看見，右金營中各部旗號開始紛動，前置的探馬也把狼煙箭射上天空。他命令吹響號角，升起令旗，全軍列陣。

諸侯各營按事先位置排列隊伍時，右金軍也在北坡上開始列陣了，大軍緩緩展開，那初時黑密密的一條線，後來變成了覆蓋原野的黑潮。

【27】

列陣的右金騎軍只有五萬，另外五萬是康佑成的北望叛軍，但旗號嚴明，縱橫有序，已是一支精銳。

那邊右金軍大陣排好，這邊諸侯各營還有好幾支擠在一處，各陣都還沒有成形，士兵急匆匆地亂跑。若是右金軍這時發起衝鋒，只怕聯軍就要立時潰敗。幸好穆如寒江事先在陣前紮下無數鐵蒺藜刺柵欄，又布下數道弓箭陣，碩風和葉忌憚穆如家的威名，才沒有命全軍直衝。

越初四刻，右金軍中號角長鳴，那是開始進攻的信號。右金前軍步兵陣開始慢慢向前推進。端軍前陣三千弓箭手把箭搭好，垂弓待令。

號角起處，康佑成部下北望步軍的六大方陣開始擊鼓向前推進，像六座巨山一般壓向戰場。

越正，北望軍前陣推進到距端軍前陣一里處。兩軍靜立片刻，忽然北望軍中戰鼓狂擂，前方刀盾軍向兩面奔開。諸侯均想是騎兵要衝鋒了，前線箭手們握弓的手也汗濕起來。

但旗門開處，先出來的並不是右金騎軍，卻是一大堆黑乎乎的鐵傢伙，上面全是尖刺，看起來沉重無比，下部卻是以包鐵皮的滾木為輪，隆隆地推了出來。

穆如寒江在高臺上暗叫不好。原以為右金遊牧之族，倚仗騎馬，不擅攻堅，不想也會用衝車了。這定是叛將康佑成進獻的圖紙。

前方箭手們看見衝車推出來，一時都愣了神：這樣的鐵傢伙，人躲在鐵罩下推動，箭射不進，槍扎不透，火燒不爛，如何應付？

這時穆如寒江帥令傳來，命射三輪箭，即後退至第二陣線。

箭手們把箭射出去，果然像雨打石上，衝車陣仍然穩穩當當地直推過來。忽然衝車陣中一陣梆子響，那衝車之後，反射出無數弩箭來。三千弓箭手嘩地倒下一片，穆如寒江下令後退，弓箭手們慌忙向第二陣逃去。

端軍看著衝車陣像一堵鐵牆推進，輕易把第一陣的鐵蒺木柵輾入泥土，心中恐懼，各陣微現亂象。

衝車陣輕易便破了端軍第一陣線，向第二陣駛來。眼見行至陣前，呼啦啦，端軍抽動繩索，從浮土下拖出無數圓木捆紮成的橋筏，那地面頓時塌陷下去，那是早挖好的深長壕溝，那衝車笨重剎不住，嘩啦啦先墜下去數十輛，端軍歡呼聲大作。

可是北望軍卻並不停下，竟還是只顧向前推，那衝車轉眼又掉下去近百輛。那些龐大車身把壕溝頓時填了大半，後面衝車鐵板掀開，內裝的竟是泥土，嘩地瀉入溝中，那些從前面衝車中跳出來的右金軍士開始取出木板，要平溝鋪路。

端軍箭手們衝幾步，便是一通攢射，但右金軍軍令極嚴，軍士們寧肯被射死，也絕不逃跑，冒著箭雨倒下一片又衝上來一片，竟似是要用屍首把壕溝填平。

這時梆子聲又起，衝車中鐵弩發射，呼嘯連聲，空中密佈飛蝗，待落下來時，端軍箭手陣中慘叫連天，這樣重弩，挨著即穿。弓箭陣中殘軀遍地，一下便少了一半人。

穆如寒江揮令旗大喊：「不得後退，衝近前去，抵近了射！」端軍陣中擂鼓，箭手們冒了天上鐵雨，彎腰衝上前去，衝過鐵弩的最近射程，來到壕溝邊，對準十數尺外壕溝對面的敵軍就射。可那衝車前方掀開小窗，弩箭又從那裡面射出來，那弩機強勁無比，射中人身，只聽「噗」一聲那人就直倒飛出去近丈，才摔落於地，粗大的鐵桿射透了身體，還在地面猶自掙扎。

許多箭手膽已嚇破，掉頭奔逃回來。端軍軍紀，也不容逃兵回到本陣，護陣的將官揮動旗令，長矛軍出，將逃回來的士兵於陣前當場刺死。

三千箭軍，不到半刻工夫，已然死傷殆盡。

壕溝中間，兩邊全是屍首堆滿。終於壕溝中填出許多路來，衝車又開始向前推進。端軍又在陣前鋪上樹枝倒上油，燃成一條火帶。那衝車雖不怕火，但推車的北望軍卻不能從火中過，只得又停下來，軍士衝出，用泥土於火帶中蓋出道路。端軍用火箭連射，右金陣中火海一片，火人兒亂撞亂衝，許多撞死在自己衝車的尖刺之上。

卻聽北望軍陣中急急擂鼓，那衝車竟又開始前進。原來康佑成見耽擱太久，命令強攻。那北望軍聽見鼓聲，只得推了衝車就向火中衝，身子燃著了，仍死命向前推車。衝車推過火帶，人也燒死在車內，後面衝過來的人用槍把焦屍撥出來，繼續推車向前。

衝車們經過兩陣，損毀了不少，卻也還有近百輛，可見碩風和葉為準備此戰積蓄之久。端軍再無工事可擋，只剩血肉之軀。穆如寒江傳令：「重鼓！」幾百大鼓同時敲響，如雷霆萬鈞，震得地面都在顫抖。軍中重鼓即是命令前軍向前，軍卒們橫下一條心去，喊聲：「拚啦！」齊衝上去，用盾牌長槍抵擋衝車，盾牌裂了，長槍斷了，前面的人也無法後退，因為後面的人又擁上來，於是被扎穿在衝車鐵刺之上，後面的人推著前人的屍首抵擋衝車，那鐵刺又從前面屍身上穿過來將他刺死。到後來，一根鐵刺上穿死三四個人，再穿不下了。端軍後面的士兵還在擁上來，大喊：「爺們兒發力衝啊，把右金狗賊的鐵車頂回去！」後面的士兵急了的，踩著前面人的頭頂，跳到衝車頂上去，撲向衝車後的敵軍，肉搏在一處。

普通軍士和太守將領們想的是不一樣的。諸侯們一心想的是保存實力好爭奪天下，但對於士卒們來說，和東陸人作戰也是死，和北陸人作戰也是死，戰鼓響起，便知退無可退，哪管他對面是誰，更何況大端立國三百年，在百姓兵士心中終是正統，與右金對陣，破虜保國之意頓生。因此不論諸侯心中如何不甘，士卒們卻是奮力死戰。

端軍前軍以人海阻擋衝車，積屍無數，而衝車竟也不能前進一步。碩風和葉在遠處高坡望見，長嘆一聲：「匹夫之勇，草芥之怒，然聚萬眾，也不可小覷。」

端軍人多勢眾，殺紅了眼，拚了數千性命，用肉身擋得衝車不能前進一步，衝車後湧來的北望軍，也早被端軍左右兩陣趕來圍住，只是拚死抵擋。北望軍不斷增兵，端軍也把一個個的方陣投進去，數萬人絞殺在一起，混戰一個時辰，僵持不下。

右金軍中突然響起了三聲極悠長的號角，這號角聲與之前的嗚聲截然不同，低沉卻凝重，如巨龍在地心吼叫，掃過每個東陸士卒的耳邊，引人心顫不已。

人們明白，聯軍和自己東陸的叛軍拚到力竭之時，右金軍真正的主力騎軍，這才要出動了。

右金陣中，那最高大的帥旗桿上，終於升起了一串紅色旗號。緊連著，號炮聲一聲緊一聲地響了起來，在兩軍陣間衝撞回蕩。

右金騎軍開始緩緩並列，隆隆開出旗陣。騎士們默然無聲，但鐵蹄的聲音已然震得整個平原都在顫抖。

東陸步兵的噩夢就要開始了。

「可惜大端朝的穆如鐵騎，已經不在了啊。」看見右金騎兵耀武，每個東陸將士都在嘆息著。

【28】

碩風和葉在右金陣中，山坡最高處，眺望戰場的另一邊。

那東陸軍龐大的戰陣，沿天啟城下排開，方圓數十里。端朝十九路勤王軍的各色旌旗飄揚，像原野上的叢叢火焰。

那其中，有一面旗幟最為巨大，那是霞濤中踏風而行的一隻火麒麟，上下是兩個赤紅的大字——「穆如」。

碩風和葉心中感慨。當年他第一次看見這面旗的時候，只有十二歲。

那一年，碩風和葉也是這樣向對面看去，第一眼就看見了那面巨大的火麒麟旗。而那旗下，是鐵甲的騎兵排成的陣列，甲冑的閃光刺痛人的眼睛。

那赤袍玄甲的大將從旗下策馬緩緩走出，他沒有高聲喊喝，但語音中透出的威嚴像是壓著每個人。

「你們很相信勝者為王的道理……你們催動戰馬的一刻起，就應該已經準備好了死在馬蹄下吧。」

「為什麼！」右金汗王柯子模暴吼著，「上天是不公平的，憑什麼我們要世代在瀚北寒漠居住，憑什麼我們不能用我們的刀劍奪得真正的沃土？」

「因為你們做不到！各部疆線是三百年前就劃下的，為的就是讓草原上不再互相殘殺，你們的祖先那時也認可了。」穆如槊的笑容像獅子嘲笑著挑戰者，「今天如果你們以為憑一股蠻勇就能改變這帝國的秩序，那麼今天，你們就將看到什麼是真正的騎兵，和真正的殺戮。」

穆如槊做到了，穆如鐵騎在一個時辰內摧垮了瀚北八部聯軍八萬人和他們所有的戰鬥意志。瀚北八部潰不成軍，屍身鋪蓋了方圓百里的平原，右金最強悍的勇士也不得不承認他們不可能戰勝，也許永遠無法戰勝——穆如世家的鐵騎。

但現在，穆如的大旗下，卻不再有那無數騎士鐵甲的寒光了。

那裡只剩了孤零零的一個人，穆如世家的最後一脈。穆如寒江。

「王子殿下，進攻嗎？」右金軍陣中，一名騎將靠近碩風和葉，詢問著。

碩風和葉看了看自己身邊的這支大軍，戰馬一直排到地平線。十一年前，如果自己身側有這樣一支大軍，戰果又將如何？可惜時光不能重回，人力不可遮挽。今天太陽落山時，勝負就會決出，該來的一定會到來。

他不說話，卻微微閉上眼睛，耳邊傳來當年的轟鳴聲，那萬馬齊奔時大地的震動又一次包裹了他。

碩風和葉嘴邊閃過一抹冷笑，他想把當年穆如槊說過的話全部還給他的兒子：「今天如果你們以為憑一股蠻勇就能改變這帝國的秩序，那麼今天，你們就將看到什麼是真正的騎兵，和真正的殺戮。」

「暴雪烈風騎，出戰吧！」

【29】

北方山坡上閃出一道寒光，那是碩風和葉拔刀出鞘。三百面巨鼓轟雷般擂響，那一瞬，像千古沉悶的山峰突然迸發出火流，像積聚了太久的暴風終於衝破烏雲，右金鐵騎全部抽出了戰刀，狂吼著催動了馬蹄，緩緩湧進的甲陣變成了狂怒的鐵瀑，東陸聯軍的士兵們感到風暴濃雲正從北方壓來，疾風壓得每個人袍纓獵舞，幾乎無法透氣。

所有的士兵都把目光投向那面穆如戰旗，等待著它傳出的號令。

穆如寒江就站在那紫金大旗之下。

當年穆如鐵騎與瀚北八部那場大戰時，他只有十三歲，正是天啟帝都中的一個驕縱小公子。任意出入皇宮，在街頭行馬，百官退避，用彈弓射壞了丞相府門上的匾額，也無人敢來追究。父兄們都去北陸打仗了，他樂得在帝都中自在逍遙。

那時的穆如寒江以為這種日子會一直過下去，將來他長大了，就順理成章地上殿受封將軍，持著穆如家的大旗，走到哪裡敵人都會喪膽，民眾都會敬拜。年年有歡宴，月月起笙歌，就在這耀眼的榮華中度過一生。但他沒有想到，從雲端到崖底，原來只是一瞬間。

在殤州冰原上的十年讓穆如寒江覺得以前的日子白過了，這十年讓他懂得了太多事，比如什麼是絕望，什麼是狠狠踩碎絕望。他的父親說：「兒子，苦嗎？可要知道我們祖上起兵時，比這更艱難。我們為什麼會勝？因為我們比敵人更能忍受痛苦。現在所有的人都在等著穆如世家死在殤州，但我們要讓他們明白，我們不會！哪怕只剩下一個人，我們也會回去！像一個勇士那樣昂著頭大踏步地回去！」

這十年，穆如寒江學會了怎樣用水來建築城牆，怎樣划著冰塊在熔岩的河上穿越，怎樣在暴風冰原上取火，怎樣用十支箭對付二十頭冰狼。這十年是這麼漫長，每一天穆如寒江都看到親人死去，每一天他都知道自己變得愈來愈強壯，也愈來愈冷酷，他不再為死亡而動容，也不再企求上天原諒。他站在暴風雪中長聲咆哮，發誓絕不會死在殤州——如果這是上蒼降下的苦難，那麼他就怒罵蒼天，如果誰想與他為敵，他就撕破他的喉嚨，就像他親手掐死的上百頭野獸。敵手愈狂怒地咆哮，只會讓他愈血液燃燒。

「當年我父親做到的事情，我要再做一遍。我要替我的父親，替我的兄弟，替我的家族，勝這一場！」穆如寒江抽出戰劍前指，大吼著，「擂鼓！全軍變陣！」

【30】

端軍點起號砲，這號砲喚作「破天槌」，原來瀾州有巨果，人頭大小，外殼堅硬如鐵，放在粗大鐵桶之中，以火烘烤，漸漸熾紅，突然爆破飛上天去，聲傳百里。碩風和葉驚疑地聽著這迴蕩的砲聲，突然四周漸漸響起一種聲音，如有巨潮湧來，愈來愈響。

探馬急馳到碩風和葉面前道：「報！我軍營後有端軍騎軍殺出，約有兩萬騎；我大陣左側有端軍一萬，打晉北太守程子名旗號；我大陣右側有端軍一萬，打閔海刺史袁朗旗號，三面殺來。」

「穆如寒江果然設了包抄合圍之陣。」碩風和葉不慌反笑，「諸將軍，學著一點，看看人家穆如世家的兵法。」

有人牽來戰馬捧來佩刀：「請王子先披掛好了，以防萬一。」碩風和葉卻搖手笑著，「不必。今日的右金軍，不是十年以前了。」只傳下令去，命和術部、克剌部、龍格部騎兵，三面迎敵。

碩風和葉大帳所在高坡三里之內，已可見端軍旗號四面而來，彷彿天地四野，俱是敵軍。縱是右金老兵，也不由得心懼。但碩風和葉只是穩穩坐在氈毯上，與副將笑談飲酒，帥旗穩立不動。四面殺聲一片，幾支大軍絞殺在一起，山坡下人潮奔來湧去，箭矢在空中交織。幾次有端軍強衝，一直衝到坡下，但都已是強弩之末，被近衛神箭營射倒在坡下。碩風和葉卻飲酒自若，始終沒有站起身來過。

【31】

前方右金主力騎兵正在衝殺，突然聽背後殺聲起，有端軍直包抄向中軍陣而去。為首騎將科林庫圖大喊：「王子早有軍令，不論後方如何，不必援救！只管衝殺到端軍陣中去，衝破端軍主陣，方可回頭！」

右金騎軍齊發一聲狂喊，甩了頭盔，扯開衣甲，裸了上身，血紅雙眼，直衝端軍主陣。端軍柵欄鐵刺壕溝都早已被衝車破去，這右金騎軍一衝下來，正可謂勢不可當，繞過衝車堆積的中段，從兩翼向端軍大陣衝去。

這正是真正的惡戰來臨，穆如寒江令旗一揮，戰鼓再響，端軍兩翼長槍方陣齊步向前推進，迎向右金騎兵。

但右金騎兵衝至方陣之前，卻並不衝陣，突然向兩邊散開，橫掠過陣前，射出羽箭。右金騎射，天下聞名，箭雨鑽入陣中，端軍紛紛倒下，這些地方軍隊，陣法本來就不嚴，一陷入白白被射的境地，便開始混亂，有人想衝上去，有人想向後躲，自相衝突。

而前面兩股右金騎兵散開後，背後真正衝殺來的，才是右金的重騎。所謂重騎，並非甲重，而是騎兵全部持鐵棒巨斧，劈砍下去，力有千鈞，鐵盾也粉碎了。端軍哪能抵擋，右金兵所衝到之處，便是一片慘呼之聲，陣形大亂。

穆如寒江在高臺上搖頭嘆息，這右金騎軍所用的，本來是穆如世家用慣的騎兵戰術，他早料到右金軍的戰法，只是手中的軍隊不是那支父輩手中奔湧如火的穆如鐵騎了。當年向來只有穆如的騎軍衝襲敵陣，來去如風，讓對手苦不堪言，哪至於像現在如此被動？

北面高坡上，碩風和葉在高坡上冷笑了：「穆如寒江再勇冠三軍，他手下沒有強將精兵，也是無用。如此奔射個幾輪，端軍必潰，或許中午時分，就能結束此役了。」

【32】

半個時辰後，端軍前軍各方陣四萬餘人已幾乎全部被殺亂，右金騎軍穿插於其中，遠了箭射，近了刀砍，各營只能自顧，哪還管得著後方穆如寒江的旗令。

中軍營陣裡，有將領急道：「讓中軍上前援救吧。」

穆如寒江一擺手：「此時人多無用，步兵追不上騎兵，幾次衝退，就會被帶亂了陣腳。右金人世代長在馬上，不是現在諸太守的各郡雜兵可以相抗的，只有硬撐了。」

右金陣中，碩風和葉望著戰場大笑：「穆如寒江這種縮頭打法，是在等死嘛。中軍不援助前軍，固然可把戰事多拖一時，可是豈不知被一刀一刀割肉，比一劍刺死要疼得多了。他喜歡這樣被淩遲，就讓他受用吧。」

一旁將領和達措道：「端軍人多，又縮成一團，只速沁部和索達部兩萬騎兵，這樣慢慢啃要啃到什麼時候？拖到馬疲就不好了，下令我部也上去吧。」

碩風和葉搖搖頭：「不可心急，慢慢啃雖費時間，但終能吃掉端軍，心急反可能噎死。你們要留著替換其他兩部人馬，鳴號，命步兵向前！」

【33】

戰事又進行了近一個時辰，正前戰場上，被右金騎軍和康佑成步兵圍攻的端軍前軍四萬餘人已基本全沒，右金騎軍開始在戰場上來回奔馳砍殺最後的未死者，而康佑成的北望步軍和穆如寒江的端朝中軍開始對峙。

有將官來報穆如寒江：「我進襲右金主營的三路大軍中，袁朗將軍、郭力將軍按元帥將令，奮力衝殺，幾次衝至離敵酋碩風和葉半里之內，但都無法再向前；而晉北太守程子名部被敵騎軍衝殺幾次後，尚余五千餘人，卻先行棄陣而去。現三路大軍均已敗退。」

周圍諸侯將領一片驚嘩惱嘆之聲，穆如寒江卻面色沉靜。雖然只差一步，若不是有將領先心怯敗退，或許能衝破右金主營，著實令人扼腕，但這也是他早已料到的事。可惜自己須得坐鎮中軍，若是手下有得力勇將在，碩風和葉就不能安坐高坡之上了。

戰事已入中盤，右金軍似乎已經取得了優勢。端軍被滅四萬餘人，而右金所損不過萬餘。但高坡之上，碩風和葉的眉頭，卻皺得愈來愈緊。大端中軍始終未動，他慣行的在混戰中穿插取勝的騎兵戰法也無法施用。現在各路騎軍已疲，若是現在端朝中軍出動，就要硬拚人力了。

此時端軍中軍之中，忽然鼓聲大作。碩風和葉也從草地上站了起來，他的對手，終於要出陣了。

【34】

百面巨鼓擂響，穆如寒江披掛整齊，親自策馬來到大端中軍方陣之間，大喊著：「打了三個時辰，你們親眼看著前軍的兄弟們戰死在前面，力氣和怒火都憋足了，現在右金軍戰了這麼久，馬也乏了，兵也疲了，我們大端的十萬中軍還軍容整齊。我們受右金賊的氣已久了，裂土之仇，焚都之恥，今日一併報了吧！」

十萬大軍一齊怒吼，槍旗高舉，天啟以北百里平原上如同波濤滾動。

穆如寒江催馬向前，長劍前指，高喊：「中軍！衝鋒！」

他一馬當先，大端中軍各方陣齊出，決堤之洪一般衝殺向右金軍。

這時，右金騎軍衝殺幾個時辰，已經疲倦，戰刀也卷了。碩風和葉於高坡之上凝視戰場，猛一揮手，只見右金主營中帥旗搖動，右金騎軍呼哨一聲，全部退了回去。前面只留下康佑成的步兵，與穆如寒江的端軍主力決戰。

若論戰力，端朝這支各郡勤王聯軍和康佑成的北望軍實在是無法相比。少數諸侯的精兵大多又已投入對右金主營的衝擊，現在這支中軍，雖號稱十萬人，卻是由十數家兵馬合成，衣色不一，刀槍粗劣。而對面，康佑成北望軍卻是個個高大強壯，清一色鐵甲護胸，手中戰刀用好鋼淬成，雖然只有五萬人，但真要硬碰硬拚，端軍卻還落下風。

轉眼之間兩軍絞在一塊，方圓數十里，俱成戰場，端軍中軍前隊與康軍衝撞在一處，後面幾個萬人隊快步向康軍後方與兩翼包抄過去，意在將北望軍合圍。而康佑成旗號揮動，北望軍分作四大方陣，像洪水間的巨艦，陣形密集，緩緩前推。前方刀盾抵擋，後面弓箭射端軍的後繼，端軍滿野奔湧，卻不能使之陣形混亂。

碩風和葉於高坡之上，凝神望著穆如寒江的旗號，只見那面火麒麟大旗，於萬軍之中招展，像是大海中的一面火帆。他卻持酒壺冷笑，任穆如寒江再勇，也不過是水中漂葉，他能殺百人千人，卻不能憑一人之力救大端朝。只要穆如寒江帥旗一倒，聯軍縱有百萬，也不過一盤散沙，復有何懼？

於是他轉頭笑對諸將道：「諸位，誰去取了穆如寒江的人頭來與我下酒？」

那右金戰將全是悍勇狂徒，只等這句話。當時各部勇士狂吼一聲，舉酒罈狂飲數口，烈酒潑滿全身，撕去戰甲，赤裸了上身，就上馬引各自近衛精騎衝下高坡，七八股煙塵，追風馳電，向大軍之中那火麒麟戰旗而去。正是海中游蛟襲擊水雄鷹，自北陸與牧雲寒一戰以來，他們好久未遇如此讓人激奮的對手了。

碩風和葉放聲大笑，仰望雲天，今日他長纓在手，要捆縛大端朝這條負隅頑抗的蒼龍。

【35】

突然西面殺聲大起，碩風和葉一驚，轉頭望時，卻見一支精騎，不過千餘人，直衝山下而來，為首一將銀甲紅披，手中長槍飛舞，如飛龍探海，阻擋之人，全部飛栽出去。那不正是穆如寒江！那戰場中旗號之下，卻原來只是替身。

碩風和葉這次再不敢安坐地榻，跳上戰馬逐鹿，舉起寶刀血色，喝道：「與我圍住，亂箭射死！」

碩風和葉身邊有勁弓神射手三百人，喚作「赤嵐」，所用箭翎為赤紅色，乃凶隼之羽，急射出去時，如長虹貫空；又冠插紅翎，策馬奔馳時，紅翎舞動，如火龍飛逐；若是堅守不動時，又像烈焰火炬，風吹不熄。一旦箭雨射出，千人無法近身。

赤嵐依令射出，射倒穆如寒江身邊精騎一片，但穆如寒江的戰馬凜冽卻是太快了，穆如寒江只撥擋了一輪箭支，就已衝入右金近衛騎兵的陣中，殺在一處，赤嵐也無有用處。

碩風和葉在高坡之上笑道：「你還能從我精銳近衛中殺出來不成？」但話音未落，卻看見近衛騎軍們人仰馬翻，穆如寒江殺出一條血路，近衛軍雖多，怎奈他騎術如風，幾個衝折，便被他甩在後面。

碩風和葉有些變了臉色，忽聽破空聲響，一箭疾飛而來，正中他的頭盔，將長雉翎射落，碩風和葉驚得大叫一聲，馬上一晃。不想穆如寒江於數十丈外，疾馳之中，還能有如此箭法。他不敢再冒險，撥馬直向一邊奔去。三百紅翎赤嵐騎與五百長刀朔風騎緊緊跟隨護衛著他。

穆如寒江舞槍大呼：「不要放走了碩風和葉！」率僅有幾騎緊緊追趕。右金大軍從四面湧來，奔突衝撞，卻阻擋不了他狂馳如電，遠引弓，近奮劍，所到之處，右金騎士紛紛落馬。卻有更多騎兵湧來，將他漸圍入核心。

碩風和葉勒馬回望，只見風雷滾滾，數百騎兵圍繞數騎廝殺奔逐，四面又有大隊騎兵包抄，絞成一團，像是漫天黑雲正裹在一條銀龍之畔，卻始終掩不住牠的矯矯身形。

他長嘆道：「如此勇將，為何卻生在端朝末世！縱有擎天之力，卻無回天之時。只是明知不可為而為之，一腔孤傲也！」

【36】

大端城樓之上，牧雲笙正觀望著這場大戰。雖然戰場之上，端軍將北望軍團團圍住，但是混戰幾個時辰，北望軍卻依然陣形分明，緊聚為幾大團，雖然週邊的士兵不斷倒下，但旗號始終不亂。

牧雲笙不懂戰法，卻也能看出端軍的疲憊，許多戰場邊緣的軍士已經沒有了衝殺上去的欲望，也沒有將官來督導，有些甚至就地坐了下去。這十餘萬人，只有兩三萬人在戰鬥，而對方的北望軍卻一直在旗號的號令下緩緩推進，像鐵磨碾碎散沙，這樣下去，戰局其實已經註定了。

牧雲笙忽然明白，人們在打一場沒有希望取勝的戰爭，又也許他們本來就沒有企望過勝利，只是因為時運走到了這一步，每個人都要去臺上亮個相，或者盡忠戰死，或者膽怯逃生，扮演完自己該演的角色，便謝幕而去，如此而已。

而自己，扮演的又是個什麼形象呢？亡國的昏君？悲劇的終點？在最後一幕時，隨著自己國家的旗號一起墜下城樓，引來新生國家的開國者的歡呼聲？然後大端朝的大幕落下，新的大戲又上演，只是後人如何評說，不得而知。

突然有人驚呼：「右金軍！右金騎軍！」

牧雲笙轉眼望去，西北面，竟然有一支青色鐵騎滾滾殺來，人數足有一萬以上，旗號上書「赫蘭部 鐵轅」。右金軍最精銳的赫蘭主力，竟是繞行數十里，潛至端軍一側，現在才投入戰場。之前碩風和葉把自己近衛軍都遣了出去，身邊只有數百孤軍作為護衛，以至於被穆如寒江偷襲，原來卻是把最利的劍藏到了最後亮出。

右金各部軍中，赫蘭部最為兇悍，端軍盡皆畏懼，此時直衝端軍後軍側翼。這端朝後軍也是多股諸侯中最弱的雜軍組成，只為守衛城門與作為預備隊使用，本就是最無戰力的一支，又沒有穆如寒江督陣，此刻遇襲，頓時大亂，一看右金軍勢不可當，那箭像雨絲射進山洪中一般，高大戰馬捲地而來，眼見要踏平一切，哪還敢抵擋，轉身便開始奔逃。

牧雲笙只看著前方連交手都沒有，端軍像倒塔似的轟然潰去，奔逃向北門而來。前面的人湧到城下，大喊：「快開城門！」

一旁姬昀璁道：「不能開！若敗軍湧入，城門無法關上，被右金軍衝進來，一切都完了。」一轉頭對將領說，「敗逃之伍，按律如何處置？」

那將領躬身道：「明白。」轉身向城上弓箭手高喊，「放箭！」

亂箭射下，城下一片慘呼之聲。有傷者身中數箭，在城下大笑：「吾等為國血戰，就是這等下場嗎？哈哈哈哈……」

牧雲笙再也無法忍住，傳令：「開城！」

姬昀璁與眾將都驚道：「一旦右金軍衝進來，玉石俱焚。」

牧雲笙嘆息一聲：「若是失盡天下人心，還要這空城何益？開城！」

吊橋轟然放下，城門開啟，敗軍一擁而入。而有快馬的右金軍，混在亂軍中衝殺而來。牧雲笙命令弓箭手瞄準攢射，將他們紛紛射倒。

而轉眼右金大軍殺至，離城門只有半里。將領喊：「快關城門！」但敗軍擠在城門前和吊橋上，哪還關得上，眼見右金軍殺到城下，刀砍馬踏，城前一片血海。

牧雲笙見已千鈞一髮，下令：「落閘！」那城門之後，備有千斤巨閘，專為城門失守時所用，一旦落下，毀去機構，縱然奪取城樓，也再無法開啟。

有士兵衝入城樓，扳動鐵鍊。卻突然被一箭穿過咽喉。眾人驚望時，天空許多翼影直下，卻是路然輕帶著羽族鶴雪士落在城樓上。

牧雲笙驚問：「路然輕，你為何要助右金人奪城？」

路然輕卻坐靠在城樓簷角上，乘涼一般望向遼遠沙場，在那裡，無數人正如螞蟻一般拚殺。

「我的棋盤上……本來只有右金與宛州爭鋒，從來沒有算你們這些小卒，沒想過你們居然能聚攏諸侯，合兵一處，與右金抗衡。」他拈著隻潔白長羽在鼻尖輕點，微微笑著，「若是因為你們守住天啟，把右金和宛州軍隔在天啟城兩側，又使右金軍傷了元氣，豈不是我布的右金與宛州軍相爭的好局就成空了？只好再輕輕動一動手，撥動一下棋盤。」

他一揮手，箭如雨下。牧雲笙一揮手，憑空中展開一張空白畫卷，射向他的箭穿破那畫卷，卻消失不見了。他拉了昀璁便走，周圍士兵卻紛紛倒在羽族神箭之下。

奔下城牆，城門處敗軍奔湧，爭相入城，踩死無數。右金軍的殺聲已在吊橋之上。一邊護衛道：「陛下快走！」將他們扶上戰馬，向城內奔去。

少年再回頭，城門前慘呼一片，那面端朝火鳳圖繡「天子出行 牧雲」的巨大帝麾，已在煙塵中倒了下去。

【37】

飛騎直向右金帥旗之下：「報，赫蘭部已經擊破端軍後軍，並趁勢攻入天啟北門！」

碩風和葉於馬上放聲大笑：「勝了，勝了！天下在手矣！哈哈哈哈！」

右金騎將高舉奪得的端朝帝麾在沙場上一路奔馳，高喊道：「天啟城已破，端朝皇帝已死，其帝麾在此！」所到之處，端軍聞聽頓時大亂，再無了鬥志。

穆如寒江正在苦戰，卻突聞驚訊，直覺胸口一悶，險些將一口鮮血噴出來。暮色已沉，眼見帝麾被奪，端軍已呈潰象，天下大勢，正向碩風和葉急速傾斜。也許今夜之後，三百年的大端朝，就將流盡最後一滴血了。

【38】

碩風和葉正在得意之時，忽覺北方吹來一陣朔風，風寒透骨。他抬眼望去，遠方地平線上，隱隱出現一片影子。

碩風和葉停下馬，凝望著。這個時候，怎麼可能還有新的端軍來到呢？

那影子漸漸近了，是一支玄甲黑徽的騎軍，直衝下來，在月色之中，鐵衣映著寒光，那黑色大旗之上，繡著蒼勁赤紅的一個「寒」字。

火光燎紅天際，煙氣迷亂視野，這支鐵騎就在這一片血色之中挾捲煙塵而來，一時間讓人以為是鬼神異舞，戰魂重降。為首一員騎將玄甲紅纓，持戰旗獵獵，疾衝而至，大喊：「還我牧雲氏帝麾來！還我牧雲氏戰旗來！」

碩風和葉驚望著那面「寒」字大旗——這是明帝長子牧雲寒的旗號！難道這是瀚州蒼狼騎軍？這不可能，牧雲寒已經戰死在朔方原上了！他在心中大喊。

十年前穆如世家被流放殤州，穆如騎軍中的許多將領也被清洗或改調，穆如鐵騎被故意分散調往瀚州各處，訓練荒廢，一支無敵鐵騎眼見就這樣毀了。駐守北陸的皇長子牧雲寒心中憂慮，便將穆如騎軍中的精銳之士挑選出來，並從瀚南諸部挑選勇悍少年，組成五千蒼狼騎，論單騎之戰力，比當初穆如鐵騎更加強悍。那之後六七年裡，右金軍被牧雲寒所率的端軍擊敗不下百次，以致右金戰馬望「寒」字赤旗也驚嘶腿軟，不敢上前。

那時碩風和葉帶八部少年們苦苦訓練，建一支暴雪烈風騎，瀚南諸部已無騎軍可比，但唯獨敵不過牧雲寒的蒼狼騎，每每會戰，只要蒼狼騎出現，右金軍便吃敗仗，心中又恨又怕，卻無人不心服牧雲寒是一代英雄。三年前那場決定北陸歸屬之戰，瀚北八部齊出，兵力是牧雲寒的十倍之多，將其麾下端軍重重圍困，仍被牧雲寒率蒼狼騎軍左衝右突，各部精銳遇之即潰，上將被殺無數。但牧雲寒四面受敵，孤軍奮戰，終是殺到身孤糧盡，被八部聯軍圍困於溟朦冰湖之上。那一夜極寒，八部聯軍鑿開冰湖，將他和他的八百蒼狼騎困於冰島上。

草原八部聯軍向牧雲寒喊話命其歸降，無人應聲。那夜狂風暴雪，八部聯軍點起火堆無數，仍是凍死凍傷近萬眾。待到天明，他們發現冰湖復凍，小心翼翼接近冰島中央時，發現蒼狼騎軍全部凍死於冰上，人如雪塑，馬仍嘶鳴，那面玄黑火焰的戰旗，竟還保持著那一瞬飄揚之態。

於是人皆敬畏，碩風和葉命各部退開，不再驚擾死者。那個冬季之後，溟朦海就再也沒有化凍過，湖心始終極寒，蒼狼騎軍身軀永世凝凍不朽。

今天竟又見蒼狼戰旗！右金騎軍們不約而同地想到一個畫面：那凍在溟朦海上的鐵騎在一聲嘶吼後，破冰復生了！

此念一生，人人心膽俱寒，一時竟旗偃無聲，刀不敢舞。

「這是假的！」碩風和葉狂喊道，「哪裡還來的牧雲寒！朔風騎，與我上前殺盡他們！」他的親衛精銳朔風五百騎厲聲長嘯，揚刀隨碩風和葉衝了上去。

碩風和葉於馳奔之中，只見對面為首騎將離自己愈來愈近，那身姿愈看愈像牧雲寒，他握刀之手不由得也滲出汗來。待至兩軍衝刺近到不過百尺，面目可辨之時，忽然對面蒼狼騎齊聲高喊：「拔刀！拔刀！拔刀！」

聽得這三聲高喝，當時就有右金戰馬驚得長嘶起跳，把騎者掀於馬下。原來蒼狼騎戰時向來不舉刀衝鋒，只默然無聲，手按刀柄，直到離敵最近時，才高喝三聲「拔刀」，然後就是一刀取對方首級。這右金戰馬，有曾經歷北陸戰爭，親睹多任主人在此三聲後即身首分離、血光橫飛的，所以驚懼狂躍。

說時遲那時快，對面蒼狼騎軍中，立時閃出一片雪亮刀光。為首那將已至碩風和葉面前，暗中辨不清面容，只有雙目如狼。碩風和葉似乎看到了一個熟悉的眼神，將心一橫，高喊一聲，舉長刀「血色」劈下。

刀光閃過，血光已濺。

碩風和葉栽於馬下，重重撞於泥地，險些咬碎了自己的舌頭，口中一股血腥，頭盔也摔了出去，戰馬倒在他的身邊。他當時一刀砍空，那身影竟像鬼魅一般從他的刀鋒邊滑了過去，此時一股極寒逼近他的腦後，刀鋒未至，寒意就逼入了骨髓。他聽到了自己心中驚怖的叫聲，急伏身時，所騎戰馬的頭顱已被削去半邊，仍向前衝了幾十尺，才傾倒下去。

碩風和葉半撐著身體，看著玄甲騎士們從自己的上方呼嘯而過，大地在身下震顫著，強風鼓起他的披風。他們衝向朔風騎軍，自己的騎士們便如秋日枯葉被寒風掃過一般飛落馬下。待這支不過三百人的騎軍衝過，自己五百人的朔風騎已經大半成了驚奔的無主孤馬。

「牧雲寒？他真的魂歸而來了？」

那面牧雲氏帝麾在持旗的右金騎士頭顱飛上天空之際，就被那玄甲紅纓的騎士接於手中，他背束蒼狼戰旗，手持端朝巨大的帝麾，縱馬長驅。八騎近衛緊隨其後，齊聲高呼道：「牧雲寒在此！異族跪伏！」

戰場之上，他奔過的地方立時變得一片靜寂，接著，歡呼之聲開始爆發出來。這聲音隨著他的馳過從東至西，波動南北，那些跟隨他的騎士也齊聲長喝：「牧雲寒在此！異族跪伏！」

戰場上，那些正苦苦支撐的端朝士卒望著遠處飛掠而過的大旗和矯健的騎士們，驚喜莫名，真的是大端北陸的精銳回來了嗎？是戰無不勝的武成太子牧雲寒回來了嗎？

他們幾乎要哭出來了，舉刀瘋狂高喊：「太子的北陸軍回來啦！」

端軍的歡呼聲很快成為戰場上最宏大的聲音，壓過一切，每個士卒都在狂呼：「太子牧雲寒！太子牧雲寒！太子牧雲寒！」

一個人的聲威如此，竟足以憑一個名字改變一場戰局。

隨著端軍的歡呼高漲而弱下去的是右金軍的嘯聲。

此時碩風和葉已落馬，他的王旗隨著朔風騎的被屠也被踐踏於泥中。看不到王子旗號，沒有領軍號令，只有四面端軍鋪天蓋地的歡呼聲和那面萬軍中飛掠的牧雲大旗。已經苦戰了一天的右金軍突然感到疲累無比，揮刀的手也沉重如注鉛了。

【39】

天色將明，戰場上漸漸平靜了下來。霞光於天際初現，如千萬人的血氣騰上蒼穹，使東方雲蒸霞蔚，分外妖嬈。

方圓幾十里的地面，屍橫遍野。端軍損傷了七萬餘人，而右金騎軍折一萬餘騎，步軍折三萬餘人。雙方均元氣大傷。

但端軍終是擊退了驕橫的右金軍，守住了帝都天啟，士氣正高。戰場之上，士卒們迎著霞光，望著那面戰場上馳過的牧雲帝麾，揮舞刀槍，歡呼不止。

太子牧雲寒歸來的傳聞早傳遍了天啟城，城中居民湧上街巷，湧上城樓，望著遠處大軍擁著那巨大帝麾而來。

各路勤王將領擁在那大旗旁邊，雖都想知道那神祕騎將的真面目，但他戴著頭盔護面，不曾摘下。有人上前相見，他也不答話，只握著那旗徑直向天啟而行。將領也不敢強問，只默默地簇擁在旗畔。

來到城頭，城頭士兵百姓搖旗揮臂歡呼，城下的端軍也頓時情緒高漲，呼應起來。一時「牧雲寒殿下！牧雲寒殿下！」的狂呼聲傳數里。忽然不知是誰大喊了一聲：「牧雲寒陛下！」周圍的士卒一愣，立刻也跟著大呼道：「牧雲寒陛下！牧雲寒陛下！」官將們心覺不妥，可軍心已齊，數萬人高呼，哪裡擋得住。

天啟城百姓聽見城頭這歡呼聲，也紛紛喜極相告道：「看來終於打了勝仗，不必擔心城破之災，今夜可以縱酒狂歡，睡個安穩覺了。」

天啟城百姓們見軍士一路歡呼「陛下」，也不知是哪個陛下，但知道是個打了勝仗，守護了中都的陛下，於是紛紛退到路邊跪倒，高呼萬歲。樓上早有人按迎得勝軍的習慣，採來花瓣高拋撒下。

一時盛況空前，讓人隱約誤以為重回當年大端繁榮盛世。

牧雲笙此刻太過乏累，已趴在寢宮中姬昀璁床榻邊睡著。少女醒來，望望這少年，又傾聽著歡呼聲傳來的外城，面色憂鬱。

「又來了一個陛下？」她看著夢中的牧雲笙，「小笙兒，你的帝王之路要結束了嗎？」

【40】

軍馬一入東華皇城，滿城的歡呼關在門外，立刻依然是空曠清冷。

穆如寒江一路跟隨在黑甲將軍的身後。待他一入皇城，立刻轉頭命守住皇城大門，請諸侯立刻安頓本部，以防右金夜襲。他獨自進入東華皇城，向太華殿而去。

只見那黑甲將軍讓他的三百騎軍歇在殿外廣場上，隻身進了太華殿。穆如寒江跟上去，請其他幾位重臣在殿外稍候，也隻身走入殿中，把殿門掩上。

空曠巨大的太華殿中，燈燭不明，沉重的柱影斜映在玉石地面，全不見當年百官來朝的皇皇氣象。那黑甲人面對御座站立，怔怔出神。

穆如寒江走近他的身前問道：「你究竟是誰？」

那黑甲將軍卻望著御座，答非所問地說：「穆如將軍，這個帝位，你說該誰來坐呢？」

【41】

牧雲笙從夢中醒來，看見那少女已睜開了眼睛，喜道：「妳醒了？」

昀璁笑著點點頭：「看來你們地上還是有些好藥的，我雖沒什麼力氣，人卻完全清醒了。」

牧雲笙聽到前殿的喧嘩聲，愣了一會兒，欲言又止。

突然外面內侍奔來道：「陛下，聽說您皇長兄、先武成太子活著從北陸回來啦！現在已經入太華殿了！」

牧雲笙一躍而起：「我大哥？他沒有死嗎！」驚喜交加地就要奔出去。

昀璁大駭，探出身去緊抓住他的衣袖：「莫要去！小笙兒，快逃吧。逃吧！」

「妳這是何意？」牧雲笙一皺眉。

「你怎還如此單純？難道不知什麼事一沾上皇位，就再也沒有手足之情了嗎？」

牧雲笙嘆道：「昀璁，我明白妳在地下晟國所遭遇的一切，但是，妳不明白，我大哥那樣的人，他絕不會做那樣的事，何況他要是真的回來，我自然把這皇位還給他。」

「那又如何？你肯讓皇位，他卻未必就不再防你。他不防你，他手下的人卻不能容你，又或是有人要借了你的名義來生事端，他們為了清除後患……小笙兒，千萬莫去。」

牧雲笙冷笑道：「連親兄弟回來都不能見，這樣活著倒不如死了。今日縱是沒了性命，我也要去見上一面的。」言畢大步出殿。

他獨自向太華殿奔去，卻見前方燈籠引路，一行人正向這兒來。

「前面是誰？」他大聲問著。

對面的人為首者忽然大步奔了過來，其他隨從全部按劍緊跟。

牧雲笙忽然感到，那為首之人絕不會是他的大哥，他停下腳步，喊道：「你們到底是誰？」

「你就是我那弟弟小笙兒嗎？」

突然響起的，竟是一個女子柔和的聲音。牧雲笙驚退幾步，抬眼觀瞧，只見一位緊袖輕衫、習武打扮的少女站在他的面前，也不過二十歲出頭的樣子，笑吟吟地望著他。

「妳是誰？」牧雲笙問。

「你不記得我的，」女子拉起他的手，「我上次進東華皇城來時，只有三歲，由我父親牽著，而你那時，只怕還在你母親的懷中呢。」

牧雲笙只憑和她手相觸的感覺，便信任了她全無敵意，只是還是想不起眼前人是誰。

「我是靖王的女兒，牧雲嚴霜啊。」

牧雲笙這才恍然大悟。靖王是他的叔叔，明帝牧雲勤的四弟牧雲誠，一直鎮守在北陸。後來右金引八部作亂，靖王與牧雲寒一起守衛北疆，卻先於牧雲寒戰死於草原上。

「牧雲嚴霜？妳……妳可是隨我大哥牧雲寒一起來的？他現在在哪兒？」

牧雲嚴霜長嘆一聲：「你大哥……他真的是很想見你的，他一直念念不忘兄弟們，想著回來……」她忽然也嗚咽了，「小笙兒，你別怪你大哥，他是真的想對你們好……他……無時無刻……不想著重回故土……」

她再也說不出話來了，只把牧雲笙緊緊抱住，淚水從她臉上潸潸而落。

【42】

那夜，牧雲笙才確信牧雲寒早已死在冰原上了。牧雲嚴霜帶了他的旗號和僅存的三百蒼狼騎偷偷潛回東陸，昨日在陣前嚇退了碩風和葉。

「其實以我的武藝，未必是碩風和葉的對手。只是一看見他，就想起往日仇恨，生死也不顧了。當時手中握著你大哥的戰刀寒徹，只覺得他的魂兒也貫注在這刀鋒中一般，竟一刀就把碩風和葉砍下馬來了。只可惜那時他的朔風騎兵四面殺來，待殺散這些騎軍回頭去尋他時，卻找不著了，沒能取了他性命。」

牧雲嚴霜拔出身邊佩刀，一股極寒之氣立刻就噴向整個殿中。

「這把刀歷經百戰，刀下不知有多少幽魂，煞氣極重，幾乎是揮刀必取人性命。也只有碩風和葉那樣的梟雄人物，才堪堪抗得過去。平時裡，我也輕易不敢拔它出鞘的。」

「讓我一握可好？」牧雲笙伸出手去。

牧雲嚴霜搖搖頭：「你大哥曾對我說過，小笙兒一世莫碰刀劍。」

牧雲笙嘆了一口氣：「百般禁忌，可亂世終是成了，是誰之過呢？」

忽然有將官緊奔而來，在門外道：「不好了！城外右金軍襲營了，穆如將軍請武成太子速至北門議事！」

牧雲嚴霜猛站起來：「小笙兒，我先去了！」

她收攏長髮，戴上頭盔護面，掩住自己面容，一群親衛將士早在門外等候，為她披上戰甲。

牧雲笙望著他們匆忙奔去的背影，心生悲涼。這城還能守多久？他們又在為誰戰鬥至最後一刻？

【43】

牧雲嚴霜趕至城下，穆如寒江與一干將領早在那裡等候。

「信報剛至，右金軍分兩路趁夜偷襲，已經攻破城外左右兩座大營，勤王軍正在潰敗中！」穆如寒江怒道，「我早提醒他們不要放縱軍士喝酒慶功，要加強戒備，結果還是……碩風和葉是那麼容易退敗的人物嗎？好不容易挽回的一點局面轉眼就毀掉了！」

「大量敗軍擁在城門外，要求入城，快開城門吧！」守城將官說道。

「不可！亂軍入城，局面難以控制，若混入奸細，堅城也會功虧一簣。於城門喊話，讓他們轉身殺回去，右金軍軍力不如我等，死戰還有機會，逃竄死路一條！」穆如寒江望著牧雲嚴霜道，「還請郡主再假扮一次武成太子，去城頭激勵軍心。」

牧雲嚴霜只有點頭，戴上頭盔，一行人來到城牆之上。數萬敗軍擁在城外，齊聲喊罵，要求開城。後面火光沖天，還有敗軍正不斷湧來，城外擠擠挨挨黑壓壓一片，正自相踐踏。

牧雲嚴霜的近衛將領高擎帝麾，大喝道：「牧雲寒殿下在此！右金軍又有何懼？你等都是血性男兒，手腳尚存，刀槍仍在，膿包樣哭喊著要入城躲避，算什麼大端的戰士？」

城下卻有士卒反罵道：「你們躲在城上，卻喚我們去拚命！我們無盔無甲，一雙肉腳，怎麼和右金騎兵相抗？再不開城，我們撞開城門，打進城去，把你們這些狗官盡數殺死！」

頓時許多聲音呼應，叫罵不絕。也無法分辨這是混在軍中的敵軍奸細還是一心保命的軍卒。

牧雲嚴霜嘆了一聲：「現如今，只有我率軍殺出城去，身先士卒，才能喚得大軍回頭死戰。」

穆如寒江搖頭道：「城外太混亂，城門一開，只怕妳還沒有出去，亂軍先擁進來了。」

牧雲嚴霜道：「我從東門出去，繞至北門來。」

穆如寒江沉思片刻道：「只有如此一試了，但碩風和葉狡詐，妳要小心城外伏兵。我須得坐鎮城中，不能同郡主一起出城奮戰了，千萬小心，莫要死拚。」

牧雲嚴霜點頭道：「只願遇上碩風和葉那廝，這次必取他頭顱。」

於是她率三百蒼狼騎開東門而出。一路上正有敗軍向東門奔來，牧雲嚴霜命部將舉旗高呼：「牧雲寒在此！眾男兒隨我殺回去！蕩平右金賊子！」眾軍士歡呼一聲，倒有大半轉身跟隨，一路上也聚了三五千人。

回到北門下，再次召喚。亂軍中正愁約束不得軍士的將領立時回應，倒有一兩萬人重整旗鼓又殺了回去。

行不數里，迎面正遇上一支右金騎軍趕來，為首的是速沁部的將領那密達弓，率著本部二千餘騎。見蒼狼騎軍突然逆潮殺出，勢如閃電，刀還未抬，已被牧雲嚴霜一箭射落馬下。蒼狼騎馬上齊射，右金軍大亂，被後面奔來的端軍士卒淹沒，連人帶馬砍成肉泥。

碩風和葉正親率一萬騎兵向天啟城下追來。忽見前方戰馬奔回，殺聲重起，道：「莫非是蒼狼騎出城了？」戰刀一揮，命騎軍排開，強弓在手。靜靜等待。

只見茫茫的夜霧中殺聲漸近，卻突然停了。戰場陷入了沉寂，甚至能聽見蟲鳴，只偶有戰馬焦躁的嘶啼。

碩風和葉只是盯緊了那霧中，眼神片刻不敢離開。

突然之間，霧幕被疾風撞開，數百勁騎挾雲而出。碩風和葉一揮手，右金軍萬箭齊發。所來之蒼狼騎齊齊伏身馬側，手中早搭了弓，待箭雨一過，立刻直身回射。碩風和葉身邊，立時就有數十騎栽倒下去。

一支箭直撲碩風和葉的面門，他舉刀一揮，砍成兩截，大喝：「衝！」右金騎兵吶喊疾衝上去。

忽然蒼狼騎中一聲呼嘯，那些騎士立時撥馬向回奔去。碩風和葉知是誘計，但大軍已衝起，停不下來，只得罵了一聲：「拚了！」

霧氣之中，忽然爆發出巨大的吶喊，是近萬人同時的吼叫。不少右金戰馬當時就驚了。緊接著腳步聲隆隆，一支肩並著肩、矛挨著矛的密集步軍陣直衝了出來。

騎軍作戰，最希望的是步軍陣勢潰亂，可以穿插攪碎，肆意砍殺。而一旦步軍形成密集陣勢，前排軍士不閃不逃，只以尖矛肉身為牆，後面軍士緊緊倚住，騎軍一衝上去，便如巨浪撞在堅岩上一般，再無法向前。端軍此刻橫下一條心，擁在一起，吶喊狂衝。右金軍頓時像被大船破開的水浪，騎士大片被刺下馬來。

但右金軍對這種密集陣，也早練過無數次對應之法。前面騎軍一落馬，後面騎軍立刻分成兩股，向端軍的兩側湧去，發箭攢射。端軍便像是從箭雨中穿過一般。且這支軍只是各營敗軍臨時雜合起來，憑了一股憤勇之情衝殺，初時陣形尚緊，待地上鋪倒了人馬屍身，後面又只顧推著前軍向前，頓時就有許多人絆倒，才衝了半里，就拉開了空隙。此時右金軍早繞到端軍的後面，掩殺過來，端軍沒有統一號令，無法轉身重組陣勢，只有撒開了腿狂奔，轉眼又成潰敗之勢。

但右金騎軍被此一衝，也稍有散亂，正在重聚之時，蒼狼騎軍已穿插入右金軍的縫隙，碩風和葉只聽身邊霧中連聲驚呼，已有不少騎兵落下馬去，敵人已滲入這騎流中，正欺近他而來。他握緊長刀血色，提防四處。突然間霧氣中殺出一騎，已與他並轡而馳。

碩風和葉緊盯著這個和他並行的影子，他認得那匹戰馬，正是牧雲寒的「烏騅踏雪」。難道眼前這個人真是破冰重生的牧雲寒？還是他根本就沒有死？正心疑間，那騎將已靠了過來，長刀閃亮，碩風和葉急舉血色去格，兩刀相擊，一股極寒之氣頓時從刀刃上直傳手心，又直貫至肩，幾乎右手都麻木了。那不正是戰刀「寒徹」？

碩風和葉驚怒大呼：「牧雲寒！果真是你嗎？」那將也不答話，又是一刀，碩風和葉再格，右臂如凍僵一般，戰刀幾乎脫手。虧得血色也是把名刃，於血中淬成，飲血愈多，刀刃愈是鮮紅透明，如翡翠一般，但與寒徹相擊這兩下，刃上已透出一股白印，像是霜自刃內結了出來。

兩人再鬥了七八個回合，碩風和葉忽然覺得此人雖然刀法頗像牧雲寒的狠辣，卻少了些淩人霸氣，力道也弱了許多。且刀法急躁，像是恨不得速戰速決。他定下神來，認定眼前之人不是牧雲寒，不由得大笑道：「你不是牧雲寒，到底是誰？」

正說間那將一抬手，卻是一道袖箭，碩風和葉急仰身，箭正射在頭盔眉心中的松石上。他這一躲，那人得了空子，又一刀劈飛了他的馬首，碩風和葉再次栽下馬來，嘴中全是泥沙腥氣，半邊臉全被剮破。只聽後面馬嘶，那將縱馬低身就來取他首級，碩風和葉急翻滾間，刀氣從頸邊滑過，土中現出一道長痕。

碩風和葉跳起來便跑，那將撥馬來追，這時一邊有人大喊：「赫蘭鐵轅在此！」赫蘭鐵轅飛馬趕來，攔住那將廝殺。但赫蘭鐵轅的雙刀與寒徹相擊，當即就折了一把，斷刃飛了出去。那將再一揮刀，赫蘭鐵轅低頭時，盔上的翎子也飛了。赫蘭鐵轅知其再一翻腕，自己頭就飛了，急切間離鐙一躍，直撲了出去，拉住那將一齊摔落馬下。

耳邊聽得一聲驚呼，竟是女子聲音。赫蘭鐵轅不由得一驚，面上早挨了一肘，齒落血流。後面早有跟至的右金騎士把馬讓給碩風和葉，碩風和葉上馬怒道：「今日定殺了你！」舉刀引著大隊騎士復殺回來。那將輕捷跳起，一聲呼哨，戰馬踏雪就奔至身邊，她跳上馬，策馬奔入夜霧中去了。

碩風和葉定定神，忽然哈哈大笑。赫蘭鐵轅看主將半邊臉上嘴上全是泥沙，盔落甲斜，卻笑得如此高興，不由得奇怪。碩風和葉道：「原來不是牧雲寒！如此我心中無憂也！明日就大舉攻城！」

赫蘭鐵轅小聲道：「那好像是個女人啊？」碩風和葉一驚，臉上沒了笑容，半天才揪住赫蘭鐵轅說：「我被個女流連砍下馬來兩次之事，絕不許說出去。」

赫蘭鐵轅齜缺牙之口怒道：「我被打成這個樣子，還能四處張揚不成？」

【44】

天啟城外勤王軍十數萬人全被殺散，各路諸侯均大傷元氣，右金軍再次包圍天啟。碩風和葉望著天啟城，心中感慨，最後的勝利終於要到來了。

可就在這時，飛騎傳來信報：「牧雲欒的十萬宛州軍已到天啟南門外十里安營！」

「王子殿下，您真正的敵人終於來了。」康佑成說，「牧雲欒經營宛州多年，他的實力，可不是其他諸侯能比的。您入東陸以來，沒有和真正精銳的東陸軍隊作過戰，現在，您終於有機會了。打敗了牧雲欒，天下就再也沒有可與右金軍爭鋒的勢力了。」

「牧雲欒這個老傢伙，他按兵不動，放其他郡守諸侯入中州來與我們爭鬥，直到這時才進兵。現在有實力進取帝都的只剩我們兩家……好，就儘早見個分曉！」碩風和葉拔出劍，將桌案一砍為二。

【45】

天啟城中，城樓上穆如寒江望著右金大軍拔營，向南而去。

「右金軍和宛州軍要在天啟城下交戰了嗎……現在可真正是兩虎相爭了。」

「誰會獲勝來到天啟城下呢？」牧雲嚴霜慘然一笑，「我們不能待在城中等別人來決出誰來用餐。」

「碩風和葉不是魯莽之輩，他的軍師康佑成更是極富心機。我想他們必然在城外留有伏兵，我們不能貿然出城。」穆如寒江凝神望著右金大軍遠去的煙塵。

「縱然如此，也要闖一闖了。城中尚有四五萬軍馬，若是等右金和宛州軍中的勝者來到城下，這四五萬人困守城中，也無異等死。但若是在他們交戰之時，就會成為決定勝負的力量。」

牧雲嚴霜轉過頭來望著穆如寒江一笑，「當年在北陸，我從你的父兄身上學到很多東西。他們決斷果敢，兵勢雷厲風行，能以數千精銳，改變數十萬人之大戰役的局面。今天，重擔卻在我們身上了。」

穆如寒江很想回報她的微笑，可是卻無法笑出來。

牧雲嚴霜察覺了他的心情，也低下了頭，輕輕嘆息：「當初在北陸，聽說你們滿門被流放……全軍都幾乎要炸開了，那麼多刀架在眼前也不會眨一下眼的男兒，跪在太子和我父王的帳前痛哭流涕，只一遍遍大聲喊：『穆如將軍無罪！』我沒看過那樣的場面，實在被震撼了，躲在帳後，偷偷地哭泣。那時太子和眾將寫下血書，連同自己的一束頭髮送回天啟，以示願用性命擔保穆如世家……可是……」她的眼圈又已泛紅，忙仰起頭來長嘆了一聲，「皇帝下的旨意，又怎麼可以更改呢。」

「沒有錯。」穆如寒江冷笑著，「如果妳還願忠於這種皇帝的話。」

牧雲嚴霜凝望著城樓外的遠方：「穆如將軍，你想怎麼向我們牧雲氏復仇呢？小笙兒……那時他還太小……」

「妳不必說了。」穆如寒江一揮手，「當年這江山是我們穆如氏和你們牧雲氏一起打下的，現在破碎如此……我們要把失去的都奪回來。」他的目中聚起光焰，「我早已立下志願，要先破右金，再平宛州，恢復大端朝的江山……到了那時……」他望向牧雲嚴霜，冷笑著，「我要把你們牧雲一族流放去殤州，讓你們也走一走我們穆如氏走過的路！」

牧雲嚴霜望著遠方的目光閃爍，只發出一聲悠長嘆息。

穆如寒江也轉身望向地平線：「在我完成這志願、重整江山之前，我會把仇恨壓在心底最深處，或許……」穆如寒江冷笑著，「你們應該希望我永遠都無法達成志願，或是未捷先死。」

「不，」牧雲嚴霜望向他，「我真的希望你一直活下去，娶妻生子，享受安定與榮華。你們穆如世家，已經沒有多少血可以流了。牧雲氏所背負與愧欠的，只希望能在我們這一代償還了結。」

「在強虜未滅之前，忘記我們兩族之間的仇恨吧，也忘記妳的愧疚。將來若真的四海平定，我們兩族再在戰場上決一高低也不晚！」穆如寒江向城樓下走去，「我們這就去整點兵馬，準備出征！」

【46】

牧雲嚴霜上馬出征之時，回頭看見那少年皇帝，已經從宮中奔了出來，站在大軍後，怔怔地望著他們。

牧雲嚴霜咬咬嘴唇，下馬來到牧雲笙的身邊，扶住他的雙肩：「小笙兒，若是我們能回來，你就準備酒宴，為我們慶功。若是我們回不來……你速速換了布衣，逃離天啟，忘記自己是個皇帝，忘掉十七年來的一切，忘記牧雲這個姓氏……」她有些嗚咽，「……去做一個平凡的百姓吧。」

牧雲笙望著她的眼睛，卻沒有哭泣。少年平靜地伸出手，抹去牧雲嚴霜面頰上的淚。

「我不在乎做不做皇帝，我只是不想看到你們死去。」

「你不能，小笙兒，你做著這個皇帝一天，只要還有一個人在為這個王朝而戰，你就不可以輕易放棄。將軍終須陣前亡，有人死在溫柔帳中，有人死在風沙地裡，其實沒有什麼不同。」牧雲嚴霜笑了笑，轉頭上馬而去。

巨大的城門緩緩洞開，大軍長喝，向門外湧去。少年牧雲笙怔怔地站在那裡，手指上的淚在風中漸漸乾去。

之十　勝利者

【01】

碩風和葉望著地平線上緩緩湧來的宛州大軍，暗暗讚嘆。這鐵甲森嚴的陣勢，和之前的勤王軍相比，真有天壤之別。

那各路勤王軍雖號稱三十萬，可倒有二十萬是在被襲的混亂中逃散的，諸侯郡守們生怕蝕光了本錢，一看大勢不好，全都帶著本部逃向守地去了，哪有肯死戰到底之人。可如今開來的這支軍隊，雖然只有十萬，卻似乎能死戰到最後一人。

康佑成在一旁湊近道：「你看他們的甲冑，十萬士卒均著鏈甲，這是何等的財力與軍工啊。宛州的富庶，不是中州北部可比，宛州軍只會愈來愈強，不在這一仗擊潰他們，將來只怕永無機會了。」

碩風和葉長吸一口氣：「你看若是我們硬拚，殺光他們，我們還剩下幾人？」

康佑成凝神想一想道：「這宛州軍軍容之嚴整，超乎我的想像，我覺得我們殺到他們還剩兩萬的時候，自己就先全軍覆沒了。」

碩風和葉笑罵：「那我們來這裡做什麼？趁早回北陸去喝酒看天睡大覺吧。」

康佑成笑道：「天下哪有必勝的仗？戰爭就是賭博，不僅鬥勇鬥智，最後還要鬥運氣。」

【02】

宛州軍中軍大帳中，鄴王牧雲欒輕呷了一口酒，看著席前的紗袖書生。

「路然先生，你以為康佑成其人，謀略如何？」

「的確是將才，若論天下大略，實與我不相上下。」那年輕人高舉酒杯，一仰而盡，略有醉意地將杯伸向一邊的侍女道，「再來再來。」

「那若以先生十萬軍，戰康佑成十萬軍，誰人能勝？」

「當然是我。」年輕人倚在案邊，自顧把玩酒杯。

「何以如此自信？」

「康佑成精通兵法，把《武韜》《行略》《兵機》諸十三家兵書要案記得精熟，信手拈來。哪怕對方也同樣精熟兵法，但無論如何變陣布兵，他瞬間便可看破。」

「那先生如何勝之？」

「我能勝他，只因我從來不讀兵法，不演兵棋，不背陣訣……」書生一揮長袖，向後倒去，愜意地靠在身邊侍姬腿上。

「不讀兵法，卻如何勝精通兵法之人？」

「那麼我所行之陣，所布之兵，全部都亂七八糟，一塌糊塗，那康佑成完全無法看懂，自然覺得我高明無比，心生恐懼，然後心理崩潰，不戰而降，哈哈哈哈！」年輕人大笑，把住侍姬的手，將她手中酒壺的酒倒入口中。

所有帳中眾將卻誰也不敢笑，都望著牧雲欒的面色。帳外衛官按住刀柄，只等牧雲欒說一聲「推出去砍了」就立刻進來拿人。

牧雲欒雖然臉色繃緊，卻終是壓下怒氣，微露冷笑。帳中眾將與謀士心中更加不快，他們早看這年輕人不順眼，都覺得這人是個騙子或是狂生，卻唯有牧雲欒相信他，還待為上賓。

「那麼，明日會戰右金軍，就請先生在我身旁，為我出謀劃策。」牧雲欒舉杯道。

帳中眾將全看向那軍師范綴，這分明是讓這年輕人試著代替他的位子。范綴臉上如被巴掌扇過，青中泛紅，卻也只得慢慢舉起酒杯。眾將也都隨牧雲欒把杯舉起來，向那青年敬酒。

可那年輕人竟如醉得舉不起酒杯一般，只把手在空中搖著道：「我說了我不懂兵書，讓我當謀士，輸了可別怪我。這裡的酒一點也沒有路邊酒館打來的好喝。」

牧雲欒和一干大將謀士舉著酒杯，就那樣生生地僵在那裡。

終於有一武將忍無可忍，摜了酒杯拔劍而起：「路然輕，你以為你是什麼東西？敢這樣輕慢我等！」

路然輕看也沒有看他，站起身整整衣冠，拱手正色對牧雲欒道：「殿下，宛州軍現在之所以還沒敗，只是因為沒有遇到真正的對手罷了。你若真想得到天下，就不可以用一般人的心思去推度事情。士為知己者死，您又想用我，又不信我，周圍又全是一群自以為功高的老臣，這樣再有才略的人也是無法成事的。這裡有三個信封，這次戰後，若是我說得準，您用了信封中的計策勝得此役，便請拜我為軍師。若是不信我，盡可棄之一邊，我便另尋明主去也。告辭。」

他大步而出，把無數惱怒的、忌恨的、驚訝的目光拋在後面。

牧雲欒長嘆一聲，支肘於案，托著額頭，久久沉默。

【03】

一日後，宛州軍與右金軍在天啟城南百里處會戰。

戰事之初，宛州軍使鐵甲長槍巨盾，分成數個方陣，右金軍騎兵一旦靠近，就強弩攢射。這鐵弩的射程比右金軍的弓要遠得多，右金騎軍繞陣數周，沒尋到任何破綻，只丟下數百騎屍身。

碩風和葉下令：「衝車出陣。」

但大半衝車毀在與勤王軍的大戰中，只剩八十餘輛，加之宛州軍弩箭太強，可穿木盾，跟隨衝車的步兵衝到三百步內，就被射死無數，潰退回去，衝車沒了步兵護衛，立時被宛州軍陣中衝出的兵繳獲了去，軍卒齊聲嘲笑，高喊著：「禮重了，禮重了！」

碩風和葉在本陣中苦笑，對康佑成道：「你的衝車原來這麼不好用。」

康佑成道：「對付堅營困守之軍，衝車是極好用的，但對方兵強弩利，原來的兵法就不頂用了。」

碩風和葉問：「那還有些什麼新招法？」

康佑成笑道：「宛州富庶，所以步兵甲厚盾堅，多備強弩。但宛州多水系，缺平原，少養馬匹，所以他們缺少精良騎軍，只有形成方陣，陣陣相護，欲以不變應萬變。我們便偏讓他們動起來。」

於是命令把原備攻城用的三十輛攻石車推了出來，放上空心鐵彈，那彈中灌滿火油，燃著了猛投出去。宛州軍抬頭看見天空中數十個大火球呼嘯而來，心道苦也，方才騎軍衝鋒之時，只盼大家擠得緊，好讓騎兵衝不進來，現在卻只恨身邊擠滿了人，想跑也沒處跑。眼睜睜看著火焰潑天而下，一橫心一閉眼，暗道天上掉金子的好事老天一回也沒給過，這次也不該輪到才是。巨響連聲，慘叫聲起，著火的士卒瘋狂衝突。投石車未投幾輪，宛州方陣已亂。

中軍觀敵雲臺上，牧雲欒緊皺眉頭，不得已下令，全軍衝鋒。鼓聲一起，方陣發一聲喊，全衝上去，說是衝鋒，倒不如說是快逃開所站的地方。

碩風和葉激動起來：「娘老子的，這幫龜殼兵終於散開了！騎兵準備衝鋒！」

康佑成道：「慢著！宛州軍久經訓練，可速散也可速集，若是騎兵衝近，他們便瞬時就近結成上千個小陣，外置盾槍，內發弩箭，我們還是挨打。」

碩風和葉道：「那麼，命前軍緩退，讓和術部、克剌部分繞敵兩側，然後三面夾擊，任他多少小陣，也立時衝垮。」

康佑成拊掌大笑：「殿下用兵日益精妙了。」

碩風和葉微笑起來：「待我把你的招數盡數學來，你便於我無用了，可以回家種田了。」

康佑成的笑容僵在臉上，他知道這位王子所說的話都是真的，當他笑著說要殺掉你時，那也是真的。他不喜歡把話藏在肚子裡，從來想到什麼就直接說了出來，把一切擺在光天化日之下。所以他的父輩和親族都不喜歡他，他孤獨地爭奪著天下，似乎只為了證明什麼。

右金軍三面夾擊，宛州軍果然集成無數小陣，呼應為戰，戰場上煙塵滾滾，混戰一場。直殺了近兩個時辰。天色將晚，雙方都折損數千人，各自鳴金收兵。

【04】

牧雲欒回到帳中，忽然看見案邊那三個信封，取第一個來打開。

「殿下慣用四形方陣之法，雖剋騎軍，但右金若使發石火攻，陣必破。請用臣所獻之陣圖。」

牧雲欒將拳猛捶在案上，昨夜為何就賭氣沒看這信封呢？不過，即便看了，他也未必肯按其所言行事吧。

他拿起第二個信封，想了想，又放下。默坐了一會兒，卻又拿起來，緩緩拆開……

【05】

第二日，宛州軍擺出了個黃沙萬里陣，將數萬兵散開在方圓數里的平地上，每人之間相隔數步。碩風和葉一見大笑：「這是怕了我們的投石機了。不過這樣一來，怎可抵擋我驃騎衝鋒？」

康佑成搖頭道：「須防他陣勢變化，這陣勢看起來最為粗陋散漫，卻是萬陣之源，可千變萬化。臣知暴雪烈風騎曾苦練對騎兵之陣法，但對步兵陣之變化與破解卻訓練不足。若是對方演練過高妙陣法，只怕要吃虧。」

碩風和葉點點頭：「我明白要如何了。」

於是命龍格部驍將龍格敕率部一萬衝鋒。龍格部突入敵陣，宛州軍似乎迅速被撕開了口子，中間步軍向後狂奔逃命。龍格部幾乎要一路追殺到中軍營前，突然中軍號炮響起，宛州軍瞬息變陣，兩面步兵合圍而來，迅速聚成密集陣，要將龍格部吞沒。

右金陣中，碩風和葉一舉刀，赫蘭部、和術部衝殺出去，襲向宛州軍週邊。宛州軍中旗幟飛舞，指揮士兵分成前後兩陣，一面抵擋右金援軍，一面圍殺龍格部。同時中軍中又殺出兩支軍，向赫蘭部、和術部兩翼殺來。

碩風和葉再舉刀，親率剩餘諸部衝鋒，兩軍絞殺在一起。但核心龍格部雖在箭雨攢射、槍林合圍之下，卻愈戰愈勇，龍格敕一馬當先，殺出一條血路，漸和赫蘭部、和術部會合。宛州軍陣形被緩緩撕破。

又殺了半個時辰餘，宛州軍已被截為兩半，由多重合圍改成兩面夾擊。但右金軍卻集中兵力向西面衝去，西面宛軍抵擋不住，敗退下來。東面宛軍又追不上右金騎軍，牧雲欒見勢不妙，傳令收兵。右金軍趁機掩殺，戰場上留下數千具宛軍屍首。

【06】

牧雲欒在帳中緊鎖雙眉，望著那第二封信。

「殿下若不用我所獻陣法，必欲用散沙陣誘敵騎軍再變雙龍絞喉陣，兵法雖如此，但須觀實勢。右金軍強悍非東陸騎兵可比，龍格、赫蘭兩部尤其勇猛，被合圍後必然死戰，難以速滅。被右金穿透陣圍，則勢潰也。」

牧雲欒長嘆一聲。難道不用路然輕這小子之計，就真的打不贏此仗？可用了他獻的計，卻又怎能保證必勝？這風險太大了。

第三封信已然拆開，放在案上。牧雲欒怔怔地望著它許久。

【07】

第三日，宛州軍出旗免戰，只堅守營中不出。

第四日，還是免戰。

第五日……第六日……

「牧雲欒這是想做什麼？」碩風和葉在帳中踱步，「拖延時日，想與我拚軍糧？我有北望直道，軍糧十日便可送至軍前，他難道不知？」

正在這時信報傳來：「北望道上我軍軍糧被焚，敵軍是端軍穆如寒江。」

「混帳！」碩風和葉大怒而起，「我不是命丹堯部盯住他們的嗎？」

「是，但穆如寒江以主力誘丹堯部追擊，自己卻率兩千人襲我糧隊。我軍雖殺滅端軍近萬，但是糧草卻……」

「一萬人的護糧軍都擋不住帶兩千人的穆如寒江嗎？」碩風和葉怒拔出刀來，砍斷一邊燭撐，「我們的大業就要毀在這些廢物手裡了！」

他舉著戰刀，呆愣在那裡。軍糧不繼，似乎只有退兵一途了。但他能退嗎？他有退路嗎？他燒毀了戰船，背叛了父兄，用自己和七萬右金男兒的命賭一個天下……他不能敗，決不能敗。

又有一飛騎直衝入營來：「報！探知宛州軍中有十萬擔軍糧，即將送至三十里外的澄林。」

碩風和葉望向康佑成。康佑成也微微嘆息了一聲。

「只有拚死一賭了。」

【08】

沉重的宛軍糧車正在道上吱呀行進著。這運糧車卻不用木輪，而是車底支著四個空心鐵球，不易陷入泥中，更可隨意向任何方向推動。這些糧車四周戒備森嚴，內側是步兵，週邊是騎軍，有五千之多。

右金軍龍格敕帶本部騎兵兩千潛行至了澄林西五里之處，這個軍令是他和赫蘭部赫蘭鐵轅差點拔刀相向才爭來的。龍格部和赫蘭部是右金軍中最勇猛的兩支，每次戰前都為誰打頭陣爭得頭破血流，何況是這樣重要的襲擊。此次若是成功，右金軍便勝利在望，進而整個天下都將再難有人與右金爭鋒，但若是不成功……龍格敕猛地搖頭，將這個念頭從腦中甩了出去，他龍格敕從來沒有在未戰時就先想到失敗。龍格騎兵這樣悍勇，而信報查得明白，護糧軍只有五千，又怎能不成功呢？

夜色已沉，時辰已到。龍格敕下令，火箭準備，全軍突擊！

龍格部衝出樹林，向大路狂奔而去。卻只聽一聲響箭，路上突然火把通明，燈球高懸。那些運糧車上，糧袋被推開，裡面竟是連射巨弩，馬拉的糧車轉眼變成戰車，在路上排開一線，萬箭齊發。龍格部成片栽倒，無人能衝至近前。

龍格敕又急又怒，一隻粗長弩箭貫穿了他的肩頭，他負痛率軍向北退去，卻突然伏兵殺出。「衝出去！衝出去！」龍格敕啞著嗓子狂喊，單手揮鐵棒，擊殺宛軍數十。正此時，伏兵身後戰馬衝突，赫蘭鐵轅率接應騎軍殺到，亂箭之中將龍格敕救出，但他們回望身邊，兩千騎已所剩無幾了。

碩風和葉在大營之中正焦急等待消息，忽然四面殺聲俱起，士卒們喊道：「宛州軍劫營了！」他衝出帳外，只見天上萬千火箭，正劃出金色痕跡撲來。

各部將領奔到他身旁，碩風和葉怒道：「巡營隊何在，怎會被人偷至營下？」將領道：「是戰車無數，來得太快了！」

右金騎軍衝出營去，營外卻早布了百輛球輪戰車，這些球輪弩車遠可馬牽，戰時馬匹脫開，由人在後推動，慢慢前進，連弩齊發，最快的馬也無法衝至面前。更有纏著火棉的弩箭，將右金軍營寨燃著。右金軍一時慌亂，四下奔突。

「發火信，讓東營莫合至和西營阿骨平所部向中軍靠攏！和術部從東面出去，繞襲敵軍後側！」碩風和葉喊。

四個紫色的火球飄上天空。

兩刻之後，信騎飛至：「報！東營莫合至在路上被林中大火阻隔；西營阿骨平本營也被襲擾，難以分兵來救；和術部出營之後遇到伏兵，正於黑暗中混戰。」

碩風和葉望著四面火光，自己的軍令處處都被算到了，對手究竟是什麼樣的人？

又二刻後，右金軍已被大火與弩箭逼得退守本營，有被合圍的危險。碩風和葉緊鎖眉頭，在圍著他的眾將間穿行，終是把拳重重捶在帳柱上，傳令：「向南撤退。」

【09】

牧雲笙坐在城樓之上，望著遠處天際被火燒紅，呆呆出神。少女昀璁來到了他的身邊。

「昀璁，妳身體未好，不要來吹冷風了，回去吧。」

「大端皇帝陛下倒很懂得關心人嘛。」昀璁笑著，彷彿面色也紅潤了些，「都休養這許久了，再過幾天，我想我就完全沒事了。」

她轉頭看見他身邊的桌案上放著一封紅翎急報，卻未拆封：「這是戰場來的急報嗎？你……你為什麼不打開看？」

「不論信報中右金勝了，或是宛軍勝了，都不再重要，因為——最後的勝者，是我。」少年注視著那赤紅的天空。

昀璁沉默了許久，才緩緩說：「你終是下定決心了，要做天下的主宰？」

「是的。以前我覺得，我不當大端皇帝，自然有更好的人去當。現在我卻明白了，你永遠也不能把自己和世人的命運寄託在他人身上。我是大端皇帝，那我只好去主宰天下。」

「那麼，我、穆如寒江，只要反對你的人，你都不會再留情？」

「妳走吧。」少年望著遠方，冷冷說。

昀璁的眼神閃爍迷離，欲再說什麼，終是說不出口，猛轉身，抽泣著奔下城去。

牧雲笙獨自張開雙臂，靠在堅實的城垛上，望著眼前的高大天啟城樓。此時城牆上再沒有一個守軍，黑暗中只剩他獨自一人。

他從來沒有這樣熱烈地渴望過天明。

城下，一支大軍正列陣等待出征，截擊碩風和葉。

【10】

右金軍南退至柳伯河邊，前面的戰馬卻突然停了下來。

在河的對岸，有一道長長的奇怪的線，像是什麼在微弱夜色下發出光芒。

「是從天啟城中出來的軍隊嗎？」碩風和葉觀望著，「天啟城連營被破後，他們根本再沒有可以攔截我們的力量了。眾將，衝過去！」

右金軍吶喊著催動馬匹，將整條河踏濺得如沸騰了一般，殺向對岸。

但當騎兵們衝近那支軍隊，人馬都不禁膽寒。

他們的面前，是一片鋼鐵的森林。

那是用河絡族鑄造的戰甲武裝的，由流民所組建起來的鋒甲軍。

河絡族為牧雲笙所造的機鋒甲，兩片一尺寬的刀形的盾甲附在手前臂的兩端，完全伸展時長出手掌約八尺，外側是極鋒利的刃，可以格擋與斬切；盾刀與肩兩側的盾板有機栝相連，人只需要很小的力就可以驅動這巨大的盾刀，發出普通揮刀無法達到的力量。而身周是貼身網絲甲和像葉瓣一般繞著身體的甲片，只有面部前方留空用於觀看，從左右、背後、上方都無法被攻擊，而如果在併攏前臂使盾刀合起，就幾乎無懈可擊。整副機鋒甲有基座支持，座下有七個球輪。人不必承擔甲重，而像是推著甲胄行走。而靜止時，可坐在甲中休息。它像一輛能由單人推動的戰車，又像是一副鋼鐵的斬殺工具。

這樣的甲胄，人族即使可以畫出圖紙，也沒有這樣的工藝和這麼多的金屬來製造。只有那些在地下終日與礦石與熔岩為伴的河絡族，才有可能大規模地成套鍛造這些盔甲。但要得到仇視人族的河絡族的支持，卻很少有人能做出像牧雲笙那樣的承諾。

鋒甲軍在天啟城下的大戰中留守天啟城，所以沒有出戰，但現在，機會終於到來了。

看到右金騎軍鋪天蓋地地衝殺而來，鋒甲陣中的許多人下意識地想要轉身逃跑——他們記憶中那被騎軍追趕、任意砍殺的日子，就在十幾天之前。但旁邊同伴的甲胄擋住了他們，於是他們突然明白，自己已經是一支軍隊了，已經可以迎戰了。

「左橫封，右直弩！」背後的戰車上，響起了號令與鼓聲。

整個方陣應聲而變，每個人將左臂的盾刀橫在面前，移動右盾刀，斜斜上挑，扳動機栝，盾刀上的弩箭飛射出去，勢可穿甲。敵騎摔倒一片。

騎兵馬上眼看就要衝進鋒甲陣，「大家立穩了，左斜下反切，右上頂位橫揮。」號令傳來，甲士們齊聲大喊。直聽鼓聲急處猛地一聲重捶，就一齊揮刀。

他們面前的騎軍像被無數刀葉絞碎一般化成了血肉塊，巨大的盾刀輕鬆地切斷了馬腿，也劈開了他們的皮甲。他們刺出的長矛大多數被刀盾擋住或絞斷了，而刺入空隙的，也因為被刀盾封住了角度，只能刺到甲士頭側的網甲或肩盾上。這一輪衝擊，鋒甲陣前倒下了一片屍身，而陣中幾乎沒有人倒下。

後面趕來的騎軍在衝到鋒甲陣前時就絕望了，當他們看見前面的槍騎被巨大的刀葉像切菜一樣切開，而刺出的長矛就像刺在石頭上的時候便明白了：要衝過這樣的甲陣，無異於用肉身去撞刀牆。

這時號角響起，右金軍改變方向，撥馬向鋒甲陣兩翼掠去。他們在馬上搭弓，將飛蝗般的箭支射入陣中。鋒甲陣前列的軍士們有不少在驚慌中失去平衡，摔倒在地。

「收！」鋒甲陣的將官大聲喊著。所有的甲士雙臂回收，身子蹲下，周身的盾甲立刻拼攏成了一個嚴絲合縫的三棱角塔。箭支如急雨打在帳篷上，戰場上一片清亮的鐺鐺聲。

碩風和葉立馬河的對岸，呆呆地看著這一切。他很快明白，要想衝破這道防線，至少需要一個時辰，或是搭上近萬右金騎兵的生命。

「轉向，向東衝圍！」他喊著。右金騎隊隆隆轉向，沿河道向東衝去。

奔不數里，前面的樹林卻又騰起了火光，風勢已將大營中那巨大的火牆推了起來，右金軍從火海中衝過，再沒有了隊形。待衝過這片山林，碩風和葉回望身邊，只剩了數千騎，其餘各部都還困在火海中廝殺。

【11】

竟然是敗了嗎？

碩風和葉在馬上呆呆地想著。他原以為他離天下之主的位置很近了，但只是一個晚上，一切就都改變了，十年的努力與奮戰，一切又重回為零。四野火光茫茫，燒盡雄心與壯志，縱然是那樣勇悍豪爽的壯士，成為白骨也不過是一瞬間。

他做錯了什麼？沒有布巡哨？算不到對方有連弩戰車？不，該做的他都做了，他有一半的機會可以成為帝王，但也有一半的機會淪為塵泥，天下沒有必勝的仗，但他卻不能不戰鬥。

這時他聽見了前方的馬蹄聲。抬眼望去，一支騎軍正直殺而來，火光中隱約看得清旗號上的「寒」字。

是她？碩風和葉心中一震，第三次遇見，難道這次他要死在此女子手中嗎？

現在不是戀戰的時候。他一聲呼哨，指揮騎兵撥馬向另一邊衝去。

「碩風和葉，哪裡走！」牧雲嚴霜緊緊追趕。北陸上的連年廝殺，仇恨像雪一樣浸濡大地，使泥土無法化凍。

【12】

宛州軍大獲全勝，牧雲欒下令全營歡飲慶功，他看了看手中捏著的那第三個信封，露出冷笑。

「徐將軍，你速帶一支軍到詭弓營，請路然輕至中軍參加歡宴，在來路上，將其誅殺。」

「得令！」那將軍出帳而去。

此人太可怕，居然自己設計並暗中出資打造了數百輛球輪連弩車，專剋騎軍，並把如何進攻、在哪裡設伏兵、在哪裡點火、敵軍若行動我方如何應對寫得一清二楚。牧雲欒望著信封中的字跡，心道：路然輕，你絕非池中之物，他日你若成我對手，必是大患。這就怪不得我了。既然你已將戰車圖紙和盤托出，我有了此車，已可橫掃天下，再要你有何用呢？

歡宴之中，那徐將軍卻突然轉了回來，在牧雲欒耳邊低語了幾句。牧雲欒驚立而起。

詭弓營中早沒有了路然輕，只有書信一封。

「鄴王殿下鈞鑒：既不肯親自來請我，必是派人來殺我，只怕是覺得戰車圖紙在手，便可鳥盡弓藏。果然殿下並非明主，看來天下無知己，唯有自立。今日借你天下，他日，卻必是要再還給我的。路然輕敬上。」

「將你部五千騎盡派出去，四下搜捕，定要殺了此人！一定要見首級！」牧雲欒暴跳著。

就在中軍營遠處的高坡之上，那年輕人迎風立著，衣袂飛舞。望著大地上無邊的燈火和奔馳的軍旅，他放聲大笑，如同天下已入掌中。

【13】

右金大營已是一片火海，宛州軍正四處搜殺右金殘軍。一隊士兵推著連弩車穿過煙霧，直穿過右金大營。忽然，他們看見在火光映照下，遠方有什麼東西正閃亮著。

他們凝神仔細張望，想看清那是什麼。

那線閃光漸漸地近了，他們終於認出來了，那是甲冑的反光。

【14】

探馬衝進牧雲欒的大帳：「報！我軍在右金營後遭遇天啟城中的端軍，敵方執牧雲帝麾！」

牧雲欒猛地站起：「是他？他那麼點兵力，竟也敢出城？」他仰天大笑，「這不正是天遂人願？我連攻城之力也免了。傳令下去，不論那帝麾下的是誰，全部誅殺！」

前方戰場上，宛州軍緩緩推動連弩車，形成一列，看著前方齊步推來的甲陣。他們從未見過這樣的甲冑，彷彿那不是一個個的士兵，而是一片連綿的鋼鐵刀林。

「放箭！」宛州將領下令。連弩車機栝搖動，一片箭幕直上天空，又呼嘯而下。

那大陣中的甲冑一下全收緊了，像是大地鋪上了一整副巨甲，前方傳來了一片鏗鏘之聲，那是箭尖撞在鐵甲上的聲音，伴隨著無數的火星四濺。好一會兒，箭雨停息了。宛州軍都屏息望著那軍陣，想知道還有幾人活了下來。

但那些甲冑緩緩地展開，又開始向前推進了。

「這究竟是些什麼？」宛州軍將們大喊了起來。

【15】

穆如寒江立馬高坡之上，看著大地上鋪滿火光。

幾位騎士縱馬來到了他的身後。

「將軍，我們來晚了。」

穆如寒江長長吐出一口氣：「所有人都到了嗎？」

「三千匹踏火戰馬，一匹不少地從殤州帶到了。三千名最好的騎士，也招募齊了。」穆如寒江仰首，望著天際的血色濃煙：「碩風和葉，在踏火騎趕到之前你就敗了，真是太可惜了。他日待我重踏北陸之時，再與你一決誰是世上最強的騎兵吧！」

他緩緩抬起馬鞭前指，遠方正是宛州軍的大營。

「那麼，席捲天下，就從這裡開始吧！」

【16】

牧雲欒在帳中獨坐著，等待前方傳回更多的捷訊。但這段時間卻似乎變得安靜了，沒有走馬燈似的探馬喊聲，沒有將領急匆匆地挑簾進入請命。這個夜晚一時間變得分外沉寂。

聽不見幾十里外的殺聲，各路軍馬現在都在做什麼？今夜攻破了右金軍，明日便可趁勢直逼天啟城下了。諸侯聯軍潰了，碩風和葉敗了，世間再沒有可與自己相抗衡的英雄。只待天啟城破，他盼望了幾十年的皇位便終於可以到手了。

「父皇，兄長……你們在天之靈不要怨我，這皇位，當年本就該是我的。」他舉起一杯酒，緩緩灑在地上。從做皇子之日起，他就和三皇兄牧雲勤相爭，一轉眼已是白頭，他終於還是勝了。可惜他一心要贏的人，卻看不見這最後的結局，一想便不由得悵然。他幾十年處心積慮，卻終無法和牧雲勤決戰。他本想狂笑，卻怎麼也笑不出來。

「三皇兄，我終是無法親手勝你……你的幾個兒子，也都比我的兒子強，可惜，他們都死得太早了，只剩下一個畫癡小六兒……你死得太早，我卻終會為我的兒子平定江山，他將是大端未來的帝王，直至子孫萬世。」

一支響箭帶著淒厲的哨音突然躥上天空，寂靜的夜中猛地爆發出喊殺之聲。牧雲欒按劍直衝出帳去吼問：「出了什麼事？」

卻沒有人回答。牧雲欒驚異地看見，四下營帳已被一片火海包圍。火光之中，正有無數騎影奔騰。

「不是所有人都被我打敗了嗎？哪裡來的騎兵？什麼樣的騎兵可以直衝我的中軍？」牧雲欒不能相信眼前的一切，暴吼著。

一面火麒麟大旗飄過他的眼前，牧雲欒一下子愣在那裡。

這面旗他太熟悉了。當年他軍精糧足，萬事俱備，卻遲遲不敢起兵，就是因為害怕這面旗，害怕這面旗下的穆如鐵騎。他沒有戰勝穆如世家的把握。他準備再準備，苦苦思忖，卻終是想不出能勝過穆如鐵騎的辦法，直急得頭髮都白了。但人算竟不如天算，北陸右金叛亂，穆如鐵騎盡數調往北陸。

他明白這是天賜給他的機會，當下起兵，直逼中州，果然無將可擋。大將軍穆如槊只得把穆如鐵騎留在北陸與右金作戰，自己只率十數騎趕回中州收拾起一支殘軍與他相抗，也正是這樣，他才擊敗了三百年來未曾落敗的穆如世家。

那時候他日日害怕，害怕有一天穆如鐵騎會從北陸趕回，害怕有一天這面旗會出現在他的眼前，害怕到那個時候，那仇恨與憤怒會衝垮他苦苦積累起的一切。他在無數次夢中，都看見在一片火光之中，那面大旗引著無數戰騎衝毀了他的大營。原來，這個夢是真的。

牧雲欒呆了一呆，怔怔道：「穆如世家……穆如……」

他突然明白，原來天賜給他的，天也會收去。原來他苦心經營數十年，竟還是要敗在穆如世家的手中。他胸中一悶，大叫一聲，口吐鮮血，昏厥於帳前。

【17】

穆如寒江立馬高崗，望著那火流突進宛州軍的內核，整個宛州大營正在變成一片火海。沒有什麼力量能阻擊這熾熱的鐵流，鐵甲騎兵們呼嘯著衝過宛州軍的身邊，用刀風把他們絞碎。輕敵的宛州軍陣腳已亂，沒法再組織起密集的陣形，在這樣的騎兵面前，只有轉身逃奔一途。所有的木柵和鹿角被輕易地踏碎，變成地上的火把。戰馬馳奔的風勢絞動火焰滾滾向前，煙氣中閃亮的鐵甲猶如神靈天降。在看到這樣的一支騎兵的時候，它的對手就已經絕望。

「牧雲欒，十年前，你沒有機會見到穆如鐵騎，今天，在你死之前，好好地放眼看看吧！」

他緊咬牙關，多少年的仇恨在心中奔騰。

「為了這一天，我們在殤州準備了十年！」

突然間無數往事湧上心頭，少年將軍抬頭望著赤紅天際，縱聲狂喊：「父親！看一眼吧，穆如鐵騎——回來了！」

【18】

無數長長火帶被點燃起來，從高空看去，像是有人用筆在地上寫下燙金閃爍的大字，描述著那宏大慘烈的戰爭。

跟著碩風和葉突圍的右金騎軍們被這些火帶阻擋分隔，然後被火焰外射來的弓箭擊殺。碩風和葉催馬衝過一道道的火牆，能跟上他的右金騎兵已經不多了。蒼狼騎卻從火焰中接連地躍了出來，挾風帶火，像索命的厲魂。

牧雲嚴霜率她的蒼狼騎眼見追近碩風和葉，突然南面樹林中枝葉紛飛，數十輛鐵連弩現了出來。牧雲嚴霜驚呼：「不好！」以避箭之姿側伏馬上。一聲梆子響，宛州軍亂箭齊發，蒼狼軍和右金軍一併被射倒馬下。

沒有時間痛惜這些從北陸跟隨她殺回的勇士，牧雲嚴霜縱馬躍過前面翻倒的馬匹，只追碩風和葉不放。

又追了半個時辰，殺聲零落了，他們已衝出戰場之外，天色漸明，天際露出一絲曙光，碩風和葉卻緩緩停了下來，像是奔逃得累了。

牧雲嚴霜也在距他近五十步時勒住馬匹，防他有詐。

碩風和葉也不看牧雲嚴霜，呆呆望著天際的雲色，一面是霞光，一面是烈火。他突然喃喃自語著：「跟隨我出來的八部子弟都沒有了，我也許不能回到北陸去了……」

「碩風和葉，你命數到頭了！」牧雲嚴霜舉刀厲喝。

碩風和葉嘆一聲：「我知道妳是誰了。而妳知道為什麼前兩次，我都會輸給妳？」

牧雲嚴霜並不答話，只是握緊寒徹。

碩風和葉長吐一口氣：「那是因為我之前怕死。我以為我離天下霸業只差一步，我不想在那個時候死去。從前我帶隊衝鋒從來不會猶豫，但在天啟城下我卻不願以死相拚了。」

他轉頭望向牧雲嚴霜，「而妳，背負著國恥與家仇，早就不惜性命了吧？」

「少廢話，拔刀吧。」牧雲嚴霜催動馬匹，繞碩風和葉緩行著。

「但我不能死。」碩風和葉嘴角竟露出一絲笑意，「妳殺不了我。因為現在我胸中的恨與怒比妳的更猛烈。沒人能殺我碩風和葉，總有一天我要捲土重來。我當年來到東陸之時，燒毀了戰船，對將士們說我們沒有退路，他們相信了我，跟隨著我從來沒有退後過……但……」碩風和葉嘆息了一聲，目光卻像絕境中的惡狼，「沒錯，我沒有顏面回北陸了，但我要回去，所有的恥辱我要一個人背下來，直到重整大軍的那一天！」

牧雲嚴霜第一次這麼近看到這北陸狼主的臉，看到他的眼睛。她的心卻被狠狠扎了一下。

這個眼神，她分明見過。

當年極北雪原之上，那右金少年拔下她的銀箭，放走了狼王。被穆如鐵騎圍住，面臨絕境之時，他也是這個眼神——兇狠，冰冷，絕不服輸。

碩風和葉也突然明白了一切，十年前，他在雪原上狂奔，那一千下的倒數像獵手的嘲笑，緊緊扼住他的心胸。他終於力竭倒在雪地上，仰望天空，想著自己逃不過去了。

但一切卻並未來臨，最後的數字，永遠停留在了那少女的口中。

十年前的一絲憐憫，卻使無數人因此而死去。

「今天……我不會再讓你活著……」她顫抖著，緩緩舉起刀。

「今天，妳也無法再決定我的生死。」碩風和葉冷笑著。

牧雲嚴霜咬緊嘴唇，再不答話，猛地催動馬匹，像箭般射向碩風和葉。

碩風和葉緊皺眉頭，大喝一聲，驅馬向前，長刀血色出鞘，那刀中的血腥怨恨之氣直逼而來。這次他再不格擋劈下的寒徹刀，而是直揮向牧雲嚴霜的腰間。

牧雲嚴霜沒有想到他真的再不畏死，不惜同歸於盡，第一反應便是收刀斜身閃避，兩馬交錯那一刻，她似乎看見了碩風和葉臉上冷酷的笑意。她明白自己在先機上已是輸了，那一刻她竟然還是懼怕了死亡。

撥轉馬來第二回合，她一橫心，馬上斜探身直割向碩風和葉的喉間，碩風和葉卻也探出身來，她的刀掠過碩風和葉的耳間，碩風和葉的刀卻直撲向她的面門。牧雲嚴霜一閉眼，心中空蕩一片。然而寒風掠頭頂而過，她再起身時，滿頭青絲披散了下來——碩風和葉劈掉了她的束髮玉冠。

牧雲嚴霜氣得渾氣顫抖，舉刀再次衝刺。碩風和葉這次卻不舉刀，不催馬，只目不轉睛地注視著她。牧雲嚴霜有了一絲悲哀的預感，她聽見了箭支破空的聲音。

一支箭正射中她的脅下，牧雲嚴霜不甘地睜大著眼睛，衝近碩風和葉的面前，舉刀的手顫抖著，揮下時卻再也沒有了力道。碩風和葉一把抓住她握刀的手腕，將她拖離馬鞍，扔在了自己戰馬下。

一支騎軍從林中奔了出來，為首的正是赫蘭鐵轅：「德諸[1]我險些來晚了啊，王子。」

「狗屁！」碩風和葉罵著，「你不來我難道就會死嗎？一看這臭不可聞的箭法，就知道是你這個草包！」他突然又笑了，舉馬鞭佯抽向赫蘭鐵轅，「真高興你這狗東西還活著。」

「宛州軍什麼東西！我們早晚殺他個哭天嚎地……王子，我們現在怎麼辦？」

碩風和葉平靜地發令：「收拾軍隊，撤回北望郡。」

「這個女人呢？」

碩風和葉望了望地上掙扎不起的牧雲嚴霜，嘆了一聲：「一併帶走。」

碩風和葉帶著殘軍特意經過了天啟城下，他想再望一眼這城關，不知何年他才能重新回到這裡。他不知道那少年是否也正在城樓上眺望，但他卻有種預感，那少年才會是他真正的敵人，而他所想拆掉的這座宏偉都城，卻會一百年、一千年地繼續立在這裡。

「駕。」碩風和葉終於催動了戰馬，橫越城前，向北而去。

「這天下，我終是要再回來奪的。而這天啟城，我也終有一天要將它拆掉！」

【19】

牧雲欒於昏厥中驚醒，直坐起來喊著：「快收陣，護住中軍！」

眼前卻是一片漆黑，聽不到殺聲也看不到火光。

「怎麼回事？有誰在？我在何處？」他驚恐地大吼著。

一個身影緩緩從暗處走了出來。

「墨先生？」牧雲欒凝眉打量著那個影子，「現在戰事如何了？有沒有擋住穆如騎軍？絕不能讓他們衝亂大營。」

影子一笑：「若是普通騎兵，是衝不進大營來的。可惜，那是稀世的馬種——踏火，而他們的主將，又是穆如寒江。」

「那現在大營如何了？」

「已是火海一片。踏火駒所到之處，火流奔湧，何人能擋？」

「不能就這麼敗了！」牧雲欒躍起，「我還有十萬大軍尚可調度，我要親自出去督戰！取我劍來！」

「不必了。」

「不必？」牧雲欒緩緩轉身直望那個影子，「你說不必了？什麼意思？」

「世子會處理好一切的。」

「世子？他怎麼行？胡鬧！他懂個屁的指揮戰事？」

「世子是不懂，不過殿下您死在火海之中了，世子只能代理一切了。」

「你說什麼？你說……我死於火海之中？」

「殿下一直身體康健，帳下各將對您忠心耿耿，您大可花二十年來打天下，再花二十年來坐天下，只是世子從小被您所忽略，您給他的只有斥責辱罵，覺得他貪心縱欲，不成大器，世子於是暗暗決心，終有一天，要在您活著之時，就證明給您看：沒有您，他也能稱霸天下。」

「哈、哈哈哈哈……」牧雲欒已經明白了正在發生的事情，他怒極反笑，「他……他這就要把我苦心經營三十年得來的一切毀於一旦，只為他想早一點替了我的位子？我……我怎麼會生出這樣的一個蠢貨?!蒼天啊，哈哈哈哈，哈哈哈哈哈！」

「殿下又錯了，世子並不蠢，他只是太貪心了，在欲望與野心上，他只比殿下您更強，所以才是我們辰月教[2]所中意的人選。」

「辰月教……辰月教？」

「是，想必殿下也知道辰月為何物吧？千年來，我們一直奉行著墟神的意旨，要讓天下陷於紛爭與動亂，絕不容許有凝聚與統一長存，這樣才可以阻止天地的再合、混沌的復生。是靠了我們的力量，你才能在十年內使宛州成為端朝第一富庶的州域。但這一切，都不過是為了讓你能儘早反叛，分裂端朝。而現在，你卻又想著把天下重新一統，這可就違背了當初我們扶助你的初衷。」

「辰月……」牧雲欒縱然一世英雄，聽到這個名字也不由得全身涼透。他當然聽說過神祕可怕的辰月教，不過他以為這個教派早在幾百年前就消失了，沒想到，自己竟不知不覺間成了他們暗中控制的傀儡。

「只要你渴望力量、權勢，你就自然會落入我們辰月的掌中，因為這一切我們都可以給你。但你永遠只能是一顆棋子，而世間這局棋，是永遠不可以有勝利者的，因為對局雙方都不過是在我們的控制之下，上演永遠無盡的紛爭，以你們的血與痛苦、仇恨，來給墟神增添力量。」

「仇恨……」

「是的。我們的力量源泉就是仇恨。你現在正無比仇恨我吧？可你的仇恨也會成為我的力量。你們父子間的仇恨、你所殺的平民對你的仇恨、你與你敵人間的仇恨、你們家族間的仇恨……這麼多的仇恨啊。綁緊你們的靈魂，就會使世人乖乖成為我們的囚徒。」

「可縱然你們處心積慮，這世上仍然會有統一，會有強盛的王朝和偉大的王者！」牧雲欒大吼著。

「不。」墨先生輕描淡寫地說，「欲望是無止境的。你成了一國之主，就會想成為天下之主；你統治了一族，就會想統治萬族；你得到了一塊黃金，就想再佔有一座金山。這天下有多大？權力與野心是無盡的，我們所要做的，只是挑動人們的欲望，就像我精心培育了世子一樣。」

「混帳！」牧雲欒狂怒著掙扎下地，抽出懸托上的劍，向墨先生砍去。然而那個影子一抖，他的劍砍入了虛無之中。

「你終究會發現，你們所恨的、所愛的，都只是一個泡影而已。呵呵呵呵……」那聲音冷笑著，從帳幕外傳來。

牧雲欒挑開帳幕追出去，但黑帳之外，竟還是一重黑帳；他再衝出去，外面還是黑帳。他驚慌地向外奔，可只有無盡的帳幕、無盡的黑暗，那笑聲永遠從外一層傳來。這一世的梟雄，不由得也發出了絕望的號叫。

【20】

牧雲笙率著鋒甲軍緩緩推進，腳下踩著連弩車的殘骸，來到宛州軍大營前。

這裡已經變成一片火海，不畏火的神駒在其中往來奔馳，追殺著奔逃的宛州軍。

他一揮手，下令鋒甲軍緩緩展開，呈長長數行。

他要做的，就是截殺逃出大營的宛州軍，以及阻止戰場上的宛州其他部隊回援。

一探報馳奔到他的面前。「前方戰況如何？」少年緩緩地問。

「穆如將軍的軍隊正四下搜索，只是找不到叛軍主帥的身影，不知是否葬身火海了。」

牧雲笙搖搖頭，策馬向前，來到火線邊緣。他取出一幅畫軸，猛地向前一抖。那長卷在空中化成一道白練，直鋪下去，向前滾動，無窮無盡，在火海中推展出一條路來。他縱馬直奔了進去。

在大營的中心，他看見了一片火不曾燒到的地方，那裡卻什麼也沒有，只是一片黑色。但那不是燒焦的黑色，而是法術光焰掃過的痕跡。

他跳下馬來，慢慢走入那黑色的中心，彎下腰去，輕撚著地上的泥土。忽然他轉身跳上戰馬，那戰馬轡上插著雪羽翎，如乘風一般遠去了。

【21】

山林小道上，十幾騎正緩緩行走。

「幸虧墨先生你用幻術騙過了敵軍。這次小小偷襲，傷不了我等元氣，卻給了我們個機會收拾老頭子。等回到衡雲關，等諸軍前來會合，那時重整旗鼓，看我燒平天啟城。」說話的正是鄴王世子牧雲德。

「別人都不會察覺我們的蹤跡，我只怕一人……」墨先生緩緩道。

「你說牧雲笙？他敢追來正好，上回沒殺了他我正懊惱呢！」牧雲德正說著，卻看見墨先生勒住了馬，直望著前方。

他嚇得忙轉頭四望：「他來了嗎？在哪裡？」

四下靜寂無聲，只有參天古木的巨大影子。

靜默中，只有許多樹葉正緩緩飄落。

一片黃葉落在了盼兮的馬首上，她伸手將它輕輕拈了起來，在手中把玩著。

突然風勢一變，空中的無數落葉，突然旋飛而下，利刃一般掃過眾騎者的身體。一陣風後，馬上的騎者都接連地栽倒了下去。

只有三騎還立著。盼兮仍然低頭把玩著手中的黃葉，彷彿剛才風只是拂動了她的輕衫。墨先生將長袖從面前放下，拍打了一下身上的葉子。牧雲德還保持著縮頭的姿勢，但所有衝向他的葉子都在離他幾寸處突然焚成了灰燼。

牧雲德回頭向盼兮望了望：「美人，多謝了啊。等度過此劫，保我登了帝位，妳就是皇后了。」

盼兮卻像是沒聽見他所說的一般，只是輕輕舉起那黃葉，一鬆手，它又向天空飄去了。

墨先生對著那一片空曠中說：「我以為你不會殺人的法術呢。」

許久，少年的聲音緩緩傳回：「如果有了殺心，世上有什麼不可以用來殺人呢？」

猛然間周圍的古木全部爆出巨響，從腰間崩斷了，它們發出巨大的呼嘯，直倒下來。

「快走！」墨先生和牧雲德催馬直衝出去。盼兮卻沒有動，她只是抬頭望望，輕搖韁繩讓馬向前走了幾步。

幾棵巨樹正倒落在她的周圍，但連一片葉子也沒有落到她的身上。

牧雲德大喊：「他在哪兒？把他找出來，殺了他！」

墨先生低聲說：「這卻不容易。這裡不可久留，我先護你回衡雲關，這未平皇帝，自然會死得其所。」

牧雲德唇邊露出一絲冷笑，回頭喊著：「盼兮！殺了他！我在衡雲關等妳。」

他們策馬逃去。只有盼兮還靜靜地佇馬在山道間。

漸漸地，夜色裡，少年長袖負劍的影子現了出來。

盼兮從馬上輕輕一躍，越過橫倒的樹幹，飄落在山道間。她望著那少年，想上前卻又停下，想開口卻又無言。

「風婷暢在哪裡？」少年卻只是冷冷地問。

這句話卻使盼兮的眼中恢復了冷漠：「你是來救她的？如果我不放呢？」

少年對著夜幕，嘆了一聲：「我不知道怎麼才能救妳。但我卻知道，妳想殺我，我卻不能把命給妳。」

「救我？」盼兮冷笑著，輕輕把手抬了起來，「你們都說要救我，都說要對我好，我卻知道全是假的，全部該殺！」

她只是輕輕將指一彈，少年便直摔了出去，倒在落葉間。

他咬牙慢慢撐起身體：「風婷暢在哪兒？妳不能殺她。」

「想救她？先殺了我。」盼兮手一搖，少年腳下的落葉突然騰空而起，像平地起了一陣龍捲風，把他緊裹了進去。

少年卻一聲喝，砰地光華一閃，那些樹葉全部一瞬間燃成了灰燼，紛紛撒落地上。

盼兮冷冷笑道：「你學我的本事，學得倒快。」

少年輕輕地說：「那只是因為……這所有的一切，都是妳教給我的。」

盼兮一愣，復又怒道：「又是謊話！」再一擺手，地上火焰騰起，把少年包裹進去。烈火之中，少年的身子片刻成了灰燼。

火焰散去，盼兮呆呆地走向灰燼，輕輕跪下身去，捧起那黑色塵土。

背後卻有一把冰涼的劍，輕輕架在了她的頸上。

「盼兮，」少年在她身後說著，「告訴我，她在哪兒？」

盼兮卻不回頭，沉默了許久，才輕輕說：「為了她，你會殺了我嗎？」

「她曾捨了性命救我。」

「你不記得那天的事……」少女愴然笑著，「是啊，誰會那麼傻，自己不活，也要救你。」

她猛地轉過身來，手指上凝聚起光芒，直指到少年的額前，卻又停下了。

但胸前一涼，劍已沒入她的身體。

她嘆了一聲，輕輕將手撫在少年的臉上。

「你終是……」

她的身體軟倒下去。少年丟下劍，緊緊地抱住了她。

「終於有一天，我們可以這樣……真正地相擁在一起了。」少年輕輕地說，「盼兮，我不會再讓妳離開我。」

【22】

他能感到少女的身體在輕輕地顫抖。

「是啊……很奇怪……很溫暖的感覺。」

她的身體卻在變冷。

「你可知道，我為什麼要來到這個世間？」

「妳說過的……因為，妳要像一個真正的人一樣活一次，用五官去感受這個世界。」

盼兮搖搖頭：「我只是一顆種子。」

「種子？」

「這個世界，終會開滿同樣的花朵。最美麗的，不會有其他。」

少年突然想起了，那盼兮孕育身體的地方——七海原上的情景。無數銀色的花朵綻放，沒有一株雜色。那種令人恐懼的美。

「我知道有人將靈鬼注進了我的身體，控制住我的心魂。但是，我的心中，其實早有一把更巨大的鎖，那裡面所藏的……將會毀滅一切。」

少年想起了風婷暢當初拚死要殺死盼兮時所說的話。

「你最好立刻殺了她……那顆牧雲珠只是顆種子，當這個靈魂被束在珠中時候，她還是天真爛漫的，但當她真正凝出身體，她的力量就會給世間帶來災禍……世人將來會責難於你，要你為所有的災難承擔責任。」

「趁現在……殺死我吧……」

少年仍是點點頭，像當日一樣地喃喃說著：「我不會讓妳死……一切讓我來承擔。」

他輕輕取出那牧雲珠，放在掌心，和盼兮的手掌交握在一起。光芒漸漸湧出，將他們融化。

註1：蠻族語言中，「德諸」是「兄弟」的意思。

註2：九州古老的神祕組織，其成員主要是秘術師，嚮往戰亂與分裂。

尾聲，也是開始

【01】

碩風和葉回到北陸之時，正是暴雨之夜。

他回望自己的部下，只剩最後兩千餘騎了。

「當年，我對你們說，男兒志在天下，不能死於家園，你們相信了我……我們七萬騎出征東陸，攻破帝都天啟……你們真他媽的是好樣的，好樣的啊……」

碩風和葉抿緊嘴唇：「但是……我沒有告訴你們，如果戰敗了，會怎麼樣。」

他長嘆了一聲，抬頭望著黑暗的天空，雨水狂瀉在他的臉上。他忽然摘下頭盔，狠狠地往地上一摜，「你們以為……戰敗了，不過是一死！可是不對！」

他口中噴出的熱氣在雨水中凝結：「我沒有帶著你們一起死，我把你們帶回了北陸，我把你們帶回來……回來承受恥辱，承受嘲笑，你們的父親會抽打你們，你們的母親會哀哭你們沒有帶回你們兄弟的屍首……這一切都比死還要難以忍受！」

他望瞭望眼前最後的兩千騎兵：「但是，我不會死，你們也不能死！我們要活著，不管背負多麼大的恥辱！我們做錯了嗎？沒有！我們是瀚北八部的光榮，我們用七萬人打敗了東陸幾十萬人，我們幾乎攻取了帝都……但我們還是太弱了，我們沒有力量守住我們所攻下的土地，因為我們的草原太窮困了，因為我們瀚州各部還沒有真正統一起來。我要你們背負著馬鞭去見你們的父兄，請求他們責打你們，就像我將要去做的一樣。但是你要告訴他們：只要你還有一口氣，一聽到號角，你就會再騎上戰馬出征，而且還會帶上你最小的兄弟、你剛學會射箭的長子，我們終會捲——土——重——來！」

到了最後，他已然是在竭力狂吼。這聲音蓋過了暴雨的聲響，蓋過了厲鬼的哀鳴。兩千騎士齊齊拔刀，冷雨打在他們的鐵盔上、刀鋒上，只是讓他們更加熱血沸騰。

「捲土重來！捲土重來！捲土重來！」

【02】

「王子殿下，你看！」忽然一名騎將揮刀前指。

碩風和葉回過頭，前面是一片黑茫茫，雨夜中什麼也看不見。

仔細看時，似乎有一點微弱的光影在閃著，像是暴雨中僅存的火苗。

可是突然那一個光點變成了兩個，像是有人用它點燃了第二根火把。

兩個變成了四個，四個變成了八個……在無邊無際的黑暗中，好幾處這樣的火光從點變成群，迅速蔓延開來，像是油在草野上潑過，無數的火把正不中斷點亮著周圍新的火把。黑暗中，一支無邊無際的大軍輪廓正在顯現出來。

「是他們……是我們八部的人！」有將領興奮地吼著。

「他們是來殺我們的……」卻有人冷冷地說，「別忘了，我們當初跟隨了二殿下，就相當於背棄了我們的部族。我們也曾立誓說過絕不回來。」

碩風和葉緩緩策馬，向那片愈來愈廣大的火光走去。

「殿下，不要去！」將領們都急吼著，催馬要擋在碩風和葉的前面，卻被碩風和葉揮手攔住了。

他單槍匹馬走向那大陣，還有兩里……一里……如果有騎射衝出一輪箭雨，他就會栽倒在北陸的草地上。

當他離大陣只有半里的時候，突然陣中傳來了齊聲的呼吼。

「速沁部迎接二殿下回到北陸故土！」

「索達部迎接二殿下回到北陸故土！」

「和術部迎接二殿下回到北陸故土！」

「克刺部迎接二殿下回到北陸故土！」

「龍格部迎接二殿下回到北陸故土！」

「赫蘭部迎接二殿下回到北陸故土！」

「丹堯部迎接二殿下回到北陸故土！」

「右金部迎接二殿下回到北陸故土！」

冷傲的笑意那一瞬間又回到了碩風和葉的臉上，他忽然猛地一催馬，於大陣之前橫掠而過，高呼：「只要納莫罕大河的水不乾！我碩風和葉就一定會再破天啟！」

他奔過的地方，黑暗中的火把就亮起來。隨著他的狂奔，像是整個瀚州草原被燃著了，狂野的吶喊從北響到南，三十萬鐵騎正在會聚。

【03】

穆如寒江回到了天啟城中。

末平皇帝竟也在戰場上失蹤了。他莫非也死於陣前了嗎？

諸侯連營破了，碩風和葉退了，宛州軍敗了，連牧雲笙也不見了。突然之間，這天啟城空空蕩蕩，再沒有了爭奪者。

他此刻站在帝國的榮耀的最中央——太華殿上，卻和站在殤州雪山上一樣孤獨。

他走下御座前的玉階，來到她的面前，輕輕執起她的手。

穆如寒江緩緩地轉身，看見大殿門口同樣孤單站立的影子。

「我再也沒有親人了，只剩下妳，肯陪在我的身邊了。」

蘇語凝望著他的眼睛：「當年……你答應過……有你在，就不會再讓我受委屈。」

「是的，我答應過……」將軍身經百戰，此刻卻流淚了。上天從他身邊奪走了所有的東西，親人、家園，只剩下一個年少輕狂的誓言，卻難得有一個人幫他記住，天天地念，時時地念。不論他去了多遠，這個人不會忘記他的名字。他為了復仇，可以毀去一切，這個人卻從來不會懷疑他說過的話。

「蘇語凝，」他輕輕地擁住了她，「做我的皇后吧。」

蘇語凝伏在他的懷中，手緊緊抓著他的衣襟。可是，她卻輕輕搖了搖頭。

「當年，碩梓郡守紀慶綱逼我與假末平皇帝成婚，我為了拒婚，發了一個誓：只有有人得到三樣至寶——龍淵劍、鶴雪翎、牧雲珠，用它們為聘來迎娶我，我才出嫁，不然……就死於斷心草下。」

「斷心草？」穆如寒江痛心道，「妳怎麼這麼傻……」

「我那時候……怎麼知道……你……還會重回到我的身邊……」蘇語凝緊緊握住他的臂膀，彷彿心已經開始被絞碎。

突然穆如寒江一把將她拉到身後，對著殿口喊道：「什麼人？」

殿前的那個影子笑了起來：「龍淵劍、鶴雪翎、牧雲珠，這三件寶貝並非是不存在的，而且若是有這三樣珍奇在手，得到的又何止是女人，而是整個天下，連大端朝的鐵騎都不曾踏足過的天下。」

「你是誰？你知道這三樣東西的下落？」

「未來的陛下，您也知道的。您難道不知牧雲珠在何處嗎？而得到了牧雲珠，自然也就得到了鶴雪翎的祕密。如果再尋得開啟龍淵之劍，那麼，前人所不曾到達的世界將在你面前敞開。」

那影子慢慢走近，顯出他的面目，「在下路然輕。只要我們一同打敗未平皇帝和他身邊的那個小魅靈，我們就能掌握天下的命運。但是如果我們做不到，世間就要陷於災難了。」

「災難？」

「那魅靈心中被烙著不可抗拒的使命，要毀掉這片大地，把它改變成另一個樣子。一個可怖的天象──辰月之變終會來臨，那時暗月距大地只有數百里，海水會吞沒一切，萬物都失去重量。你們現在對天下的爭奪，完全沒有意義。」

「辰月之變？怎麼阻止？」

「也許無法阻止……本來在七百年前，它就該來了。但當時的英雄們憑著周密的星相計算和無畏的犧牲阻止了它。那顆牧雲珠中，記載著關於這一切的記憶。但現在……星辰引力間的平衡已經到了盡頭，積蓄了千百年的力量將爆發出來，帶來整個天海間的震盪。而那魅靈的使命，是維護這一切的發生，並化生出新的生靈。」

「誰？誰給她的使命？」

「我不知道是誰造就了牧雲珠，也不知道是誰把那些記憶和奧祕封存在了珠中。」

「那麼……我們還有幾年的時間？」穆如寒江問。

「按推算，最多七年吧。」

「七年……」

【04】

牧雲笙一直向海中沉去，不知過了多久，他終於穿破了海面，下面是浩渺的雲山。再穿破雲霧，他看見了，那巍峨的皇城，他出生的地方。

「小笙兒醒啦！」她們欣喜地喊著，「小笙兒，來玩捉迷藏哦。」

這些熟悉的面孔，她們原來都還在，原來那一場血火不過是場夢，她們從來不曾離開過他。

他欣喜地笑著，追著她們的腳步，穿過重重光影的紗幕，向外走去。

可身影一晃，一個稚氣的孩子從他身邊跑過，奔向花園中的那些女孩。他金冠玉帶，目光純淨，卻似在何處見過。

「小笙兒……捉得到我，便許你幫我畫一張畫哦。」她們圍住那孩子歡笑著。

牧雲笙在一旁呆呆地看著這一切，那孩子卻注意到了他，走近前來。

「你是誰？為什麼在這裡？」

「小笙兒？」他低下身去，扶住那孩子，「你未來……會成為一位皇帝。但你登位之時，就是天下血火降臨之時。」

「你是誰？卻憑什麼來預言我的命運？」那孩子眼神倔強，「我不要做什麼皇帝，我只要和她們在一起，永遠這樣。」

「沒有永遠的……你將來會遇見一個人，她讓你懂得什麼是你真正要尋找的。你會為了她，甘願拋棄一切。」

「她在哪兒？」

少年愣了愣，伸手探入懷中，懷中的珠兒竟不知何處去了。他一驚，才恍然想起，自己現在就在珠境之中。

他繼續向前走去，天空變得愈來愈可怖，像是鮮血在漫流。

「那靈鬼，你在哪裡？」

「你救不了她。」那空中的鮮紅扭轉猙獰著，「縱然你有強大的法力，但我已與她的靈魂鎖綁在一處，你殺死我，也就會同時殺死她。」

「沒有任何其他可能嗎？」少年低下頭，緩緩地說。

「只有一種方法，那就是——用你的自由，換取她的自由。讓我遊入你的魂魄之中，她才能清醒。你選擇吧。」

「那我會再也感覺不到自己嗎？」

「不，你仍然是你。但我會教給你什麼是仇恨，什麼是殘忍，打碎你那些可笑的仁義與同情，為了你的志向把任何阻擋你的人輾碎。我也因為這些仇恨而有了力量的源泉。」

「那她呢？」

「我能解開她的心鎖，卻解不開她的宿命。她告訴過你吧，她不過是被人或是神造出的一顆種子，要傾覆這個天下。她將來會成為世人所痛恨的災禍象徵，維護她的人，也會被憤怒一同吞沒。」

牧雲笙搖搖頭：「我不會讓任何人傷害她。哪怕天下世人都恨我，我也不會退後。」

少年緩緩抬頭：「現在，給我你的冷血，而給她以自由吧。」

【05】

戰馬嘶鳴，火流翻湧，穆如寒江的踏火騎軍正在進發。大雨忽然傾盆而下，雨水與火焰相激撞，騰起白色煙霧，像無數魂靈直沖天際。

他們只有七年的時間，七年之內，有一個人必須被打敗。男人總是為了一些女人無法理解的事情而戰鬥，比如天下、家族和榮耀。可有時他們心中深藏的祕密，卻連最愛他的女子也不會得知。不論世上存在過多少英雄，最後卻只能有一個勝利者。而黃沙之下，總有相擁的白骨，沒有人會記得曾經的風華絕代和年少輕狂。

這個時代，終於來臨。

天下未平

【01】

這是帝都天啟城之夜。

整座城市都在黑暗之中，零星的幾點燈火，也像是一眨眼就能抹去了似的。於城中北望，隱約可見一道巨大的黑色影子橫貫在視野中，與夜色融為一體。那是天啟的百丈皇城，這個帝國曾經驕傲的偉岸身影。當年大端朝的一代代帝王們就在這城樓之上聽萬民歡頌，聽大軍呼嘯。

然而，一切都是故影舊事了。

此時的城樓上，只站著兩個寂寥的身影。

一位青年站在城堞之後，遠望大地，任寒風吹動他的冠帶與長袖。

他是這個帝國的第二十一位君王，年方二十的牧雲笙——未平皇帝。

他登基之時，翰林院本擬年號承平，但那時還是少年的牧雲笙搖頭說：「天下戰亂如此，還粉飾什麼。」故改年號未平，以示不忘平復天下的決心。

只是要一統天下，卻還有太長的路要走。

他的身邊，站著一位女子。她裹著雪茸氈袍，像是不禁風寒。但她的美麗，卻連黑夜也無法遮掩，連風雪也要在她身邊旋舞緩行，似為她而流連。

那是盼兮，珠魂凝結成的魅靈。她的美麗使天下英雄折腰。傳言北陸狼主碩風和葉不惜傾瀚北之騎南下，不是為了天下，而是為了能一睹她的容顏。當年少年牧雲笙也是為了她，不惜和父皇決裂，從最有望繼位的皇子，到被囚廢園。直到多年後，牧雲皇族幾乎在戰亂中死亡殆盡，外敵已包圍天啟，皇位成為人人逃避的畏途，他才不得不登上太華殿，接下這亂世的殘局。

天啟城下一戰，碩風和葉折戟沉沙，退回北陸，大傷元氣，數年內無法再謀圖天拓之南。但牧雲笙治下的大端朝，也幾乎為此流盡了最後一滴血。

未平皇帝牧雲笙眺望著這蕭瑟帝都，輕輕嘆息。

「太安靜了。我記得當年我還是皇子時，初元節隨父皇於皇城遠眺，大地一片燈海，煙花連天，萬戶舞樂。可現在，一切都不復存在了。皇皇帝都，只剩了不到三百戶，晚上人們不敢出門，恐被餓犬所食。那些犬在戰亂時吃慣了人肉，已同虎狼一般。」

他輕抬手，在這大地上輕輕拂過，像是在觸及它的傷痕。

「不知有生之年，能不能看到這個國家的復興。」青年皇帝嘆息著。

盼兮緊緊挽住了他的臂膀，為他心痛：「你忘了那個跟隨我的詛咒了嗎？我是天下禍亂之源，我若在你身邊，你便無法平復天下。」

「不。」牧雲笙轉身，凝視她的眼。縱然在黑暗之中，他的目光也執著熱切。

「是妳忘了，我從不信命。為了妳，我燒了瀛鹿台；為了妳，我舉劍指罵蒼天。如今，我要證明，那詛咒多麼荒謬。妳和這天下，我一樣也不會放棄。」

她知道這是多麼難的事情，縱然是千萬人，以千百年，也未必能使天下復興。她也知他立下此誓，便不會悔棄——正如當年，他立誓護衛她一生，便也再不曾退後。

「那麼……讓我也許上自己的壽命，我只願與你同生共死。」

她閉上眼，倚在他的肩頭，在心中暗暗許願。

「此生只要他志願得償，上天便請將我的殘年盡數取去，我決不顧惜。」

他這一生，只怕註定要為天下而活。她這一生，卻只為他一個人而活。

天空中一聲尖嘯，一隻哨箭帶著火焰升入天空。數里之外，忽有燧台揚起了烽火。

牧雲笙的臉色卻沉重了。

「穆如寒江，攻破西都了。」

此時此刻，千里之外的山巔，也正立著兩人。

那英武將軍貫著鐵甲，按著寶劍，大紅的披風迎風展著，望著西方最後一抹血般濃的霞色。

暮色中，西都城中股股濃煙升起，旗號亂舞。他的踏火騎軍終於攻破了這西南首府、天下富甲之都，從此宛州已盡握在手，九州已得其一。有了這九州最豐饒之土，天下便已在望，將來的大業直可一馬平川。

「天啟城中，此時已經看不見霞光了吧。」穆如寒江這樣嘆著。

他的死敵牧雲笙，此刻在想些什麼呢？他已得了金玉之城的宛州首府，而他卻還苦守著殘破的帝都。他日穆如大軍重回天啟城下之時，他很希望再看到他的表情。

「語凝，當初妳勸我棄天啟而圖宛州，果然是對了。宛州若定，天下已得一半也。」穆如寒江放聲大笑。

但他身邊的女子，望著這城中火光，眉間卻只有憂懼。

那是蘇語凝。當年她出生之夜紅霞貫天，世人皆言是至榮至尊之象，此女若為皇后，必能輔佐君王，興榮天下。也為此，她自小便被選入宮廷作為皇子侍讀，以觀德才。但造化弄人，她還沒有長大，天下已亂，四方群雄並起，諸皇子或死於戰場，或死於爭位，竟只有六皇子牧雲笙一人獨存，繼了帝位。

但蘇語凝所愛卻並非未平皇帝牧雲笙，而是他的死敵，要與他爭天下的大將軍穆如寒江。

蘇語凝指向遠方：「三個月的奮戰，終於攻下了西都，士兵們只怕都喜極而狂，但現在城中四處火起，若有人趁亂燒殺搶掠，必定民心盡失。還請大將軍即刻約束。」

穆如寒江聽得女子之言，猛然警醒，握住她的手道：「語凝，若不是妳在我身邊，穆如寒江只怕走不到今時今日。」

他轉身要下山，卻又回身望她：「今夜只怕又是無眠了。語凝，真盼早日平定天下，那時我可以好好陪伴著妳，彈劍歌舞、大醉方休。」

蘇語凝看著他，只是輕輕地笑。

穆如寒江也孩子般笑起來，三步並作兩步奔下山坡去了。

她喜歡看他揮斥方遒，喜歡看他拔出劍來，率萬軍衝陣，喜歡他在大勝之後那豪邁的笑，也喜歡他醉臥在她的懷中，孩童般的夢囈。

只是，她也無時無刻不在害怕。怕有一天，她再也看不見他的笑。怕有一天，他倒臥在她的懷中，卻永遠地不能再與她說話。

為什麼一定要爭天下，她不懂，她只知道這個男人要做到的事，就會義無反顧地去做。每次他率騎軍衝鋒之時，她都好怕這是最後的一面，她想大喊，讓他回頭望她一眼。但她知道她不能那樣做，他也絕不會回望。

北陸瀚州，碩風和葉大營。

無邊的大草原。

這裡的風更厲，這裡的夜更闊，這裡的酒更烈。

這裡的男人們，此刻卻在注視同一個地方。

隨著一聲悶響，一個黑影被從那金帳中摔了出來，在地上仰面朝天。

北陸漢子們狂笑著，指著那地上的身影，笑得捶胸頓足，笑得大牙亂飛，笑得酒也灑了，馬也驚了。

他們笑的是他們的大王，北陸的狼主，一咳嗽可令天下喪膽的碩風和葉。

此刻，這位狼主仰面朝天，噴著白氣，不服氣地手抱胸前，望著星星，眨著眼睛，似乎在納悶一些事情。

突然，他一個鯉魚打挺跳了起來，穩當當地站著，手還是抱在胸前，連草葉都沒有扶一下。

周圍的人突然不笑了。

他們全都仰望著這個人。這是草原上他們最敬服的英雄，無論被打倒多少次，他還是能一躍而起。這就是碩風和葉。當他摔跟頭時，人們可以盡情地笑他，像笑自家的兄弟，但當他站起來時，他就是北陸之王，人人必須仰視。

「狼主，今晚又沒有戲了……已經好幾個月了……您要用力啊。」

說話的是一個鬍鬚頭髮紮成無數辮綹的粗野傢伙，隨著他這一句，周圍的人又都狂笑起來。

碩風和葉不怒也不惱：「笑吧笑吧，我終有一天會讓她變成我的女人。」

帳簾一抖，突然又是一隻陶碗飛了出來。碩風和葉嚇得一蹦，碗飛出老遠碎了。笑聲更是四下狂溢。

帳篷外的是北陸最強悍的男人碩風和葉，帳篷裡的卻是連他也馴服不了的女子——大端郡主牧雲嚴霜。

半年前天啟城一戰，碩風和葉眼看就要破城，霸業就要成功。就在這時，遠方衝來一支騎兵，一面「寒」字大旗高高飄揚。北陸騎兵以為是武成太子牧雲寒到了，人人心懼。為首那員騎將黑甲銀刀，衝至碩風和葉面前，手起刀落，將他劈下馬來。幸得眾將拚死護衛，碩風和葉才保住性命，天啟城卻得而復失。

那一晚，他趁夜襲破城外勤王軍大營，眼見又要得勝，結果又是「寒」字旗至，那騎士至，快刀至，第二次把他打落馬下，襲營又是告吹。

第三次，碩風和葉被牧雲笙、穆如寒江聯軍夾攻，幾乎全軍覆沒，亡命狂奔之時，他又看見了那位騎士。

這一次，他看清了她。他也記起了她是誰。

許多年前，北陸還屬於大端皇朝，許多年前，牧雲、穆如還是鐵打的兄弟。而他碩風和葉，屬於一個因為叛亂而被穆如鐵騎誅滅的部族。那個雪夜，他在草原上被端軍的騎兵圍住，將要被殺死之際，是這個女孩笑著說：「我們不如來玩捕獵的遊戲：我數一千個數你們再追，看他能跑多遠。」

碩風和葉於是沒命地狂奔，跑得幾乎要斷氣，一如許多年後兵敗的這一夜。但是他活下來了。他知道他是赤腳，而端軍騎著快馬，縱然那女孩數一萬下，他也逃不脫。他活著，只有一個原因。

那個女孩只數了九百九十九下。

她想讓他活下去。

多年前這女孩因為一絲憐憫而饒了眼前的少年，卻沒有想到他長大後變成了顛覆她家國的仇敵。

她憤怒地抽出戰刀，這一次她要親手補償自己當年犯下的錯。

但她沒有做到，趕來救援碩風和葉的護將從遠處放箭射中了她。碩風和葉將她俘回了北陸。

也許是因為有當年那九百九十九數之恩，碩風和葉不肯為難她，不肯恃強欺辱她。他渴望擊敗她，渴望佔有她，但他一定要讓她心甘情願，那才是真正的征服。

於是他為她鬆綁，讓她養好箭傷，然後把戰刀親自交還給她，說：「我每天會來見妳一次，妳若有本事勝過我，就殺了我報仇。但妳若沒本事，敗給了我，就要死心塌地地做我的女人。」

牧雲嚴霜接過刀，咬緊嘴唇，默認了這個約定。

結果這兩個人都太自信了。九十七天過去，她沒能殺了他，他也沒能打敗她，每次都以剛才發生的那一幕——碩風和葉被踢出帳篷而告終。

碩風和葉被摔出來，仰躺在地望著星空時，他在想什麼呢？

他在想，也許他真的愛上這個女子了。因為她是這樣凜冽而美麗，就像最傲的馬，最辣的酒，最快的刀。

但牧雲嚴霜在想什麼呢？他不知道。他只知道，她一定會屬於他，會愛上他，就像所有的野馬最後都會溫順地依偎他，所有的烈酒最後都會被他大口吞咽，所有的快刀最後都會被他握在手中。因為他碩風和葉，是北方最強悍、最狂傲的男兒。

這樣的一個夜晚，這樣的六個人。天下三分，天下又總會一統，勝負終會決出——牧雲笙、穆如寒江、碩風和葉，註定只能有一個勝利者，而另外兩人將死去。男人們期待那個結局，好快意恩仇。女子們害怕那個結局，害怕心中所愛消逝。時光卻電光石火，不可遏挽地帶著無數人奔向那揭曉的一刻。

【02】

一隊騎兵在路上疾馳，精壯的戰馬踐踏起泥漿。路卻是愈來愈難走，兩邊山林逼來，最後，已經無路可行。

「不要再向前找了吧。」馬上一名校尉打扮的人搖頭，「還會有人住在這樣的深山裡嗎？」

「連年戰亂，逃進深山的人只怕不在少數。」年老些的騎將道，「相比奔逃於那些兵家必爭的城郡之間，能在深山中隱居，只怕倒是幸運的了。」

他揚鞭前指：「看，那裡草間有條小路，顯然山裡還有人家。我們下馬步行吧。」

這深山中幾戶竹簷茅舍的人家，驚慌地看著突然出現在屋邊的貫甲兵士，紛紛逃回房中，緊緊掩了門戶。

「問一下，這裡可有叫蘋煙的？」兵士在戶外喊著。

無人應答。

「有沒有一個女子叫蘋煙的！」兵士不耐煩地又喊了一遍。他們已經奉命搜尋了數月，對於能在茫茫亂世中找到一個人絲毫不抱希望，不過例行公事而已。

一雙驚恐的眼睛，隔著用樹枝綁成的木門縫隙張望著。

「他們在找的是……小五兒？」那鶉衣少年回頭，望著牆角縮成一團的家人們。

「小五兒還做過什麼事？當年不知從哪裡收留了一個野小子，想來定是個逃犯吧，還帶回家裡來。我們哪有飯給他們吃，於是我又把他們罵走了。後來那男人跑了，五丫頭自個兒回來了。從此她也老實了，整天不說不笑只幹活，我還當這事兒過去了……結果現在……哎呀！」那四五十歲的婦人低聲罵著。

「五姊上山砍柴去了，若是現在回來，豈不正好被撞見？」婦人懷中的小女孩睜大眼睛著急。

「這小五兒從來就沒給家裡帶來過一點兒好事！現在又連累全家，真該讓她死了清靜！」婦人咬牙咒罵著。

年輕校尉見無人回答，嘆了口氣。

「走吧。再去別處。」他招呼著手下，不由得抱怨，「這大端朝的皇后怎麼這麼難找！一應聲就是極致的榮華，偏偏所有人都當我們是來抓丁的一般。」

那老年騎將笑道：「你這樣凶地呼喝，縱然人在，哪裡又敢應聲？」

「以前我可是好言好語，生怕嚇著了未來皇后娘娘，吃不了兜著走。但這幾個月下來，我也想明白了：這天下這麼大，哪裡找去？沒準早死了也不一定。陛下要找這當年落難時救過他的女人，也不過是想報個恩，並沒有什麼真情意。真找著了，難道真立為皇后？那陛下身邊的美人兒怎麼辦？倒不如去找了，沒找到，反而最好——陛下也圓了報恩之心，又不用為了後宮的事為難。你看是不是我說的這個理？」

老年騎將笑道：「偏你懂事！我只知道食君之祿，忠君之事。既然上面吩咐下來要找，便認真找去，怎麼倒猜度起陛下的心思來了？若陛下只是想做做樣子，天下本無人知道還有這麼一回事，他又何必大費周折、多此一舉？我倒聽說，陛下身邊那美人是魅，不能生育[1]。所以陛下為了立嗣大計，還是要尋一個皇后的。」

「咦？叫我不要猜度聖意，您老倒猜度得挺來勁。那你說，陛下若只為求個後代，天下那麼多女子，怎麼偏發了瘋，要找這一個？」

「要我說啊，那些什麼貴族大臣的女兒，凡是背後有家世的，入了宮，再生了小孩，必連同諸世家鬥個你死我活。前朝歷代出了多少這樣的事兒，陛下能不看在眼裡？所以故意要找一個平民出身的女子，沒有什麼權貴外戚鬧心。」

「我明白了，這只怕是為了讓那小美人兒放心。一個平民出身的皇后，自然沒有人幫她與陛下爭寵，她才能常伴陛下身邊啊。」

這兩人在外面聊得起勁，被柴扉後的人聽得真真切切。那年輕男人回頭道：「娘，我怎麼聽得……好像……好像那些人是來接五妹進宮的？說是什麼她當年救了皇帝，現在陛下要報恩……說要立她為皇后呢！」

那婦人正抖如篩糠，聽得此言，嘴咕嚕一下，兩眼翻直，好似被堵了心竅，就要憋死過去。一幫孩兒忙抓了她又搖又晃，掐人中、打耳光，才讓她醒轉過來。

「那死小子……當年那死小子……當皇帝了？我當年罵他不知哪兒來的浪蕩子……我還罵皇后娘娘是……不中用的賠錢貨！」

「皇后娘娘在我們家砍了十幾年柴啊……」眾姊弟突然全覺內疚。

「我昨天還讓皇后娘娘給我打洗腳水來著……」大姊恨不得從此不洗腳。

「皇后娘娘昨天做的飯晚了些，我還揪她耳朵罵她懶娘兒們……」二姊護住自己的耳朵。

「娘，誰是皇后娘娘啊？」五歲的么妹搖著婦人問。

「就是昨天晚上抱你撒尿的那個！」

「五姊姊？五姊姊是皇后啊？為什麼她從來就不告訴我們呢？」

「她要是知道，就該我們給她洗腳了！」

「那些兵要走了啊！」在門口窺望的四哥著急地喊。

全家人安靜了下來。

外面果然人聲漸遠。

「娘，要喊住他們不？」

「娘，他們走遠啦！」

那婦人心裡也猶豫著急，手裡緊緊掐著么妹，直把么妹掐得哇哇喊痛。

「豁出去了！」婦人跳起來，「老娘窮了一輩子，生了這麼多女兒，好不容易有一個攀上了富貴，就算出去被殺了，也要試一試！」

這婦人赤了腳，奔出門去，追到山坡邊，運了運氣，朝著正走遠的士兵們大聲喊了一嗓子：「蘋煙——！軍爺！你們是要找一個叫蘋煙的嗎？」

片刻後。這家人擠成一團，驚慌地看著圍住他們的士兵。

「蘋煙姑娘現在在哪裡？」老年騎將問。

「你們不是該叫她皇后嘛！」么妹脫口而出。

婦人一把捂住小丫頭的嘴，賠笑道：「不必，不必，免禮平身。」

老年騎將想樂，向帝都的方向遙遙拱手道：「陛下找這位姑娘去做什麼，我們做屬下的不敢胡言。我們只負責將人帶回天啟都城。」

「那我們呢？我們也能一塊兒去嗎？」二姊忍不住湊上前，又被婦人抓住頭髮一把拽了回來。

「這……陛下未曾吩咐。不過既是蘋煙姑娘的家人，只要蘋煙姑娘難捨，自然該一併接去。」

六妹哇一聲哭出來：「娘，昨天我和皇后娘娘打架，揪她頭髮。妳可千萬叫五姊別把我丟下。」

老年騎將有些不耐煩了：「請問人究竟在哪裡？」

「上山砍柴去了……這就回來！這就回來！」

蘋煙背著柴草吃力地往回走，正下山坡，突然聽見村裡喧嘩。她拋了柴草奔到一棵大樹邊，向下一看，士兵們圍住了自家草舍，正在與家人說著什麼。

她心中慌亂，俯身藏在草間，只盼那些兵士早些走了，又怕他們動手傷害家人，一時心亂如麻。身子漸漸緊縮成一團，覺得手心冰冷。

但半個時辰過去，天色也漸黑，那些士兵還沒有走的意思。而且，家人竟然走到村邊來呼喊了。

「小五兒……不，皇后娘娘……妳在哪兒啊？皇上派人來接妳啦——」

蘋煙心裡如電光觸動，不由得落下淚來。

是他……他竟然還記得自己嗎？

她還記得當年與他在一起的最後時刻。

「這個天下曾經是我的，」那少年說，「而且以後也將是我的。這也不是謊言。」

「為什麼？」蘋煙望著少年卻覺得如此陌生，「為什麼你又決心去重新爭奪天下？」

「因為從前，我以為我逃開了，一切都會過去。但現在我發現我錯了。我逃走，只不過是讓別人把本屬於我的一切拿去毀壞踐踏。我再也不會容忍他們這樣做，我要打敗所有曾想毀掉我、從我手中攫取一切的人。我心愛的女子，還有我的皇朝，所有我失去的一切，我都會奪回來。每一個企圖搶奪走我心愛之物的人，都會付出代價！」

他轉過頭，「以後我的一生也許都會在戎馬征戰中度過，我的身邊只會有死亡與鮮血。蘋煙，妳不要再跟隨我了。」

「他有他心愛的一切，有他必須守護的一切。只是……那與我無關。」

蘋煙流著淚，不知自己是在哭還是在笑。手緊握著，看著天空若隱若現的星辰。

「我以為我能把你忘記了，我的心已是死灰，現在，又何必讓我活過來？讓我再悲傷一次。」

夜幕已來臨，蘋煙還是沒有回來。

「這是怎麼了？平日裡早該回來了啊！」婦人頓足，嗓子早喊啞了。

「娘，山上太黑，我找不到五妹啊。」四哥從山坡上滑下來，渾身都是被樹枝剮出的血痕。

「不會……不會偏這個時候，掉到山崖下頭去了吧……」二姊呆呆地說，被婦人一巴掌打哭。

「既如此，我們在此休息一夜，繼續等候吧。」老年騎將搖搖頭。

第二天，晨光已現。蘋煙還是沒有回來。

「要不要上山去找？」年輕校尉問。

老年騎將嘆了一聲，搖搖頭：「你覺得她為何不回來？」

「或許真是在山中迷路了吧。」

「她天天上山砍柴，怎可能迷路？若不回來，自是已聽見我們呼喊，卻不想回來了。」

「怎麼還有這種人？皇上要召她入宮，卻還不肯來？」

老年騎將笑著：「你還太年輕，不知道世上福禍相依的道理。只怕這女子，卻比你看得通透。」他一揚馬鞭，「我們走吧！」

婦人撲上來：「官爺！官爺！你們不帶我們走了嗎？我們一定把小五找回來的，我們這就去找！」

「她不肯去，難道我們把她綁回去不成？」

「這小五不懂事理，我定要狠狠訓她！但你們莫丟下我們啊！當年那小子……不，那皇上，還在我們家住過，吃過我給他做的飯呢！」

老年騎將問：「妳們走了，那蘋煙姑娘回來怎麼辦？」

「這……這……我們給她留話！她看見了，自然就會下山來找我們。她老娘和姊妹都進了宮，她怎麼可能還不跟來？」

老年騎將嘆了一聲：「妳們倒真是好父母、好姊妹。走吧走吧！妳們是皇親國戚，我哪敢不帶妳們？這就請上路吧。」

蘋煙就站在山坡上，注視一行人遠去了。

都走了，終於一切都清靜了。

風吹動竹林，喧嘩如海。她就這麼望著自己的家人乘車遠去，眼淚在頰邊慢慢地流，心卻靜如這寂靜空山。

「那天你要我離開你，我答應了。我既答應你的事，便不會反悔。」

她願為他付出所有。而此刻，她付出的，是一生的孤獨。

【03】

西都，西靖皇城。

穆如寒江看著大殿外走來的這個人。

他臉形瘦削，留著怪異的兩撇長胡，袍子上盡是補丁，頭髮上全是油漬，拖著一口巨大的滾輪木箱。木輪都缺口了，一路雜訊讓人皺眉。

「木箱不可帶入大殿！」門口衛士攔住。

「狗屁！你知道這裡面裝的什麼？這裡面是整個天下！」那怪人跳腳，把唾沫噴了衛士一臉。

衛士揪住他的衣領，掣出腰刀。穆如寒江喝一聲：「不要管他了，讓他進來。」

怪人費了吃奶的勁，滿頭大汗才把那箱子搬到門檻裡，其中砸中自己腳數次。衛士偷笑就是不幫忙。

然後他又一路巨響著把箱子拖到殿中，殿上文武都忍不住想掩耳。

「宇文慎謹參見陛下。」怪人唱個喏，卻不跪拜。

「我不曾稱帝，只是殿下。」

「有我在，你很快將成為陛下了。」

「聽說你滿街大喊，自稱可以為我獻上九州三陸？」

「是。」

「狂徒為何不跪？」一旁有將領忍不住斥責。

宇文慎謹把頭一扭：「不跪，請賜座。」

穆如寒江搖頭：「我的所有臣將都要行禮，你寸功未立，我不能為你破例。」

宇文慎謹轉身就走。

衛士上前要攔，穆如寒江一揮手：「讓他去吧。」

宇文慎謹又費了好半天把箱子搬出門，最後還把殿門重重一摔，穆如寒江哭笑不得。

旁邊謀士廉茂道：「殿下，宇文慎謹是個狂徒，但萬一真有本領，也不可落入他人之手。此人這一走，必投東端牧雲笙，不如除之。」

穆如寒江擺手：「由他去。我的天下，豈會因為一人而傾覆。」

宇文慎謹來到中州，同樣滿街大喊：「出售天下一個，有意者出價。」

中州也有人知道宇文慎謹這個狂徒的，於是又把他帶到牧雲笙面前。

「狂生為何不跪！」衛士吼道。

宇文慎謹一扭頭：「不跪，請賜座。」

牧雲笙笑：「我所有的臣將都站著，我不能為你破例。」

他站起身，走下階來：「不過，我也可以站著聽先生的高見。」

宇文慎謹打量著走過來的牧雲笙，好像是他在決定要不要錄用此人一般，突然尖聲說：「在東端牧雲治下沿途，聽市井草民高談政事，提及陛下名諱，毫無恭謹，甚至直呼其名，而衙吏充耳不聞，在下極為驚異。」

牧雲笙笑著問：「那麼在西端穆如治下如何？」

宇文慎謹說：「在穆如治下，眾人談及穆如寒江，皆拱手敬畏，曰之為天下第一英雄，欲投軍報效。踏火騎軍威望極高，所到之處人人夾道歡迎，凡軍士飲食行宿，皆免銀錢。」

牧雲笙問：「既如此，先生為何來我這裡？」

宇文慎謹大笑說：「在西端我若敢言君王的不是，只怕被激憤民眾當場亂棍打死。而我來東端，一路指摘弊端，言必提西端強於東端，聞者多含笑聽之，官員還將我引薦來見陛下，故知此處才是良臣報效之所。」

牧雲笙於是問宇文慎謹：「請問清明之政，如何治理？」

宇文慎謹道：「不過十二字。」

「哪十二字。」

「墾農田，興工坊，通商貿，行法度。」

牧雲笙搖頭：「都是虛浮之詞。我且問你，貪官如何治？」

宇文慎謹道：「人為獸化，私心長存，是故我眼中所有官吏，俱為貪官。」

牧雲笙問：「如此說來，世上豈不是無一官吏你肯相信？」

宇文慎謹道：「正是。自古以官治官，行監察，監察者與貪官勾結一氣；用御史，御史也同流合污。故我不信官，只信法度。」

牧雲笙大笑：「法度也要人行。自古都立法度，卻也一樣因人而廢，我卻要看你能行何法制。」

宇文慎謹道：「我不信良心道德、示心明誓，只信堂上寶劍、案前權印。世間貪腐橫行，只因吏權過大，同樣罪行，可輕可重，可殺可免，如此自然賄賂不絕。若百姓也能行律，也能判案，也能治國，也能審官，又何如？」

牧雲笙搖頭道：「這卻是聞所未聞。」

宇文慎謹打開那大木箱，裡面竟全是紙卷。他拿出一卷深躬舉起：「我觀世間炎涼，十年苦思，編有律法一部，數千萬言。請陛下用我變法，我願肝腦塗地，換大端萬世太平。」

牧雲笙取過，展開看了許久。點點頭：「好。」

「謝陛下與我大理寺卿之位！」宇文慎謹撲通跪下。

「不，先給你個縣你去試試。」

宇文慎謹於是來到中州松風縣，得未平皇帝的特許自定縣中律令，將原《大端律》三百十一五條增至一千七百一十條，每條又多附詳解。從徵兵調糧到妯娌分家，事無鉅細，一一規定處置方法，官員照律施行即可。《大端新律》厚厚數十本，要求所有官吏熟誦於心，常有考試，若錯背一條，扣罰薪俸。舉縣官員叫苦不迭。

有鄉民王老吉與鄰爭地，投狀官府。王老吉事先請讀書人查過大端律典，認為必勝，但縣尉竟當堂判為其鄰得地。王老吉怒起：「你怎不按律判？」說著就要去翻案上律典。原來《大端新律》規定：官員必須把《大端新律》擺在案前，若是受審者認為官員錯判，可當堂要求翻查。縣尉怒了，命人把王老吉打了二十大板，此舉又與《大端新律》上所言不符——新律中有云：若僅為言語之過，不可以肉刑罰之。又因新律中規定，刑曹為縣尉第一候補，縣尉所有拘審，刑曹必須在旁參與；倘若見錯不參，被他人舉發，先罰刑曹。這刑曹一看這可不能怪我了，下堂就找了證人，上書參劾。於是此縣尉成為新律實施後被罷免第一人。

松風縣本來頗為窮亂，鄉民天天鬥毆鬧事，這邊壓下，那邊又起。宇文慎謹命豪強把地租給流民，命人將新律宣讀給不識字者聽，每村設一流外文職，專門負責幫人按律打官司。於是後來村民都學刁了，以前什麼事都要動拳頭，現在什麼事都要打官司。縣衙擠滿了人，忙不過來，於是宇文慎謹就在每村都設一堂，教授村民按律判決。若有發現律法疏漏不公之處，當夜修補，第二天就將修改處告諭全縣。

宇文慎謹治理松風縣半年，民風大變，聲譽極高。於是牧雲笙下令，將宇文慎謹調任御史中丞，新律試行於中州。

新律一行，因為規定凡告倒官者，平民可得重賞，有功名者可替其位，一時間各地參奏官員的本子鋪天蓋地，真假難辨。其中一半是大家上本互參，另一半是參劾同一個人的，那就是一步登天的宇文慎謹。諸如他在西端期間去向穆如寒江獻策煽動東端民眾謀反，到了東端之後頭一件事先去逛了天啟城風月坊中最大的青樓，這類的事全部被人揭發了出來。

未平帝牧雲笙拿著《大端新律》一查：投誠者原為敵國效力之事，免罪。非官員出入公開經營的娛樂場所，不究。原來這位編法典時早就算計好了。

未平帝牧雲笙每天上朝，都有好幾車官員互相揭發的奏章運來，嘩啦啦往大殿上一倒，堆得官員們都沒處站腳。牧雲笙天天看這些奏章，自己看不過來就發給百官看，百官看不過來就發給內侍和宮女看。

湯承恩是端朝三朝元老，從未平帝的爺爺毅帝的時代就為官了。他憤怒地上本痛斥宇文慎謹是西端派來的「匪諜」，亂施法令，目的就是要搞垮東端。要按照他的做法，天下沒有一個官是乾淨的，人人自危，誰還敢當官，誰還敢管事？

未平帝把這個奏章也轉發百官，宇文慎謹當晚就回奏說我這人什麼都怕，就是不怕天下找不到願當官的人。不信你把官位讓出來，我第二天就找一千個願頂你這個位置的，其中必有一百個比你強。

湯承恩氣得半死，第二天在朝上痛罵宇文慎謹，揮著拐杖要打死他。百官分成兩派互毆，打得滿地都是牙。未平帝也不生氣，誰也不罰，下令以後想上朝打架的自帶枕頭，可以互擲，不准用牙咬。

這事傳到西端，被引為笑談。虎賁衛將軍郎士效對穆如寒江說：「牧雲笙果然是昏庸之輩，哪裡有這樣治國的，現在東端官員一片混亂，正是我們出兵的機會。」

諫議大夫廉茂卻說：「不可。現在東端變法之初，看似混亂，卻只是因為之前無人治理，官員昏聵無能；宇文慎謹一到，好似狼驚羊群，所有的羊都拚命跑起來了，面上亂作一團，實則睡者已醒，我們已經失去時機。當初宇文慎謹來獻國策，我們以為他不過是個狂徒，現在看來是錯了。何況東端變法只在文政，軍隊仍然嚴整，孤松直也是當世名將。有這兩人在，我們並無取勝的把握。」

郎士效說：「東端州郡多於西端，若如你所言宇文慎謹是個良臣，此時無機會，等他日後變法完成，豈不是更無機會？」

穆如寒江只是沉默不語。

【04】

這是一個沉寂的夜晚，大地上遍佈篝火，像倒映的星河。火光照耀著睏倦士兵的臉，忽明忽暗。

在山腳下到處坐臥著人，他們許多人沒有盔甲，沒有武器，渾身傷痕與泥汙。這是一支剛從戰場上潰散的敗軍。大多數人不顧地上泥濘，倒頭就睡著了。一些老兵愁容滿面地烤著火低聲說話。

一個躺在營地邊緣臉貼地睡的傷兵突然被驚醒了，他的耳朵挨著泥土，像是感到了什麼震動聲。

他慢慢支起身體，站了起來，緊張地注視著前方的黑暗。

愈來愈多的敗兵感到了什麼，都站起身來，向同一個方向看去。

遠處，有什麼聲音漸漸可聞了。

那像是整齊劃一的腳步聲，雖還微弱，但若知其是從數里之外傳來，便可想像是怎樣一支龐大的軍陣在推進。

「那是鋒甲軍進軍的聲音嗎？」

「鋒甲軍！鋒甲軍進攻了！」

「未平皇帝來了！」

人們大喊起來，驚慌得轉身奔跑，整個營地的人像退潮一樣向後逃去。

一位將官疾衝進營地內那唯一的一座營帳，跪倒在地。

「將軍！端軍夜襲，已至一里之外。營中騷亂了。一個月來敗退數百里，士兵們疲憊怯戰，已無鬥志，將軍如再不行約束，大家就要潰逃了。」

「輕聲。」卻是一個女子淡淡的聲音。

那年輕的女將軍早穿戴好了盔甲，細銅絲鎖甲緊緊包裹住她的身軀。她勒緊護腕上的束帶，提起劍，轉身來到床邊，一個十來歲的孩童正在那裡睡著。

「母親。」那孩子睜開了眼，他的目光純淨如水，看不到恐懼與迷惑。

「渙兒，你醒了？」女子笑著，輕撫他的頭髮。彷彿這只是一個普通的靜夜，並沒有近在咫尺的敵軍。

孩子卻伸出手，凝望著她的頭頂。

女將軍抬頭望去，星光正從那帳篷頂上的破洞中瀉下來。

她笑著抱起那孩子，帶他來到帳後的草地上。

孩子站在草間，仰頭貪渴地望向那星河。深色天空中銀帶流淌，無阻無攔，撲面而來，奔騰而去。巨大的星暈散出無可描述的絢麗色彩，緩緩地旋轉著。

他伸出手去，踮起腳來，彷彿想觸到天穹。

他腳下的山野中，那最後的軍隊正在崩潰，漫山都是奔逃的人和呼喊的聲音，被丟棄的火把、兵器、旗幟一片狼藉。

可孩子卻無動於衷，他只關注天上的奇景，彷彿聽不到人世間的聲音。

那女將軍也蹲在他的身邊，擁著他向天上看去，似乎不論他看多久，她都願意陪著。

那震動大地的腳步聲愈來愈近了。他們的背後，看不到邊際的黑色甲冑的閃光正緩緩移來。

「渙兒，我們該走了。」女將軍抱起那孩子，將他扶上馬背。

她自己也翻坐上去，喝一聲，那戰馬踏揚草葉，消失在夜色間。

山頂大營。

「大膽菱蕊！妳為何不戰而敗退，還放縱士兵逃跑？丟了山腳大營，敵人便可直趨本王主營，妳罪該萬死！罪該萬死！」

那王者對著帶著孩子奔回的女將咆哮，早失去了首領應有的鎮靜，只因眼前的形勢讓他瘋狂。

女將跪在座前，緩緩說：「商王殿下，我手下只剩三千餘傷兵，他們怎麼可能再與牧雲笙的鋒甲對抗？逼這三千人送死，於戰局何益？不如讓他們各自逃生。」

「混帳！妳的意思是我們已必敗無疑，當棄劍速降？」

女將的嘴唇輕動了幾下，終於沉聲說：「殿下，的確是必敗了……還請速撤！」

商王暴跳著，上前一腳把她踢倒：「撤？我還有何處可撤？所有城池全被你們這些廢物丟了，難道要我再換上低賤污衣，再去做逃難流民？」

女將慢慢撐起身子，重新跪正：「殿下，你我大家本就是流民，為了有口飯吃而聚義起兵，大家也是因為你能讓大家活命才擁你為王。現在敵遠強於我，只有讓大家先撤退保得性命，才能再圖將來。此時王位衣著，都只是虛榮。」

「保命？只怕是妳想保得性命吧！」商王大吼，「來人，將菱蕊推出去，斬首！」

四下將領齊齊跪下，鐵甲叩響地面，喊著「殿下開恩，此時斬不得大將」。

「你們全是一黨！」商王漲紅了面孔，「再有勸者，一併斬首！此時不斬不戰而逃者，還有何軍心可言！刀斧手！」

行刑的兵士圍上前來，卻被菱蕊一把推開。

她跪伏在地：「殿下，菱蕊願受嚴刑責罰，但請留菱蕊一條性命。」

「妳果然是怕死！」商王一口啐下，「斬妳是太便宜了——來人，將她拖出，亂棍打死！」

「不許傷我母親！」突然一聲孩童的喊叫。那一直安靜無言的孩子突然衝了出來，倔強地攔在菱蕊身前。

商王暴怒地望向他，像瘋狼看向獵物，那孩子的眼神卻毫不退縮。

商王點點頭，忽然冷笑起來：「妳乞饒一命，就是為了能養這孩子。他的父親是誰，軍中早有傳聞，都言妳與牧雲笙曾有一番密會，妳腰間還有他贈的玉佩，這孩子莫不是……好啊！來人，將這小畜生與這叛婦一同拖出去亂棍打死！」

菱蕊震驚地抬起頭，正有士兵上前拉那孩童，她猛躍起身，將那孩子攏在自己臂彎中，抽出寶劍：「誰敢傷他！」

「果然反了！」商王氣得顫抖，「給我殺！」

四下士兵圍住女子，卻畏其威嚴，不敢上前。

商王血漲面龐，暴吼一聲，抽出自己的寶劍，直向菱蕊斬去。

菱蕊格住那劍，眼中射出冷芒：「早知你是冷酷絕情之人。今日誰想傷這孩子，我便要誰死！」

她左手遮在了孩子的眼前，右手執劍一滑，向上一撩，商王慘呼聲中，血沖天而起。

周圍將佐驚叫起來，抽出佩劍，將這對母子圍住。

那孩子慢慢移開擋在他眼前的手，望著地上血泊中的屍身，眼神中卻只有漠然。

菱蕊看著商王的屍身，任血從劍上一滴滴落下。

好一會兒，她抬起頭，向周圍拱手：「眾位，當年此人與我等一同逃難，一同起兵，約好同生共死，同享富貴，我等這才擁他為王；如今他為了這王位，要賠盡所有人的性命。」她目光從眾人臉上一一掃過，「今天菱蕊不惜一死，也一定要讓這孩子活著離開這裡。」

眾將沉默半晌，忽然有人將寶劍擲於地上。

「戰局如此，商王卻還要我等送死。殺了妳，我們也要死於鋒甲軍陣。菱蕊將軍，妳帶我們突圍出去吧。」

四下皆喊：「菱蕊將軍，我們跟隨妳！」

菱蕊轉頭望向那孩子。一片劍光之中，他卻自顧走到了一邊，專注地看著遠處山下的火光，彷彿身後的喧喊都與他無關。

她的眼中，突然有了一絲悲涼。

【05】

數里外，另一座龐大的連營，營火之光密如星海。一面巨旗高高舞動，上書「牧雲」二字。

一健騎踏濺泥土，飛奔入營，穿營高呼道：「敵將菱蕊提了商王首級，率殘軍來降！敵將菱蕊提了商王首級，率殘軍來降！」

營中歡聲雷動，士兵們衝出帳來，揮刀高呼。牧雲軍與割據越州的流民叛軍纏鬥這許久，終是到了勝利之時。越州至此重歸皇域版圖。

菱蕊帶著那孩童與歸降軍將在牧雲軍的押送下來到了營前，他們身邊，是滿營的歡呼聲。

只有那孩童沒有被綁，他只是慢慢地走著，神色平靜，像是聽不到這巨大的喊聲，毫不在意身邊的一切。

一員戰將正立馬高處，望著這歸降的隊伍。

他周身包裹在泛著青光的鐵甲之下，他的戰馬也一樣身貫重甲。即使是在全軍歡慶的時刻，即使是敵人已全部受縛，他仍然緊握戰刀，一刻也不鬆懈。

一位將官從中軍大營中衝了出來，奔到他的面前。

「孤松將軍，中軍大帳中不見陛下，末將正在遣人四處尋找。這受降慶典，是否要推遲？」

孤松直抬頭望望營邊的山嶺，微微笑道：「我知道陛下在哪兒。他從來不喜歡什麼典儀大會、致辭獻酒的，不必尋了，所有一切，他正看著就行。」

末平皇帝牧雲笙正坐在峰頂，遙望著山下火蛇星海一般的連營。

遠處海潮般的歡呼，倒彷彿只是節日的觀景。

勝了，他卻並不歡喜。他只是不能失敗，他要打敗天下人，卻不是為了自己。

一個時辰後，御營中軍大帳。

末平皇帝牧雲笙，還有他的鋒甲軍，是這世上最可怕卻又最不可捉摸的。萬眾見他，都要跪伏。

現在，他的眼前卻站著一個孩子，神情平靜，坦然直對他的目光。這孩子不知道他是誰嗎？或者，他根本不在乎？

當牧雲笙看見這孩子時，卻恍惚似曾相識。

「當年……妳曾用這把曠世奇珍的菱紋劍，從我手中換走二皇兄的玉佩。」末平皇帝撫著那把暗青玉鞘的寶劍，鞘身冰涼而潤潔，「從那時我就知道，牧雲陸這個名字，對妳多麼重要……而現在，看見這個孩子，我更明白了，這個名字不僅僅是重要……你們的血脈也早已相融……」

「不。」菱蕊跪倒在地，「陛下誤會了，這個孩子是罪將從亂軍中拾來的，並非您兄長的骨肉。」

「不是嗎？」牧雲笙淡淡地說，「我幾乎誤會了。」

他揮一揮手：「妳帶著他，下去休息吧。」

「陛下，」旁邊有將領上前低聲道，「當將這女子先行囚禁才是，那個孩子也有些古怪……」

「不用了。」牧雲笙淡淡笑道，「她要逃走，又何必來？我知道她想去哪裡。班師，回京。」

【06】

天啟城，凡琳宮。

穿過重重簾幔，她隱在幽暗之中。

「縱然用玉石之鏡擋住所有的日月星光，但又能阻擋星辰的力量多久呢？我能感到它們正在尋找我，想把我帶走。」

盼兮幽幽地嘆著，她有著淩絕世間的美，卻註定短暫。

「我們的一生並不長，也許能阻擋一百年，足夠我們老邁死去。」年輕的皇帝說。

「你總是不相信命運，這會毀了你自己。」

「我自己，其實早就不存在了。」

「是的……在這玉殿之外，你對所有的人都冷酷絕情。」女子低下頭。

「這次平商軍之亂，大軍斬了十萬的頭顱。越州之地，百里難見人煙。但我終是勝了。看見滿地的血我不會再悲哀，看到人們為勝利而狂歡我也不會喜悅……我只有回到這裡來，聽到妳的聲音，看見妳時……心才會動一下，感到一絲溫暖。」年輕的皇帝輕輕握住她的手，她的手卻是冰涼的，正如那玉石。

「可是你已經成為天下的仇敵，包括……你的親族。」

「妳知道了？」

「是的，我能感知你的所思所想，能知道你心中正想著的那件事情。我看到了那孩子的臉……他一定是你兄長牧雲陸的骨血。」

「妳卻這麼肯定？」年輕的皇帝笑著。

「因為他眼中的那種目空一切……你的眼中也有。」

「可這一點並不像我二皇兄，二皇兄是會為了天下犧牲他自己的人，我們其他人都做不到。當年他才是太子……如果他不是死守衡雲關不退，與關同殉，現在這皇位應該是他的。」牧雲笙嘆息，「以他的才華，他才是能開創治世的真正的帝王。」

「所以你覺得歉疚？你覺得欠那個孩子的？」

牧雲笙默然無語，許久，才緩緩說：「這皇位，本該是他的。」

女子望著他，許久，輕輕問：「假如你有一個孩子，你不願意讓他繼承這個天下嗎？」

「盼兮，妳不是凡人，不能生育。我的母親就是魅靈凝成之軀，體質極為虛弱，為了生育我，她耗盡了自己的生命，我方年幼，她就逝去了。」牧雲笙搖頭，「我絕不能讓妳再走這條路。」

盼兮凝望著他，輕輕笑著：「可我恨自己不能為你生一個孩子，我多想有我們的孩子啊。」

他搖頭：「可是，如果因為這個，妳也早早就離開我……那時我會多痛苦？」

盼兮沉默了：「是啊，我也想能永遠陪在你身邊……為什麼世上的事，總讓我們無法選擇？」

牧雲笙將她緊擁：「盼兮，這些年我率兵征戰，不知殺了多少人，又有多少人為我而死。我能感覺到，他們的靈魂和痛苦深入我的骨髓，我閉上眼就能聽到他們的號哭。我不知道我還要這樣苦戰多久。只有在妳這裡，我才能得到安寧，才能安然睡去。盼兮，永遠不要離開我……好嗎？」

女子閉上眼，流著淚默默地點頭。

他的眼中閃出光芒：「我做皇帝，只是為了替我的父兄守護大端王朝，我不能讓它在我這一代傾覆。但現在好了，我們找到了二皇兄的孩子，十年之後，他就會長成。我會找最好的武將和文士教授他，他一定會有我兄長那樣統御天下的氣度和才華。之後，我會把皇位傳給他，讓他得到本就該屬於他父親的天下。那時，我們就可以從這無休止的征戰中解脫出來了。」

牧雲笙抬起頭，目光穿過重重樓閣直達遠方：「而這天下……我會在他長成前，就為他一統。」

【07】

天啟城，火光點點。因為獲勝之師的回歸，這座因戰亂而蕭條的帝都重獲了一些暖意光彩。得以歸家的軍士們帶著慶功宴的酒氣，跌跌撞撞地匆匆奔向城市的各個角落，敲門聲、呼喚聲、驚笑聲四處傳來。一場戰爭終於結束，他們居然還活著。然而，誰也不知道是否太陽還未升起，下一場戰火就已點燃。

但此刻，因為一個孩子的到來，這皇皇帝都也正人心浮動、殺機重重。

「傳聞那員歸降女將菱蕊帶來的孩子是莊敬太子的骨肉，是真的嗎？」

書閣中，油燈照亮著三個人影。戰亂時節民生凋敝，縱然在重臣府第，蠟燭也是奢侈之物。而且今夜的話題，也並不適合秉燭高談。

問話之人，是內史侍郎方枯榮。

「只怕……是真的。」宇文慎謹微笑，端起茶杯，輕抿一口。

「我和左僕射、孤松直，以及諸多臣將，都是莊敬太子的舊臣，曾立誓一世追隨殿下。只可惜他英年早逝，我們這才輔佐了當今。但如今既知莊敬太子留有血脈，我們該如何做？」

「你在問我嗎？」宇文慎謹放下茶杯，杯中水紋微微漾動。

「是的。」

「很簡單，殺掉那個女人。」

「什麼？」燈影在方枯榮眼中一跳。

「殺掉那個女人。因為她顯然希望那孩子繼承他父親所失去的一切，她終會把往事都告訴這孩子，這會害死他，害死先太子唯一的骨血。」宇文慎謹看著方枯榮，「正如你所說，軍中有那麼多將領是莊敬太子的舊部，如果他沒有兒子，他們都會忠於他的兄弟，但假如他有了兒子……對皇位的爭奪會引起新的動亂，這會徹底毀掉大端朝。你想看著曾和你一起奮戰，親如兄弟的人彼此拔劍相向嗎？」

「陛下會怎麼想？他也會想用『殺』來永絕後患嗎？」左僕射問。

「不論陛下怎麼想。陛下也許寬容，也許無情。關鍵是天下人會怎麼想。」宇文慎謹輕彈著茶杯，看著杯中水紋震盪愈急，「這孩子活著一天，動亂的隱患就存在一天。就算將來我們辛苦平定了天下，也隨時會重回亂世。如果你真的忠於端朝，就早早行動。陛下若想留這孩子，那是陛下純良到了糊塗的地步。陛下若想殺他，那麼你就更不用等陛下發話。」

「若是如此……」方枯榮沉吟著，「我們只需殺掉那女人，孩子卻可留下，畢竟他是莊敬太子唯一的後人。只要將他遠送，讓他再也沒有機會爭奪皇位即可。」

「不可以。將來只要有人想起兵作亂，都會去找到這個孩子，以他為旗號。他不死，禍患就不會根除。」

方枯榮搖頭：「殺死莊敬太子的遺孤，我做不到。」

「是嗎？那麼你只能做另一件事。」宇文慎謹冷笑。

「什麼？」

「殺了陛下。」

「你……」方枯榮驚立而起，「宇文慎謹，你究竟在為哪邊立策？」

宇文慎謹也立起，遙向遠方拱手：「我在為大端朝立策。天下容不了兩條蒼龍，一定要選擇其一，然後將另一條徹底殺死，否則必然再興亂世。」

方枯榮臉色蒼白：「若是弒君，豈不是現在就攪亂了天下？」

「現在興兵，只是變亂一夜。重臣們多是莊敬太子的舊部，若陛下崩逝，他們必然就會扶莊敬太子之子登基；若是莊敬太子無嗣，他們也必然就此死心塌地地跟隨陛下。現在最可怕的，就是世人心中疑慮不定，那麼天下就不會有真正的安寧。」

「所以，我們現在就必須做出選擇？」左僕射輕輕抬手，拭去額上冷汗。

「是。」

方枯榮沉默了許久，直到油燈都漸漸暗了，燈影在他臉上明暗不定。

「那孩子現在在哪裡？」

【08】

天啟城外，鋒甲軍大營。

「孤松直，你是先太子的舊部，我問你，先太子在時，待你如何？」菱蕊按劍站在帥帳之中，目光淩厲，注視帥案後的鐵甲將軍。

孤松直仍然身貫重甲，幾乎沒有人看過他脫下那甲冑後的樣子。世人傳言，孤松直此人是穿著戰甲生下來的，也會穿著戰甲死去。只要在軍營中，他永遠在準備隨時應戰。所以從沒有人去偷襲孤松直的大營，哪怕他睡著了。

「莊敬太子對我有知遇之恩，肝腦塗地難以報答。」孤松直語氣沉靜，如無風古潭。

「若是先太子牧雲陸與其六弟牧雲笙同在你面前，你會忠於誰？」

「先太子。」

「那麼，假如牧雲笙令你殺先太子，你會做嗎？」

「不會。」

「那麼，先太子令你殺牧雲笙呢？」

「妳想說什麼？」孤松直望著菱蕊，卻只如聽家常絮語。

「如果先太子的孩子在你面前，你會如何待他？」

「事之若主公。」

「有人想殺你主公呢？」

「我必拚死相護。」

「很好。現在你面前的這個孩子，就是先太子的骨血。」

孤松直抬起頭，平視著菱蕊的眼睛：「妳終於承認了嗎？」

菱蕊低下頭：「我本想隱瞞以保他性命，但這孩子的面貌，只怕所有認識二皇子的人都已看出他的身世，牧雲笙更應該早就了然於胸。他為求帝位安穩，必殺我母子以絕後患。就算他不殺，忠於他的人也會殺。我今天把這孩子帶來這裡，就是把我們的命交給你。你若是也忠於牧雲笙，現在就殺了我們。」

「我不會殺。」

「好！那你若要保小殿下性命，就起兵立誓護衛他！」

「我不動兵。」

菱蕊驚疑道：「你不殺他，也不護他，為何？」

孤松直語氣平緩，沒有一絲慌亂：「若有人要殺小殿下，我必然拚死相護，但是，我蒙陛下以重兵相託，男兒有信，我也絕不會為了小殿下而背叛陛下。」

「你不可能同時效忠於兩個人！若是牧雲笙下旨要你殺我母子，你待如何？」

「不殺。」

「那豈不就是背叛？」

「我不殺你們，但也不會容你們再有機會爭奪皇位。我會把你們留在軍中，沒人能殺你們，但你們也不可能出去。」

菱蕊喝道：「這就是你對先太子的忠心？這皇位不本就該是他的嗎？不本就該是他兒子的嗎？」

「不錯，莊敬太子若在，我必會誓死跟隨於他。但現在殿下已逝，他在天之靈，難道還會希望自己的兄弟和自己的兒子相殘，使大端朝再陷亂世？莊敬太子待我如手足，我比妳知他更深，他絕不是會為了讓自己的血脈承襲皇位，而不惜使大端皇族自相殘殺的人。」

菱蕊冷笑：「孤松直，世人皆言你極有謀略，但如今看你，真幼稚如孩童。你以為你不起兵，卻又收容我們母子，他人還能信你？你要忠於未平皇帝，只怕他卻不再容你。我想此刻，討伐的兵甲就要到了。」

「若陛下不信臣，為臣者也只有一死明志。倘若大軍真至，我會親自護衛你們突圍，直到我戰死。」

【09】

侍郎府。

「那小孩已被菱蕊帶去孤松直的大營，怎麼辦？假若孤松直有異心，只怕隨時都會起兵。」方枯榮舉著剛得來的信報。

「好，來得真快。」宇文慎謹笑著，「要麼現在就去他的大帳，跟隨於他；要麼立刻稟告陛下，並點兵防備。現在就是我們選擇要忠於誰的時刻。」

「這……卻是讓人難以選擇。莊敬太子是當年的主公，待我們皆有重恩，我們是因為他才跟隨陛下，但陛下也待我們不薄。一個是莊敬太子的兄弟，一個是他的兒子，這讓我們如何是好？」

「不要想了，我們都不是會背叛主公的人，我們現在的主公就是陛下。為人臣將，忠君之事，血腥留在自己戰袍上即可，這罵名就由我們來承擔。」

方枯榮一咬牙：「你說的是，一切的錯，由我們來承擔！把戰亂結束在這裡。」

「時間緊迫，我們分兵兩路。你去奏報陛下，我去傳詔，令各營點兵戒備，然後率一支兵馬徑去孤松直大營，就說奉聖命，要他交出那母子，看他如何應對。若不肯交，必是反了，我立率大軍攻之。」

「假傳聖命？」方枯榮驚問。

「怎麼是假傳？若陛下得知，難道不也會立刻下此令？時間緊急，來不及請旨而後動了。你要先行決斷。」

「我知道了。」

大軍調動的腳步聲驚破了天啟之夜。

【10】

凡琳宮。

「如果你有個孩子，會讓他叫什麼？」盼兮依偎在牧雲笙懷中。

牧雲笙沉思不答。

盼兮微笑：「你年號『未平』，是因為生不逢時，遭罹亂世。如果希望孩子能平和無憂過一生，不如叫牧雲平吧。」

「太祖的長子不也是這個名字？他那一世可不平順，看來名字是要反著來才好。所以就叫牧雲未平吧。」

「和你的年號一樣？那麼以後天下人提到未平皇帝，指的是哪一位？」

「我若有兒子，我只希望他一生快樂，能找到心中至愛，為什麼一定要繼承皇位？當皇帝，真的沒有什麼好。」

「做皇帝雖然兇險，但平民百姓不是更命如浮塵嘛！」盼兮嘆著。

「如果有無盡之陸，田米充足，那就沒有人會再爭奪土地，也沒有人想當皇帝了。」

「可惜啊，人心是不知足的。縱有無盡之土，只怕也容不下一顆野心。」

宮外忽傳來內侍的稟報聲：「內史侍郎方枯榮有急事求見陛下。」

「急事？」牧雲笙搖頭，「盼兮，看來又是一個無眠夜了。妳先睡吧，處理完政事我就來。」

「嗯，你快去吧，國事要緊。」

牧雲笙起身向外走去。

「小笙兒。」盼兮忽然在身後喊。

他回頭：「怎麼了，盼兮？」

她微笑望著他：「沒什麼，我要笑著看你離開。」

【11】

天啟城外，鋒甲軍大營。

營前兩軍對峙。鐵甲森森，映著月光。

「孤松直，將那孩子交出來！」宇文慎謹高喊。

孤松直在馬上輕輕搖頭：「我若交出，你必殺他。」

「那你是想造反嗎？」

孤松直又搖頭：「陛下若要我死，我立時自盡。但莊敬太子待我恩重如山，要我殺他的後人，我做不到！要我看著別人殺他，我也做不到！」

宇文慎謹知道再沒有什麼好說，他緩緩抬起了手。

三千弓弩兵齊齊舉弩。

孤松直身側，鋒甲軍舉起鐵網盾刃，月色下的原野上耀起一片寒光。

血戰在即。

「陛下駕到！」遠處傳來喊聲。

宇文慎謹、孤松直知道，決斷的時刻到了。

牧雲笙策馬輕騎而來，身邊竟只有幾個虎賁衛士。

他穿過宇文慎謹的軍陣，徑直來到鋒甲軍陣前。

牧雲笙掃視著這支他親手創建的軍隊，此刻，他們卻對他舉著兵刃。

他緩緩抬起了手，指向這支軍隊。

「跪下。」

他的聲音並不大，但在安靜的夜裡格外分明。

一萬鋒甲軍齊齊放下盾刃，跪倒在地，高呼：「吾皇萬歲，萬歲，萬萬歲！」沒有一絲猶豫。

鋒甲軍士全部來自當年流離失所的難民，當他們被騎兵衝踏、輾轉哀哭之際，是少年牧雲笙站出來，對他們喊：「你們還準備逃下去嗎？幾萬人、十幾萬人被幾千騎軍追著跑，你們和一群豬有什麼區別？」

他舉著劍，那上面流著屠殺者的血。

「任何人想砍我們的頭之前，他們的頭就會先落地！」

那一天，人群如海嘯般狂吼起來。他們甘心相信他，等著為了一聲召喚而成為英雄。他們跟隨著少年打回了天啟城，驅逐了右金軍。他們從匹夫變成了讓人畏懼的勇士。這世上的諸侯看到鋒甲軍的旗號就會顫抖。這少年給了他們尊嚴與勇氣，他們不會背叛他，絕不會。

只剩了孤松直一人還在馬上。

他不下馬，不跪伏。

牧雲笙平靜地望著他——這曾經為自己出生入死的將領。

「陛下，你打算如何對待你兄長的骨血、牧雲氏的後人呢？」孤松直高聲問。

似乎全天下人都正等待著這個回答。一句話便是千萬人頭顱落地，一句話便是百年的戰亂。

牧雲笙緩緩地說出了答案。

「我會立他為太子。」

這聲音並不大，但所有人都聽得分明。

孤松直長嘆一聲，下馬跪倒，深深跪伏，高呼：「陛下萬歲，萬歲，萬萬歲。」

方枯榮和宇文慎謹也跳下馬跪拜在地，高呼：「萬歲，萬歲，萬萬歲！」

萬軍跪拜，那甲胄的寒光像波浪推向天際。他們齊聲高呼：「萬歲，萬歲，萬萬歲！」

牧雲笙環顧他的大軍。他終於真正成了這支軍隊、這些將領的主人。他也明白，自己終於成了真正的帝王。為了這個國家，他只能放下私情，換得萬眾的擁戴。

「盼兮，對不起。」他低下頭，輕輕地說。沒有人聽見。

【12】

北陸，火雷原。

碩風和葉金帳。

碩風和葉從帳篷裡被踢了出來。

「王子殿下，又輸啦？」草地上喝酒的將領們開心地問。

碩風和葉揉揉摔痛的腰：「嗯，今天天色已晚，回營休息，明日再戰。」

在部將們的大笑聲中，他一個人走回自己的營帳去了。

碩風和葉回到自己帳裡，部將龍格敕正等著他。

「現在又有三個小部落的年輕主將願意跟著我們再征東陸，如此，瀚北八部內大多數的年輕人都支持我們了……我們也許能召集起五萬騎。只是，老頭們也愈來愈不高興。」他湊近碩風和葉，「他們沒有勇氣再南征一次……聽說，幾個部落的汗王們正在謀劃著要把你捉起來，這裡面也包括我的父親。他們怕你威望愈來愈高，就連您的父親，也不希望過早地被兒子取代吧。我們要早做準備。」

「明天你就和赫蘭鐵轅他們帶著我的信去各部，讓他們見信後帶齊人到朔方原集合，也通知那些老頭兒來，到了談清楚的時候了。大不了就分疆，願意跟老頭們的留下，願意跟著我的南遷。」碩風和葉望著火光，凝起眉頭。

第二天夜裡，碩風和葉營外，一名巡夜的騎兵正緩緩而行，一支利箭卻突然射穿了他的咽喉。他沒來得及喊出一聲便落於馬下。

幾個持弓黑影潛至近前，觀察一下營中的動靜，然後轉身發出暗號。

遠方草影搖動，現出無數身影。他們牽著蹄包軟布的戰馬，潛近了沒有欄杆的營地。

一聲呼哨響起，襲營者猛地全部翻身上馬，狂嘯著疾衝而入。

大帳中，碩風和葉猛睜開眼睛，便聽到了喊殺聲。他翻身而起，顧不上穿甲胄，披了皮袍，拔出戰刀衝出大帳去。

幾乎就在同時，遠處射來的火箭穿破了他的營帳，釘在他剛剛安睡的地方，燃燒起來。

淒厲的號角響了起來，騎兵們衝出營帳翻身上馬，四面的殺聲已響成一片。火蛇在空中彈過，許多營帳已變成巨大的火堆。襲營的軍隊似乎有數千之多，而碩風和葉營中此時不過一千餘人。

「來得好！」碩風和葉大喊，「老頭子果然心夠狠。但今天你們殺不了我，明天就該我踏平你們！」他揮舞戰刀，指揮軍馬合成一路突圍。

赫蘭鐵轅等將領帶兵聚攏來，這千餘人都是經過東陸血戰回來的，悍不畏死，襲營軍也似敬畏這些勇士，不敢逼近死戰。眼看就要衝出包圍。碩風和葉忽然撥轉馬頭，向回奔去。

赫蘭鐵轅大吼道：「殿下你瘋了！你是為了那個女人嗎？她比你的天下霸業還重要嗎？」

「滾你的蛋！帶上人到凜風原上等我，少一個我踹死你。」碩風和葉的聲音遠遠傳來。

「我……」赫蘭鐵轅本想跟著殺回去，但又不能違令，一咬牙對騎士們喝道，「跟我走！」

牧雲嚴霜在帳中，看外面火光人影疾動，心中忽覺輕鬆了。

解脫終於來臨了。

她慢慢穿好衣服，來到銅鏡邊。帳篷已經燃燒起來，她卻只安然對鏡梳著頭髮。

戰馬嘶鳴，燃著的幕布被一把扯開，現出天空星辰，殺聲與寒風一齊撲來。

牧雲嚴霜站起身來，看見碩風和葉勒馬而回，扯著那片熊熊的火焰，對她笑著：「想死，沒有那麼容易。」

牧雲嚴霜怒咬銀牙。此時背後一名襲營騎兵縱馬飛至，揮刀砍來，牧雲嚴霜頭也不回，只怒視碩風和葉，直接一揚手抓住那騎兵手腕，將他扯下馬來，奪了刀飛跑幾步，跳上戰馬，衝向碩風和葉：「你想死倒是容易得很！」

碩風和葉叫聲不好，撥馬就跑。牧雲嚴霜催馬揮刀大喊：「碩風和葉，我一定要殺了你！」

當年在這片草原上，她是獵手，他為獵物，但她放過了他；一年前，在天啟城外的戰場，她想殺了他，卻反為他所俘。他為報恩，不肯殺她，她卻覺得是恥辱。現在，他們又一次追逐在風沙呼嘯的戰場，彷彿有一根線早將他們拴在了一起。

他們一前一後追逐，周圍騎兵們追來，都被他們砍落馬下，兩人在火光之中左衝右突，視亂軍為無物。

有襲營將領遠遠看見，對身後騎射手道：「放箭！」

「但汗王說不能殺殿下，要抓活的……」

「我沒說要射死他。但你箭法不好誤殺了，就不算違背汗王軍令。」

「明白！」

射騎手亂箭齊發，夜空中盡是令人膽寒的尖嘯。

牧雲嚴霜伏身馬側，戰馬卻中箭摔倒。她摔落於草地上，剛翻身跳起，後面騎兵擁來，向她甩出套馬長索。牧雲嚴霜揮刀撥開幾根，卻終被一根套中脖頸，拉倒在地。

追兵將領飛馬至前，細看了方道：「這個不是碩風和葉……」話未說完，卻猛地摔下馬去，喉間扎著一支箭。

碩風和葉放了韁繩，縱馬持弓，連連發射。牧雲嚴霜身邊的追兵一個個應聲而倒。

碩風和葉衝至牧雲嚴霜的面前，喊：「還不跳上馬來？」牧雲嚴霜一愣，眼看亂箭又射來，不及思索，一縱身坐到碩風和葉背後。她腳下無鐙、手中無韁，情急之下只好抓住碩風和葉的腰帶。碩風和葉帶著她向外衝去。

終於衝出重圍，殺聲漸遠，四周安靜下來，只聽到蟲鳴與風聲。

他們來到一條河流邊，放馬飲水歇息。兩人坐在草地上，都不說話，只看著月光下戰馬在銀色水流中緩行。

「妳要是我的女人多好，」碩風和葉說，「現在我們會在一起又笑又跳的，可以一起在草原上打滾。」

牧雲嚴霜只是抱膝沉默，汗水在她的髮上凝亮。

碩風和葉突然抱住了她。兩人在草地上扭打起來。

這一夜很快過去了。

朝霞初現，碩風和葉猛睜開眼。

「奶奶的……我竟然被打暈了……」他一咧嘴，痛得抽涼氣，「牙都打掉了，這女人下手太狠了……」

他驚跳起來，看向四周，牧雲嚴霜以及兩匹戰馬已經都不見了。

「奶奶的，女人都是這樣的，想飛走的時候比天上的大雁還急。不僅帶走了我的心，還要帶走我的馬……」

【13】

「母親，我們去哪兒？」

搖晃的馬車中，牧雲溴問著。

「去你應該去的地方。那裡有你的寶座，將來你要在那裡君臨天下。」

「為什麼他們要我當皇帝？」

「這世上的人，沒有不想成為皇帝的。這個位置本就該屬於你。」

「我怕。」牧雲溴貼住母親，「我不想他們都看著我。」

「不用怕。當了皇帝，才可以主宰自己的命運、天下人的命運。你的父親本該是皇帝，可惜他沒有來得及登上那個位置，你一定要繼承他應有的一切。」

牧雲渙不再說話。

大殿之中，牧雲笙看著走上前來的這對母子。

「參見陛下。」菱蕊伏身跪拜。牧雲渙卻只是好奇地望著大殿的穹頂。

「平身吧。」牧雲笙走下丹墀，看著牧雲渙。

菱蕊緊張地偷覷著青年皇帝的眼神，那眼神中並沒有兇險。他似乎正看著自己的孩子。

「你就是牧雲渙？我兄長的孩子？」

牧雲渙點頭：「我母親說，你的位置本來是我的。」

百官靜默無聲，不敢喘息。牧雲笙大笑起來。

「等你長到十五歲，就可以坐在那個位置上了。如果你喜歡，現在也隨時可以去坐一坐。」

「陛下叔叔，當皇帝好玩嗎？」

「實在是沒有什麼好玩。」牧雲笙搖頭。

「所以你想把皇位給我，你自己去玩對不對？」

「做皇帝需要承擔很多事，天下的興亡……很累很累。我不適合當皇帝。」

「不是人人都想當皇帝嗎，為什麼不選一個來當？」

「因為……皇帝只能姓牧雲。」

「為什麼？」

「其實也沒有什麼道理。但這是先祖留給我們的帝國，我們就只能接過它，把它傳續下去。」

「但它總會亡的啊。那是不是像擊鼓傳花一樣，傳到誰手裡誰倒楣？」

牧雲笙大笑：「你這麼小小年紀，倒是看得透徹。可惜天下其實很小，皇帝只能有一個，所以天下人就爭啊搶啊，朝代換了又換，都只不過是換個家族當皇帝，也沒有什麼旁的區別。」

「如果天下很大很大，大到沒有邊，那人人都可以當皇帝，就不用打仗了。」牧雲渙高興地說。

「哪裡去找無窮大的天下呢？」牧雲笙嘆著，「何況，天下再大，也容不下人心。」

【14】

宇文慎謹並不贊同牧雲笙把皇位傳給牧雲渙，所以一直物色人選，要為牧雲笙充實後宮。牧雲笙只想守著盼兮，當然不允。宇文慎謹乾脆直接選了美女送進宮去，牧雲笙又把她們送回家，卻有一些死也不肯走的，哭喊著被送出宮就是名節掃地，死路一條，牧雲笙也只好任由讓她們在後宮住著，只是自己每天只在凡琳宮居住，不理會她們。這些未承恩澤的妃子和蘋煙家的「皇后家眷」閒極無聊，為了那誰也得不到的虛榮恩寵鬥得死去活來，牧雲笙也無心去管，只要不燒房子就行。

再說宇文慎謹。因為新政卓有成效，宇文慎謹已被牧雲笙升為都御史，監察百官，推行新律。昔日的重臣在天啟戰後跑的跑，死的死，還有一些在觀望不歸，所以朝中極缺人才。丞相等職位俱空缺，沒有資歷威望足夠的人擔任，宇文慎謹便已成為牧雲笙最器重的臣子，官員的任命處置都要經過他手，人事監察、立法執法一把抓，儼然無印丞相，權傾朝野。

他當年本也立志要肅清貪腐，推行法治，然而不知不覺間自己就變成了最大的權臣，卻還自詡清廉。他任用官員號稱不看履歷，只看能力，但既然無據可依，實際上官員升調只靠他一句話。自然有無數想當官者投其所好，宇文慎謹只當是天下人都景仰自己，頗為受用。自己有了門生，門生又有門生，漸漸形成龐大一黨，人稱「謹慎黨」。而身邊的下屬門人甚至家丁借他威勢收取賄賂，他更是管不過來了。

掌管鋒甲軍的上將軍孤松直曾是莊敬太子牧雲陸的部下，菱蕊是現太子牧雲渙的母親，還有眾多武將都曾追隨牧雲陸，這些人便成了「太子黨」。宇文慎謹極力反對牧雲笙立牧雲渙為太子，一直想剷除親牧雲陸的勢力，太子黨人始終擔心宇文慎謹為禍，動搖牧雲渙的太子之位，看到宇文慎謹專權，極為憂慮；而宇文慎謹手無兵權，也擔心太子黨發難，便調十率[2]日夜監視眾人。兩派對立愈發嚴重。

其實兩派互鬥，每天都有互相指責的參本奏摺，牧雲笙心中明瞭，但此局卻並非只有黑、白二色棋子。兩派也無法以忠奸來簡單分辨，關係錯綜複雜，根葉勾連，牽一髮而動全身。他此時才明白當年父皇終日眉頭緊鎖，不見笑容之煩憂，這皇帝果然不是人幹的。

宇文慎謹見送去的「妃子」俱被冷落，心裡一急，乾脆把自己的女兒宇文靜也送進宮去。他女兒才十二歲，正好牧雲笙生病，看到她還以為是新來的宮女，還嘆息說妳這麼小就進宮，太可憐了，你們家一定很窮吧？病好了才知道是來當童養媳的。牧雲笙心想宇文慎謹你還嫌這後宮不夠亂啊，又不好給退回去，只好繼續養著。

宇文慎謹巴不得女兒能快點跟牧雲笙有個兒子，可惜宇文靜年紀太小，雖然聽老父庭訓天天圍著牧雲笙轉，但張口都是「皇帝叔叔你陪我玩跳皮筋好不好」。牧雲笙心想我怎麼多了這麼大一女兒啊，尤其哭笑不得。

雖然宇文靜啥也不懂，但「皇后系」和「妃嬪系」都把她當成了大敵。不過因為宇文慎謹勢大，加上牧雲笙把她當女兒寵，也沒有人敢對她不恭，只是都盼著宇文慎謹失勢，好把這「獨得帝心」的小丫頭也一道整死。

關於「謹慎黨」和「太子黨」的爭鬥，牧雲笙一想就睡不著覺，心想這權力有什麼好爭？當了皇帝又如何，還不是要天天陪著都御史的女兒跳皮筋、花一整天聽朝中兩派互罵。為了讓兩系都消停，表示自己立儲的決心，他乾脆直接讓牧雲涣上朝，每天坐在自己身邊聽百官奏事。

但牧雲涣此人有自閉症，而且間歇不定，高興了就是個話癆，不高興半個月都一字不說。而且他極為戀母，每天往椅上一坐就跟入了定一般神遊天下，一聽「退朝」便撒腿跑去找媽媽。牧雲笙無法，只好把菱蕊也接進宮來。

宇文慎謹聽說菱蕊入宮，又擔心起來——就算牧雲涣是白癡，他媽可不是省油的燈，菱蕊這一在宮裡，宇文靜還能有好嗎？

果然菱蕊最看不得宇文靜天天圍著牧雲笙轉，一聽宇文靜天真無邪地叫「皇帝叔叔」就覺得全身發麻。找了個機會，她便對牧雲笙說：「這小女孩太可憐了，陛下反正也不打算真娶她，不如准她出宮，也好另行婚嫁。」

牧雲笙知道菱蕊看不得宇文家的人在宮裡，但他也不能去打宇文慎謹的臉。於是牧雲笙說：「這事不好強求。等宇文靜長大了，若有喜歡的人，那時再說。」菱蕊也無話可說。

牧雲笙卻開始有意疏遠宇文靜，要她去讀書學畫，總不讓她有空來找自己。宇文靜沒有人玩，宮女們又不敢和她太親近，悶在宮中十分無聊。

那天宇文靜正在鬱悶地獨自瞎逛，踢草撲蟲，突然看見一個少年坐在臺階上發呆，正是太子牧雲涣。

宇文靜很高興地衝過去：「你是牧雲渙吧？我是宇文靜。」

牧雲渙看著天邊的雲彩，不理她。

宇文靜說：「你看什麼哪？」

牧雲渙不理她。

宇文靜說：「我們來玩吧。我追，你跑。或者我扔樹枝，你撿回來。」

牧雲渙不理她。

宇文靜生氣了，說：「你怎麼不理人啊。」把牧雲渙一推，牧雲渙就骨碌碌從臺階上滾下去了。

天啟皇城的宮殿都修在高臺上，臺階有好幾十級。牧雲渙一路滾到底，跌坐到地面上，呆呆地看著遠處的雲，還是不說話，頭上一股血慢慢地流了下來。

事兒鬧大了。

菱蕊提著劍去找宇文靜，宇文靜嚇得在宮裡到處找地方躲藏，最後被菱蕊趕到太滈池邊。她嚇傻了，撲通一聲跳下池去。

菱蕊看著小女孩在湖裡掙扎著慢慢下沉，幾次想救，但咬咬牙還是沒動。

突然湖面起了奇異的變化，彷彿變成了彈性的球面，托住了宇文靜，她陷在其中，卻掙扎不出。

菱蕊驚訝回望。她身後不知何時站了一個女子，容顏絕美，彷彿不屬於這個塵世。

這是盼兮這麼久以來第一次在白日裡走出凡琳宮。菱蕊之前從來沒有見過盼兮，只是聽過她的傳說。她一直不懂有什麼樣的女子可以讓人甘願放棄一切甚至皇帝的權力，但今天她明白了。

她也曾自負美貌，卻比不了這女子分毫。她突然感到恐懼：如果這女子和牧雲笙有一個孩子，自己與渙兒哪裡還有容身之地？

牧雲笙聽聞消息匆忙趕來，看見宇文靜兩眼緊閉，已嚇暈過去。

他望望盼兮，盼兮對他輕輕一笑，牧雲笙便點點頭。兩人的眼神無比默契，並不用語言多說什麼。

牧雲笙抱起宇文靜向遠處走去，始終沒有看菱蕊一眼。

菱蕊看著牧雲笙抱起宇文靜關切看她的樣子，像是抱著自己的女兒，她再一次感到深深的孤獨。雖然牧雲渙已經是儲君，離極致的權力只有一步之遙，但她仍覺得如處冰淵。

她不相信權力會這麼順利地來到自己手中，也許一切最終還是要用劍來奪取。

【15】

牧雲笙退了朝，徑直向凡琳宮而去。

這是他每天的習慣。在大殿上，他必須聽各種消息，大多數都不太好：北陸右金又在聚集兵力；穆如寒江又奪取了新的郡縣；某地洪水氾濫；某地滴雨不落；難民們又在四起；軍隊征糧困難；官員貪污賑糧；有人在煽動造反……每天都有幾百人的處斬名單送上來簽批，各種奏摺堆成小山，一半是地方官吏叫苦連天，一半是派系臣工互相彈劾，根本不可能一一看完，更不用說詳細調查奏章中所言諸事，是否有冤情謊報。

當皇帝有什麼好，牧雲笙想不通——難道所有人都以為當皇帝只需要應對三宮六院就行？事實上，你會忙得連自己的名字都記不起來，更不用說妃子們。

但是幸好還有盼兮。

她的身邊是他唯一能感到溫暖與寧靜的地方。

至少他知道，哪怕全天下都背叛他、唾罵他，但有一個人不會。她會永遠陪伴在他身旁，直到……

直到那一刻的來臨。

很多魅靈壽命短暫，若要用祕法延壽，便往往會急速衰老，甚至變得怪異醜陋。牧雲笙不知道這延壽的法子，也許盼兮知道，但牧雲笙卻知曉她不會用。

那一天隨時都會來臨。就像當年他的母親離去那樣。他還記得那天，母親對高樓下的他說：「小笙兒，你自己安靜畫畫吧，我累了，要睡一會兒。」之後，便倚欄睡去。

那是一個寧靜的下午，靜得讓人心中不會去想任何事。牧雲笙看著睡去的母親，在畫上偷偷畫下她熟睡的模樣，只想著等她醒來便拿給她看，聽她笑著說：「小笙兒畫得真好看。」

但是母親再也沒有醒過來。

那一天以前牧雲笙不懂得什麼叫失去，不懂得什麼是憂愁。他以為生活會永遠快樂美好，他可以在這重重宮闕之中和美麗的女孩們追逐笑鬧，將她們的容顏一一描繪下來，直到永遠。

但是當年他畫過的那些女孩，現在竟一個都不在了。

這彷彿是一種詛咒，她們的美麗只留在了畫紙上，卻無法長存於人世。

牧雲笙一直想為盼兮畫一幅像，這將是他一生最重要的作品，甚至會比維護一個帝國更重要。

但他卻總是畫不好。事實上每次畫到一半，他便開始害怕，終於自己將其毀去。

他害怕畫完成的時候，就是盼兮離開他的時候。

牧雲笙總對盼兮說他不相信神靈，不相信什麼註定的命運。但他一個人時，也會望著星辰猶疑：是否生命中的美好，都要用另外一些東西去換取？是否執掌一個帝國，和陪伴在愛人的身邊不可能兼得？如果必須要做出選擇，他該選哪一個？

他明白，他必須儘早做出選擇，因為盼兮的時間不多了。

幸好如今，一切有了轉機。他找到了皇位的繼承者，這個孩子有足夠有說服力的血統，使那些他皇兄當年的舊部臣服。事實上，牧雲笙已經等不及他長成，他恨不得現在就把皇位交給牧雲渙，好立刻帶著盼兮遠走。

但如果這樣，他一樣會內疚。因為他拋棄了這個國家，拋棄了本來屬於自己的責任，將整個帝國的命運都丟給了別人。

似乎有些選擇，是永遠沒有辦法做出的。

所以他才急著去凡琳宮，他每天能陪在盼兮身邊的時間太少了。而只有在她身邊，他才能忘記自己是個帝王，擺脫那些虛偽的禮儀和無邊的事務，不用顧及複雜的人情世故，把心中的話盡情傾吐。在她身邊他可以跳腳大罵某個庸官，可以敲打著奏章說此人以為我不知道他貪了多少？她微笑著看他，注意地傾聽。雖然他知道在這個時候不該再談公事，她的時間如此之少，卻每天都要浪費大部分時間看著光影流轉，自己的生命一點點逝去，盼著他的到來。

她為他而活著，為他而盡力地想多活一分一秒，只為能微笑著等他歸來，聽他傾吐。

生命中能有這樣的愛人，他真的不應該再奢求什麼。

有了這麼美好的女子卻還放不下一個帝國，也許他註定要為自己的執迷付出代價。但代價是什麼？她，還是這個國家？如果可以選擇，他寧願失去哪一樣？

「盼兮，我回來了。」他收起憂慮，笑著大步走進宮中，不想讓她看到這惶惑。

但這次，沒有人應答。

一種巨大的不安突然緊緊抓住了牧雲笙。

不，不會。不會是在今天。離別不該來得這麼突然。

他覺得喘不過氣來，他高傲得不肯信神，此時卻在向所有神靈祈禱：讓她活著！讓她活著！作為交換，我可以立刻放棄其他的一切！

他衝進帷幔之後，那裡空無一人。

盼兮不在這裡，桌案上卻放著一幅畫。

那是當年的那一幅，他在幻境之中邂逅了她，便想畫出她的容顏，卻總是不滿意。畫中人的神采不及她真人的萬分之一。

但這幅畫，她卻視為珍寶。

今天，她一定打開了這幅畫，看了許久。

牧雲笙上前，緩緩展開畫軸。

畫的背面，卻多了幾行字。

「小笙兒，我騙了你。我此生只騙過你這一次，希望你不會怪我。

「我對你說魅靈無法生育，其實是我們凝聚的身體太脆弱，生育孩子會讓我們更快衰弱老去。但容顏總會蒼老，我不想讓你看見那一天。我終會離開，卻只有一個心願：能有一個我與你的孩子。在他身上我會看見你的影子，他會將我們的血脈與愛流傳。

「這孩子若生在宮中，又要經歷血雨腥風，就算終成為皇帝，也不過是重複著你們家族一代代的痛苦。所以我要離開。你的孩子不會知道他的父親是誰，我會遠走海外，讓他快樂平靜地度過一生。看著他長大，是我的心願。我的餘生都會這樣度過。在陽光下，看著這孩子盡情地奔跑，回想著當年的你的樣子，這一生還有什麼企求？何必非要等到生離死別？我不想看到你傷心的樣子，也不想讓你看到我再也不能對你笑的那一刻。」

信在這裡結束了。牧雲笙呆坐著，靈魂已從身體中抽離。

沒有人聽到他之後痛苦的狂喊，沒有人知道發生了什麼。

【16】

九州三陸都聽到了那個令人震驚的消息。

未平皇帝下詔傳位於太子牧雲渙，改年號啟臨，設兩文兩武四位輔國大臣。

太華殿上，他喚過牧雲渙，扶他在金蛟寶座上坐下，遙指著殿外說：「以後，你就是這個國家的君王。」

眾臣跪倒，高呼萬歲。

牧雲渙卻還是沒有表情，不知在想著什麼。

牧雲笙指著宇文慎謹對牧雲渙道：「他當初曾想殺你，但那是忠心為國。現在你已是這帝國之主，他也必忠心待你，同待我一般。不可因舊怨而誤國事。」

牧雲渙看著宇文慎謹，點點頭。

牧雲笙又對宇文慎謹道：「你女兒年幼，我一直待她如自己的女兒一般。如今我將宇文靜許與牧雲渙為后，你看可好？」

宇文慎謹痛哭流涕，重重叩首。

牧雲笙像是終於了結了長久的心願，長長出了一口氣，說：「我要出去走走。」

他邁步便向宮外走去，目中再無他人。百官不知如何是好，只得遠遠步行跟隨。

牧雲笙來到天啟城外，一步步走上那百丈占星台，仰頭觀望漫天繁星，獨少了那一顆。

他想起當年，就是因為眾人皆言與魅靈相戀違逆天意，會帶來亂世，他一定要和盼兮在一起，才一怒燒了瀛鹿台，憤與天爭。

而如今這麼多年過去，他一直在苦苦平定戰亂，想證明自己可以戰勝命運，但盼兮終於還是離開了他。這一生卻還要為何而活？孤獨一生，還有何快樂？

他不回頭，只揮揮手：「你們走吧。」

這是末平皇帝最後的旨意。

所有人都離去了。牧雲笙獨自留在占星臺上凝望蒼穹，任凜風撲面。第二天黎明之時，人們再登上臺頂，卻不見了末平皇帝。從此無人知其去向。

【17】

西都。

將軍推開持著火把的士兵，顧不得自己貫甲持劍，直奔入行宮中，吼著：「殿下，一統九州的時機到了！請即刻下旨東征！」

穆如寒江坐在殿中，卻不言語。殿前已經跪倒近百官員。

郎士效再喊：「請殿下即刻下旨東征！」

百官齊呼：「請殿下下旨東征！」

穆如寒江似乎想了很久，終於下了決心。

他笑了笑：「此人與我少時相識，算是故友，當年我第一次見他，他在廢園中沉醉於自己的畫技與法術，我也想不到會與他爭奪天下。我知他本不想當皇帝，討厭爭鬥，現在終於解脫了……他既離去，我猶感傷。此時征討，卻是乘人之危，天下人將不齒。」

郎士效頓足道：「天賜良機，此時不取，只怕成千古之憾！」

穆如寒江卻只是揮手，命百官離去。

【18】

蘋煙扛著高過頭頂的大堆柴火，踩過溪流上的石塊。

忽然她停下了腳步，她看見了溪邊的那位女子。

她容顏美麗，卻消瘦虛弱，腹部隆起，顯然懷有身孕。

蘋煙關切地走上前：「妳還好嗎？」

女子抬起頭，對她微微一笑。她的美讓蘋煙自慚形穢，和她相比，自己就像沙塵在珍珠旁一樣暗淡無光。

那女子望著蘋煙，卻像早已認識她一般親切：「這裡人跡罕至，妳為何要獨自居住在這大山深處？」

蘋煙一笑：「那妳呢？妳又為何來此？」

「我想找一個沒有人能找到的地方，安靜地生活。」

「我也一樣。」

數月後。

蘇語凝為穆如寒江生下一子，名喚穆如深。深仇的深，也是深愛的深。

孩子降生之時，穆如寒江在殿外獨行，有人聽他舞劍而歌，歌聲感慨，雖有喜悅，卻也嘆時光逝去，豪情易老。

此時，遠離天啟千里的小山村中，也有一個孩子誕生了。

「是個男孩呢……」蘋煙歡喜地抱著嬰兒，來到那虛弱的女子身邊。

女子接過孩子，輕輕擁住，聽他啼哭。淚水落在他的臉上。

「給他起個名字吧。」蘋煙說。

女子望著懷中的孩子，感慨萬千。

「如果你有個孩子，會讓他叫什麼？」她曾問牧雲笙。

牧雲笙沉思不答。

她微笑：「你年號『未平』，是因為生不逢時，遭罹亂世。如果希望孩子能平和無憂過一生，不如叫牧雲平吧。」

牧雲笙卻說：「太祖的長子不也是這個名字？他那一世可不平順，看來名字是要反著來才好。所以就叫牧雲未平吧。」

「他的名字叫……」女子輕輕說，「雲未平。」

「雲未平，好名字啊！」蘋煙抱著嬰兒問，「這孩子的父親是誰？卻怎麼這般狠心，讓妳至此境地。」

盼兮搖搖頭笑：「不要怪他，是我自己要離開他。人生百年終有離別，無人能相守永遠。只願這孩子這份血脈能流傳萬世，能證明我們曾經相愛過。」

心願已了，耗盡了最後一絲力氣的盼兮閉上眼睛，不再醒來。

牧雲未平在襁褓中放聲啼哭，這世上再無人知曉他的身世。他的父母希望他遠離這個未平的天下，可惜人總是不能控制命運。

此刻，天啟城中，牧雲渙正在聽宇文慎謹講著治天下的道理。

北陸草原上，碩風和葉在懷念著遠去的姑娘，計畫著再一次的南征。

而瀾州海邊，牧雲嚴霜遠望北方鐵青色的雲層，懷中也抱著一個嬰兒。

地下王朝，姬氏的後人以為終於迎來了復國的時機。

西南宛州，穆如寒江正為他新出生的長子欣喜不已。

東北寧州，羽族的鶴雪士們立誓要屠盡踏火騎，報當年辰月之變屠國之仇。

新生的孩子們，註定要代替自己的父輩，決定這個朝代的興亡。

天下未平。這個時代，才剛開始。

後人傳說，未平皇帝用魔法在太瀞池（後世被稱為未平湖）中造了一艘帆船，風起時，船升向天空，直入雲際。他乘船遠走，去海上遍尋各洲，遊歷萬國，尋找他深愛的女子，哪怕走遍她曾描繪過的無盡世界。

她曾說，海之東幾萬里的地方，有一個空顏國，那裡的人沒有臉面，沒有五官，也就沒有表情。

又向南幾千里，有一個萬象國，那裡的人可以任意變換面孔，於是無所謂美也無所謂醜。

再向南幾千里，是不動國，那裡的一切動作極慢，有如靜止，一百年對他們來說不過是一瞬間。

而西方幾萬里處，有一個倏忽國，那裡的人壽命極短，黑夜生的不知有天明，天明生的不知有黑夜。愛與蒼老只在一瞬間。在這裡，旅人也會快速地生長衰老，包括歡喜與厭倦。

再向北幾千里，是相對國，一面的大地是另一面的天空，相對國的人仰望可以看到頭頂的對方，但他們被牢牢吸在自己的大地上。

又向東幾千里，是逆轉國，那裡的人由土中而生，生來便蒼老，漸年輕，變為孩童，身子縮小，尋一女子作為母親，鑽入其臍中，重歸虛無。

在南方萬里之外，有冰人國，人由冰中生，寒冷時為冰的身體，春季陽光一出即化了。之西幾千里處，是影子國，那裡人和影子伴生，光消逝時影子死去了，人也就孤獨而死。又之南幾千里，是輕鴻國，那裡的一切沒有重量，飄在天空中。又之東幾千里，是雙生國，男人和女人相愛後，就並生在一起，無法離棄。一旦分開，也就死去了。

世間流傳著牧雲笙與飛行船的故事，關於他如何遍訪那些神奇的國度，在這些故事中，少年永不老去。一代又一代，孩子們都憧憬著也造出那樣一艘船，去探尋世界的盡頭，因為他們相信，自己絕不是孤獨地活在這浩瀚汪洋中。直到有一天，飛船已經遍佈天空，迷霧散去，新的大陸不斷被發現，人們終於明白，這世界有多麼廣大。故事被不斷地續寫，有想像，也有真實。有人把它們匯成了一本書，名叫《海上牧雲記》。

註1：因為魅族的身體是後天凝聚的，往往有不為人知的缺陷，因而不能生育。即使能也非常危險，容易母子雙亡。牧雲笙母親早亡也與生育了他有關。

註2：十率是十個負責天啟城的治安城防、以及太子、大將軍和重臣的護衛，但不屬於軍隊，更類似警察，常與羽林八衛合稱為「衛率」。

高寶書版集團
gobooks.com.tw

DN 215
九州・海上牧雲記

作　　者　今何在
主　　編　吳珮旻
責任編輯　陳正益
封面設計　林政嘉
內頁排版　趙小芳
企　　劃　荊晟庭

發 行 人　朱凱蕾
出　　版　英屬維京群島商高寶國際有限公司台灣分公司
　　　　　Global Group Holdings, Ltd.
地　　址　台北市內湖區洲子街88號3樓
網　　址　gobooks.com.tw
電　　話　(02) 27992788
電　　郵　readers@gobooks.com.tw（讀者服務部）
　　　　　pr@gobooks.com.tw（公關諮詢部）
傳　　真　出版部　(02) 27990909　行銷部 (02) 27993088
郵政劃撥　19394552
戶　　名　英屬維京群島商高寶國際有限公司台灣分公司
發　　行　希代多媒體書版股份有限公司/Printed in Taiwan
初版日期　2017年8月

原著作名：九州・海上牧云記
作者：今何在
本書由天津磨鐵圖書有限公司授權出版，通過成都天鳶文化傳播有限公司代理授權，限在港澳臺及新馬地區發行，非經書面同意，不得以任何形式任意複製、轉載。

國家圖書館出版品預行編目(CIP)資料

九州・海上牧雲記／今何在著 -- 初版. --
臺北市 :高寶國際出版 : 希代多媒體發行,
2017.08
　面;　公分. --（戲非戲215）

ISBN 978-986-361-429-6（平裝）

857.7　　　106009651

凡本著作任何圖片、文字及其他內容，
未經本公司同意授權者，
均不得擅自重製、仿製或以其他方法加以侵害，
如一經查獲，必定追究到底，絕不寬貸。
版權所有　翻印必究

GOBOOKS
& SITAK
GROUP©